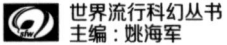

世界流行科幻丛书
主编：姚海军

时空折叠

〔美〕彼得·克莱恩斯 著

杨予婧 孟 捷 译

四川科学技术出版社

THE FOLD by Peter Clines
Copyright: © 2017 by Peter Clines
This translation published by arrangement with Crown Publishers, an imprint of the Crown Publishing Group,
a division of Penguin Random House LLC
through Andrew Nurnberg Associates International Limited

图书在版编目（CIP）数据

时空折叠 / 〔美〕彼得·克莱恩斯　著；杨予婧　孟 捷　译.
-- 成都：四川科学技术出版社，2017.3

ISBN 978-7-5364-8579-2

Ⅰ. ①时… Ⅱ. ①彼…②杨…③孟… Ⅲ. ①科学幻想小说—美国—现代 Ⅳ. ① I712.45

中国版本图书馆 CIP 数据核字（2017）第 048540 号

图进字：21-2016-20

世界流行科幻丛书

时空折叠

出 品 人	钱丹凝
丛书主编	姚海军
著　　者	〔美〕彼得·克莱恩斯
译　　者	杨予婧　孟 捷
责任编辑	宋　齐
特邀编辑	李克勤
封面设计	姚　佳
版面设计	姚　佳
责任出版	欧晓春
出版发行	四川科学技术出版社
	四川省成都市槐树街 2 号 出版大厦　邮政编码：610031
成品尺寸	140mm × 203mm
印　　张	13.5
字　　数	318 千
插　　页	2
印　　刷	四川省南方印务有限公司
版　　次	2017 年 6 月成都第一版
印　　次	2017 年 6 月成都第一次印刷
定　　价	38.00 元

ISBN 978-7-5364-8579-2

目 录

如今的科学家们正在用数学替代实验，他们徜徉在一道又一道方程式之间，最终建起的造物，与现实毫无关联。

尼古拉·特斯拉

阿尔伯克基之门

1

"我觉得没那么好。"丹妮斯说,"看不出有什么特别的。"

尽管丹妮斯在电话那头看不到,贝姬还是露出了微笑。近两个月来,每隔一周她们都会有一场这样的对话。在本回家之前,倒是可以分分神,消磨消磨时间。

本外出时她总是心神不宁。他负责一些安全级别高的项目,主要是武器方面,通常都在高风险地区工作。

不过,这次出差算是风险最低的一次。只有四天,在圣地亚哥,还是个与武器无关的项目。

"我是说,马蒂真的很喜欢那部电视剧。"丹妮斯接着说,"但它看起来没什么特别,不过就是大胸美女、雪和血,还有冰冻僵尸什么的。我真是无法理解。剧里的角色就当什么都没发生过一样。你知道吗?六年过去了,他们还在谈论冬天。"

贝姬把散落在卧室地板上的几只袜子、一条内裤、两件 T 恤、一条短裙和一件胸衣收到一起。她独居时邋遢得可怕,比从前读大学时还糟糕,她也不明白为什么会这样。"那你为什么还一直看?"

"呃,因为马蒂喜欢。虽然他不会承认,但我觉得他喜欢盯着那些美女的大胸看。你们呢,还在看那电视剧吗?"

她走进浴室,把抱在手上的一堆衣服胡乱扔进洗衣筐。浴室里也乱七八糟,有瑜伽服,还有几条内裤。才四天,怎么就穿了这么多内裤?"我们有好几集都没看了。不过,对,"她说,"我觉得本也喜欢那些大胸,还喜欢那些龙。"

贝姬把脚伸进垃圾桶,把堆起来的厕所纸踩下去,让里面看起来不会太满。"我们准备这周末痛痛快快看录像,来场电视剧马拉松。他刚出完差,帮他放松一下。"

"他什么时候回来?"

"他那班飞机刚落地不久。"贝姬说,"他给我发了条信息说要先去办公室一趟,简单跟老板汇报一下。这会儿随时可能到家。"

"在收拾你的狗窝?"

贝姬笑起来,"你太懂我了。"

"那我就不抓着你聊了。"

"嗯,那行吧。"

"下周给我打个电话。"丹妮斯说,"说不定我们可以一起去那家新开的日本餐厅吃晚饭。"

"好。"

贝姬挂了电话,把话机扔在床上。

她环顾四周,想找找屋里还有什么会被本取笑的地方。果然,床头小桌上有个玻璃酒杯、一碟芝士蛋糕屑,化妆台上还放着个酒杯。天啊,她是个懒鬼加醉鬼。

她应该当个好妻子,这种想法不时会冒出来:把家收拾得干净整洁,丈夫回家时做好晚餐等他。他们第一次见面是在一场万圣节派对上,她当时打扮成20世纪50年代的家庭主妇,端着马丁尼酒,身穿围裙,还拿着一本老版的《持家之道》,上面列着主妇应尽的职责。他哈哈大笑,说她看起来不像那种会坐在家里等丈夫的女人,然后请她喝了一杯。万圣节之夜那晚,他们做了好几件《持家之道》上没写的事。十四个月后,他们结婚了。

贝姬收拾了酒杯和盘子。她还可以晃荡到后面的艺术工作室去,那儿有几个盘子得洗。除此之外,电脑旁今天午餐的盘子,加上昨晚的酒杯,都该放进水槽洗一洗。

她走到工作室门前,一阵微弱的金属碰击声在前门响起。是钥匙开锁的声音。先是咔嗒一声,然后齿轮有点卡住。那个烂玩意儿,他们都修了好几年了。

前门开了。

"嘿,宝贝儿。"她把盘子全放在桌上,"旅程还顺利吗?"他一时半会儿还不会闯进工作室,看到那些没收拾的盘子。再说就算看到了,其实也没事。她朝客厅走了几步,又决定走后面的楼梯。那儿更近,说不定在厨房就能碰到他。

刚迈出一步,她就觉得有什么不对劲。少了点什么。本回家后总是会发出一连串声响,但这次没有。她听不到齿轮卡住的声音,没听到关门的咣当声,也没听到钥匙甩在前厅桌上的响声。

"宝贝儿?"

她踮起脚往客厅走。从楼梯最上方往下,可以看见前门开了大约一英尺宽。她能闻见青草的味道,听见外面环形公路上汽车经过的声音。

本不在那儿。她没在桌上看到他的钥匙,也没看见以往会扔在桌上的公文包。

贝姬下了几步楼梯，隔着扶手偷看他是不是躲在门厅。本以前也不是没突然跳出来吓唬过她。

然而门厅没人。

她下楼朝前门走去。门大敞着。她出门取邮件或者朝住在街口的派特大声抗议她家狗随地大便时，就会那样敞着门。

是她之前出门取邮件时忘了关吗？还是风把门吹开的？难道钥匙声是她想象出来的？本随时会到家，她有可能只是听到了一声动静，其他都是臆想。

她走出去靠在门边。天很冷。临近傍晚，门前很凉。

本的车在车道上，就停在平时停车的车库门前。引擎罩上还隐隐冒着热气。

贝姬关上门。又是齿轮卡住的声音，门锁咔嗒一声。

"你在吗，宝贝儿？"

地板上有足迹，屋里的空气被搅乱。有人进了厨房。她听见洗碗机旁的瓷砖发出嘎吱声。

"本？"她又朝屋子后方走了几大步，"你在哪儿？"

没有声音。她放慢了动作，随后停下来。

"如果你认为这很好玩儿，那就大错特错了。"

一片寂静。

她犹豫了一下。仍然有恶作剧的可能。本也许会跳出来，吓得她尖叫。她会打他，然后欢迎他回家。

但这感觉不像是这种拙劣的玩笑。房间里气氛不对。虽然本的车停在外边，但进了屋子的可能是个陌生人。

他们有一支枪，格洛克17还是19？反正就是那一款。她上过四节射击课，中过三次靶。这把枪很难使，本是这么说的。他们或许永远都用不上，当然最好是不需要用，而不是需要用的时候却没有……

那把格洛克在楼上卧室的床头柜里。她可以往后跨六大步,走到楼梯那里。

或者向前走三步,看一眼厨房的动静。

她往前走了两步。

本的公文包和旅行包都放在门厅里。旅行包是快用烂的运动款,有好些年的历史。之所以没丢,是因为它能装下三四天的衣服,又正好能塞进飞机座位上方的行李架,下了飞机不用等行李,可以省出整整半个小时。

"宝贝儿,我对天发誓,该死的,两分钟后我就要叫警察了。"房间里回荡着她的声音,"这不好玩。"

头顶传来一声长长的木板嘎吱声,位置在工作室的门边。一年多来,他们谁也没走到那儿去过,因为那声音实在是太刺耳难听了。

但现在,不管谁在楼上,他踩到那块木板了。

那人就在楼上!

她抬起头看天花板。三秒钟过去后,又是嘎吱一响。如此看来,有人径直穿过厨房,走上五分钟前她踩过的后楼梯,到了他们卧室附近。

离枪很近的地方。

天啊,为什么她没在一开始觉得不对劲的时候就拿上枪?

可是,为什么本的行李放在门厅里?车还停在车道上?他被劫车了?

她有个应急电话号码可以打。那是本给他的,如果发生了什么紧急情况,她可以拨打那个号码。然而她把号码放在了工作室的桌子里。

贝姬走进厨房,从柜子上拿起手机,又抽出把刀。刀是本大学时的老朋友送的结婚礼物,整套刀具都很棒。切肉刀的刀刃大概长十四英寸,锋利无比。她紧紧握着刀把。

他们那时还嘲笑拿刀当结婚礼物太晦气。

她手指轻触电话屏幕，按下"911"，但没按下"拨打"。仍有一线希望，这也许是个开得很烂的玩笑。本没准想刺激她，让她尖叫兴奋之后，再上床恩爱。但他的做法完全没起到这种效果。

况且他也不是会做这种事的人。

她小心翼翼穿过客厅。地上铺着很厚的地毯，踩在上面走几乎听不到声音。只要穿过屋子，给本最后一次承认他是笨蛋的机会就行。不然她就要在前院打"911"了。

在客厅走到半途，她突然听到金属擦碰的声音。声音很快，反反复复，末了咔嗒一响。她以前常听到这串声音，一般都是她自己弄出来的。

她咽了下口水。

贝姬低头看了看手机。她可以提高嗓门说话吗？楼上那人知不知道她现在的位置？电话打通却无人说话，"911"会怎么处置？会根据信号定位然后派出警车？还是直接把电话挂掉？

她现在必须离开这房子。

她离前门越来越近，但如果有人从楼上往下看，这位置太显眼了。

房子的后门要远一些，不过有更多窗帘作掩护，别人要走很近才能发现她。这样一来，她就有机会打电话了。可就算进了后院，她还得绕过夏天没注水的泳池，才能走侧门出去。

如果有人想抓住她、拽她回屋，那他的时间就会非常充裕。

还是走前门。

她握紧了刀，确保手指还在"拨打"键上，又朝客厅迈了三大步。地毯隐去了她的脚步声，但她听见自己牛仔裤绷紧时发出的声音，感觉到了四周被搅动的空气。

脚踏在客厅地板上，她听到楼梯顶端第二阶发出的嘎吱声。她僵住了。他就在楼上，他会看见她试图走到前门去。

她该走后门的，现在还有机会。但动作得快，否则他肯定会听到她的动静。

她跑向后门。身后楼梯上响起重重的脚步声。她够到门把手了。

"站住！"

她转过身，举起刀。"去你妈的。"她喘着气说。

本站在从下往上数第四级阶梯上，一只脚还留在第五阶没下来。他身着深灰色西装，里面配着蔓越莓色衬衫，样子帅呆了。他握着格洛克枪瞄准了她，另一只手抓着他的手机。

"把刀放下。"

贝姬沉下肩膀，放下手臂，把刀扔在桌上。刀滑了一截，刚好停在以往他放钥匙的地方。"你把我吓死了，混蛋。我以为有人在屋里。"

他抬起脚，又向下走了一步。她看得一清二楚，枪口仍然对着她。

"我已经打电话给警察了。"他嗫嗫地说，"他们现在在电话上听得一清二楚。"

她的目光越过他望向楼梯，视线又回到枪上。难道他们在尾随同一个入侵者？"好吧。"她说，"冷静一下，把枪对着其他地方。"

本盯着她，又下了两级楼梯。没有挪开枪。他睁大双眼，扫了眼桌上的刀，又掠过她，看向前门和客厅。"她在哪儿？"

"亲爱的，"她紧盯着枪，说，"你真的把我吓坏了，你这样——"

"她人呢？"他的咆哮声在客厅里回荡。她身后门上的玻璃都在震动。

她尖叫了一声，终于冷静下来，"她？哪个她？"

本走下楼梯，狠狠瞪着她，举起枪。黑洞洞的枪口刚好对准她眉心。"我问，她去哪儿了？你在这儿干什么？"他朝她步步逼近。

  贝姬无法判断他是愤怒还是悲伤。漆黑的枪口逼着她挪开目光。她能感受到他紧抓着枪时微微的颤抖。"宝贝,"她恳求道,"你在说什——"

  "你是谁?"他叫道,"我老婆他妈的在哪儿?"

2

　“来吧，各位。”利兰·麦克·埃里克森说。他用目光巡视了一遍教室，看过每一张脸，跟每双眼睛飞快对视，“假装你们可以控制自己的荷尔蒙，再多控制五分钟。你们有整个夏天可以疯。”

　有很多方法都可以集中他们的注意力，但眼看要放假了，吸引学生变得不再那么容易。他不再废话，而是严厉地看着大家。他学到的当好老师的技巧之一，就是不要滥用这种神情。隔几周用一次，再多就不行了。

　他的长相很适合做出那副表情。黑头发，黑眼睛，瘦脸，尖下巴，身体精瘦结实，大多数时候都很骨感。当高中老师的头一年，有个学生跟他说，他看起来像大学时代的西弗勒斯·斯内普。

　这副神情让大多数人安静了下来。泰勒一直在小声对艾米丽说话，艾米丽是他从复活节就开始追求的优等生，有一双绿色的眼睛。麦克没打扰他们。这个学年，孩子们还有三分半钟可以挥霍。

"大家来讲一讲这个学年里学到的某样东西吧。"他望望这些年轻的脸庞,"奥利维亚。"

她纤瘦的手指敲打着教科书,"《厄舍古屋的倒塌》,讲述了一个人因为双胞胎妹妹之死而精神失常的事。"

"死了?"

"呃,他认为她死了,其实是把她活埋了。"

"很好,"他说,"大致不差。希望你学到的不是要把兄弟姐妹都埋掉。"

班上有一半人笑了。一个男生清清嗓子,"埃里克森先生,我们可以走了吗?"

"扎克,等铃声响起,你就可以走了。不过最后一天我们要来点不一样的东西。今年你有了什么新收获?"

"我发现自己受不了英语课。"

"很好,我会转告德内夫人,下学期欢迎你去她那儿上法语课。伊桑?"

伊桑这孩子个头很高,比麦克还高,站着大概有六英尺。他进学校时,大家只知道他是个极客,想不到他居然还能打破三项田径的学校纪录。最近,老师们在教师休息室讨论的都是明年该怎么把他吸收进篮球队。"梭罗在森林里并不孤单。"

"说具体点儿。"麦克说,"你是指他有狗陪伴吗?"

"不是,我是说他并非待在不毛之地,他离城市还是很近的。"

"很好。再问两名同学。汉娜?"

头发深褐色的啦啦队队长把头从教科书里抬起来,"嗯……《厄舍古屋的倒塌》讲述了一个——"

"刚刚有人已经说了。跟我讲讲你学到的其他东西。"

"呃……"她打望了一下周围的同学,又埋头看向课桌,"噢,我知道了，被严厉惩罚真的很痛苦，让人痛不欲生。"

他点点头，"你从哪儿学到的？"

"霍桑的故事，莫利少校什么的……"

"《我亲戚莫利纽克斯少校》。"他朝她歪歪头，"很好，汉娜，没想到那天你认真听了。再请一位同学。贾斯丁？"

贾斯丁把蓬乱的头发往后理了理，"埃里克森先生的记忆力真是惊人。"

"没错。关于早期美国文学，你学到了什么东西吗？"

麦克眼睛的余光瞄见教室后门打开了，一个穿着灰色西装的秃头走进教室，于是他迅速向左使了个眼色。雷吉·马格纳斯明白了他的意思，笑着靠在了黑板一旁的墙上。麦克的注意力又回到学生身上。

"我……呃……"

"别紧张，贾斯丁。"麦克说，"不过，你回答不出的话，大家都不能离开教室。"

这孩子抓了抓头发。不满的牢骚声回荡在教室里。

麦克从耳朵背后摸出一支钢笔。他看都没看，把笔朝桌沿上当作笔筒的大号咖啡杯的方向一扔。咔嗒一声，九英寸的笔完全隐没在杯子里。"来吧"他说，"三十秒后我们就都可以回家过暑假了。你只要说出一件这学年学到的东西就行。"

贾斯丁抬起头，"伊卡博德·克莱恩并不是《睡谷传说》里真正的英雄。"

"说说看。"

"他，不过是个，呃，典型的英国人。你跟我们说过，坏人不只存在于电视剧里，有时候，他们就站在我们眼前。"

麦克笑了，这时下课铃响起，学生们抓起各自空空的背包，面露欢喜之色。"祝各位暑期愉快。"他说，"三个月后见。要上暑期班的两周后见。"他竖起手指,"贾斯丁,你两个学分到手了。"

年轻人有些害羞又有些得意地笑了,"谢谢你,埃里克森先生。"

"谢谢你,贾斯丁,很高兴给你上课。这会儿赶紧离开教室吧。"

等最后一个学生跑出教室,麦克转向他的朋友。雷吉的节食计划最近实行得越来越差,几个月长了很多磅,只能用宽松的衬衣来隐藏赘肉。他的衬衣外面套着灰色正装,这表明这次过来多少有公事要谈。雷吉不穿这种外套就没法谈正事。

麦克清了清嗓子,"最近还好吗?"

"凑合。"窗外的阳光洒在雷吉头上,黑色的头皮闪闪发光。他们上大学的时候,雷吉发现他的头发开始变少,就干脆剃了个光头,看上去挺酷,"你呢?"

"我挺好。"

"这儿没什么压力吧?"

"没有我搞不定的。"

"厉害。"

"你知道这样到学校来算擅自闯入吧?"

"你这是不讲道理。"雷吉用手拨弄着一堆《诺顿选集》,"捐建了两个计算机实验室以后,我觉得我多少该算是个教职员工。"

"老师可不是这么当的。"

"是吗?"

"我们这儿的规定很严格。"麦克边说边关上笔记本电脑,"另外我很确定是 DARPA[①] 捐的实验室,不是你。"

"很多员工都知道,我就是 DARPA 的人。"

"你这么说起来倒是很酷。"

雷吉摇摇头,走上前搂住麦克,"你这混蛋。"

---

① 美国国防部高级研究计划局。

麦克也抱了抱他，"你这废物。"

"最近在忙什么？"

麦克抓起擦子，在黑板上来回刷。"期终随堂测验"几个字变成线段，又归于粉尘。"啊，"他说，"我劝三个孩子在辍学前再读一年高中。又让另外五个学生去参加美联社测试。然后我还负责指导戏剧俱乐部举办秋季音乐会。"

"音乐会？"

"我想排《国王与我》，但结果很可能是《阳光小美女》。"

"小女孩和她家人在公路上旅行的故事？"

"完全不对，是另外一个。"

雷吉叹口气，摇摇头，"天哪，真是浪费。"

"嘿，我们的资金只够弄这个。"

"我说的不是戏剧。"

麦克把擦子丢回槽子，"那在说什么？"

"你知道是什么。"

他把笔记本电脑塞进公文包，"你觉得没什么的话，我们可以无数次假装没有讨论过这些，然后你又可以从头跟我讲起。"他把两本教师用教材跟笔记本电脑一起放进公文包。八年来，这两本书他翻都没翻过。

"你知道美国最聪明的三个人现在都在做什么吗？"

"此时此刻吗？"

"一个在十六岁时就在 NASA 工作。"雷吉说，"一个自学成才，用业余时间研究'P 对 NP'问题。还有一个，放着天赋不管，在缅因州一所名不见经传的学校教高中英语。"他从桌上拿起一个大红色 Swingline 牌订书机，在手上抛来抛去，"我们都清楚这不是你，你远不止这样，还可以做更多。"

"在你的说法里,"麦克说,"有三个根本问题。"

"请赐教。"

麦克竖起一根手指,"外面还有大把的聪明人:有没参加过 IQ 测试的,有没把测试结果公之于众的,还有些夸大了他们的测试结果,当然也有故意把成绩说差的。你的假设建立在非常有限、甚至是有些歪曲的数据上。"

"很有道理。还有呢?"

第二根手指竖起来,"很大一部分 IQ 测试的结果依赖于测试本身,以及参加测试的人员。只因为我十九年前的一次考试还不错,你就推测我 IQ 高。而我有可能是世上最大的傻瓜,只不过刚好考得不错。"

"我认识你又不是一两天。"

第三根手指竖起来。麦克用手指着教室,"我不认为当高中老师就浪费了我的时间和天赋。"

雷吉又摇摇头,"老实讲,你就是在这儿躲着。"

伸出的三根手指缩回了两根,只剩中间的一根。"操你。"

"你不是我喜欢的类型。"

"我觉得大学时期已经证明了你除了'女性',对其他性别一概不感兴趣,尽管这点常常被人怀疑。"

"操你。"

"对不对?"

"你这混蛋。想吃晚饭吗?"

"现在还不到四点。"

"过了早餐我就没吃东西了。"

"今天是学年的最后一天,老师们也跟放了假差不多。没上课的时候,就在教师休息室喝酒聊天。我们还说好了要去奥甘奎特不醉不休来着。"

"你有老朋友来了嘛，他们会理解的。况且这个老朋友还给学校捐建了两个计算机实验室。他们多半会劝你出来和我一起。"

"你个混蛋。"

"没错，我的工作介绍里就是这么写的，详见第六大段，第二小节。"

麦克叹口气，把最后几样东西抹进桌子抽屉里，"谁买单？"

"我呀。"雷吉说，"这趟来是为公事。"

"啊，买单的其实是纳税人吧。"麦克道，"那不行，得我来付。"

"闭嘴。"

麦克提起公文包，"我去给几个同事道个别，没准得喝杯啤酒才能走。"

"附近哪儿有好的牛排店？"

"'好'是个相对的词。国防部的资金把你惯坏了。"

"我有没有说过你是蠢货？"

麦克摇摇头，"没有。"

"蠢货。"

"这会儿套近乎已经晚了。"

3

　　"特纳船长牛排龙虾馆"的墙上点缀着塑料做的龙虾、落满灰尘的航标、老旧的渔网，以及因时间久远而变脆的长绳。每张桌上都铺着红白格桌布，上面摆放着一套调味品和一大根放在红罐子里的蜡烛。餐垫上还印着吃龙虾的详细步骤。

　　女服务生跟麦克打招呼时叫了他的名字，随后莞尔一笑。餐馆里只有几桌人，但雷吉还是坚持靠墙，不坐大厅。一个年轻的女招待说着"你好呀，埃里克森先生"，把菜单递给了雷吉，他们点了些喝的。上酒水时，她回答了雷吉关于菜单上特色海陆餐的问题。离开前她又对麦克笑了笑。

　　"以前的学生？"雷吉问道。

　　"我觉得是吧。"

　　秃头黑人一阵大笑，"你觉得是？"

　　麦克喝了一口朗姆可乐，"得了，说说吧。这次来又是为了什么？"

雷吉放下杯子，说:"把电池从你的手机里取出来。"

麦克四下看看，"这么认真?"

"协议要求。你有重要电话要接吗?"

"没有。"

"那就别惹人烦了。把电池取出来，我们就可以聊正事了。"

麦克从包里抓出手机，撬出电池板，"那你的手机呢?"

"我的先进些，有六套不同的安全系统。"

"我打赌我能黑进去。"麦克说着，把拆散的手机放在桌子中央。

"我打赌你做得到。"雷吉说，"这就是我来的原因。我手头上有个工作可以给你做。"

"另外一个项目?"

"对。说起来，我来麻烦你几次了?"

麦克拿起杯子，"你加入 DARPA 后的第十三次，我们认识以来的第十九次。"

"'十三'，这数字真吉利。"

"你能飞来这儿真是太好了，这样我就可以当面拒绝你了。又要破解什么密码吗?"

"不。"他们碰了下杯。

"机器人项目? 你在进行四五个机器人项目，对吗?"

"你对你想拒绝的东西很感兴趣嘛。"雷吉左顾右盼了一番，"你觉得上菜前我们有面包卷或是别的什么东西可以吃吗?"

"一般来说他们会提供面包。那么，你说的是机器人项目吗?"

雷吉摇摇头，这时女招待端上了一个面包篮和一小碗黄油球。他笑了起来，取出最边上的一片面包，用牙齿撕下一块面包皮。在招待离开前，他一个字都没说。

"你这回还真是藏着掖着。"

"这回事关重大。"他在第二片面包上涂了些黄油,"计划是这样的:这个暑假你来机构,以自由人的身份工作。三个月后,我会把你转为特别顾问,不过我们也可以根据事态发展的情况跳过一些环节。最少,你可以拿税后四万的报酬回家。"

"你在征召我吗?"

"要说的话,是,前提是你决定参与。"

麦克笑起来,啃了口面包。

"我是说真的。"雷吉说,"这次很重要,我需要你的帮助。"

"你每次都这么讲。"

"这回不一样。"

"为什么?"

"因为这次你会同意。"

麦克用刀戳戳黄油,黄油球在钝刀刃下打滚,"两小时前我还是全美最聪明的人之一,而现在,我都不知道自己该说什么。"

雷吉喝了一口饮料,往四周看看,又瞄了眼放在桌上的手机。他向前倾过身子,压低嗓门。

"我们在圣地亚哥投资了一个项目。"他说,"你知道亚瑟·克罗斯是谁吗?"

"那个物理学家?"麦克点点头,"你去年给了我一本《我们所知的历史》,记得吗?他也会参与这个项目?"

"是的。我拿了本签名版给你。感觉怎么样?"

"签了名?我还没打开看过。"

"猜你也没有。"

麦克耸耸肩,"你为什么要拿书给一个不爱看书的人?"

"因为那是《纽约时报》的畅销书,人人都在看,而我恰好有机会帮你拿到一本签名版。"

"无所谓啦。"

"克罗斯是'阿尔伯克基之门'项目的负责人。"雷吉说,"因为一些原因,项目现在有被叫停的危险。我需要你来进行评估,证明它安全可行,这样我们才能再投资它一年。"

"'阿尔伯克基之门?'"

"对。"

"啊,你勾起了我的好奇心。"

"太好了。"

"这是个什么项目?"

"我不能在这儿说。"

"噢,别呀。"麦克说,"我把手机都拆了。"

"对不住了,下周来华盛顿细谈吧。"

"我去不了。"

"来吧,跟我一个组。别有压力,放轻松。你可以见到亚瑟和他的团队,直接听他们讲。"

"为什么不能直接听你讲?"

"因为他们可以解释得更清楚。"

"我没法说走就走。我还有工作。"

"今天是学校上课的最后一天。"

"我暑假还有工作。你知道老师的薪水有多低吗?"

"我知道。"雷吉说,"我知道你暑期会去游乐园当修理工。我还知道我给你的薪水会是它的五倍,工作时间却只有三分之一。"

"前提是我接了这份工作。"麦克说道。

"你会接的。"

"我不会去那儿以后发现又是什么机甲或者隐形衣项目吧?"

"那叫光学伪装。不过请放心,不是这些。华盛顿你去还是不去?"

麦克手指轻敲着玻璃杯，"可能会去。为什么选我？"

雷吉正要开口说话，女招待走过来添水，于是他又闭上了嘴。她向他们保证再过几分钟菜就来了，然后又返回了大厅。

"她叫什么名字？"雷吉发问。

"谁？"

"这个女招待。"

"西沃恩。我们点酒水的时候她自己介绍过。"

"还有呢？"

"还有什么？"

雷吉伸出一根手指，朝女招待指过去，"其他相关的情况呢？"

"这很重要吗？"

"我是在打消你的疑虑，好让你下定决心。你还知道其他什么关于她的事？"

麦克叹口气。他的脑海里仿佛有数不清的蚂蚁在四处乱窜。它们叼着无数声音与影像的记忆碎片。"西沃恩·艾米丽·里士满。"他说，"生日12月29日，2011年毕业。2009至2010学年她在我班上，成绩B+，原因是在关于20世纪初期作家的考试中考砸了。完全不喜欢《麦田里的守望者》。高中时交过三个男友，高年级时又跟第一个复合。在新罕布什尔大学上了一年半，因父亲詹姆斯在车祸中身亡，不得不辍学。她喜欢凯蒂·派瑞，喜欢绿色，喜欢看《迷失》，但不喜欢那个结局。她开的车是辆2007年款本田思域，从基特里的一个女人那儿买的，也是绿色。她妹妹叫西尔莎，过两年应该也会到我班上来。说这么多够没？"

"这些话要是从别人嘴里出来，那甭提多恐怖了。"

"我知道这么多，主要是因为这是个小地方嘛。"

雷吉敲了两下桌子，"这就是为什么我需要你加入。"

"因为我住在小地方？"

"因为你做这些事就像别人呼吸一样轻松简单。"他继续用手指敲桌子，"说真的，这就好像建好了世界上最牛的超级电脑，结果却用它来玩《糖果传奇》。你待在这儿太他妈浪费了。"

"我在这儿很开心。"

"没错。但你要是决定暑假来跟我工作，可以挣一大笔钱，变得更开心。"

麦克看着他的手机，问："只是去一趟华盛顿？"

"对，机票我包了。你哪怕只是来一趟，我都会付一千美元给你。我还会把你好好安顿在酒店里，虽然知道你更喜欢睡我家沙发。你就当这是个带薪假期好了。"

"如果我不感兴趣，就没事了，对吗？"

"你会感兴趣的。"

"但如果没有呢？那就到此为止。"麦克的语气不像在询问，更像在谈条件，"我那时候需要一身轻松地回来，没有税务审核，没有任何问题。"

雷吉点点头，"如果见过那个项目组，你仍然能看着我的眼睛说你不感兴趣，我会第一时间把你送回家，甚至把你候机的酒水都包了。"

西沃恩·艾米丽·里士满单手托盘走了过来。麦克把手机和电池扫到桌子那头。她放下盘子，清点过酒水，问他们是否还想再要些面包，然后又离开了。

雷吉往嘴里塞进一块牛排，闭上眼嚼了四下，露出心满意足的神情。他吞下牛排，看着麦克。"那，"他说，"我成功邀请到你了吗？"

麦克用叉子边缘切开一个扇贝，用叉尖戳着，叹了口气，"也许。"

雷吉笑了，"你什么时候能动身？"

"我不知道。还需要几天才能把学校事务处理完。17号怎么样？"

　　"好极了。我们可以在华盛顿碰头，然后你去见项目组的人，我再送你去圣地亚哥。"

　　"如果我决定去的话。"

　　"你会的。"

　　"再说吧。"

4

历经八天,过了三个安检,坐了一趟飞机,麦克终于穿着自己最好的西服现身华盛顿。不过他的西服仍是房间里最廉价的。雷吉实在看不惯他从家里带的那两条化纤领带,借了条丝质的给他。

房间几乎有麦克执教的教室的两倍大,一扇窗户都没有。五个人在房间里走来走去,低声交谈,然后避开身后的一列旗子,在房间前方的一排桌子后找位子坐下。十英尺开外另有一排桌子,桌面反光,二十四张椅子摆在桌后,一排四张,一共六排。还有两张对着门的桌子远远摆着。墙都漆成暖色调,但房间给人的感觉依然冷峻。

麦克很惊讶,屋内陈设如同法院。法官在前面,双方辩护律师在法官对面,陪审团在旁边。他相信这样布置是有讲究的。

房间前面那五个人,三男两女,都坐定了。麦克挨个打量了一番。穿空军军服的男人,军装双肩上镶有银色老鹰。年轻一点的男人头发乌黑,戴着眼镜。年长些的女人领上别着一枚旗帜扣针,麦克脑海里的蚂蚁识别出她是参议员。还有个亚裔男人。一个长发黑眼的女人，身体如运动员般结实匀称。另有七个人坐在屋子中间，用一样的钢笔在一样的便笺本上唰唰记着。

雷吉把他们带到陪审团席位那儿，每张桌上都摆放着两本崭新的标准便笺，每页顶端都印着国防部水印。一支钢笔不偏不倚摆在便笺本上方，让原本就很搭配的标志变得更加好看。每本便笺旁放着一个蓝色文件夹。

“这是什么？”麦克问。他调整了一下自己的外套，以便更好地衬托出借来的领带。

“预算审查委员会。”雷吉小声说道。他嘭地打开公文包，拽出一本超薄便笺，“标准配备。这还是 DARPA 负责的范畴，只不过很多其他部门也参与投资了‘阿尔伯克基之门’。大家都对下一步怎样进行有发言权。其中有的人与机构息息相关，有的人来自美国国防部本身。看到那边的空军上校没？他就喜欢这样的配备。”

麦克的目光从委员会的半数成员移向更远处，看着一个方下巴、留着鬃刷般头发的男人。“真的？”

“啊，是啊，把你从报刊上看到的有关海军或陆军的报道都忘了吧。空军比这两者都更热爱高科技。”

“那么热爱高科技，大家却在用便笺本和圆珠笔？”

“还记得你交出了手机吗？”

麦克点头。

“那你还问我。”

麦克又点点头。

“真酷啊。我能留一支笔吗？”

“可以，你留着吧。”雷吉叹口气道，“它只花费纳税人十七美元。来，你还可以把我的也拿走。”

"那便笺本呢？"

"不要太贪心。"他向房间前面的人点头示意，"好啦，仔细看着，这些就是你的新伙伴。"

两男一女穿过门向这里走来。领头那个年纪稍长的黑人留着修剪过的山羊胡子，头上一圈灰白色头发。他先是环顾四周，然后又看向委员会成员。他走路时，右手拄着一根黑色拐杖，握柄是德比风格，泛着银光。他戴着的银边眼镜把眼睛放大了不少。总而言之，跟他书套上的照片相比，差异并不大。

"戴眼镜的家伙就是亚瑟·克罗斯。"雷吉顺着麦克视线的方向看去，说，"他可能是最了解这个东西是怎么运转的人，尽管他们都会告诉你没人真正理解是怎么回事。不过这就是你来的原因。"

"我还是不明白你要我干什么。"

"耐心。"

克罗斯在房间那头看向雷吉，礼貌地点点头。跟他一块儿的那个女人朝麦克和雷吉看了一眼，眼光凌厉。她、克罗斯和另外那个男人在委员的另一头落座。

"女的是婕米·帕克，"雷吉说，"首席程序员。她今天来是因为另一位物理学家得了流感。"

跟麦克一样，她眼睛是淡褐色，只是颜色比麦克更浅一点。她长发过肩，梳成了一束好看的马尾。她裹着一件合身的黑色紧身毛衣，前凸后翘的身材在灰色外套下若隐若现。

他意识到自己看出了神，因为她朝他瞪了过来。麦克揉揉太阳穴，努力让几只蚂蚁躲回去，"你说过跟解密无关。"

"是无关啊。"

"也不是机器人。"

"现在是 21 世纪了。"雷吉说，"要是我的哪个项目里程序员的数量还不到两个,那可太说不过去了。"他朝那女人的方向支了支下巴,"帕克是个黑客,她在麻省理工学院的时候惹上些联邦调查局的麻烦。但他们什么证据都没有。毕业后他们想雇她工作,差点儿被她一口啐在脸上。消失两年后,亚瑟在某次黑客大会上发现了她,当即雇用。她高傲得很。"

麦克把目光移向第三个人。他长着一对小眼睛,染黑的头发往后梳着,面带倦容,饱经风霜的脸有些长。他四肢清瘦,姿态优雅,给人感觉个子很高,尽管他只比帕克高一英寸。他的外套很不合身,应该是买回来没改就穿了。这让麦克对自己的行头感觉自信了一些。

雷吉朝那男人点点头,"奥拉夫·约翰逊。"

"奥拉夫?"

"他是亚瑟的同伴。物理和数学双博士学位,智商超群。搞数字工作的。一板一眼,没啥幽默感。你们俩应该能相处得很愉快。"

"他跟斯嘉丽·约翰逊有什么关系吗?"

"据我所知没有。"

"有人说过他看起来像亨弗莱·鲍嘉吗?"

"我跟他说过。"雷吉说,"可他不知道我说的是谁。"

"他怎么会连鲍嘉都不知道?"

"我想他没看过《卡萨布兰卡》。"

"胡扯。"

"闭嘴,玩儿你的钢笔去。他们准备开始了。"

那个黑眼睛、身材像运动员一样的女人开始发言了,声音怡人。"那么,克罗斯博士,或许你可以先跟我们简述一下你的项目,以及它目前进展到什么程度了?"

亚瑟点点头,"好的,如同我们报告中提到的,'阿尔伯克基之门'一开始叫作 SETH 项目,旨在尝试创造一种能量与物质传输的可行方法，长远目标是创建一个可实现的 IMT 系统。"

"博士？"亚裔男人举起手，"能用外行能听懂的语言跟我们说说吗？"

奥拉夫叹了口气，眉心微蹙。

"IMT，"亚瑟说道，"就是瞬时物质转移。我们正在尝试创建一个物质投射系统，它可以——"

"量子隐形传送？"亚洲人再次打断，"你们在尝试制造某种像《星际迷航》里那样的传送机？"

"其实他们管那个叫运输机。"婕米·帕克说道。

委员会一桌人轻声笑起来。

麦克感觉自己开始翻白眼了。他转向雷吉，"我还以为你带我来这儿是为了什么严肃的事。"他悄悄说道。

"的确是。"他的伙伴轻声应道。

"物质的量子隐形传送是不可能实现的。"

委员会示意继续。"那你的……物质投射系统，取得了哪些进展？"亚裔男人问道。

"啊，"亚瑟说，"总的看来，我们已经进展到一定程度了，先生。用现有的技术，有好几种方法都可以将物质打破到原子水平。当然，挑战一直都在重组环节上。"他停下来扶了扶眼镜，"即便是小如老鼠的生命形态也包含了几十亿细胞，每个细胞由上亿分子组成，每个分子又由成千上万原子组成。打碎相对容易，要拼回去的话……"

"我相信你在之前的预算报告中已经阐述过这一点了，对吗？"空军上校问道，他清晰的声音回荡在房间里，"说是你给自己建了台超级计算机。"

"要建一台可以实时识别和跟踪所有那些粒子的计算机几乎是不可能的。"婕米说，"这甚至超越了现代理论的基础。最接近的要属中国的'天河二号'超级计算机,但那只是我们要往前迈进一步所需的计算能力中小之又小的一部分。我们在尝试开发一种程序,工作原理类似于量子纠缠,通过这种程序,我们只需要知道大部分粒子在什么位置就行,不用再知道每个粒子具体在哪儿了。"

委员会成员有的面面相觑,有的埋头翻看资料。"那它成功了吗?"那个女人问道。

麦克再次靠近雷吉,"就算我不明白这玩意儿,也可以告诉你十几个它成功不了的理由。"

"我相信你。"

"我至少可以说出一打物理学家,一开始还研究这个,后来就转向相对而言更容易的其他项目了,比如反重力,或者大统一理论。"

"我跟你说过要有耐心,不是吗?"

"马格纳斯先生,"那个女人问道,"你有什么看法吗?"

"没有,夫人。"他说,"只是跟我的同事讲解一下。"

她的目光滑向麦克,又回到亚瑟身上,"博士?"

"我们取得了一些成绩。"亚瑟说,"也经历了一些失败。最初的几个 HD 并没有带来什么成果,但是当我们——"

"不好意思。"另一位评审员又打断了他,是那个参议员,"HD?"

"噢,这是……呃。"亚瑟盯着桌子,"嗯,这是我们编的,用来称呼那些分散了、没能重组的实验对象。不是正式的称呼。"

"它代表什么?"戴眼镜的男人又问。

"嗯,它是……"他看了一眼婕米。

"蛋头先生[1]。"奥拉夫·约翰逊咕哝着。

"什么?"

---

[1] 原文"Humpty Dumpty",英语儿歌,讲述了蛋头先生栽了跟头,破蛋难圆的故事。最后一句为"国王呀,齐兵马,破蛋难圆没办法"。

麦克的思绪跳回过去，搜寻出那首童年儿歌。他看了看六页绘本上的全部内容，和当下的情况一联系，他立刻皱起了眉头。

"蛋头先生。"像鲍嘉的那个人声音含混不清，跟他的相貌一点也不搭，"就是，'国王呀，齐兵马……'"

"噢。"亚裔评审员说。

戴眼镜的男人微微点头，"有点……吓人。"

"但事实如此。"奥拉夫的声音里充满了讥讽。

"说真的，"空军上校说，"你们究竟成功了几次？"

"项目头三年里，我们成功传送了两个实验物体和一只实验动物。"亚瑟说，"两个物体在重组不久后碎成了粉末。显微分析显示，它们分子层面发生了根本的变化。"

参议员咽了下口水，"那……动物呢？"

亚瑟看看婕米。这位金发女郎仔细地看着她空白的便笺本。

奥拉夫在椅子上坐直，"我们很肯定在重组的瞬间它就死了。"

"十分肯定？"

"尸检尚无定论。"他耸耸肩道，"就算它活着，也不过是一两秒的事。"

"你们确定？"

"我们确定。"婕米小声答道。

麦克拾起钢笔，在便笺上写下"我就说嘛！"，转给雷吉看。雷吉视而不见。

亚裔男人敲着报告，说："这是未经授权的动物实验，是不是？"

"是的，先生，是。"亚瑟说，"两次听证会报告里，伦理委员会和动物保护协会的意见都该包含在内。我们……我们'阿尔伯克基之门'项目的所有人，眼睁睁看着那事发生。我们对此感到惭愧。我可以向您保证，这样的事再也不会发生了。"

亚裔男人点点头,"请往下说。"

"如我所言,"亚瑟接着说,"第二次实验让我们不得不赞同流行的理论。即,以我们目前的科技水平,物理上的量子隐形传送的确不可能。或许永远不可能,就像很多量子理论家所说的那样。"

一阵低语从委员会桌的那头传来。

"我简直不敢相信,你们竟会资助一个声称可以建造传送机的家伙。"麦克小声道。

"我没有。"雷吉说,"我资助克罗斯,是因为他做到了。"

"然而,"亚瑟继续道,"在我们的间断期,约翰逊博士和我想到,瞬时旅行的奥秘或许不在控制旅行者上,而在操控旅行距离上。"

麦克头脑中那群永不休止的蚂蚁停顿了一下。

5

运动员身材的女人翻开报告，查找着什么，"你如何控制距离的呢，克罗斯博士？"

"距离是一个相对概念。"亚瑟说，"当你开始把其他维度加入方程式之后，距离就很容易控制了。"

雷吉清清嗓子，以吸引大家的注意。麦克、几名科学家和委员会成员们都转向他。"呃……为了存档的目的，"雷吉说，"以及为了让非科学出身的成员们更加了解，您能不能再多解释一下？"

亚瑟点点头，"当然。"他没有拿摆在面前的钢笔，而是从外套的内兜里掏出一支。科学家在便笺本的两个对角上画了两个夸张的点，没借助拐杖就站了起来。麦克看在眼里。"为了方便起见，我们就说这些点在一个二维空间里，在这张纸上。"他说话的语气像大学老师。他把纸展示给房间里的人看，"很简单，对吧？"

委员会一众成员里，有几个人点了点头。

"马格纳斯先生，既然是您提议的，就请您来说说这两个点之间距离有多远吧？"

雷吉看着纸。"如果我的几何还没忘的话，"他说，"差不多是十四英寸，是吗？"

"很接近了。"亚瑟点头。他手一挥，把纸从便笺本上扯了下来，对折成一半大小，"现在又隔多远呢？"

"八英寸吧，大概。"

物理学家又折了一次纸，"现在呢？"

"那样的话，小于一英寸了。"

"可是，"亚瑟说，"对于纸上二维世界的生物来说，什么都没改变。时空照旧，两点依然相距十四英寸。但如果他们有办法认识到我们的三维空间，从中穿过，再进入它们自己的空间，只用一小步，它们就可以从 A 处到达 B 处。

"采取类似的方法，我们可以在阿尔伯克基之门的覆盖范围内，创建通往另一维度的量子道路。这条通道在我们自己的维度里是首尾相连的，A 和 B 之间仅仅一步之遥。"

"拿纸做文章是你的主意吧？"麦克小声问。

雷吉微微点头，压低声音："我第一次问他时，他就是这么跟我解释的。对我们这些缺乏专业知识的人来说，这种视觉化演示效果很好。"

上校的笔敲击着资料，打断了房间里交头接耳的声音，"这么说，你已经找到可以实现这种想法的另一维度了？"

"这就是我们项目的关键。"奥拉夫说。麦克惊奇地发现：一个人的声音竟可以如此傲慢。"我们不需要去找。只要跟仪器说我们有，一切便能有条不紊地进行。"

"这样就行了？"

"迄今为止，"亚瑟咳一声说，"阿尔伯克基之门已经运行过四百余次，没发生任何副作用或重大后果。以人为主体的实验进行了一百六十六次，这套系统从未失败过。"

"从未失败？"

"从未失败。"老人重复着这几个字，坐下来。奥拉夫和婕米都把手交叉抱在胸前。

麦克皱皱眉，看向雷吉。雷吉对他轻轻摇头。麦克一把抓起笔，在便笺本上飞快写道："如果从未失败，叫我来干吗？"

"那，它的安全性如何？"上校问。

"绝对安全。"亚瑟说。

亚裔男人在桌上敲着笔，"那本杰明·迈尔斯是怎么回事？"

一小群蚂蚁搬出了影像和声音。麦克三十二个月前去过华盛顿。他们在走廊经过那个人身边时，雷吉介绍过那位新晋的董事长助理。他个子不高，但肩膀宽阔有力，下巴棱角分明，头发呈金棕色。他佩戴着一个小小的领带别针，是个银红色的美国队长盾牌。

房间里的人低声讨论着。好几个人瞄向雷吉。奥拉夫和婕米在座位里挪了挪身体，上校和参议员俯身向前。亚瑟迎上他们的目光。

"本？"麦克迅速写道。雷吉再次摇头。

"迈尔斯先生的遭遇当然让人非常遗憾。"亚瑟说，"尽管他来圣地亚哥的时间不长，但我们都很喜欢他。不过，他的遭遇跟阿尔伯克基之门无关。"

"他使用过它。"亚裔男人说，"就在七个星期前。紧接着他就出了状况。"

"你怎么不说他出状况的时候才刚下维珍航空的飞机呢。"亚瑟说，"在问我之前，你们是不是更该去找理查德·布兰森[1]？"

---

[1] 英国亿万富翁。维珍公司创始人。

麦克又瞧瞧雷吉,但这位朋友板着脸,面无表情。

"这算不上回答。"亚裔男人说。

"您并没有提问。"亚瑟说,"误操作仪器也可能会受伤,但这跟穿越阿尔伯克基之门本身没有关系。"

"那么,从某种程度上说,它还是危险的。"上校说。

"这就像问高速公路是不是危险一样。"奥拉夫说,"高速公路只是一条长长的通道,不管是身处其中还是它本身,都没有任何妨害。但如果有人做了什么蠢事,还是有可能受伤的。"

上校思考了一下,迅速记下笔记。

召开这场会议的那个女人翻开她的资料。"克罗斯博士,"她说,"这儿没有关于你们项目翔实确切的说明。"

"没有,女士。"亚瑟说。

"别的资料有吗?"

"也没有。"他说,"在准备好对外公布这个项目之前,我不能跟任何人分享我们的研究过程、结果和技术。这是我们协议的一部分。"

她的眼睛睁大了些,"可现在你面对的是评审委员会。"

科学家和委员会成员们交换眼色。

雷吉靠近麦克,"这就是你来这儿的原因。"他小声说。

"博士,"戴眼镜的男人说,"我们在讨论要不要给你们延长一年的经费,我们需要看你们的研究成果。"

"我刚才解释过了,"亚瑟说,"除非阿尔伯克基之门对外公布,否则没人能看到我们在做的事。不管是一行公式、一行代码,还是一份蓝图。这是我们从 SETH 接手该项研究时同马格纳斯先生达成的协议。"

好几个人扭头来看雷吉。他没有畏缩。

空军上校重重合上他的资料,"为什么现在才告诉我们这些?"

"你一定没看邮件。"奥拉夫说,"这项共识达成都快两年了。"

"这么看来,我们没什么好谈的了。"参议员疲惫地看了雷吉一眼,"如果你们不能向我们展示任何实际成果,估计我们很难再继续给你们提供经费。"

"恰恰相反,"亚瑟说,"我们可以向你们展示唯一真正重要的成果。就是我刚才提到的,阿尔伯克基之门的确能运行。"

"你录像了吗?"亚裔男人问。

亚瑟摇头,"在现场看可以,但我们不允许任何东西从实验室流出。"

委员会席上又传来几声失望的叹息。

麦克拿起笔,手腕却被雷吉按住了。

"我很抱歉。"亚瑟说,"但是与该项目相关的所有信息都有严格的规定,这是很早就定下来的事。"

"可这是我们的资金,"戴眼镜的男人说,"我们需要了解它的用途。"

"为什么?"婕米说,"你们不是物理学家、工程师,也不是程序员。我们解释了你们也不会明白。它的工作机制只有我们才懂。"

"但我们有能搞懂它们的人。"那个运动员身材的女人开口道。

"而这,"亚瑟说,"就是我们不跟任何人分享信息的原因。"

所有人都看着他。婕米和奥拉夫站得笔直,一左一右跟在老板两边。他盯着雷吉,寻求支持。雷吉向他微微点头。

亚瑟稍微整理了一下思路。"阿尔伯克基之门,"他说,"是自登月以来,也可能是自蒸汽机以来,我们人类最伟大的发明。毫不夸张地说,它将改变一切。交通、通信、贸易、能源产业、空间探索,一切的一切。这个技术一旦公布,这颗星球上每个人的生活都会发生改变。

"时机不到,我们不会冒着走漏风声的危险。你们对助手和顾问讲，他们又跟自己的员工讲，员工又告诉自己的助手和部门人员，中间有些人可能还会跟家人和朋友谈起。开完这个会，一传十、十传百，越多人知道，消息就越有可能泄露出去。坦白地说，"他指着奥拉夫和婕米，"这是我们毕生的心血。在还没有被允许公开的时候，我们不能冒险看它被毁掉，或者被剽窃。"

"照这么说，它是个很了不起的发现。"上校说。

"当然。"奥拉夫说，"未来十年的诺贝尔奖，我们每年都可以斩获，甚至包括经济学奖、生物学奖、文学奖。"

"我可以理解你的担心。"亚裔男人说，"但这并不是在大学里把论文交给一个连电子邮件都不会使用的老教授。我们可是联邦政府托付的人选。"

"没错。"婕米说，"所以这才更要命。"

"政府连自己的秘密都守不住。"奥拉夫说，"我们还能指望它能守住别人的秘密？"

上校张了张嘴，什么话都说不出来。

雷吉清清嗓子，婕米看向他，"马格纳斯先生？"

"我明白这种做法看上去很不合理。"他说，"但请诸位理解，这和DARPA以前给过那么多安全级别高的项目没有本质的区别。"

参议员对着手中的资料嘀咕了一会儿，"也就是说，DARPA希望我们给这个项目再投入三亿资金……原因呢？没有解释，没有报告，什么都没有。"

"继续投资的原因是，阿尔伯克基之门可以运行。"奥拉夫说。亚瑟用目光示意他别再说了。奥拉夫在自己的椅子上坐下，双手交叉抱在胸前。

雷吉用手指着奥拉夫，"这个人说得有道理。真正重要的问题其实只有一个：它能不能运行。阿尔伯克基之门可以运行，我亲眼见过。

我说的不是要他们先拿出成果，再决定要不要延长一年，而是说多给一年时间让他们完成测试，拿出可信的、无人能质疑的证明材料。"

"可我们连他们在做什么都不知道……"

"我们知道他们在做什么。"雷吉打断参议员说，"他们在造一个可以让你一步就能从纽约跨到伦敦去的系统。这就是他们在做的事。"

戴眼镜的男人用笔敲着资料封面，"可我们谁也不知道它是怎么运作的。"

"反正你们中没有人能搞明白它是怎么运作的。"亚瑟说。

雷吉举起两根手指，等着运动员身材的女人点他的名字。"我们雇世上最棒的大厨来做晚餐，并不是要他分享菜谱配方。他只要做出我们点的菜，又能保证味道，这样就行了。这正是克罗斯博士和他的团队做的事。他们给我们准备了一道极品菜肴，还会在一切准备就绪以后提供更多的甜品，最后甚至说出制作配方。"雷吉说。

运动型女人俯身跟亚裔男人耳语，他点点头，看向参议员。空军上校仍然盯着奥拉夫。

"另外，"雷吉又往前倾了倾身子说，"我派出了我们最顶尖的科学家来做全程现场评估。他会带回一份详细的报告，届时请各位查看。"

他转向麦克。

委员会成员、科学家、七名正在做记录的人——屋里的每个人都转向了麦克。亚瑟·克罗斯坐直了身子，婕米半眯双眼，奥拉夫面有愠色。众人的凝视下，麦克觉得皮肤发烫。

"我什么都还没答应呢。"他小声说。

"为时已晚。"雷吉小声回道。

"好吧，这样看来，似乎今天下午我们准备的问答环节也没什么意义了。"婕米说着关上资料，跟委员会其他成员交换了一番眼色。

"我想就到此为止吧。克罗斯博士，感谢你和你的团队今天上午过来。

请给我们一些时间考虑。"

亚瑟·克罗斯点点头。

"马格纳斯先生，"她继续道，"午饭后我们还想跟你聊两句。"

"我也这么想。"

她点点头，"我们一点半再回这儿见面吧。"

委员会成员纷纷起身，跟助手们三三两两离开。科学家们凑在一起小声交谈，目光不时掠过雷吉和麦克。

"这么做，"麦克说，"太不仗义了。"

"你跟十几岁的孩子在一起待得太久啦。"

6

"你耍了我。"麦克说。

"我没有耍你。"雷吉在他的办公桌前坐下，说，"我只是了解你。"

麦克环顾办公室。大脑中的蚂蚁搬出了他上次来这里的影像。桌上摆着一台新的监控电脑，两块黑色的扑克筹码，上面各印着不一样的拉斯维加斯赌场标识，跟电脑底座旁的另外三块筹码堆在一起。墙漆成蛋壳色，以前是雪白的。书架上多了十九本新书，有十五本旧书不见了。亚瑟·克罗斯的《我们所知的历史》，精装和平装各有一本。平装那本没碰过，书脊光滑无损。

"只要你到这儿来，"雷吉继续说，"听了这个项目是怎么回事，我就知道你不会袖手旁观的。"

麦克又浏览了一下书架上的其他东西：一张裱好的证书，一个挥动手臂扭转身体的机器人，一铜一银的两枚奖章，还有一张雷吉身穿休闲装的照片——他微笑着和一个亚洲女人站在一起。一张迪士尼主题公园明信片，上面标着"明日世界"的字样。蚂蚁们把这些分门别类一一编录在案。"你可以提前告诉我。"他说。

"那时候你还不明白。"

"你才说了解我。"

"你要我道歉吗？"

麦克一屁股坐在办公桌另一头的椅子上。

"我需要你做这件事。你要是说不想加入，我该怎么办？所以……也许我确实有些言过其实，骗你走到现在这一步。"雷吉轻拍桌面，"对不起。"

"你也知道，这件事会让我的生活变成什么样。"

"是，我知道，但在这件事上我确实太需要你了。"

麦克把脑海里的几只蚂蚁撵了回去，"你是个混蛋。"

"听惯了。你想飞回家吗？"

"还有一千美元？"

"对，当然有。如果你确实不感兴趣，不想参与这件事……那么，行。"

麦克默数了五个数。

雷吉又轻拍了一下桌子，"你真想回家吗？"

"不。"

"还有不到一小时，我就又要回去面对委员会了。"雷吉说，"你跟我一块儿去。今天上午的会议，你怎么看？"

蚂蚁们四散爬出，带着对话、影像、第一印象和直觉。"这个项目是真的吗？克罗斯制造了一台传送机？可以把物体从一处移到另一处？"

"对，你也听他们说了。不过那东西更像门而不是传送机。"

"像星际之门一样的东西？"

雷吉摇摇头,"千万别在亚瑟和奥拉夫面前说这个,他们恨这比喻。"

"记下了。他们干这个多久了?"

"'阿尔伯克基之门'项目成立三年了。之前有两年在 SETH。"

"我以为 DARPA 只资助一年。"

"通常是这样,但我们不会因为十二个月到了就叫停真正有前景的项目。"

"确定是真的?不是变什么戏法?"

"我亲眼见过。"雷吉说,"见过三次。上次他们还让我和凯莉做了试验。"

蚂蚁飞快放出一幅图像,是雷吉的年轻助手。她头发呈红色,但根部有八分之一英寸是棕色的。"你们进行传送了?"

"对,我们两个都穿过了传送门。"

麦克在椅子里坐直了些,"所以就是她一次、你一次,还有另外一次,一共三次?还是看了两次,穿过了一次?"

"你在抠字眼。"

"见鬼,没错。"

雷吉笑道:"第一次我看着他们传送一只老鼠,然后是一个棒球。"

"棒球?"没等雷吉给出回答,蚂蚁们已经合成出一幅图画。"传送门很大。他们来回扔棒球做测试。"

"对。第二次是猩猩。最近一次是几周前,我和凯莉先后进行了实验。"

"什么感觉?"

"没什么感觉。"雷吉说,"就像从一间房走到另一间去。"

"这个名字,'阿尔伯克基之门',这是参考兔八哥的阿尔伯克基洞穴吗?"

"是的,亚瑟喜欢老动画片。你是第一个不需要别人解释这个名词的人。"

麦克点头说:"好吧,别误会,可如果克罗斯已经做成功了,你让我来做什么?我不明白为什么你们竟会在经费上有问题。"

"有几个原因。"雷吉抬起放在桌上的手,十指交叉,"第一,你可能也注意到了,他们非常强调保密。亚瑟和奥拉夫一门心思想把整个事情包裹严实。"

"团队有几个人?"

"六个。"

"疯子的数量比我想的少些。"

雷吉没理他,"华盛顿方面不喜欢被瞒着。这是身份地位的问题。你也看到了参议员和上校在提到'非相关人士不得与闻'这句话的时候表情有多僵。"

"嗯。"

"对他们来说,这不仅仅是侮辱,简直就是在脸上扇了一耳光。那帮人里有几位,单纯因为面子的问题就想关闭这个项目。"

"真蠢,不过也能理解。"

"第二,照 DARPA 的标准,这是个长期项目。如果不是亚瑟·克罗斯做,可能几年前就结束了。他很可能是当今还在世的科学家中最著名的几个人之一,名声仅次于史蒂芬·霍金和奈尔·德葛拉司·泰森,不是第三就是第四。"

"比尔·耐呢?他是另一个能进入你排名的科学家吧。"

"是的。所以我给亚瑟延长了两年。考虑到他展示出了一些令人印象深刻的成果,我又再给他延长了一年。"

"这是第四年了?"

"希望如此。"

"还是没明白你有什么需要我的地方。"

雷吉拈起一枚黑色的筹码,放在指关节间快速翻动,让它在指间行云流水般穿梭,动作优雅,如同魔术师,"我认为出了点问题。"

"你刚刚还说它可以运行。"

"它确实成功运行了。"

"有人回来时脑袋变成了巨型蝇头之类的东西吗?"

"不是这样的。问题也不是出在技术上。"雷吉耸耸肩,"好吧,也可能是技术问题。我也不知道。可以说理论上一切都天衣无缝,但就是出了点问题。"

"什么样的问题?"

"感觉气氛不太对,他们全都紧张不安。最近总有人休病假。"

"就像今天本该来的那个物理学家?"

"也许。还不好下结论。我是说,这些科学家都不合群,我是说,我也知道自己其实是个局外人。但过去六七个月,事情感觉……不太对劲。"

"怎么不对劲?"

"这也是我找你来的原因之一。"雷吉说。

"为什么我感觉这才是主要原因?"

"被你说中了。两个月前,就在我上一次到访后,我派本·迈尔斯去做了实验。他曾是我一个——"

"上次我来这儿时见过他。"麦克举起一根手指,"你用的过去式。他到底怎么了?"

筹码停止了翻动。"他去圣地亚哥参加了一个更正式的评审会,回来后我们谈了几句,他听上去非常乐观,对项目和人的感觉都相当好。他一直叫我'伙计',让我觉得有点不太像他,不过我想可能是他从外面学回来的。他说一两天后会给出一份翔实的报告,就回家去了。

接着,他打了'911',说有人绑架了他妻子,用冒牌货顶替了她。"

蚂蚁调出了本伸出手来和麦克握手的画面。另一只手上戴了枚金色的婚戒。

"他在处理几个敏感项目,所以 FBI 也参与了调查。他太太贝姬被搞得有点精神崩溃,但所有检查均表示问题没出在她身上。然而本还是不死心,甚至责怪我也是同谋。"印着小丑的筹码又开始在雷吉的手指间翻动,绕过一个个关节,一轮轮周而复始,"他现在住在费城的贝尔蒙特医院,差不多有六周了。一开始他们以为这是卡普格拉妄想症①,某种信息在脑部输入输出时产生的问题,但相关测试显示出的结果又不是那么回事。现在他们暂时把他的状况称为妄想型精神分裂症。"

"此前没有精神疾病的征兆?"

"没有。那个人正常得很。"

"嗑药?"

"连酒都不怎么喝。他每年都会全面体检,保证身体健康。"

"那么……"

"亚瑟说他在圣地亚哥时没什么异样,本在那儿一直都挺好的。只是有些着急把报告做出来。虽然他们不太喜欢这样,不过也能理解。"

"他一回来就变得不正常了。"

"差不多是这样。"

"而现在,你希望我去圣地亚哥找出原因?"

"是的。"

"我还以为咱们是朋友呢。"

---

①别名"冒充者综合征",患有这种病的人会认为自己熟悉的人被一个具有同样外貌特征的人取代了。

"又没让你什么准备都不做就过去。我俩都清楚，你比本更机警更聪明。"

"别拍马屁了。"

"事实如此。"

"还有其他信息吗？"麦克说，"亲眼看到的，或者道听途说的都可以。"

雷吉摇摇头，"你知道匆忙间把T恤穿反了的情况吧？即便上面没有标签，不用看镜子你也知道穿反了，因为你能感觉到。"

"这就是你给我的信息？"

"反正就是不对劲。"雷吉耸耸肩，"这就是我能告诉你的一切。那儿有东西不对劲，从空气里都能察觉到。还有，你知道最诡异的是什么吗？"

"什么？"

"我想，那边的人也都感到不对劲了。"

左转

7

麦克以前靠近过圣地亚哥军事区一次,那次安吉星[①]的偏航警告叫了老半天。军事区前面的围栏大门用斑驳的旧锁链铰接,没有任何指示牌。这一回,围栏的门旁多出了个孤零零的守卫。问了下他是谁后,守卫挥手示意放行。进去后,麦克看见了一条小道,小道围栏上有许多新的刮痕,麦克推测至少有一两个守卫在这一带巡逻。

从街上只看得到一栋楼,灰色钢筋混凝土质地,只有远端开着几扇窗户,仿佛设计丑陋的仓库。大楼一侧野草疯长,那模样都可以叫小树了。

他找到了一个小停车场,停车位只有十多个。车位间用木盆盆栽隔开。八个车位已经被占用,有四个标记了"车位已占",还有一个标着"来客车位"。他把车停在离出口最远的位置。

他上了几层混凝土楼梯,走进大楼。小厅里点缀着几幅有些粗制

① 一种车载 GPS。

滥造的带框印刷图。有爱因斯坦、特斯拉、戈达德、汽车发展史、登月图。这让麦克觉得像是走进了大学的图书馆。

前台的女人盯着他,她漂亮精致的脸上,黑色的大眼睛忽闪忽闪。黑直发垂过肩膀,消失在背后。她咧着嘴,面带礼貌却空洞的微笑。麦克对这种微笑再熟悉不过,在家长会上见过无数次。"你需要帮忙吗?"

"我是利兰·埃里克森。"他说,"来找亚瑟·克罗斯。"

她打量了他一会儿。他听见手指敲击键盘的声音,她看向显示器。"你来早了。"她说。

"我不知道还定了时间呢。"他说。

她又露出微笑,这次发自内心。"我们没想到今天还没完你就来了。"

"有问题吗?"

"完全没有。克罗斯博士?"她对着空气说,"DARPA 来的埃里克森在这儿等您。"她向虚空中凝视了一会儿,"当然。"然后再次礼貌地笑笑,"他很快就来。"

"谢谢。"

"你会和我们待很久吗?"

"几周吧,我估计,也可能是一个月。"

她点点头。过了一会儿,她伸出手,"我是安妮。很高兴认识你。"

"我也很高兴。"他们握握手,"叫我麦克吧。"

才恢复僵硬表情的脸上又浅浅浮现出了真诚的笑容,"那就麦克吧。"

麦克听见了拐杖触地的砰砰声,亚瑟·克罗斯从走廊大步走来。他只穿了衬衣,但还是系着领带,脖子上挂着一张身份卡。"你来啦。"

"是啊。"麦克伸出手。

科学家微微颔首，跟他握了握手，"那……你是想先安顿下来，还是……"

"我想我随时可以开始，如果有活儿的话。"

亚瑟抿紧嘴唇，过了片刻，说："很好。"他指着前台，"从前台起，再往前走，都不允许带手机。"

麦克从兜里摸出雷吉给他的手机，放进安妮的掌心。她打开一个铝箔抽屉，把手机放进去。"出来时别忘记带上。"她说。

"走这边。"麦克跟着走到亚瑟来时的那条走廊上，经过楼梯和一间门厅。门厅通向一扇巨大的、四四方方的门。亚瑟用读卡器刷身份卡时，麦克注视着墙上镶嵌的红色指示灯。

"提示灯。"亚瑟说，"这样不管谁过来，一眼就能知道我们有没有在运行设备了。"

"是磁通量？"

亚瑟拉开门，"看来你做过功课了。"

"雷吉……马格纳斯先生把你近期的所有报告都给我了。"

"所有？你都看完了？"

"对，我看得快。"

门砰的一声在后面关上，亚瑟带他走到一堆机器旁边。"我想也是。"

几码开外，一个坚固的底座上耸立着一对十二英尺高的灰白色圆环，看着不像实验技术设备，倒更像颇具未来感的艺术装置。体育馆般大小的房间里，就属这对圆环最惹眼。

他看看亚瑟。老人点点头，"这就是阿尔伯克基之门。"

每个环都是规整的圆形，估计有两英尺粗。两环相对而立，脑海中的蚂蚁给他提供了一把看不见的尺子，麦克测出两环相距二十英寸。它们表面的那层象牙白镀层是厚塑料做的。一条钢板铺就的步道从房间一端杂乱的电脑桌中间缓缓升起，变成一个平台，穿过两个圆环，往外延伸出一英尺，在空中就此中断。每个圆环都有四捆电缆延伸出来，消失在它们外边一大堆看起来就很复杂的机器里。

在阿尔伯克基之门外边，环绕着大约一英尺宽的白线，它在步道那里开了一个口。麦克注意到，几乎所有的机器和设备都放置在线外。那些电脑桌离线起码十英尺。

参加听证会的另外两人也在。金发婕米和长得像鲍嘉的奥拉夫在一张桌子前等待，他们身后的巨大显示屏上不断有数据刷新。一个年纪小些的男人站在奥拉夫手肘边。麦克用在学校时训练出的眼光估测了一下，这个人约莫二十六岁。他发色鲜红，发型有些凌乱。就是那种实际上需要花大把时间才能做出来，却要给人一种不修边幅感觉的发型。

靠墙处，六个缸体排成一排，每个都有热水器那么大，包在绝缘层里。一男一女戴着厚厚的手套，正把一根绝缘软管从一个槽换到挨着的另一个槽。软管跟其中一捆电缆绑在一起，消失在圆环的底座那里。

那个男的留着金色的胡须，这颜色让他显得更瘦了。他的牛仔裤磨得很旧，格子衬衫的袖子卷到手肘上方。

那女人的头发和眼睛跟麦克一样黑，身材丰腴。她的红 T 恤上有个 LOGO，写着"史考特的星际飞船维修站"，还列出了提供的服务事项。麦克猜她比他年长几岁。她手拿软管，看着麦克穿过房间。表情仿佛在说"你就是给我家小天使打了个'C'的那个老师啊"。

亚瑟走向工作站旁的那三个人，朝身后指指麦克，"大家注意，这位是利兰·埃里克森。他为马格纳斯先生工作，会在这儿待一段时间进行观察。"

"你们可以叫我麦克。"他说。

"一段时间是多久？"奥拉夫绷着脸。

"我还以为马格纳斯对我们的工作很满意呢。"红头发的男人说。

亚瑟没理他们。"婕米和奥拉夫你已经见过了。"他说，"这位是鲍勃·希区柯克，我们杰出的助理物理学家。"

"我干的就是些查漏补缺的活。"麦克笑着说。

亚瑟又指着留胡须的男人，"那位先生是尼尔·华里，总工程师兼运营经理。莎莎·普雷斯特维奇，我们的第二工程师，也是《星际迷航》的死忠粉丝。"

麦克和他们一一对视，几声不满的咕哝声响起。鲍勃挥挥手。尼尔朝这边心不在焉地挥了下手，继续埋头工作。莎莎斜眼看了他一会儿，注意力又回到拖软管的工作中。

"那好吧。"亚瑟说，"我想我们还是展示一下吧。"

"我们没有计划，也没有准备。"奥拉夫说，"尼尔这会儿还得去打几个电话。"

"去打吧。今天谁想穿越？"

尼尔拍着软管，"打电话之前，我还得先弄完这个。"

"我去吧。"红头发说。

"天哪，鲍勃。"婕米摇头道，"这是你的第几次了？"

"第四十八次。我是世上旅行经验最丰富的人。"

"在参加过时空旅行的九个人当中，你的经验最丰富。"奥拉夫嘲笑道。

"九个人，二百一十六只老鼠，六只猫，一头大猩猩。"鲍勃说，"队伍再壮大，我还是排第一。"

亚瑟看着他们，"除鲍勃外，还有人想去吗？"

"我去。"奥拉夫叫道，"立刻开始吧。我三点还有个电话会议。"他转过去背对他们，开始在控制台上键入指令。婕米从麦克身边经过，走向走廊，莎莎在她身后一码远处跟着。

阀门打开，储气罐里发出低沉的嘶嘶声。地板传来震动，这间大房子两端的两盏红灯闪烁了起来。亚瑟指着离地二十英尺高的一扇斜窗，"我们去控制室吧。"他说。

"你的这帮人对人可真客气。"又一次穿过方形门时，麦克说道。

"别觉得是针对你。"亚瑟说，"不过大家对外人确实有情绪。希望你别介意。"

"我怎么会介意呢？"

"你是政府派来的人。无论我们的工作进展多大，我们能否继续工作的生杀大权都掌握在你手中。"亚瑟示意麦克跟着他走上狭窄的楼梯，"他们不喜欢那样。说实话，我也不喜欢。"

"你知道，我做不了决定。我只能告诉雷吉对你们工作的看法。"

"他一定相当重视你的意见。"

"我们是老相识。他知道我的能耐。"

亚瑟在楼梯顶端停下，转身俯瞰麦克。"华盛顿的那一套我们不懂。"他说，"你替他做什么事？你的头衔是什么？"

"啊，好吧，老实说，我没有什么头衔。"

"难以置信。"

"你是说，除了顾问之外？"

"那你平时的工作是什么？"

麦克的手指轻轻敲着楼梯扶手，"他们不是在控制室等我们吗？"

"对，他们在等。"他双手撑在拐杖头上，"但当主管的有一个小小的特权：我可以让大家等我一会儿。"

麦克叹口气，"好吧，我教一年级英语。"

"你是大学教授？"

"高中一年级。"麦克解释说，"缅因州南贝里克郡高中。"

亚瑟注视了他一阵，交叉手臂环抱胸前，"这是在开什么玩笑？"

"没开玩笑。"

"马格纳斯认为一名高中教师是评估我们工作的理想人选？"

麦克深吸一口气，斟酌着措辞，"我具备一些能力，让我可以胜任观察者的角色。近十年来，雷吉一直想招我加入他们。他跟我说过许多个项目，你们这个是唯一让我感兴趣的。"

"预算会议上他也说过类似的话。你能把你的能力说得更清楚些吗？"

"非得说吗？"

"是的。"

他又叹了口气，"在我参加过的唯一一次智商测试中，我拿了最高分。出题人又加出了几道题，她估测我智商在 180 以上。不过我当时的年纪还太小，测试又是斯坦福－比奈测试，不是更权威的泰坦测试，或者梅加测试。也就是说，测试结果并不是特别准确。但我知道了自己大致的程度。除此之外，我还有个过目不忘的本事。只要是见过或听过的，都能立刻完整地想起来。"

"你在开玩笑吧。"

"没有。"

"我还以为过目不忘纯属臆造，只有科幻小说里才有。"

"虽然不太好证明，但这世界上还是有几个人被证实了有这个能力。"

亚瑟又看了他一会儿，"演示一下，给我看看。"

麦克再三考虑后，放出了几只蚂蚁，"我来的时候，有四辆车停在最靠近前面办公室的空地里。一辆黄色的大众甲壳虫，加利福尼亚牌照，号码 2GKD627；一辆蓝色现代，橙色车牌，号码 AB15667，乘客座位的门旁有条达尔文鱼[①]；还有一辆黑色道奇拓荒者，加利福尼亚牌照，号码40CE815。"

"那是我的车。"

"你喜欢看《迷失》吗？"

"不。"亚瑟说，"但听说这剧不错。"

"最后那辆车是蓝色的迷你库柏，该洗个车了，加利福尼亚牌照，号码2FKM864。牌照被框起来了，框上有两只八角星，还有一行字写着'卡恩从不失败'。这句话跟游戏《战锤40K》里吞世者军团的一个角色有关。侧面车窗上还有一个贴花，是一个叫'欺骗者'的网络卡通角色。"

"很厉害，但我怎么知道你有没有——"

"我们在华盛顿见面那天，你戴一条印着不规则几何纹路的丝质领带，李雅普诺夫系列，2009年英国广播公司美国频道推出的圣诞系列产品。约翰逊博士在衬衫口袋里别了一支纯银钢笔。我还知道他的领带是夹上去的，因为左领下方露出了一根塑料条。帕克小姐拿着一款冒牌的路易·威登手提包。印刷的纹路没有在缝合线上齐平，这就是露馅的地方。我有个女同事有一只真的，是她三年前的圣诞礼物。顺带一提，你们三个都惯用右手，除了希区柯克先生和前台接待安妮，其他人也是。"

亚瑟看了他一会儿，慢慢闭上嘴。

"不好意思。"麦克说，"我能这么一连说好几个小时。但我不愿意这么做。一旦开始回忆，我常常会说得太多。"

项目带头人摇摇头，"不必道歉。我想我知道马格纳斯先生为什

[①]进化论者对耶稣鱼的戏仿。耶稣鱼是基督教的一个代表符号，由两条弧线与字母"ΙΧΘΥΣ"组成。达尔文鱼将耶稣鱼里的文字替换成了"Darwin"，并在鱼体下方增加了象征鱼类向爬行动物进化的腿脚。

么那么希望拉你入伙了。"

"太好了。想来你也可以跟他解释我为什么想当一个高中老师吧。"

"有机会的话，我会试试的。"亚瑟笑了，一个真心的微笑。"行，埃里克森先生。你给我展示了你能做的，现在让我带你看看我能做些什么。"

8

　　控制室大概在二十英尺的高处，一排倾斜的窗户给观察者提供了极佳的视角。房间里分布着六个工作站，每个工作站都由几组轰鸣的机箱、平板显示器和监视器组成。婕米坐在椅子上，靠脚蹬地，在各站之间转来转去，检查各项指标，不时停下来敲几下键盘。

　　麦克看到尼尔、奥拉夫和鲍勃在下面的设备旁奔忙。从这上面，他可以看见直通圆环的钢铁通道穿过了那圈白线，"需要这么多人才能运作起来吗？"

　　亚瑟摇摇头，"是监控需要这么多人。这里就奥拉夫和婕米负责操作系统，但哪怕是他们，工作重心也在监控上。"

　　"别胡说了。"她哼了一声，"要是没了我，看你怎么办。"

　　"安全起见，"克罗斯说，"运行阿尔伯克基之门至少需要两个人在场。一个在上面，一个在传送门的这边或者那边。随便哪边都可以。"

　　"为什么这么做？"

"没为什么，就是这么安排的。"婕米靠近麦克风，"四分钟后准备运行。"

"我是说，为什么要建这样一个安全系统呢？它有什么用？"

亚瑟把嘴唇撇成了一个不常见的形状。麦克明白了老人大概是在微笑。"免得儿戏。"他靠着拐杖，取下眼镜，拿领带擦拭，"因为传送门建起来以后，很多组员都决定要试用。"他瞥了婕米一眼。

"我只试过那么一次。"她说，"别高高在上的，你不也干过嘛。"

麦克笑起来。

下面房间的每扇门上都有红色提示灯在闪烁。所有人都后退了几步，跟巨型圆环隔开一段距离。他们一启动装置，房间里的几台继电器就开始嗒嗒响，接着又变成了嗡嗡声。

奥拉夫一根手指戳着平板显示器，声音从扬声器传出来："莎莎在另一边。电力稳定。磁感应强度稳定。"

带滚轮的椅子滑过，金发美女转向另一台监控器。"三分钟。"她朝麦克风发话。然后她从控制台上抓起一支笔，绕大拇指转了两圈，把它别到了耳朵后面，接着，她在键盘上运指如飞，又把麦克风推近，几乎挨着嘴巴，"我是婕米·帕克。今天是 2015 年 6 月 16 日，这是第一百六十八次运行。旅行者换人了，这回是奥拉夫·约翰逊。"她从耳朵后摸出笔，在带夹子的写字板上飞快记着。

一股蒸汽从大厅嘶嘶升起，几根软管结了冰。嗡嗡声震动着空气。麦克看着这对圆环，等它们亮起来、旋转起来，或是发生别的什么神奇的变化。

"有时候电压会过高。"婕米分出一点注意力，对他说，"虽然传送门一旦打开就不会受影响了，但我们得对系统进行维修，特别是上面这些。每次超载，都会耗掉我们四天的工作时间，还要花大约五万美元来替换零件。两分钟后准备。"

"实际上将近十万。"亚瑟小声道。

麦克往下盯着两个环看。这个观察角度不算好，但依然看到两个环之间的空气起了变化，如同热天马路上的热浪一样泛起涟漪。他往左迈了一步，确认这变化只发生在环与环之间。

亚瑟点头道："这也是单向的。你可以在这儿看到传送门逐渐形成，但如果在圆环另一头，你就什么都看不到了。"

"是吗？"

他点点头。

蚂蚁迅速记录着要点和第一印象，并加以归类。

婕米面前的电脑屏幕停止滚动，闪出一串数字。"搞定。一分钟后准备。"

"电力稳定。"奥拉夫在楼下说，"磁感应强度稳定。开门。"

一阵微弱的火光沿着圆环不断闪现，如同闪耀的圣艾尔摩之火[1]。还有一阵嘶嘶声，让麦克想起刚倒进杯子里的苏打水，因为碳酸化作用最终变成咕嘟咕嘟的气泡。接着，闪烁的火光消失了，两个金属环之间波动的空气也趋于静止。

"场域已连接。"婕米说，"传送门开了。"

靠近婕米的屏幕上出现了两个计时器，时间都精确到百分之一秒，数字飞速跳动。一个从零开始往上计数，另一个从第九十四秒开始倒计时。

什么都没有发生。麦克往下望，等着火花闪现或者传来什么巨大的轰鸣，然而圆环纹丝不动，和第一次看到它们时没什么两样。

奥拉夫离开他的工作站，由鲍勃进去代替他操作。他走向钢铁步道，朝上面的控制室略微点头。然后他走上斜坡，穿过圆环。

消失不见。

---

[1] 一种冷光，或称为电激发光。呈冠状放电。

"不可能。"麦克怔住了。

亚瑟笑了。"三年了，我还是喜欢看这个场景。"他在电话上摁了个分机号，按住扬声器末端的按钮，"他到了吗，莎莎？"

"当然。"奥拉夫冷冷的声音从电话里传出。

"是的，"传来莎莎的声音，"一切顺利。"

亚瑟指着一排监控器，"他过去了，现在在 B 站，位置在我们这个场地的另一头。你可以在屏幕上看见他。"

麦克俯身看去。屏幕中，莎莎和她的工作站位于前景处，而奥拉夫站在一座一模一样的圆环前……

屏幕上显示的不是一对圆环，而是三个！奥拉夫身后纵贯排列着一组三个圆环。透过这道传送门，麦克居然看到了身在下面大厅的尼尔和鲍勃，正在他们自己的工作站上忙碌着。

麦克朝窗下望去，看着下面的尼尔和鲍勃。他清清楚楚地看到了矗立在地面的那两个圆环。他努力伸长脖子，让目光正好穿过圆环——他看到了第三个圆环的底座。

他瞪着亚瑟，"那里还有第三个圆环，它是从哪儿来的？"

"不是从哪儿来的。"亚瑟说，"这里和 B 站各有两个圆环。你看到的是两边传送门相连的地方。"

"B 站离这儿多远？"

"四分之一英里。准确地说，两处的圆环相距一千六百零三英尺。"

"这有什么说法吗？"

"没有，只不过就是离了那么远而已。"

麦克指着监视器问："这是实时的？"

老者点头，"你想的话，可以通过全局麦克风向大家讲话，两边实验室的人都听得到。"

麦克靠近麦克风，"奥拉夫，你能举起右手吗？"

屏幕上，奥拉夫念叨了些麦克风捕捉不到的话，把右手举到齐肩高，不悦地挥挥手。莎莎咯咯笑起来，笑得很轻，但传遍了控制室。

麦克向下望着大厅，"鲍勃，麻烦你能站起来吗？"

红头发抬头看了一眼，把椅子从桌边推开。而在监视器上，透过B站那边的圆环，麦克看到他站起身来，然后被奥拉夫的身体遮挡了。

"奥拉夫，你能往左稍微靠一点儿吗？"

"我不想。"科学家叫道，"我们结束了吗？"

下面的大厅里，鲍勃张开双臂，跳了一小段舞。屏幕上，透过圆环，他远远地望见鲍勃也做了同样的动作，只是被奥拉夫遮住了一大半。

"还剩四十五秒。"婕米说。

亚瑟靠近麦克风，"还想来一趟回程吗？"

"如果来一趟回程就能完事儿，当然。"下面大厅的两个圆环之间的空气再次泛起一阵微弱的涟漪，奥拉夫出现在步道上。他走下钢制坡道，回到他的工作站。

"等等。"麦克说，"再来一次行吗？他能回去吗？"

亚瑟做了个苦脸，点点头，"回B站去，奥拉夫。"

"什么？你在开玩笑吗？"

"去吧。"婕米通过耳机说道，"对客人友善点。"

"太荒唐了！"奥拉夫冲着控制室大吼，"我还有活儿要干。"

"我去好了。"鲍勃说。

婕米看看计时器，"二十秒。"

"拜托了，奥拉夫，"亚瑟说，"回B站吧。"

科学家狠狠瞪了一眼控制室，再一次穿过传送门。从监视器上可以看见，他厉声朝莎莎吼出一个指令，手在自己喉咙处比了个割喉的动作。音频咔地关掉，只能看到他无声地朝她大喊大叫。她检查着仪器,漫不经心地点了几次脑袋。

"他得过十分钟才会回来。"亚瑟说,"你看完了的话,我们去办公室聊吧。"

麦克再次注视着那一排监视器,将每一个细节存入脑海。然后,他点点头,亚瑟随即朝婕米点点头。她的手指在键盘上游走,气噪声重又变作沙沙声,最后归于平静。楼下大厅里,红灯停止了闪烁。

9

书架占据了亚瑟办公室的大部分位置。约有三分之二都是天文、物理和生物方面的科学类旧书。很多书脊都褪色了，封面也有破损。麦克认得中间的十一位作者，其中一个是赫伯特·乔治·威尔斯，名字印在四本黑色合订版的《生命之科学》上。

二十本《我们所知的历史》在桌子左侧的书架中央形成一排，十分醒目。十本精装，十本平装。这本书已经在《纽约时报》畅销书排行榜上榜十周。麦克学校的老师们都看过，评价很高。

书架上其他地方放着活页夹、电子设备和一些相框。在面积有限的裸墙上贴着大幅海报，上面有兔八哥、达菲鸭、歪心狼和其他华纳兄弟电影公司的卡通角色。在海报左侧的书架上坐着一只布料光滑、走线稀疏的兔八哥填充玩偶。

桌上的笔记本电脑至少用了三年，旁边堆着一摞深棕色文件夹。唯一与工作不太相关的东西是一幅相片，上面的亚瑟搂着一位淡红金色头发的女人。

桌子对面有一张阿尔伯克基之门的双圆环 CAD 蓝图，跟很多稿子和图表放在一起。

亚瑟顺着他的目光看向蓝图，说："过目不忘，怎么做到的？"

麦克耸耸肩，"我十岁时脑海里就有蚂蚁搬着图像到处走的影像，犹如一帧帧电影画面。只要见过的事物，就会像按快捷键播放有时间标记的 DVD 一样。我可以重放、倒回、调慢速度、定格。当然，一切的前提是我得亲眼见过。"

"蚂蚁？"

"四年级时，教我科学的老师托先生在班里放过一部讲昆虫的电影。两种蚁群之间爆发了战争，我当时就想'这跟我脑海里的情形一样'。思维和记忆就像两群蚂蚁，在我的脑海里不停打闹。"

"有趣的比喻。"

"是啊。我摆脱不掉，因为我没法忘记。奥丁有乌鸦①，我有蚂蚁。"他见亚瑟盯着蓝图看，说："抱歉，你对这些不感兴趣吧？"

"也不算彻底没有。"

他们若有所思地看了对方一会儿。

"我不是来窃取机密的，也不是来学习的。"麦克说，"我大可以不出声，让你们觉得我笨，然后搜集好一切走人。但事情不是这样的。雷吉只是想要人更全面地评估一下这儿进行得怎么样。我能比他手下的人了解得更多、更快。"

"当然。"

他们又对着站了一会儿。麦克看向笔记本电脑旁的照片，"你夫人？"

①奥丁是北欧神话中的至高神，他的双肩上栖息着两只乌鸦，分别代表思维和记忆，它们会将每日所见向主人报告。

"是的。"

麦克思索着，放出几只蚂蚁，"维奥莱特，1998年嫁给你，那时候你俩都在麻省理工学院读博士后，你已经是小有名气的科学家了。"

"你的跟踪做得很漂亮。"

"雷吉把你们所有的档案资料都拿给我看过，唔，所有你们交给他的资料。"

亚瑟双肩微微一震，嘴唇又露出淡淡的微笑，"我确实嫉妒你的记忆力。上个月我忘了结婚纪念日。现在我还在遭受冷遇，敢说还要一个星期。"他从桌子抽屉里取出一个瓶子，"威士忌？"

"行啊。"

"还可以喝别的。"

"就威士忌吧。"

琥珀色液体溅落到玻璃杯中。"近十年来我的生活就是这样。开始SETH项目前还做了四年准备工作，然后两年SETH，之后整合了一大块资源开始做阿尔伯克基之门，经历了三年的测试和改善。什么都耗进去了，可以这么说。"

他递给麦克一杯。他们礼貌地向对方举杯致意，然后都喝了一口。

麦克放下杯子，"我能问你个问题吗？"

"当然。"

"你觉得雷吉为什么会担心这儿出了问题？"

亚瑟笑起来，摇着杯中的威士忌，"你好像不太愿意先跟人拉拉家常，对吧？"

"都是因为跟十几岁的学生在一起待久了。"他喝一口威士忌，"那，你怎么看？"

老人耸耸肩，"你可能没注意到，我们这儿跟外界联系很少。你把一帮这样的人置于高压下——当然，很多压力是他们自己施加的，监视他们的一举一动,还要他们保守秘密……"

"你是指听证会上提到过的动物实验?"

亚瑟在桌后的椅子上坐下,"你对整个事件了解多少?"

"不多。"麦克拉过一把离桌子不远的空椅子,一屁股坐下。蚂蚁搬出了提到这件事的十七篇报告,列出了相关篇章和语句。"这些报告似乎在有意掩盖事情真相,所以我只能了解到大概。"

老人点点头。"我想我们可以从头开始。"他又喝了一口,"它的雏形就是 SETH 项目,一台直接传送——"

"见什么鬼了这是?"麦克身后有人叫起来。

奥拉夫站在门廊处,冷冷地来回打量麦克和亚瑟,"这又是鲍勃开的什么弱智玩笑?我的东西呢?该死的!"

亚瑟看看麦克身边的科学家,又看看杯中的威士忌,"你在说什么?"

"你们对我的电脑做了什么?还有我的文件?我对天发誓,如果那个白痴弄乱了材料,我会捏碎他的头。"

亚瑟站起身,"鲍勃对你的办公室做了手脚?"

"别假惺惺地想安抚我!这个恶作剧你是不是也有份,亚瑟?"他看了一眼麦克,目光寒气逼人,"我还以为大家已经说好了,不再搞这种鬼名堂了。"

亚瑟盯着麦克看了一会儿,从奥拉夫身旁走过,到走廊另一头的门口。他打开门朝里瞧,"我看着没什么异样。"

奥拉夫扭回头,"他把他的办公室跟我的掉了个个儿!什么玩意儿!换来换去。这是大一新生的寝室吗?"

"别激动。"亚瑟边说边走回自己的办公室,"鲍勃清楚规则,如果他做错了什么,会被惩罚的。"

"'如果'?"

"你知道投诉表格放在哪儿吧，奥拉夫。"

"我还有一个电话会议，我没时间搞这种小孩子的破事。"

"去开会吧。如果有什么损坏了就告诉我，我去找鲍勃谈谈。"

科学家跺脚走到走廊，重重关上门。

亚瑟在桌子后坐下，喝了一大口威士忌，"不好意思啊。"

麦克望着门外，"这算正常吗？"

"他为人不讨喜，但他是地球上最聪明的家伙之一。我觉得他跟霍金一个档次。只是在这儿，我们压力很大，有时候一个小错误都会让人大发雷霆。而且奥拉夫比大部分人更容易生气。"

"你们怎么排解压力？"

"这就是他释放压力的方式。他暴跳如雷，责难每个人。基本上投诉表格就是为奥拉夫准备的。"

麦克又看向蓝图，"雷吉盯得太紧了，大家才变成这样的吗？"

"算不上，主要是我们在给自己施压。我们在这儿做的事将会永远地改变世界。很多人这么说，但是……没错，我们心里都清楚，自己确实是在做这样的事。"

"可以理解。"麦克说。

"刚才说到哪儿了？"

"SETH 项目。"

"对。那时我们在研究纯粹的远距传输装置。我们取得了一系列突破和好几个巨大的飞跃。那是我们研究以来最迅速也最深入的时候。过了差不多三周，我们确信自己成功了，我们造出了一台真正的瞬时物质转移系统。"

麦克点点头，"所以你想做动物实验？"

"我们等不及了。老实讲，我们没耐心。刚经历了三个星期的突飞猛进，却要再等几个月才能获得批准。这太荒唐了。毕竟我们都相信,实验会成功的。"

他喝下一口酒。

"我们叫它'流浪汉',是在拖车房屋周围游荡的一只流浪狗。它算是被整个团队收养了。我们喂养它,逗它玩耍。它很信任我们,我们却把它放上平台,打开机器,然后……杀了它。"

"就是这样?"

亚瑟沉重地点下头,"它就像……像被车碾死的。一大块软骨和皮毛散落在接收台上。我们都……我们都过于自信,没有考虑过出了差错会多么危险。"他停下来,又喝一口,杯子差不多见底了,"不管对谁,这种死法都太恐怖了,不管对谁。"

他将最后一点威士忌一饮而尽。

"你们试图掩盖真相。"麦克说。

"刚开始,是的。"他走到桌子那端,又给自己倒了半英寸高的威士忌,"大家都很清楚 SETH 不会长久,所以对于密集审查并不担心。但涉及阿尔伯克基之门,我们意识到必须万无一失,不能给动物权利保护组织把事件变成丑闻的机会。"

"你们怎么应对的?"

"至少,我们没去隐藏这件事。否则许多人会想,'谁知道还隐藏了多少死得更惨的'。"他摇摇头,"我们希望这道传送门能尽量干净,所以坦白了一切。这多亏了奥拉夫和尼尔的坚持。"

麦克看向走廊,"奥拉夫?"

亚瑟点头,"他给人的第一印象并不好,我知道,但他骨子里是个好人。我觉得整件事他操的心远比我们多。我们跟马格纳斯进行了一番长谈——雷金纳德①出重金交罚款,然后我们又各自捐了一笔数目可观的钱给动物保护协会。但不管怎样,马格纳斯有理由继续监视

———————————

① "雷金纳德"是"雷吉"的全称。

我们了，这当然激起了我们更多的怨气，也带来了更多的压力。"

"当然。"麦克表示同意。他们坐了半晌，相顾无言。

"你人不错。"亚瑟说，"无论你问什么，我都会尽量克制，不发火。我会叫其他人也这样。"

"谢谢。"

"但我们还是不会透露任何技术信息。不管是一行公式、一行代码，还是一份蓝图。"

"评审会上你也是这么说的，一字不差。"

"这基本上已经成了我们这儿的口头禅了。坦白说，大家会更警惕你，一旦他们听说你的……"他用两根手指敲敲太阳穴。

"我明白，没事的。我不想违反你们跟雷吉之间的协定，我只想公正评估，然后回去找他。"

"那我想我们会相处得很愉快。"

麦克转过头去看另一个书架。书架上有个小小的模型：歪心狼背着扇子和风帆，从塑料小山上滑旱冰下来，他的左右手上拿着银制的刀叉。"你是兔八哥的忠实粉丝？"

"你不是不喜欢跟人拉家常吗？"

"不好意思。"

亚瑟露出了真诚的笑容，"华纳兄弟电影公司的厉害之处，就在于他们的动画可以阐释这世界上任意一个概念或想法。"

"阿尔伯克基之门也是吗？"

"当然。"

麦克示意他继续往下说。

"你记得来亨鸡吗？"

威士忌顺着麦克的舌头流下去，肠子暖暖的，"想想你在问谁。"

老人又坐回椅子，"我最喜欢的卡通片里，有一部讲的是来亨鸡为了给有漂亮房子的母鸡寡妇百里茜留下好印象，去给一只聪明的小鸟婴儿当保姆。你知道这部吗？"

"有几部里有寡妇百里茜，她的鸡仔叫小蛋头。它们第一次同时出现的那部卡通片是1955年的《羽毛掸》。"

亚瑟朝他抬起一边眉毛。

麦克道："抱歉，这是坏习惯，我知道。"他仰头喝了些威士忌，"你想说的是？"

"我想说，来亨鸡和蛋头玩起了捉迷藏。来亨鸡藏在木柴箱子里，蛋头找不到他，于是干脆写出一页数学公式，然后把一个铁铲挖进脚边地里。来亨鸡就这么嘭地出现了。来亨鸡不停地说刚才发生的事是不可能的，可蛋头只管把那页公式在他眼前晃个不停。"

"这就是你们在做的事？"

"我们在做的，其实跟蛋头的做法是一个性质。我们将六百页的数学原理化为电磁信号，硬塞给这个宇宙，然后告诉它：我不管你怎么想，反正我就是要在这儿抬起我的一只脚，落下的时候，我要这只脚踏在另外一块地面上。"

"世界没反对？"

亚瑟喝完了威士忌，"至今没有。"

10

"你的身份识别卡。"安妮递给麦克一张有系带的标识卡,"克罗斯博士给你开通了所有权限,你可以出入这里几乎每道门。"

"几乎?"

"有的危险物品储存室需要两张卡才能打开。"她说,"如果你需要进出那几处,我可以跟克罗斯博士讲,帮你把权限升级。"

"你跟他们一起时也这么正式吗?"

她笑起来,"不好意思,跟你还不太习惯,我会试着改改的。"

他摇摇头,"只要你自在就好。我只是希望,你们别一看到我就变得那么严肃。"

她笑了。

"天哪!"有人说道,"你才来三小时,就已经开始对我的女人下手了?"

麦克转过身,看见红发物理学家站在门厅入口。他往回看时,安妮翻了个白眼。这个白眼翻得恰到好处,有些许不耐烦,但又混合着一丝娇媚,十分耐人寻味。"我不知道你们俩是……"

"我们不是。"安妮走回自己的办公桌。

"又一次拒绝了我。"鲍勃说,"再来这么三四十次,我脆弱的小心灵可就受不了啦。"

"那样你就可以安安心心地和自己的女朋友长相厮守了。"安妮一字一顿地讲,神情似乎在说今天的玩笑就到此为止。

鲍勃转身盯着麦克,"亚瑟让我今天给你当导游。准备好看你的新家了吗?"

"其实,我更想再去看看那个传送门,行吗?"

"当然。出来的时候我们可以抄近路,穿过实验室,直接走到停车场。"

麦克挥手跟安妮道别,她已经又沉浸在工作中了。他和鲍勃慢慢走到实验室大厅。麦克第一次试刷他的新身份识别卡,方形门咔嗒一声开了。

大厅的空气比大楼其他地方凉五六度。偌大的房间空空荡荡的。阿尔伯克基之门静静耸立在房间中央。经过圆环时,麦克仔细端详了它一番。

"是什么感觉?你穿过去的时候。"

鲍勃没回答。

麦克看着他,"这也是保密协议的一部分?"

"不。我没话说是因为我没什么感觉。"

"没感觉?没有视觉反应?不觉得晕?电磁场没造成一点儿刺痛?"

"没有。只有一样,但它只是内在的感觉。"

"是什么?"

"你在夏天进过大商场吧，入口处空调唰唰向下吹着风。"他用手势比画出拱门的形状，"你知道，走进去的一瞬感受到一股风，温度变了。再往里走，一切就又正常了。"

麦克点点头。

"穿越的感觉就像那样，只不过没有温度变化。就是突然呼一下，你就知道到了另一个地方。就算闭着眼，穿越的瞬间也会知道。"

"穿越？"

"对。没别的意思，但我觉得这说法还不错。"

他们沿着一条装了许多电子仪表的通道往前走，经过了两扇消防门。鲍勃扳动保险杠，耀眼的阳光瞬间泻满了实验室。"几个月前，我们切断了这里的警报器线路。"他一边解释，一边冲着门上贴的红红白白的规章制度点头，"走近路能节约几分钟回家时间。"

大楼后面有个铺着砾石的停车场，停着八辆带活动房屋的拖车，排成两列。拖车屋呈淡灰色，麦克可以瞧见小窗户上挂的窗帘。几百码开外还有另一座建筑，外形介于仓库和飞机机库之间，比主楼稍微新点。它唯一引人注目之处，就是不知谁在它的一侧刷了个字母"B"，足有七英尺高。

"传送门的出口就在那儿？"麦克问。

鲍勃顺着麦克的方向看过去，"对，B站。要是你赶时间，我们有几辆自行车和一辆高尔夫球车可以往返两头。你的卡在那边应该也能刷。至于这边的活动房屋，"他指着两排拖车，"有时候项目成员忙得太晚回不了住处，就会在这里凑合一晚。"

"他们给所有人都提供了住处？"

"差不多。活动房屋本来是用来储藏东西的，但有时候有人工作太晚不想开车回家，就会来这里落脚。差不多两年前，奥拉夫决定把一辆拖车据为己有。这样一来，他每天能多出两到三小时，到月末，他的工作进度就远远超过了我们其他人。"

"你在项目上干多久了?"

"四年。"说话间,他们嘎吱嘎吱踩过砾石停车场,"我是在 SETH 项目停止的一年前加入的,那会儿刚研究生毕业。"

"现在你们都住这儿?"

"我是一年多前,为了图方便。离开在太平洋海滩的家,把东西都搬了过来。活动房屋很不错,比我原来的公寓还大。至于亚瑟和他太太,他们贷了款,在拉霍亚买了一栋大房子。"

"真的?"

鲍勃咧嘴笑了起来,"假的。不过确实有一栋房子在拉霍亚,价格不菲。"

两排活动房屋间铺了一卷绿色的人造草皮,塑料制成的草在他们脚下摩挲着,比砾石好多了。

"触感不错。"麦克说。

"是啊。我记得是莎莎在哪儿弄来的。但碰上下雨天要小心。这玩意儿质量不行,很容易打滑,下面全是砾石。"

"这提醒,听着像摔过的人有感而发。"

"摔过两次。"鲍勃指着面前的活动房屋,"这是尼尔的,不过他在俄勒冈州有妻儿,并不真的住这儿。"他在那排挨着指过去,"那是我的,就在他后面。他旁边是奥拉夫。最末两个是婕米和莎莎的,可以有点儿私人空间。"

"噢,"麦克说,"我不知道她们是一对。"

"抱歉,她们不是。好吧,莎莎是那类人,但婕米不是。婕米有些……呃,她有点儿……高冷,你明白吗? 莎莎的在最后,婕米的在……"他停住,摇摇头,"不,该死。婕米的在最后,莎莎的在左边。"

"这里也有我的吗?"

鲍勃点点头，"清洁工替你把奥拉夫旁边那间打扫出来了。恭喜，你卡在了缓冲地带上。"

"听上去似乎不太妙。"

"只要他不听歌剧，都还好。"

"他喜欢听歌剧？"

"歌剧和跑步。他的歌剧吵得人心烦。"红头发打开活动房屋的门，"我猜你会在这儿待上一段时间吧？"

麦克耸耸肩，"理论上待几周。也可能一两个月。看情况吧。"

鲍勃把钥匙扔给他，"马格纳斯不肯付酒店钱？"

"我想他是希望我离近点儿吧。"

屋内全是灰色。灰色的地毯四周是灰色的墙，其间点缀着灰色的柜子。远处角落里放着一张折起来的折叠床。近处角落的地板上放着一个灰色的办公电话。唯一颜色不同、显得十分触目的是墙中间的黑色大号捕蟑螂器。"基本设施你都有了。"鲍勃解释道，"如果想要个小冰箱或者其他什么家具，我们可以给你找。克莱尔蒙特有旧货商店，巴尔博亚有家塔吉特零售店。"

"我觉得它也比我原来的公寓大。"

"考虑到不用缴房租，很不错了，真的。奥拉夫不怎么折腾，其他人也比较安静，我周末经常外出。"

"出门玩战棋？"

"嘿，我绝对是高手。"鲍勃说着笑了起来。很难看到这家伙露出真心的笑容，麦克想。"谁告诉你的？"

麦克的脑海里，几只红蚁溜进了黑蚁的领地。"你右手指甲下方涂了些颜色，但你是左撇子。"他说，"所以你应该是在拿着什么东西时画的。两种不同的有色涂料，都是红色，说明是某种细节考究的东西。从迷你库柏车前的牌照上我知道这儿有人玩战锤，所以答案就差不多了。"

"对,当然差不多,福尔摩斯先生。"鲍勃说,"需要帮忙搬你的包和东西吗?"

"盛情难却,谢谢。"

"你玩战锤40K?"走出活动房屋时,鲍勃问道。

麦克摇摇头,"我有些学生玩。我看过一些书,好跟家长保证课后游戏小组不是什么邪教或者搏击俱乐部。而且,看坦克碾过城镇的缩小模型很好玩。"

红头发哈哈大笑,带他走过人造草皮,朝大楼一侧走去。"门从这边很难开。"他解释说,"这条路直达休息室和停车场。"

"那是什么?"

鲍勃顺着他的视线看去。从空余的活动房屋朝前走到头,有一个小小的木头十字架,几块石砖堆在十字架前面。

"那只狗?"

"你听说了?"

"亚瑟说它当即毙命。"

"是的。"红头发点点头,"如果可以,希望更迅速。我们只想做点什么,让它被铭记。"

"你对实验室动物总是这么有感情吗?"

"如果你愿意这么想的话,莱卡也仅仅只是一只实验室动物。"鲍勃说,"也只是去了'史普尼克2号'的轨道一趟。但人们写了多少纪念它的书啊。我更愿意相信,'流浪汉'解除了肉身的重负,去了另一个世界。"

麦克走到坟墓前。"流浪汉"几个字用魔术记号笔写在苍白的木头上。土壤很松,就好像有人撬开过一样。

红头发又在小道上往前走了几步,回过头来,"那次确实失败了。

但如果它没死，我们就永远不会在这条路上启程。就不会有阿尔伯克基之门。"

迈克察觉到鲍勃情绪低落，想换个话题，"这么说，他们专门为你们建起了这一整栋楼？"

"噢，鬼才是。"鲍勃摇摇头。他抬手指着那栋混凝土建筑，"他们建了 B 站，不过 70 年代的时候，这地方是'玩偶匣'下属的食品加工厂。他们扩建以后，我想这里又被用来做了一阵子仓库。'9·11'以后，政府拿走这块地，交给 SETH……我想是在 2008 年年末吧。"

他们来到停车场时，麦克抬头看着大楼，"'玩偶匣'？那家快餐连锁店？"

"对。我们的控制室以前是他们物流室的一部分，实验室大厅是肉类加工区。"

麦克笑道："这个类比可不好。"

"但这是事实。"鲍勃说。

11

麦克本想把东西先留在自己包里，不过又发现收拾下会给别人更好的印象。他花了半个小时把衣物塞进柜子，把剃须套装搁在浴室水槽边。他听到外面有脚步声和说话声，随后看见了尼尔和莎莎。他们无视他的活动房屋，径直走向了自己的。

辘辘饥肠提醒着他从波士顿的洛根机场落地后还没吃过东西。来综合大楼的路上他倒是经过了十一家餐馆和特许经营店，但最近的一家差不多也有两英里远。他本想用雷吉给他配的新智能手机找个更近的地方，但又不想就此对手机形成依赖。他花十分钟走过两条街，找到了云狄斯快餐店。他在薯条上放了很多盐和胡椒，一个人坐在桌边吃完了一份鸡肉三明治。

然后回到灰色的活动房屋。

一方面，他想浏览一下给他的报告，跟亲眼见到的对比看看有什么不同。蚂蚁刺痛着他的神经。它们迫切想要交换信息，想把所有元素放在一起,看它们融合、沸腾。

另一方面他又想念自己的小公寓,想念他在约克的暑期工,还有在野生王国游乐园的维护工作。那里的夜晚,星星在大西洋上空闪烁,周围游人如织。

平板电脑在他枕头下响了起来。他坐在折叠床边沿,雷吉的脸出现在屏幕的一个图框里,背后是他的办公室。"嘿。"雷吉说,"是我。"

"嗯,我知道。"麦克说,"看着你呢。"

"礼貌一点嘛。"

"你迟到了。"

"没办法,我得为了生计工作。飞机上休息得还好吗?"

"还可以。终于有机会看最新一部《美国队长》了。还看了一些你给我的资料。"

"一些?"

"全部。"

"别来虚的。这事我可全靠你了。"

"是,我知道。"麦克想起了自己安静的教室,离这儿约三千英里,放着许多他多年未读的书,"人只有等到失去,才会追悔莫及。"

"拿到你的车了?"

"当然。飞机不错,车也可以。要不然我也不会出现在这儿了。"

"那么,进展如何?"

"噢,人很好,每个人都很好。"麦克用脚尖撬掉鞋子,"我等着到了晚上,看谁第一个从窗户外朝我扔砖头呢。"

"这么糟糕?"

"我觉得鲍勃·希区柯克应该愿意帮我一把,他现在可能是我的头号粉丝。"

"我不在的时候你总这么悲观吗?"

"好吧，我待在一个没有家电的拖车屋里，坐在一件空家具上。这让人情绪有些低落。"

雷吉嘲笑地说："你看到那张运通卡了吗？"

床边摆着雷吉给他的公文包，智能手机和平板电脑都在里面，还有些其他杂七杂八的东西。蚂蚁们组出一份完整的内容清单。"看到了。"

"这是张预付卡。"他说，"接下来三个月里，你的卡上会多出一万五千美元。如果你想在塔吉特商店花几百买几个书架，或者整个微波炉，随你便。省着点儿就行。"

"卡我可以保管多久？"

"等到你把我弄烦了让你走人的时候。"雷吉说，"你想要更多钱的话，跟我说。"

"谢谢。"

"这是这份工作的特别津贴。说起来，有什么进展吗？"

"才来了几个小时，我还在找感觉。他们知道你很担心，且对你的担心也有十分理性的认识。"

"技术方面呢？"

"我了解得还不多。"麦克放下平板电脑，拿枕头支撑它立着，"我问你点儿事。"

"说吧。"

"你说你是差不多三年前第一次看他们演示的，对吧？"

"差不多。"

"他们今天又给我演示了。"

"你去试了？"

麦克摇摇头，"是奥拉夫·约翰逊。我在控制室看的。"

"你怎么想？"

"你说得没错。太他妈了不起了。"

"我就说嘛。"

"那为什么还要更多测试呢？他们让仪器运行了一年半。你几个月前见过。今天这是第一百六十八次真人实验，他们是这么说的。照我看，它可以运行啊。"

"但他们说需要更多测试。"

"可这是为什么？我是说，我知道还有时间限制的问题，但那又怎样呢？"

平板电脑屏幕上，雷吉摇摇脑袋，"他们第一次给我演示完后，我问了亚瑟十几次。他坚持说还不到公开的时候。"

麦克感到蚂蚁想在他脑海里大闹一场。"你现在想公之于众了吗？"

"是的，事关经费问题。"

"他们知道这一点吗？"

"他们不笨。如果不是亚瑟那么坚持要测试，他们第一次给我演示后的第二天我就想公布了。"雷吉一直不是浪费时间兜圈子的人。大学时麦克有几次想跟他绕弯子，都被直接打断了。

"哈。"麦克哼了一声。

"哈。"雷吉说，"看来你想开动脑筋解开这个小谜题了。这真让人高兴。"

"我能不掺和尽量不掺和。"

雷吉望着他，"我知道。谢谢你的帮助。"

"知道感激就好。"

"我知道。你决定继续干了吗？"

"是的。"

"如果你什么兴趣都没有，还来得及退出。我可以送你回缅因州，兴许能赶上看日出。"

麦克拿起平板电脑，"我会干的。"

"很好。那就别继续抱怨了。"

"是，遵命，先生，老板，大人。"

雷吉摇摇头，"你知道跟黑人讲话，重复三次等于冒犯，对吧？"

"这就是我的本意。如果你没意见的话，我打算自己躺会儿，看个电影，睡一觉。"

"倒时差？"

"是啊。"

"等你回来的时候感觉会更糟，我知道你喜欢深夜两点睡觉。"

"是这样没错。"

"那你到时候就得熬到五点了。"

"我过几天再给你打电话，汇报一下情况。"

"行。"雷吉顿了一下，"我很高兴你愿意帮忙。真的，谢谢你。"

"好呀，不过这会儿你就甭谢了。等看到我账单时再说吧。"

"什么账单？我才给了你一个平板电脑。"

"噢，这倒提醒了我……"麦克在屏幕上滑动手指，结束了对话。他把平板电脑扔到床尾，又想了想，把它放进了抽屉。雷吉很可能有远程开机的办法，他明天得检查一下平板的系统，看里面有没有植入什么机关。

麦克脱下衬衫，伸个懒腰。折叠床在薄薄的床垫下吱呀摇晃。他把枕头垫在脖子下面。

他闭上眼，不去看活动房屋的灰色天花板。在脑海里迅速回顾了一遍看过的所有电影，决定可以再欣赏一遍《美国队长：冬日战士》。前面两排不会再有吵闹的婴儿了。几下快速的声音编辑后，眼皮下的黑暗中闪烁出漫威的标志。

麦克在有弹性的折叠床上放松下来, 让自己沉浸在斯蒂夫·罗杰斯的冒险中, 每当斯嘉丽·约翰逊优雅地出现在屏幕上时, 就寻找她和奥拉夫之间有没有相似之处。

12

麦克在主楼找到一间小厨房，里面有些简单的早餐，品种比教师休息室丰富，但没有咖啡厅的好。送餐的女人跟他草草道了声"早上好"，打开一个盒子，里面装满了甜甜圈、小松饼和其他酥皮点心。麦克从燕麦碗中抬起头来，看有什么种类。

他正盯着一个裹了糖的蓝莓小松饼看，这时婕米从旁边挤了过去，抓起一个黑色咖啡杯，杯子大得能装下垒球，上面用数码字体印着"一切都被机器看在眼里"几个字。"换我的话就不会。"她说。

"不会什么？"

婕米往杯子里倒了半壶咖啡，"拿蓝莓小松饼。那是莎莎的。你绝对不会想跟那个女人抢早餐的。"

他把手移开，"谢谢提醒。"

"不用那么客气。嗨，那是鲍勃的。"

"这个百吉饼呢？"

"奥拉夫的。"

"那块油饼呢?"

"我的。"她说着从盒子里抓出来,放在咖啡杯边。

麦克缩回手,低头看盒子,"还有什么没被其他人定下的吗?"

她瞧瞧盒子,撕开三包糖倒进杯子,"我想那个果冻甜甜圈可以拿。"

"我讨厌果冻甜甜圈。没别的了?"

"没了。"她一手抓着油饼和餐巾纸,一手端着咖啡,在出门的位置朝他挥手,"你该早点儿来的。"

"我是第一个到这儿的。"麦克说。

"我是说早点儿参与项目。"她在门厅那儿往回喊道。

麦克喝完麦片粥,挣扎了一会儿要不要吃果冻甜甜圈,最后还是决定不吃。他走到走廊,想知道科学家们什么时候开始一天的工作。他不清楚有没有什么每日工作计划之类的东西,这个需要问亚瑟。

控制室大门依然紧闭。他的门卡刷不开。又是件需要问亚瑟的事。

他慢慢走到大厅,不知不觉来到阿尔伯克基之门的双圆环前。唯一能听到的是氮罐里隐约传来的声响。一点色彩在地板上移动,那是一只匆匆爬过的蟑螂。

他脑海里的时钟嘀嗒走过了十分钟。

他走回厨房。甜甜圈和小松饼不见了,咖啡壶也空了,但咖啡机又在咕噜咕噜煮新的。

麦克回到前台,接待员安妮正在打电话。她朝他笑笑,竖起一根手指,然后结束了对话。"早上好。"她说,"昨晚安顿好了吗?"

他点点头,"一切妥当。"他环顾前厅,"你知道大家在哪儿吗?"

"我想在会议室吧。每周三早上他们都在那儿。"

麦克想叹气,又收了回去,"会议室在哪儿?"

安妮在屏幕上查找了一下，站起身，"来吧，我带你去。"她带他回
到走廊。他发现她的头发垂在背后，又顺又直，仿佛丝质的围巾或者
披肩。他有一两个学生也想把头发理成这样，但都没弄好。她的头发
加上她那双眼睛，让普通的牛仔裤和有领衬衫都优雅了起来。

他们从厨房边经过，停在一扇门前。安妮敲了两下，里面响起亚
瑟的回应。她朝麦克笑笑，回了前台。他打开门。

会议室里放一张长桌和几把转椅。靠门的墙上挂着平板显示
器。远处墙上难得有两扇窗户。就是麦克刚来时看到的，这栋建筑仅
有的两扇窗。

团队围桌而坐，除了最远端的椅子无人问津，其他都坐了人。麦
克在这群男女中打量，在桌子这头找到了亚瑟，"这是在干什么？"

桌边有几道目光射向了他。鲍勃慢慢喝了一大口水，尼尔全神贯
注地埋头看笔记本上写的两排字。亚瑟清清喉咙，"这是我们的每周
回顾和头脑风暴会议。"

"噢。"麦克停顿了一下，"我是不是不该出现在这儿？"

"抱歉。"亚瑟说，"我忘了。我们还不习惯被监视。"

婕米在笔记本的角落上飞快地写着什么，奥拉夫咳了一声。

麦克点点头，"介意我坐下吗？"

"我们其实已经在做总结了。"

"好吧，有人愿意分享一下会议记录吗？"

更多不自在的目光掠过桌边。

麦克叹了口气，"听着，我知道你们都不相信，但我真的是站在你
们这边的。雷吉·马格纳斯不想看到你们被叫停，他需要有理有据的
第三方意见。就是这样。如果没人告诉我任何信息，我只好回去跟他
说，我没听到任何让人放心的消息。"

"你看到传送门了。"奥拉夫说，"它运行正常。你还想要什么？"

"我想翻阅历史记录，或者设计构思，一点背后的科学原理。"

"你不会懂的。"

"我会懂。"

"我们可以带你看一部分。"亚瑟说，"尼尔会带你去机器那边转一圈。"他向留胡子的工程师示意。

"没问题。"尼尔说。他放下笔记本，把转椅推出桌子。

"那太好了。"麦克说。

"婕米，"亚瑟说，"你能带他去找强尼吗？"

"当然可以。下午来找我吧。"

麦克轻快点头，"那截至目前的所有穿越记录呢？我能看吗？"

亚瑟又看看婕米。她点点头，"我会把基本报告给你的。"她说。

"现在行了吧？"亚瑟问。

"很棒。"麦克说，"谢谢你。"

"我就在办公室，你有什么需要可以来找我。其他人，忙你们手上的事吧。"

大家起身，椅子嘎吱着旋转起来。看到奥拉夫对他瞪着眼睛，麦克决定转身去找站在旁边的大胡子工程师。"嗨，"麦克说，"尼尔，对吗？"

"对，抱歉我们昨天都没聊上。"他们握了握手，走出会议室。

"没事。我在想办法融入，可能你也注意到了。"

尼尔咧嘴一笑，"祝你好运。你可是敌人呢，记得吧？"

"我听说你在新墨西哥州研究 Z 机[1]，是吗？"

他带麦克走到走廊，"对，跟格里·约纳斯一起，埃里克森先生。"

"叫麦克就好。我在来的飞机上看了各位的简历和工作经历。"

"那你记性真好。"

---

[1] 美国新墨西哥州桑迪亚国家实验室的热核研究装置。

"他们说是最好的之一。"

"是啊,鲍勃不停地说你的事。"

"你们在背后议论我? 真贴心。"

总工程师刷了下卡,拉开笨重的门,"街上有家酒吧,我们下了班有时会去。昨晚你可是最重要的话题。"

"还有什么我可以补充的细节吗?"

"他说的东西都是真的吗? "

"是,是真的。我只看过两集《权力的游戏》,没看过《广告狂人》,也没看过《真爱如血》。"

尼尔笑起来,"是说别的。"

麦克耸耸肩,"那些大概也都是真的吧,但相信我,这没啥意思。"

这时候,麦克看见了圆环,它们就在一堆堆的电子设备前面。鲍勃把一个工具箱滚向圆环,而莎莎正在灰白色的仪表盘前用套筒扳手忙活。她今天的 T 恤上的金色字样骄傲地宣称,她是星际舰队学院的候补军官。

尼尔转过脸看着他,"你是怎么做到的?"

"你指什么?"

"我小时候读过一本书,讲有些人能过目不忘。他说这么大一套百科全书,很快就能翻完。"

麦克点点头,"这种说法不算错。不过就是……记忆。你怎么记东西的?"

"通常需要不断重复。"

"对。"麦克说,"但一旦记住了,还需要特别做什么吗? 如果我问你生日是什么时候,你不用想就知道,对吧?"

"8 月 23 日。"

"那你是怎么做到的呢?"

尼尔耸耸肩，"潜意识吧。"

"我差不多就是这样。我能直接把回忆提取出来，只要是见过或听过的就行。"

"你能告诉我谁赢了 1955 年的世界职业棒球大赛吗？"

麦克叹了口气，黑蚂蚁在脑海里迅速爬过，"不行。"

"为什么不行？"

"我得先作一些了解。我不太爱运动，不会去维基翻看每个相关的词条。"

尼尔舌头一弹，点点头，"那好吧。说点学校里教过的东西如何？扎卡里·泰勒当总统的时候，谁是副总统？"

"米勒德·菲尔莫尔。泰勒死在办公室后他就接任了，他自己没有副总统。"

"《哈姆雷特》第三幕第四场的第一句台词是什么？"

"《王后的衣橱》那一幕，"麦克说，"波洛尼厄斯说：'他马上就来'。"

"《圣经》呢？《士师记》第二十三章。"

"这问题是在下圈套吧？这不是学校里教过的东西，《士师记》也只有二十一章。"

工程师耸耸肩，咧嘴大笑，"老实说，我是随便乱想的数字。准备好了咱们就去看看？"

"有劳了。"麦克说。

圆环出现在眼前。鲍勃和莎莎撒掉几块塑胶外壳，将一个大联轴器拧了下来。另一个替换用的联轴器放在一旁的钢架走道上，它在灯光照耀下闪闪发亮。

麦克回过头来看看，"我能靠近点儿吗？"

"当然。你没戴起搏器什么的吧？"

"完全没有。"

"很好。即便切断电源，这东西还是会发出强烈的磁场，大概3.5特斯拉。感觉会有点怪怪的。"

"那打开它以后呢？"

"那就有两个场相互作用。记得《X战警》里万磁王把一个家伙血液里的所有的铁都吸出来的画面吗？"

"嗯。"麦克抑制住纠正尼尔的冲动，那一幕是在第二部影片里出现的，第五十七分钟的时候。

"对。"尼尔朝着地上的白色喷漆挥挥手，"没那么可怕，不过穿过白线以后，你多少会有点感觉。我们需要不时更换部件，否则磁场会把它们摧毁。"

"关于它们的结构，你能告诉我多少？"

"你想了解什么？"

"大概什么都想了解吧。"

"我没法跟你说太多它是怎么运行的，只能说说是怎么建起来的。因为协议的缘故，我还需要浏览很多……"

"我知道。"麦克挥挥手，"就讲你能讲的吧。"

尼尔点点头。"圆环的核心是贫铀质地的。"他说，"跟质量密度有关。这不是我的专业领域，但非常重要。四个圆环之间存在大量这种物质。其他的，就没什么能跟你说的了。"

"别在意。"

"行。核心都有铅层覆盖，这些铅也是超导体的基础材质。那边，还有那边的银色管道是液氮循环进出的地方。"

尼尔指着鲍勃和莎莎卸下灰白色外壳的地方，"外壳下面，你可以看到下一层。那是铜线。电解韧铜，纯度99.97％，单股，四个绕组。必须特别订购。每张嘴巴里都有差不多六英里的线，以保证它们……"

"嘴巴？"

"我们把圆环叫作嘴巴。另一张嘴巴在 B 站那儿,是两个一模一样的圆环。需要说明的是,两套圆环几乎完全垂直于地面,不过这跟连接如何建立无关,只是这样造最省事。"

"明白了。"麦克点头道,"为什么叫它们'嘴巴'?"

"通道口啊。这个没想明白?"

"只是确认一下。"

尼尔得意地笑起来,"照我说,每张嘴巴里,不到六英里的铜线都可以让它们产生 46 特斯拉的持续电磁场,这个量大约是标准核磁共振的十三倍。"

"有这么厉害?"

"唯一可与之媲美的磁体在国家强磁场实验室。他们有一台更小、磁场更强、不断运行的。我们只能让传送门开启不到两分钟,最高纪录是九十三秒。一旦开启,这个宝贝儿可以通过七万安培的电流。"

"七万?"

"是的。照奥拉夫的说法,阿尔伯克基之门开启的时候,每分钟用电量跟一整个曼哈顿岛差不多。我觉得他可能夸大了一点。"

"这种旅行方式不太节能呀。"

尼尔耸耸肩,"越野车也不节能,但还是阻挡不了人们的热情。另外,如果亚瑟和奥拉夫没错,能耗是个常量,跟旅行距离的远近无关。"

"所以去 B 站和去东京消耗的能量一样多。"麦克说。

"是的,去月球或者去仙女座也一样。唯一真正的限制是我们可以保持圆环不发热多长时间。如果资金到位,我们还计划在哥伦比亚特区再建一个嘴巴。"

"婕米提到过你们会过载。"

"还没建好那些东西的时候,确实会。"他指着一组三件的整体轴套，每件都有小冰箱大小。"有了那些东西就好多了。它们是专门定制的巨型电阻。我们让它们一直保有电磁感应，也把噪音降到了最小值。"

"圆环为什么是现在的大小？"

"你的意思是？"

麦克指着机器，"内径刚好超过七英尺吧，有吗？"

"二百二十一点五厘米！"莎莎听到他们的对话，大声喊道。

"好。"麦克说，"但为什么不是三百或五百？为什么不造个大的，能让卡车直接开过去？"

她耸耸肩，"因为设计蓝图写的就这么大。"

"奥拉夫计算过。"尼尔说，"为了让电磁铁所需电力和它们产生的磁场范围达到平衡，现在这个尺寸是最适宜的。"

麦克点点头，"你确定它安全？"

"至今已有一百六十八次试验，没发生过问题。"

"人参与了穿越的有几次？"

"全部都有人。我们开始用人测试的时候才开始计数的。"

"那加起来总共有多少次了？"

"四百余次。"尼尔说，"奥拉夫和鲍勃可以给出更具体的数字。"

"总是你们中的某个人去吗？"

"刚开始是。后来我们更大胆了些。"

"昨天奥拉夫说有九个人穿越过。"

"没错，是这样。"

"你们六个，雷吉·马格纳斯，还有他的助理。"

"对。"

"加上本·迈尔斯。"

"对。"尼尔看着地板，"他的事真让人难过。"

麦克打量着大圆环，顿了会儿才开口："没办法更仔细地检查它的状况吗？"

"仔细检查……传送门？"

"对。"

尼尔摇摇头，"不，不可能。传送门绝对安全。每次穿越后大家都进行了全面检查。"

"项目组里有医生？"

"本地医生，"尼尔说，"就在山下。他不知道我们在做什么，但还是签了一堆保密协议。"

"本也检查过？"

尼尔点头，"是我开车把他带过去的。很好的人。他的检查结果很正常。回华盛顿后他又做了另外一次检查，就在他……"他斟酌了一下措辞，"在他崩溃以后？"

"是啊。"麦克说。

"他做了身体上的全面检查，所有结果都发给我们了。我想他去了……医院以后，他们又给他做过两次检查。都没有问题，一切良好，跟我想的一样。"

"那么多次试验都没出现过意外情况吗？"

"因为试验性质特殊，大家会在穿越后六小时内做体检，接下来的两周里再做两次，两个月后最后检查一次。起初每个人还会先观察四十八小时，不过在穿越上百次以后，亚瑟把这个环节省掉了。这一来节约了约四十万的成本。"

"照我的理解，"麦克说，"预算并不是华盛顿的大问题。"

"不过你还是可以提啊。"

麦克笑了，他们绕机器走了一圈，又回到鲍勃和莎莎在的位置。那两人把接在罐子上的一根软管拔开，正捣鼓着连接器，"如果不介意的话，能再问个问题吗？"

"当然。"

"你们为什么要替换那个？"

"哪个？"

麦克指着莎莎手里的部件，"那个连接器，插槽。不管你们怎么叫它吧。为什么替换它？"

"它列在清单上。"她说。

"可是，为什么要换？"

莎莎叹了口气，取来了笔记板。她浏览了几页，耸耸肩。"原因一栏空白。"她说，"可能是因为泄漏吧。"

尼尔看着麦克，"有什么问题吗？"

他摇摇头，"我只是好奇为什么你们要换这个。"

鲍勃耸耸肩，"东西会消耗磨损，可能就是泄漏了吧。"

"它没漏。"麦克说。

"无意冒犯，"莎莎说，"但你怎么知道的？"

麦克抬头望着两个圆环，"昨天你拧开的时候我在看，和现在没有任何不同。"

"你有可能看漏了。"尼尔说，"你在上面的控制室里。"

鲍勃低头看看手里的联轴器。莎莎换了下脚站的位置，又起双臂。尼尔扭了扭肩膀。三个人互相对视。

麦克盯着联轴器看了一分钟，蚂蚁在脑海里翻滚，他强行把它们驱散。"是啊，抱歉。"他说，"抱歉，你们比我更了解这个玩意儿。"

鲍勃笑了，"我可不了解它。"

莎莎在他后脑勺上敲了一下，"少胡说八道。"

13

婕米刷了一下电子出入卡，门咔嗒响了。她把门推开。一股冷风袭来，麦克感到腿上一阵凉意。"来见强尼。"她说。

房间每边有八英尺长。墙边放着铁架子，看着像从家得宝一类的商店买的。每个架子上摆满了服务器，架子后牵满了电线。风扇和空调的持续嗡鸣让房间里的空气微微颤抖。

"每个架子上有六个单元。"婕米说，"总共十二个架子。全都超频运转，也就是说，它们在以每秒十万亿次的效率高速运算。"

"为什么叫它'强尼'？"

"《捍卫机密》。"她说，"我高中时看的老电影，基努·里维斯主演。电影没多红，但我喜欢这个名字。"

"三星影业 1995 年的电影，根据威廉·吉布森的中篇小说改编。票房不怎么样，评论也不佳，不过我觉得戴安·梅尔在里面很性感。"

"随便吧。总之，这个系统造出来以后已经运行了至少八百兆次。

鉴于三年来我做了些微调，所以我想实际接近一千兆。我想把它交给高性能计算机基准测试组织，这样可以测量得更精确，但是亚瑟不想公开。"

"一定有点失望吧。"

她耸耸肩，"他说一旦我们公开了，强尼会变成世界上最著名的计算机。"

麦克环顾这间屋子。

大部分计算机服务器的机箱是奶咖色的，不过有几个棕褐色和黑色的点缀其中。他控制住自己，不去研究摆放位置的模式，转而请教婕米。

"只是为了节约一点。"她说，"什么颜色的机箱都拿来用而已。"她望着他的双眼，"这些你都记住了？"

他看看她，"我没法控制开关，大脑就是这样运转的。"

她撇撇嘴，"所以你在不由自主地监视我们喽？"

"我不是来监视你们的。"他说。

她看向别处，"还有什么问题吗？"

麦克指指架子，"这么说来，就是这些让阿尔伯克基之门运作起来的？"

婕米摇摇头，"不，它只负责给每一次穿越进行数据运算。"

"仅此而已？"

"阿尔伯克基之门项目有超过两百万行代码。光是方程式打印出来都要上千页。五十多万行数学运算，其中大部分建立在系统的许多变量上。"

他笑了，"这些内容是可以告诉我的吗？"

"如果你能从这么多页面里获取我们的代码，破坏我们的成果，那我只好认了。"

"破坏你们的成果？"

"找出我们的秘密，"她说，"盗取我们的技术。你想怎么说都可以。"

"我什么都不打算偷。大实话。"

她招手让他出房间，然后锁上门栓，"我能回去工作了吗？"

"既然都有电子出入卡了，为什么还要加锁呢？"

"以防政府人员盗走我们的代码。"她说，"还因为鲍勃太喜欢恶作剧。只要他敢靠近强尼，我就要把他打个半死。"

"那，答案是什么？"

她眨眨眼，"什么意思？什么的答案？"

"方程的答案。"他说，"是 42 吗？还是 4–8–15–16–23[①]——"

婕米挥手打断他，"我从没看到过所谓的答案。即便能给出，也不过又是一个要解上百页的方程。"

"那方程究竟是什么？"

她凝视了他一会儿。"用浅显易懂的话来说，"她说，"它是一种算法，算出交替的量子态或者符合我们要求的维度。"

"用专业术语说呢？"

"那你要问问亚瑟或者奥拉夫，我只是小小的计算机操作员。"她转身走进走廊。

他加快步子跟上她。"如果你从来都没见过，"他问，"你怎么知道它在解方程？"

"因为传送门打开了。你总是这么难缠吗？"

麦克耸耸肩，"只在我想得到答案的时候。"

---

① "42"出自《银河系漫游指南》，是生命、宇宙以及一切的答案。"4–8–15–16–23"来源于鲁索基因镜像理论。该理论认为每个人都有一个双胞胎兄妹存在于这个世界的某一处，但从概率和自然定律推断，他永远不会遇见这个人。

"我这儿没别的答案可以给你了。"她说。

"亚瑟说你有穿越报告的副本。"

她叹口气，"他跟你说了，是吗？"她拐进一个侧厅，没叫他跟上，也没回头看他是不是跟着。

他们走出主楼，往活动拖车停车场走去。"那么，"麦克望着她的背影，"你是怎么参加进来的？"

她回头看了一眼，"什么？"

"阿尔伯克基之门。你是看到了招聘广告还是认识什么人？"

"亚瑟雇的我。你应该看过我的档案。"

"你喜欢跟他还有奥拉夫一起工作吗？"

"比在银行工作好。"

"你们喜欢在一起吃午餐，还是你……"

婕米停下来，转身对着他。麦克险些撞在她身上，"这是要干吗？"

"什么要干吗？"

"你早就知道这些问题的答案。"

"我就想……"

她的眼睛忽闪忽闪，"你想让我透露关于亚瑟的情报吗？我可不会……"

"我只是想闲聊两句。"麦克意识到自己在用老师看学生的目光看待只比自己小三岁的女人，立刻软了下来。麦克换上了让人同情的表情。当他发现自己正用老师对付学生的手段对付只比自己小三岁的女人时，这个表情差点没撑下去。

婕米瞪了他一眼，但那个表情还是打动了她。她压下怒气。"抱歉。"她的口气听起来并不太抱歉。

"别放在心上。"他说，"如果你觉得我在怀疑你的人品，我道歉。我只是想表现得友好一点，跟大家找个地方吃午餐。就是这样。"

他们在那儿站了一会儿。

"我们没做错什么。"她说。

麦克考虑了几种回应的方式。根据目前对婕米的了解，他斟酌了一下。虽然很逊，但最好的回答还是"我明白"。

"不要毁了我们的成果。"

"别忘了，我是站在你们这边的。我来是为了确保你们获得经费。"

"那就让他们知道这个项目会改变一切。"她说，"我们都知道。马格纳斯知道，你也知道。所以它必须万无一失。"

"我明白。我只不过是想……"

婕米转了个弯，沿着流浪汉坟墓旁的小路继续往前走。人工草地被蹭得沙沙响，他们走向她的活动拖车。

"又是锁。"她开门的时候他说。

"对，这方面我很老派。"

"不，我是说……"他顿了顿，"实验室需要安全保障我可以理解，但为什么这里也要上锁？"

"新罕布什尔州可能夜不闭户，但这儿是城市。"

"我来自缅因。而且严格来说，这里也不是什么城市。这是被防护栏围住又有守卫的政府设施。抢劫犯或者窃贼不会随随便便闯进来。"

"这儿是我的家。"她说，"我为什么不能锁好自己家的门？"

"我……别在意。对不起。"

她走进拖车。门还开着，麦克把这视作邀请。

活动房屋不大的空间里，堆满了纸质文件和各种仪器。笔记、备忘录、报告在办公桌上堆成一座又一座小山，把覆在墙上的两块大软木板都遮住了，它们甚至堆到了地板上。婕米挂着几幅帘子，把床和其余空间隔开，可麦克还是能看到那儿堆了更多散乱的文件。她的书架乱七八糟，毫无秩序可言。各种卷宗里随意夹着一些纸张。一本精装的《我们所知的历史》两侧，一边放着道格拉斯·霍夫施塔特的《流体概念和创造性类推》，一边放着颜色变淡的《机械人》漫画小说。一本用皮包边、烫金字体的旧书《电流：发电与使用》塞在书上方跟上层书架搁板间的空隙里。

麦克看见两个电脑机箱半拆开摊在厨桌上，芯片拆得到处都是。还有几块主板装在塑料袋里，搁在椅子上。

"啊，你的佣人一定度假去了。"麦克打趣道。

"是呀，她跟帮你想出这种冷笑话的人私奔了。"

"哎哟。"

"她给我寄过明信片，我不知道丢哪去了。要不要我找来看看？"

"不用，不用。看日志就好。"

书架顶上有什么在动。一只白爪子伸了出来，上面有排锋利的尖爪。

"'小岔子'。"婕米顺着麦克的目光看去，"我搬进来的时候它就住在这儿，接受一罐吞拿鱼的贿赂后，它同意我也在这儿住下。"

"'小岔子'？"

"因为第二天它从键盘上跑过去，毁了我四十二行代码。"

麦克笑了，"果然是小岔子。"

猫用亮绿色的眼睛直直盯了他一会儿，又缩回去睡觉了。

婕米从桌上翻出一摞纸，又从墙上抽出一些。她迅速翻阅一番，接着匆匆回到床边蹲下细看。她的牛仔裤在背后往下滑了几英寸，露出了一截蓝色的高腰紧身骑行短裤，还有光滑的蓝色氨纶束身衣。

她转过头来，"动物测试和模拟实验的你也要吗？"

麦克耸耸肩，努力不让自己看她的屁股，"只要你可以给我的，我都要。"

她直起身，把两捆字典那么厚的资料放在文件堆上。"除了奥拉夫昨天的那次，这就是所有的记录了。奥拉夫的还在实验室，要不就在亚瑟的办公室里。"她几乎是把资料半塞半扔地丢到了他怀里。

"谢谢。"他站了一会儿，让蚂蚁给文件分类，"你这儿有这么多资料，真让人吃惊。我是说，"他掂了掂重量，"货真价实的纸质文件。"

"这是安全起见。"婕米说，"黑客没办法对马尼拉文件夹做手脚。"

"这我明白，只是看起来有点……我不知道，太没效率了？特别是涉及你说的那么大工作量。"

"事实就是这样。你还需要别的什么吗？"

"不，这些够了。"

"好的。你现在可以走了。"她手臂朝门的方向一挥。

"好吧。当然。谢谢你拿这些资料给我。"

婕米闭上眼，"我很抱歉。"

"不用道歉。"

"我知道这是你的工作，也肯定你是个好人……"

"你知道，这些话总是很伤人的……"

她嘴角露出一抹浅笑，"……可是我们现在不需要。没必要。我们没做错任何事。传送门正常运作。我们只是需要更多时间来测试。"

"每个人都这么跟我讲。"麦克说。

14

麦克走进自己的拖车屋，发现怀里的报告都没地方放。他以为自己可以在这个斯巴达式的房间里将就几周，却发现根本不可能。别的不说，在这张折叠床上睡两三晚，背都受不了。

他把一堆资料放在薄床垫上，在脑海里迅速列了个清单：桌子、两把椅子、小书架、小冰箱、烤箱、微波炉、小床、可以替代沙发的蒲团、床单，也许还需要一条毯子。有些可以放在租来的车里，但不是所有的都能放进去。希望能有快递。

麦克开始看文件。红蚂蚁和黑蚂蚁在脑海里聚集。从华盛顿的会议开始，它们第一次听到这些理论和想法时就一直在骚动。看到机器和蓝图后，它们变得更兴奋了。

不过他还可以等等。先去找地方吃晚餐，然后花一个晚上布置他的临时小家，第二天早上再来看一看这些资料。

蚂蚁在他脑海里不停啃噬。

他转身走出门，来到停车场。鲍勃提过这一区有些商店，从机场来的路上他经过了几家。他相信能找到点儿什么。

那个红头发的人站在前门跟守卫聊天。他朝麦克挥了挥手，朝这边走来，"奥拉夫这就赶你走了吗？"

"还没跟他过招呢。"

"那就是婕米咯。"

"其实我是来找你的。"麦克说，"你说得没错，如果我要在这儿住几周，就得添置些家具。"

"需要帮忙吗？"

麦克扬起一边眉毛，"你愿意帮忙吗？"

"才不呢，我就是喜欢问别人需不需要帮忙，然后看他们失望的样子。"

"多谢。"

"开玩笑啦，开玩笑啦。"鲍勃说，"你想买大件的吗，比如沙发啊床啊之类的？搬东西的小卡车停在主楼和 B 站之间，我可以开过来。"

"那太好了。谢谢你。"

"别客气。我只不过是在拍马屁，这样等你把其他人都遣散以后，我就可以占据奥拉夫的职位啦。"

"我不会遣散任何人——"

鲍勃举起一只手，"放轻松，嗨，玩笑而已。"

"不好意思。"

"那我去开车。我们……十分钟后这儿见？"

二十分钟后，他们在路上颠簸。卡车很大，像一头生锈的野兽，完全是"节能减排"的反义词。鲍勃说不到一千美元就可以拿下这辆车。麦克不是很相信。

"我其实想问问。"鲍勃说，"会不会有人经常说你是'年轻版的艾伦·里克曼[①]' 之类的？"

"嗯。因为我在学校教书，学生一般说的都是'年轻时候的西弗勒斯·斯内普'。"

鲍勃哈哈大笑。

"那有人叫你'罗恩·韦斯莱'吗？"

"在高中的时候还没怎么听到，谢天谢地。"他摇摇头，"大三的时候我把头发剃光了，那时候离流行剃光头还有五年。因为要在毕业典礼上致辞，这个决定简直糟透了。"他打着方向盘，换到了转弯车道上，"大家叫了我六个月的莱克斯·卢瑟[②]。"

两个半小时后，麦克装了一卡车的新家具，踏上了返程的路。鲍勃帮他把家具搬进拖车，又借了个小工具箱给他，帮忙装蒲团架子。

麦克望着这堆箱子、盒子。报告还放在折叠床上，一看到它们，蚂蚁就开始在脑海里闹腾。他把它们赶走，"我欠你一顿晚餐，至少一顿。"

"不用，没什么大不了的。如果你在这儿心情好，大家也会更舒心。"

"一定要请。再说我也需要有人推荐下附近哪儿有好吃的餐馆。"

"我可以跟你一块儿去，但不用你破费。"

"严格来说，"麦克说，"是雷吉请的客。"

"如果这样，"鲍勃说，"那我还是别冒险让管事的不高兴好了。"

结果他们去了主楼往前走的一条街上的比萨店。那家意大利风格餐厅开在零售商业区里，装饰简约。点完餐，他们坐在小隔间里等饮料。鲍勃饶有兴致地看着桌对面的麦克。

"你为什么来这儿？"

---

① 艾伦·里克曼（1946-2016），英国最多才多艺的舞台剧演员和影视演员之一。
② 《超人》系列的主要反派。谢顶。

"你说这儿的比萨好吃啊。"

鲍勃笑道:"你为什么来这个项目? 你想找出什么?"

麦克耸耸肩,"你觉得我在找什么?"

服务员端来了麦克的柠檬汁和鲍勃的百事可乐。

"我觉得,"鲍勃说,"人总是能找到他们想找的东西,不管这东西是不是真的在那儿。他们只会看到他们想看到的。"

"说得好。"麦克说,"不过我要的只是让雷吉放心,这样他就可以让继续给你们提供经费的人也放心。"

鲍勃把杯子放在嘴边,啜了两口。

"有什么原因会让我任务失败吗?"

鲍勃耸耸肩,"马格纳斯让你找什么?"

"什么都没。"麦克说,"本·迈尔斯出事后,华盛顿的人有些不安。雷吉只是想让我来确认事情进展顺利。"

鲍勃吸着吸管,发出很大的声音,"真的?"

"真的。"

"挺好。"

"你相信我?"

"我们没有做错什么。"鲍勃说,"我们没什么好隐藏的。"

麦克感觉嘴角抽动了一下,"除了你们坚持要藏起来的那部分。"

"这么说吧,"鲍勃说,"我不打算把我的 ATM 取款密码给你,并不意味着我账户里有很多贩毒挣的脏钱。人人都有自己的秘密。一般来说,大家都有很好的理由来保护这些秘密。"

"确实。"

"我们都知道目前这种做法不太常见。"他说,"但目前的项目也不是普通的项目。你亲眼见过,很清楚它会给世界带来多大的冲击。在百分百确信它可靠之前,让一切暂时保密很奇怪吗?"

"如果有人急着要公开呢？"

"如果他们都不打算资助我们，为什么还要公开？"

"只是假设一下这种情况。"

"为了以防万一，亚瑟有一个可以迅速联系到的律师团队。除非他们派出军队，就是带着真枪实弹的那些家伙，否则不能强迫我们做任何事。"

比萨端上来了，就它的价格而言，这个尺寸非常良心。因为菜上得不够快，服务员还加送了一篮面包。

麦克拿了两片放进盘子里，"我能问点事吗？"

"当然。"

"不拐弯抹角，我问，你答。"

鲍勃笑了，"我还是不会给你我的 ATM 取款密码。"

"谁让你参与这个项目的？"

笑容有些迟疑，"我不知道你想……"

"说好了的。"麦克说，"不拐弯抹角。"

鲍勃又笑起来，笑容淡淡的，但发自内心。"是亚瑟。"他说，"虽然是尼尔的建议。"

"这问题不难回答，对吧？"

"想不到我这么铁石心肠的人也会被你说动。"

"噢，说什么呀。你用自己的业余时间帮我搬家具，跟我共事多年的人都不会这样。"

鲍勃咯咯笑起来，"好吧，玩笑开过了点儿。"

"他们给你列了谈话时有什么不能说的单子吗？"

"没有。他们就让我友好一点。"

"真的？"

"是啊。尼尔今天早上还在担心我们一开始就把关系弄糟了。"

"啊，不管怎么说，谢谢你的帮助。"麦克说。

"没啥大不了的。"鲍勃说，"也问你个直接的问题？"

"问吧。"

"为什么叫你来？"

"雷吉想让我帮他做事好多年了。他跟我说过的事情里，这是最能勾起我兴趣的。"

"是啊。"鲍勃说，"可是为什么是你？即便迈尔斯出了事，他也有大把手下。而且，别介意啊，我敢说在这个项目的评估上，他们至少有一半的人比你更有背景。"

"我不介意。他可能觉得我记性好，了解项目的时候也没有先入为主的想法吧。"

鲍勃拿比萨外皮沾了些盘子里的油，"意思是你会记住你看到的一切，又足够聪明，可以全部加以分析。"

"可以这么说，对。"

鲍勃一口吞掉剩下的比萨皮，"我知道他是你的朋友。但你有没有想过，他派你来也许另有原因？"

"不自觉地盗取你们的工作成果？"

"对。"

"我确实在被动获取各种情报。"麦克说，"但盗窃成果这种事不会发生。"

"为什么不会？"

"因为那不是他雇我来的目的，我也不会这么做。我只是来做分析和提建议的。"

鲍勃嚼着嘴里的比萨。"好吧。"他说，"如果你来是向马格纳斯确保这里一切顺利的……那我们就会相安无事。"

"好极了。"

他们又各自默默地吃下一块比萨。

"对了,"鲍勃说,"我能冒昧地再问你些别的问题吗?"

"当然。"

鲍勃手指轻敲着桌子,他咬着嘴唇,"亚瑟有没有跟马格纳斯说过我的什么事?"

"什么意思?"

"就是……你看,在整个研究里,我只能算新人。这点我懂。但是最近两周,每个人都好像……"

"鲍勃。"一个沙哑的声音响起,"你不是应该在忙着弄圆环的新算法吗?"奥拉夫手拿 Kindle,站在几英尺开外。

"我早就弄完了。"鲍勃指指麦克,"我在带他熟悉这里。"

奥拉夫咕哝了一声。

"想跟我们一起吃吗?"麦克往隔间里挪了挪,"几分钟前才上的菜。"

奥拉夫又咕哝了一声。"不了。"他说,"谢谢,我更喜欢一个人吃。"他往前走了几步,坐进另一个隔间。他背靠窗户,能越过电子阅读器看到他们。服务员给他端上一杯冰茶。

"他和婕米好像不那么友好。"麦克说。

鲍勃笑道:"熟悉以后你就知道了,他们其实没那么坏。"

"你开过他很多次玩笑?亚瑟这么说过。"

鲍勃摇摇头,"也不是。就开过一两次。但他是个死脑筋,一遇到什么问题就是我精心酝酿的恶作剧。"

"我也认识一两个这样的人。那,你刚才说……"

"说什么?"

"最近两周,"麦克说,"你想知道亚瑟有没有说过什么……"

"噢。"鲍勃说着望向奥拉夫,"可能没什么大不了的。别麻烦了。"

15

麦克举起床垫，扔到床架上，接着把枕头丢到床垫一头，拆开毯子的包装，把床铺好。

家具大小适宜，房间不再给人空空荡荡的感觉。他选了些颜色鲜艳的家电来为活动房屋增添几分色彩，冰箱的噪音和残留的比萨味也给这里带来了生气。他还需要看看有没有备用的捕蟑螂器，以防食物把太多蟑螂引来。

文件这会儿放在桌上，还没有打开。麦克把折叠床收起来放在门后时，把它们搁在了那儿。

他瞧瞧手机，还不到十点。他打算过两个小时再睡觉，或者再多过一会儿。

是时候开始干点儿正事了。

学校里的几何课老师杰克·凯西过去是个酒鬼，到今年夏天就戒酒六年了。他跟麦克讲起过，他以前能在酒吧外面站半个小时，挣扎着要不要进去"就喝一杯"。他不是怕喝酒,而是怕一喝就停不下来。就像做梦梦见开车但是踩不到刹车一样,不管怎么努力就是停不下来。

麦克太明白他的意思了。

他闭上眼,做了几次呼吸让精神放松,然后在翻开第一份报告的瞬间,睁开了眼睛。

麦克翻着第一份报告,共八页。第三页和第五页是两面的,封面的内页上也打了字。亚瑟、奥拉夫和尼尔的签名出现在了好几个页面上。

第二份报告有九页,又是双面打印。第七页的左上角是折起来的,还是那三个人的签名。

第三份报告有八页,其中四页是双面打印,但其中有一面只写了三行。第六页上贴了一张便利贴,上面是两行关于处理器功率的话,签名是一个大写的"J"。麦克认得那是婕米的笔迹。

第四份报告……

第五份报告……

第六份报告……

他把每份文件打开,翻过每一页,然后放在一边。速度很稳定,每分钟看两份。他的大脑运转得比眼睛看的稍慢,但也慢不了多少。模型开始渐渐形成。他把报告在脑海里一行一列地归纳好。他调出雷吉给他的报告,去圣地亚哥的飞机上看的那份,图表扩展了,变成三维立体。

第十四份报告是第一份没有亚瑟签名的。

第十五份报告……

第十六份报告……

第十七份报告……

报告里不时出现一些图片和表格，麦克在脑海里建了一个阿尔伯克基之门的模型，往上标记各种部件。他给它们做上标记，然后跟不同的资料建立关联。他还需要维修保养记录，早上可以去找亚瑟要。

第二十份报告……

第二十一份……

第二十二份……

第二十三份报告另含了两页婕米写的优化算法。传送门开启的时间优化至四十二秒，签字的不再是尼尔，而是莎莎。第五十一份报告的右上角有咖啡渍，棕色的圆痕跟婕米的超大号马克杯大小一致。

黑蚂蚁和红蚂蚁在他脑海里乱窜。思维和记忆。北欧神话里的胡基和缪宁①。两群蚂蚁相互攻击，变作沸腾的一团。图像和模型起伏变幻，麦克建立起越来越多的联系。

第五十七份……

第五十八份……

第五十九份……

第六十份报告的页边空白处有尼尔的记录。有虫子进到机器里去了，真正的虫子。他在 B 站发现了很多。在此之前麦克从未听说过绿色的蟑螂，他很好奇它们是不是圣地亚哥当地特有的。

第六十四份……

第六十五份……

第六十六份……

---

① 奥丁的两只乌鸦。它们飞遍世界，为奥丁带去各种消息。

系统里的虫①

---

① 原文"BUG"，意为"虫子"，也有"系统内部小毛病"的意思。

16

亚瑟发现麦克在办公室门外候着。"早上好。"他说,"等很久了吗?"

麦克摇摇头。

"什么事?"

"抱歉突然来找你。"麦克说,"但是我有几个问题想问。"

亚瑟点点头,打开门,"我会知无不言,只要没有超出协议的限制……"

他们走进办公室,麦克挥挥手。"我明白。"他说,"你们跟 DARPA 有协议。我不会问到那些的。"

"那我能帮你做些什么呢?"

"你介意我把门关上吗?"

亚瑟的表情有些僵硬,"为什么?"

"你不是一直很注重保密吗?"

他看了麦克一会儿，朝门的方向点点头。麦克轻轻一推，门咔嗒一声关上了。

"那么，"亚瑟说，"有何贵干？检查出什么问题了？"

"问得真好。"麦克说，"起初，我以为这是一起重大的公款挪用案件。"

亚瑟正要坐下，站住了。他盯着麦克，"什么？"

"挪用，还有吃回扣。我不太清楚两者之间到底有什么区别。"

"提出这样的指控最好有明确的证据。"亚瑟说，"我告诉你，跟管理方是朋友也没办法保你不受……"

"你让他们进行的那些维修，"麦克说，"换罐子，换联轴器，换这换那。其实什么都不用换。你只是在把工作部件来回倒腾。才用了四分之一的气罐也在撤换。"

亚瑟摇摇头，"因为联轴器泄漏了。"

"它没有漏。"麦克说。

"无意冒犯。"亚瑟说，"可你又怎么知道？"

"因为昨天你们打开的时候我在看，根本没有漏。"

"你有可能看错了。我们都在上面……"

麦克的脑海中，一队黑蚂蚁扛来图像，昨天的实验又逐帧播放了一遍。他从控制室的窗户看出去，余光可以瞄到监视器的画面上，三个不同的摄像头对准了实验室大厅，其中两台里都能看到联轴器。他反复看了四遍，每看一遍注意的都是画面里不同的部分。

连接器上没有任何东西渗漏下来。

"……的控制室里。"

麦克指指自己脑袋的一侧，"如果有泄漏，我会知道的。"

亚瑟在椅子里坐下，强压怒气。

麦克坐到物理学家对面的椅子上，"从某种程度上说，你用纸质文件记录工作也是出于同一个目的。每份资料都碎片化地录入华盛顿的电脑里，没人能一次看到全貌。可能有实习生会看到相关的资料，但他们早就因为重复劳动，察觉不到哪里出问题了。"

他们对视了一阵。

"我想，"亚瑟说，"我该找马格纳斯先生谈谈。"他伸手去拿桌上的电话。

麦克摇摇头，"不用。我说我本以为这是挪用公款，然而并不是。华盛顿时间的今天早上，我跟雷吉聊过。我找他要了近两年的预算报告，六个季度以来的预算甚至还缩减了。"

"我知道。"

"考虑到有在循环使用同样部件的可能性，我也回顾了一下预算，事情一下就变得很清楚了。"

"你一定做了大量计算。"

麦克耸耸肩，"我知道你有一台过时的笔记本电脑，开的车也很便宜。"

"也没有那么便宜。"

"如果存在挪用资金，那可是上千万的大数额。你觉得道奇汽车不算便宜，这就等于告诉了我你的床垫里没藏多少钱。"

"这么说剧情反转了，你准备宣布我们没有挪用 DARPA 的公款？"

"不。我只是想跟你说清楚，我不会草率地控告你。"

"可是你都给马格纳斯打过电话了。"

"我打电话找他要预算，他发过来了。仅此而已。"

亚瑟靠回座椅上，"你没告诉他为什么需要？"

"没有。"麦克说，"这不是盗用公款，但是是别的什么。尼尔、莎莎和鲍勃看起来都是聪明人，既然他们也参与进来了，这里一定发生了些什么。”

亚瑟的表情又一次僵住了。

"我只是在陈述我的想法。你需要跟我讲实话，因为我会查出真相。如果不是什么坏事，那没什么。雷吉不会在意的。他甚至压根儿都不用知道。但如果真有什么……"

"有什么？"

麦克靠回自己的座椅。

"谢谢你。"顿了一会儿，亚瑟说道，"没有把你一开始的想法捅给马格纳斯。"

"不客气。"

"我知道他对这里的事很关心，可我们最不需要的就是怀疑。"他身子前倾，手指轻敲桌面，然后又仰回去，"这个项目涉及很多……数学、运算、代码、工程小幅微调。我们做报告的主要对象是官僚、律师、商人、退役军官，他们不懂我们为这个项目究竟付出了多少心血。"

"我能明白。"

"所以我们时常维修。没错，大概百分之九十的工作说起来都是无用功，但纸质文件和材料可以证明我们的确在干些事情。要不然，我的手下甚至连高级工程师的工资都拿不到。"

"你真是个好心人。"

"见你的鬼去。"亚瑟说，"工资变少会导致下属的工作态度发生变化，就算签了保密协议也一样。我不想给他们任何考虑跳槽的机会。"

"你认为他们会吗？考虑跳槽？"

亚瑟想了想，又往前倾过身。"我不知道。"他说，"几年前我敢说绝不会。奥拉夫和我相识约有十五年了，婕米和尼尔跟了我八年。但自从有了这些……这个机密……"他越过麦克，看向墙上的阿尔伯克基之门的图表，"我经常感到在自己身边的是一群陌生人。"

"不公开是你们自己的选择。"过了半晌,麦克说道。

亚瑟眨着眼望着他。"不全是。"他说,"你知道的,有时候事情就是这样。"

"也许吧。"

亚瑟平复了一下情绪,"如果你相信我不是贪污犯,我还需要做些什么,你才会离开我的办公室呢?我打算开始今天的工作了。"

麦克站起身,"把试验日志拿给我,婕米那边的报告比较简略。还有没有更详细的版本?"

"有,穿过阿尔伯克基之门的全面的行程报告。除了相关核心技术外,什么都涉及了。次数、功率消耗、流量测量。有的还记录了太阳黑子活动。总共大概有六百份,一直可以回溯到第一次用物体和老鼠测试的时候。"亚瑟伸手调整桌上的塑料歪心狼,把这只食肉动物的头转到左边,"你把人体试验的部分看完后我就把这些资料给你。"

"我昨晚看完了。"

亚瑟扬起一边眉毛,"所有都看了?"

麦克轻轻耸了一下肩,"只有一百六十八份。"

"今天早上你看了我们的预算?"

"往回看到了 2011 年的,对。"

"如果我不知道你的能力,"亚瑟说,"一定会说你是个骗子。"

"你愿意的话还是可以说的。而且你不是第一个想这么说的人。"麦克把双手插进口袋,又拿出来,"不过东西一旦在我脑子里了,处理起来就没有什么输入输出限制。不用翻译,没有视疲劳,浏览起来想多快就多快。"

"等你完成了这项任务,我可能会想办法把你从马格纳斯那儿挖过来。"

"祝你好运。"

亚瑟干笑了两声，"我会叫奥拉夫给你拿行程报告的。还需要别的什么吗？"

"我想今天暂时够了。"

"好。我们明天又安排了一次试验，你想去看也行。"

"想去，谢谢。谁来试验？"

"我想这次是鲍勃。"

17

"真的?"麦克说,"一点都不想看?"

"真的。"奥拉夫说,"我一点兴趣都没有。"

十个档案柜靠北墙放着,每个档案柜都从上往下,由四个巨大的抽屉组成。另外十个靠南墙放着,还有三个在门前。门边墙上挂着一本笔记板,上面夹着一堆有折页折痕的纸张。房间中央放了一张小桌子,但没有椅子。

"你没开玩笑吧?"

"没有。"奥拉夫把钥匙环上的一把钥匙塞进锁里。齿轮在里面咔嗒响,他稍微拉出了点抽屉,往里面扫了一眼。然后,他自顾自地点点头,抽回钥匙。钥匙上贴着"不许复制"的字条。

"你多少有点看那部电影的冲动吧?"麦克说。

"一点都没有。"

"连《卡萨布兰卡》也不感兴趣?这是有史以来最伟大的电影之

一，得奖众多，赞誉无数。"

奥拉夫把刚用过的钥匙跟其他六把串在一起，"你的智商有多高，大概？"

"很高。"

"那你应该明白我的意思才对。我再回答你一次。这次我说慢点儿。"他盯着麦克的眼睛，"我一点儿也不感兴趣。"

"抱歉烦到你了。"

"不用道歉。咱们赶紧忙完这些事，别浪费更多时间了，好吧？"他把钥匙环甩到麦克手里，"这些是打开房间和相关柜子的钥匙。文件不能外流。如果要带出房间，在那上面登记一下。"他指着笔记板。

"谢谢。"

"别把钥匙搞丢了。"

"不会的。"

"最好不会。"

"对我来说，搞丢东西真的很难。"

奥拉夫摇摇头，喃喃自语了点什么。他收拾着自己带进房间的一小沓文件，又把Kindle压在文件上面，"如果需要帮助，尽管找人。"

"好的。"麦克说。他指着Kindle，"在看什么有趣的书？"

"《19世纪的物理》。"奥拉夫走出房间，转向他的办公室。

"谢谢啦。"麦克叫道。

他看着档案柜后的墙。蚂蚁在脑海里来回爬行。前两天晚上把它们放出来以后，就越发不可收拾。

虽然钥匙在奥拉夫手上捏了二十分钟，在他手里还是冰冷。

他在脑海里给不同的抽屉分别加上了标签。他想看的第一个抽屉是东墙左边远处尽头的第二格。西墙那边是蓝图、设计参数和其他图表。他不需要这些。

麦克叹了口气,打开第一个文件柜。他抽出六个文件夹放在桌上。心智之门一打开,蚂蚁们就成群结队地涌出来了。

行程日志都很无聊乏味。十一页的原始资料和数据,接着是另外七八页每个部门的手写报告。早期的报告中充满了细节,描述了所有出问题的地方,跟预期的一样。所有动物都有兽医写的报告,人体试验开始后又有医生写的报告。

第192号让他停了下来。他看了三遍才换到第193号。他对比了两则日志,他习惯了的几个数字没有了。没有旅行者名单,没有动物,也没有人。两次测试都在半夜。第194号日志也是这样。

第195号日志又正常了。两只老鼠一起在上午十点二十分进行了穿越。然后又有四份半夜测试的报告没有数据。接着又恢复成了正常报告。

亚瑟是第一个穿越阿尔伯克基之门的人。显示在第425/1号报告里。第426/2里是奥拉夫。接着是婕米,她的那份报告上只标着"H3"。

他换了一种方法排列数据,脑海里的表格更加精细了。符号表、颜色条、新坐标。他把它们扩展成一系列立体图表,可以任意重复、循环和重叠。

看了四百五十份报告后,麦克的肚子咕咕直叫,不能再置之不理了。他想着去吃午餐,可是蚂蚁躁动得太厉害。无奈之下,他只好走进小厨房。冰箱里有一个苹果和三罐苏打水。点心盒在柜台上,里面基本上拿空了,只留下果冻甜甜圈孤零零地躺在只剩碎屑的盒子里。

蚂蚁催促他回去看文件。还有很多内容需要奋战。他叹了口气,用纸巾包着拿起果冻甜甜圈。在走廊上他试着咬了一口,人工覆盆子酱沾在舌头上,口感极差。他强迫自己咬了三口,觉得口齿间全是糖。把最后一口甜甜圈塞进嘴里后,他舔舔手指,打开下一份文件。

随着人类成功穿越变得稀松平常，报告也越来越简短随意。最近几份几乎都是空白的，只潦草地写了几句。就麦克所见，最近值得研究的就是穿越者带着钟表进行的一连串测试。这差不多是七个月前的事了。

奥拉夫的字迹非常漂亮。尼尔写小写"i"的时候用一根短横线点缀。鲍勃会在每份报告的页边留一段距离。他用铅笔写了又擦掉的痕迹还留在那儿。

麦克关上文件。肚子又咕咕叫了，这次差不多叫了一个小时。外面的走廊漆黑，看来好久没人在附近活动了，连感应节能灯都没自动启动。

他把桌上的文件夹收起来，放回抽屉，关上柜子。档案室的门砰的一声，重重在他身后关上。他穿过走廊走到大楼前厅。太阳低低挂在天上。安妮从前台抬起头来，"看完了？"

"我想是吧。你在等我？"

她笑笑，又埋头看办公桌。

"他们其实一点也不相信我，是不是？"

安妮又笑了，不像刻意的。"如果这么说会让你好受些的话，"她说，"我在这儿待了两年了，他们也不怎么相信我。"

"好多了。"

她把至少一个小时前就该拿出来的坤包放到桌上，"还需要帮忙吗？"

他摇摇头，"我想今晚不缺什么了。"

安妮又拿出几把钥匙。"那好吧。"她说。

"你加班应该有工资的吧？"

"当然有啊。"她说，"按分钟计的。"

她指指入口，两人一起走出去后，她把门锁好。"明早再见。"安妮说。

"两年了他们都还不相信你?"

"不怎么相信。"她说,"不过对于这儿发生的事,我还是大致有个了解。"

"是吗?"

他们下楼的时候她打量了他一会儿。"漂亮女人还是有些好处的。"她说,"莎莎和鲍勃总会来跟我聊天。"

"啊——"他说。

她又笑了,"他们没跟我说什么重要的东西。即便说了,我也不懂。"

他们慢慢走过小停车场,麦克发现自己在送她去取车。"对了,你是怎么到这儿来的?"他问,"认识谁还是……"

安妮摇摇头。"临时工中介安排的。"她说,"在洛杉矶的时候我做过很多工作,比如杂志的资料录入、临时的接待员之类。当地的中介给我安排了这份工作。我来这儿三个月以后,克罗斯先生决定雇我当全职,于是我就搬过来了。"

"洛杉矶?"

"对。"

"为什么要搬呢?"

她打开车门,黑色的眼睛注视着他的脸,"他说如果你开始问太多问题了,我就得小心。"

"抱歉。"麦克说,"我想知道你为什么搬,他会对这个问题表示反对吗?"

她露出一个完美的笑容。没有迟疑,发自内心,充满活力。他不难理解为什么莎莎和鲍勃会经常找机会来跟她闲谈了。"我想不会。"她说着,把包丢到乘客座位上,"我弟弟去世了。"

"噢。"他说。许多师生礼仪在脑海里涌现出来,"我很抱歉。"

安妮在他眼神中看出了歉意。"我们不算太亲近。"她说,"老实说,尽管在同一个城市,却很多年都没有来往。那天晚上他给我打电话,希望我去参加一个家庭聚会,我还很不客气地拒绝了。没过多久他就去世了。"

他知道背后一定有很多故事,也明白最好别深究。"我深表同情。"麦克说。

她的头轻轻点了一下,是那种已经说过这个故事很多次的人习惯了的点头方式。"一周之后我就离开了洛杉矶。我不想看到任何会让我想起他的东西。抛掉一半的家当搬去新的城市,让人轻松许多。"

"有机会我也试试。"

她朝小路前方的拖车活动屋看去,对他最后微笑了一次,"难道你没试过吗?"

"想来其实是有的。"

"晚安,麦克。"

"晚安,安妮。"

她挥挥手,开车走了。麦克沿着小路走向拖车。

用微波炉加热三明治的时候,他在脑海中回顾了一遍日志。他唤起蚂蚁搭建的阿尔伯克基之门的模型,往上面添了七十六个标签。这时候,微波炉叮地响了。

他吃了鸡肉三明治。拖车屋里渐渐黑下去,但他懒得开灯。他清楚房间里东西摆放的位置。再说天黑了精神还能更集中。

他把数据拆分归类,不放过一个碎片,不管看起来多不起眼。他浏览着一栏一栏的图表和信息。

数据中间有一个洞,特别刺眼。三份空白报告,一份正常,四份又空白。

婕米在所有空白报告上都签了字。

灰色的电话仍然搁在远处角落的地板上，下面露出一截塑封的通讯录，上面有分机号码和姓名。他把名单推回去，拿起听筒，拨了三个数字。

铃声响了三次。"你好？"

"嗨，婕米，我是麦克。"

"你碰上什么事了吗？"

"我没事，谢谢。我只是在看日志，注意到一个地方有出入。"

"什么地方？"

"第 192 到 198 号，中间的数据好像有点……缺失。"

"缺失？"听得出，她皱起了眉头。

"它们都是空白的，没有数据。"

"见什么鬼……你在哪儿？"

"我在屋子里。你——"

婕米挂断了电话。不一会儿，他隐隐听到砾石嘎吱作响，然后响起了敲门声。他马上拉开门。晚上不冷，但她穿了深红色的运动裤和带 MIT 字样的长袖运动衫，袖子也没挽起来。"你为什么关着灯？"她经过他身边，打开开关。

"我在思考。"

"像个正常人，把灯打开思考吧。你是什么意思，报告有问题？"

"我没说有问题，我是说缺失。你穿那个不热吗？"

她没管这个问题，"你说的是什么报告？"

"一百九十多号。之前看的，刚才我整理所有实验数据的时候这个空白又跳出来了，所以我想……"

她环顾这间简陋的拖车屋，目光落在桌上的电脑上，"东西呢？我看看。"

"那些……"

"你的表、图，就是你做出来的那些，我需要看看才知道。"

"噢。"麦克说，"啊，我在脑袋里做的。"

婕米眯起眼，"在你脑袋里？"

"对。"

"你在跟我开玩笑吗？"

"没有。"

"你在脑袋里做六百多次实验的表格？"

他耸耸肩。

她举起手蒙了会儿眼睛。"等一下。"她放下手，"三个空白的，然后又是四个空白的？一个在中间？"

"对。"

"那是计时测试。"

"嗯哼。"

她耸耸肩，"我们在测试计时穿越。不过没成功。"

"怎么计时？"

"用计时器。这是尝试，为了看系统有多稳定。"

"尝试？"

她叹口气，"我们只是把传送门打开，但没有东西穿过去。"

"好吧。"

"一句话，只要我们启用计时器，就无法开启阿尔伯克基之门。"

"硬件问题还是软件问题？"

"硬件。"

"是什么造成的？"

她耸耸肩，"测试不成功，又有很多其他的工作要做，我们就暂时把这个放在一边，打算以后再处理。近一年里，我甚至没想起还做过那些试验。"

"这么说，有可能是软件问题。"

"不不不。"程序员说道，"不会的。"

"可如果大家都没看过……"

"你觉得我连计时器代码都能写砸？"她脸色一沉。

"没有，没有，当然不是。"麦克后退了小半步，撞在了新桌子上，"我只是觉得，如果阿尔伯克基之门在其余情况下都运转正常，那问题不该就出在计时器上吗？"

婕米盯着他，转身走出他的拖车。麦克等了一会儿，决定跟上去。他刚走出门就看见婕米走进她自己的屋子，并没有关门。

过了一会儿，她抱着一捆文件出现了。她把文件甩到他怀里，有一页掉出来飘到了地上。"拿着。"她说，"看你能不能挑个错出来。"

"我不是有意……"

婕米走回她的房间，"非工作时间不要再把我叫出来了。还有，如果你在这儿想扮演科学家，至少把你该死的工作写出来让别人看。"

门一摔，关上了。

他听见左边咯吱一声，然后看见尼尔打开门朝外看。

"不好意思。"麦克说。

工程师点点头。"她对你还挺客气的。这是好现象。"他挥挥手，"晚安。"

他关上门，留下麦克一个人站在人造草坪上。

18

"这么说,这条线索又是个死胡同?"雷吉问。

"差不多。"麦克把毛巾扔在椅子上,穿上衬衫,"她说得对。它应该运行。"

"你确定?"

"这是个十五页的程序。就它的运行来说,稍微复杂了一点儿。我觉得以她的经验,把它缩减成四五页没问题。"

"是吗?"

麦克点点头,"就是 C++ 嘛,很简单的程序。"

"你懂 C++?"

"我昨晚学了一下,不过是另一种语言而已。我在几个网站上找了些基础知识,学了它的句法、语法和词汇。"他耸耸肩。

在平板电脑的屏幕上,雷吉笑着摇摇头,"我没听到有人抱怨,所以我猜你对她不是特别粗鲁。真希望我当时也在场。"

"我觉得我挺有礼貌的，相当体贴。"

"那你怎么看？"

"对她吗？"

"对这些事。"

麦克从下往上扣上衬衫，"你的人对这个查得有多深？阿尔伯克基之门的基本工作思路是什么？"

"都不知道。"雷吉说，"亚瑟不同意，什么都查不了。"

"可是他、奥拉夫，还有其他人……他们会在开会和打电话的时候谈传送门，对吧？"

"对，当然会。"

"你查过通话记录吗？"

"我们有人解密对话，看能不能从他们的只言片语中获取一点点弦外之音。一无所获。"

"你不觉得这很奇怪吗？"

"他们什么都不想告诉我们，什么都没说过。"

"是，但是那么多对话，却可以不泄漏一个字，你不觉得这很奇怪吗？"

雷吉揉揉下巴，"也许。"

"换作你或者我跟别人说话，你觉得我们互相认识的事可以被隐藏多久？"

"对方有多聪明？"

"和你一样聪明。"

"不会太久。我一定会发现些蛛丝马迹。"

"对。可你都跟这些人说了几年的话了，却还是对他们在做什么没有一点头绪。当然，这个项目对他们来说意味着一切，他们会尽量不泄漏任何你可能会获取的信息。"

雷吉的表情严肃起来，"你有了什么发现吗？"

"我不是专家。"麦克说，"只是有个感觉：他们在用术语玩捉迷藏。这可能就是你什么信息都获取不到的原因。"

"解释一下？"

"他们提到的很多术语——维度、量子态、现实——都可以用其他词语替换，但我不知道他们具体用的什么。"他耸耸肩，"再说我也不是这个领域的专家。这就是为什么我想知道你的人能不能从中找出什么联系，或者什么地方特别说不通。"

雷吉点点头，"我会让我的人再查一查。还有什么奇怪的事吗？"

麦克揉揉脖子，"我不知道。感觉这些人都有点……像排练过的。"

"怎么说？"

"就像一个孩子没做家庭作业，去学校后他就整天在想说什么借口好。"

"预设好的回复很常见。"雷吉说。

"但远不止是这样。"麦克说，"我在大学有个教授教勃朗特姐妹的作品。有一天他在讲《维莱特》，然后——"

"《维莱特》？"

"夏洛特·勃朗特写的一部小说。我只是打个比方，别急。"

"夏洛特·勃朗特。"雷吉念念有词。

"书中有个角色一直在念叨'我很好，我就是很好，我真的很好，我很好'。教授指出，一遍遍说自己很好的人其实很可能并不好。"

"好吧。"

"这儿的每个人都告诉我他们没什么好隐藏的。"麦克说，"每个人都是。唯一没这么跟我说的人是安妮。"

"安妮？"

"那个前台接待员。"

"啊,"雷吉说,"好吧。"

"我觉得前两天晚上吃饭的时候鲍勃想跟我说什么,但碰巧遇到奥拉夫以后,他就没说了。"

"看得出他本来想说什么吗?"

"他问亚瑟有没有跟你谈起过他。"

"跟我?"

"对。"

"没有。他前后还说了什么吗?"

"可能跟几周前他们在谈论的东西有关。"

"他们是指鲍勃和亚瑟还是全员?"

麦克在脑海里重放了一下对话。"我不确定。"他如实说。

雷吉摇摇头,"那什么都有可能。跟记录里的什么相吻合吗?"

"看过的记录里还没有,不过我还没看维修保养记录。"

"有什么发现记得通知我。"

"好的,当然。我这里有几个问题想问问你。"

"说。"

"你为什么选我参与这个?"

"你是说?"

"为什么派我而不是其他人来这儿?我不是物理学家,也不是什么行家。"

"我派去的这个人可以在几小时内全靠自学学会 C++。"

"你雇的人里至少有十一个安全可靠背景干净的,完全符合来这儿的条件。为什么不是他们而是我?"

雷吉的神色捉摸不定。他向后仰靠在椅子上,"你怎么知道有十一个?"

"你给我的报告都是你批复过的,上面签了字,其中一半还附有邮件地址。十一个不同的人。如果他们不干净就不会拿到这些报告，如果没有背景就不会有机会看。"

"我还以为我们达成了一致，你只把你的能力用在工作上。"

"是啊，"麦克说，"但如果你不希望我知道什么事，就别给我看。"

"有道理。"

"所以，为什么是我？"

雷吉通过显示器望着他，"你一个人在那儿？"

"现在是早上六点半，谁会在这儿啊？"

"我是好心要消除你的疑虑。快回答这个破问题。"

"对，我一个人。"

"派你去是因为我们一无所获。"

蚂蚁载着报告的图像和雷吉所说的话奔忙着，把它们排成新的形状。"他们没患妄想症。"麦克说，"你的确尝试过盗取他们的技术。"

"我干吗要'盗取'？我是给项目投钱的人。但你想想，如果亚瑟或者奥拉夫在车祸或是什么事故中死了呢？砸进去的上百万资金就打水漂了，更别说人类历史上最伟大的发明了——全泡汤，就是这样。"

"你不会夺走他们的成果？"

雷吉摇摇头，"他的合同在法律上有充分的保障。得不到他的批准，有关阿尔伯克基之门的一切都不会泄露。而他的权利不可转让，也不可继承。就怕明天一颗小行星撞了亚瑟，那这个项目就完了。"

"你的人怎么进入系统的？主楼里没有 Wi-Fi。"

"他们没开 Wi-Fi。"雷吉更正道，"不等于没有。"

"可是你们仍然没有任何发现。"

"什么都没发现。没有内部资料，没有云备份，没有电子邮件，没有帖子。他们把所有东西都藏起来了。即便是给政府做事，这也偏执得过分了。"

"所以要我来这儿帮你找后门？"

雷吉摇摇头，"我说过，你是去做评估的。除非你脑袋里装了四分之三的项目内容，亚瑟和奥拉夫又发生了意外……那才另说。"

"你打算违反合同。"

雷吉咬了下嘴唇，又深吸一口气。"我不打算盗取任何东西。"他说，"我也不希望你去偷。我没有跟任何人透露这件事，连对自己的员工也守口如瓶。我的确违背了协议的一些条款，但我需要想个办法，能在最糟的情况下查明数据。仅此而已。就算你只能确定亚瑟把东西都写了下来，而不是全留在脑子里，那我也知足了。"

"为什么大家都那么反感在脑海里做事？"

"因为那样你就没法分享出来。"

"这倒是。"麦克回答完，他俩半晌都没说话。

"我们之间还好吧？"

"嗯。对不起，我对你起了疑心。"

"我很抱歉没有把东西都解释清楚。"

"我应该能想到的。"

"对。"雷吉说。

"你还有什么要跟我说的吗？"

"有关什么？"

"有关一切。任何你对我隐瞒的、忘说的或者打算避开我不谈的。"

雷吉笑了，又靠回座椅，"我认识你那么久，根本没什么能逃过你的眼睛。"

"这不算回答。"

"没有了，我没什么对你隐瞒的了。我希望你这个月待在那儿，然后回来向我保证阿尔伯克基之门没有什么好让人担心的，而且今后也不会有。"

　　"好。"麦克说，"我不想对任何人撒谎。"

　　"我相信你。"雷吉说，"你比政府雇员更诚实。"

19

"早上好。"亚瑟从办公桌上抬起头，"我正准备给你打电话。"

"不好意思。"麦克说，"我跟雷吉通了话，就是马格纳斯先生。"

"希望说的都是好消息。"

"有好消息，也有坏消息。"

亚瑟等了一会儿，见麦克没有继续说，他点点头，"我们要上去了，一个半小时后开始。鲍勃已经在 B 站了。"

"他从另一边穿过来？"

"都一样。反正能检测到。不管从哪个方向都是同一条通道。我们只不过换一边，穷尽各种可能罢了，这样什么记录都有。"

"啊。"

"我需要去控制室跟婕米核对数据，然后去实验室大厅。"亚瑟锁上身后的办公室门，他们往通向楼梯的走廊走去。

"我有几个问题想问，"麦克说，"如果你不介意的话。"

"问吧。"

"你跟委员会说阿尔伯克基之门从未失败过。"

"没失败过。"

"那……"

"你想了解一百九十几号那几份报告的事？婕米说你们昨晚聊过。"

麦克点点头，"照我的解读，那七次失败了。"

亚瑟摇摇头，"没有失败。我们连系统都没能激活。"

"还是那句话，听起来像是失败了。"

"对阿尔伯克基之门而言，失败是指磁场崩塌或是技术故障。马都没有上赛道呢，谈不上输了比赛。"

"如果马应该在赛道上而没在，那就是问题。"麦克说。

"你在玩文字游戏。"

"彼此彼此。"

亚瑟咯咯笑起来，"明白你的意思了。"他拿着电子卡一刷，控制室的门吱呀开了。

婕米转过头来看他们，又转回去继续对着监视器。"我在给强尼的驱动器做碎片整理。"她说，"应该可以按照计划准备好。"

"棒极了。"他递给她一个闪存盘，"记得调整一下。"

"我会尽快装上。"

麦克朝下望着大厅。奥拉夫和尼尔在"嘴巴"前面讨论着什么。麦克风没开，所以听不见他们的话。奥拉夫一转头，正好看到麦克。他对尼尔小声说了几句，尼尔也转过头看了看控制室。他们随后分开了。奥拉夫回到自己的工作站，尼尔穿过房间去检查那种超大号的电阻。

麦克转过身来的时候，婕米正竖起手指示意安静，"我是婕米·帕克。今天是 2015 年 6 月 24 日，这是第一百六十九次试验。旅行者是鲍勃·希区柯克。"她在键盘上敲击着。

"准备完成了？"亚瑟问。

"完成了。"她说，"这儿一切就绪。"

他看看麦克，指指门，"我们走吗？"

"我等一下来找你。"麦克说，"还有一两个问题要问婕米。"

她看他一眼，叹了口气。

亚瑟的肩膀往前耷拉下来一些，他点点头，转身离开，带上了门。

她转回去对着屏幕，"你又想干吗？"

他咬咬嘴唇，"这里所有电脑的硬件工作都是你负责吗？"

"我管强尼，有时候这上面的系统也管。莎莎和鲍勃偶尔会帮忙，看情况。"

"办公室的电脑呢？"

她转过身，"你觉得又有什么问题了吗？"

麦克缓缓吸了口气。蚂蚁们带着一堆图像和声音飞快爬出来：学生行为规范、训斥校橄榄球四分卫抄袭、大三参加科学测验时没给雷吉递小抄、老师在员工休息室里无所顾忌地大谈特谈探头监视和电话窃听。

"我想，"他说，"这里的所有电脑都应该禁用无线网络。"

"已经关了。"

"是真正的禁用。"他说，"去除这块硬件，物理上移除。"

婕米端详着他的脸，"为什么？"

他抿抿嘴唇。他们对视了一会儿。"顺便说一句，你是对的。"他补充道，"你的计时器没什么问题。它很好。"

她皱起眉头，"我是不是该谢谢你？"

麦克走出门，回到走廊。

亚瑟在楼梯下等他，"没用多久嘛。"

"没那么多要问的。"

他们走向大厅。双圆环出现在面前。大型平板显示器开着，上面显示出莎莎和鲍勃在 B 站的情形。麦克突然想起，他还没去另外那个站查看过。

"磁盘碎片整理完毕。"扬声器传来婕米的声音，"七分钟后就位，准备开始。"

"很好。"亚瑟说。

"嘿，麦克。"鲍勃在平板显示器上说，"这是你第一次这么近距离看阿尔伯克基之门运行吧，对吗？"

"对。"

"亚瑟。"鲍勃说道，"我们能做个物理实验吗？"

"我觉得可以。"他看向奥拉夫。

奥拉夫嘟哝着，听起来像是同意了。

麦克的目光从屏幕移向亚瑟，"'物理实验'？我在很多报告上看到过这个词。"

亚瑟走向另一张办公桌，拉开最底层的抽屉。他拿出个东西，丢给麦克。麦克单手接住了。是一个棒球。不是高档货，很脏，没有磨损。被抛出去过，但从来没用球棒击打过。

"我们就绪了，准备开始。"婕米说，"还有四分钟。"

"这是鲍勃的主意。"亚瑟说，"是政府喜欢的那种点子，更快、更省、更好。"

麦克点点头，"雷吉提到过。质量、加速度、动量、下落的角度。每次投掷都涉及大量数学运算，如果穿过传送门时发生变化，会十分明显。"

"就是这样。"

"高斯静电场稳定。"奥拉夫对着麦克风说,"电力稳定。"

"这个球比任何其他人和物穿过阿尔伯克基之门的次数都多。"亚瑟说,"跟鲍勃来回扔几次吧。"

"是呀,来吧老兄。"鲍勃在平板显示器上说,"咱们先丢丢球,然后再开始正式工作。"

麦克笑了。"对了,"他问,"那些参加过试验的动物都怎么样了?"

亚瑟眨眨眼,奥拉夫从控制台抬起头来。屏幕上,鲍勃不笑了,他回过头看看莎莎,"什么?"

"所有穿过了阿尔伯克基之门的动物:二百一十六只老鼠、六只猫、一只猩猩,对吗?"

"差不多。"亚瑟说,"为什么问起这个?"

"只是好奇。"

他们都看着麦克。

"三分之一的老鼠被立刻解剖了,查看有没有生理或解剖学上的问题。"亚瑟说,"另外三分之一在解剖前先观察三个月。剩下的可以继续活着。所有老鼠都没有任何损伤迹象,细胞水平上的损伤都没有。"

"谁做的观察?"

"圣地亚哥州立大学的研究生。双盲观察。他们对阿尔伯克基之门毫不知情。"

"据统计,"奥拉夫说,"穿过了门的老鼠比控制组的癌变率更低。"

"也不是特别明显,"亚瑟说,"可能只是误差。至于猫,观察六个月后,就送回宠物收容所了。"

"还有三分钟。"

麦克向上看着控制室,"'小盆子'是其中之一吗?"

"不是。"奥拉夫、尼尔和鲍勃异口同声地回答,扬声器让婕米的声音最突出。他们相互看了看。

接在大罐子上的软管在嘶嘶声中结了霜。大房间的温度下降了几度。麦克不确定是不是因为液氮。

"那只猩猩呢？"他问。

"观察了六个月。"奥拉夫说，"然后马格纳斯把它送到北方的一个农场去了。"

麦克眨了眨眼。

"真的。"尼尔靠在椅子上说，"洛杉矶边上有个很大的野生动植物农场，不再演戏的影视动物和一些试验动物会去那儿。我北上去那儿看过凯撒两次。"

"凯撒？"

鲍勃笑起来，"一只改变世界的猩猩^①该叫什么名字？"

奥拉夫看了麦克一眼。温度又下降了几度。"如果问题问完了，我们就准备开始试验。"

"抱歉，我不是有意打岔。"

"不要紧。"莎莎在屏幕上说，"第一次靠近传送门的时候，大家都会有点神经质。"

"两分钟后开始。"

鲍勃朝麦克挥挥手，"你还想扔棒球吗？"

"想。"

"他们不会谈起这个。"鲍勃说，"但我觉得来回扔球让人感觉很放松。我给这种现象命名为希区柯克效应。我认为在心理层面，这种行为有助于大脑处理沟回里的信息。但这只是我的一己之见。"

"你不是心理学家。"奥拉夫说，"你的意见没有价值。"

①"凯撒"出自《人猿星球》，是第一只智力觉醒的猩猩，他带领猩群取代了人类在地球上的统治地位。

"奥拉夫是嫉妒，因为这个效应不会以他的名字来命名。"鲍勃说。

"鲍勃。"奥拉夫说话的时候没有看屏幕，"我都叫你闭嘴多久了？"

"几小时吧，至少。"

"所以你就别聒噪了吧。"

麦克换着左右手抛球，朝嘴巴走近几步。圆环周围的空气看起来在弯曲波动，让大厅石墙看上去一片模糊。虽然房间里很凉，但还是挺像热浪。波浪在向环内传播，但圆环中央仍很稳定。

"麦克。"尼尔叫道，"注意看着点线。"

他低头看看白线，"我在这儿安全吗？"

"传送门开了以后，可以走那条步道。但别跨过白线。"

"系统准备完成。"婕米说道，"一分钟后开始。"

环内未被扰动的空气越来越少。一开始还有直径两英尺的一片，然后缩成十八英寸，最后只有不到一英尺。碳化作用发出的嘶嘶声变得愈加明显。但他没找出是哪儿发出来的。

"电力稳定。"奥拉夫说，"磁感应强度稳定。启动阿尔伯克基之门。"他摁下三个按钮，圆环闪烁，发出微光。

前一瞬间，透过气浪蒸腾的圆环看到的还是实验室大厅的后墙，离第二个圆环二十英尺。墙是煤渣砖砌的，上面至少刷了两层白漆。他能看见几根管道沿墙往上走，一个灭火器挂在方形挂钩上。

紧接着，就像电视切换频道一样，双圆环中出现了第三个圆环，还有鲍勃，笑嘻嘻地站在十英尺外。他脚下的步道伸向他身后，连接着另一条斜坡道。他背后的那堵墙离他差不多五十英尺远，颜色也不是白色，而是天蓝色。鲍勃和墙之间塞满了各种设备、桌子。莎莎坐在其中一台设备前，检查着她自己的仪器。

"场域已连接。"婕米说，"传送门开了。"

鲍勃在 B 站朝他们挥手，"喂！"

麦克低头看看白线，往左靠了一点。

"当心。"尼尔说。

"我看到他们了。"麦克往边上看，传送门后面是大楼后墙，就在它本来的位置，但透过圆环，他看见了 B 站的墙，相比 A 站的墙要远上几乎一倍的距离，"真神奇。"

"确实。"亚瑟说。

"嘿，菜鸟。"鲍勃笑着举起双手，活动着指头，"现在出场的是职业棒球联盟选手。让我看看你有什么本事。"

麦克看看手里的球，"就这么扔？"

"对。"

他把球高高抛起，球穿过了圆环。他目不转睛地看着它在空中穿过，空气中的波动清楚地展现出它是什么时候穿过传送门的。然后，球不见了。

鲍勃双手接住了球。"不赖。"他说，"试试这个。"他把棒球举过肩，投掷出手。

麦克仔细看它在空中穿行。他想看到突发事故，比如弧线发生变化，或者别的什么事。但什么也没发生。球撞上他的指头，滚到地板上。

亚瑟和鲍勃笑出了声。甚至连奥拉夫也嘴角上扬。尼尔迅速捡起球，扔回给麦克。

"别想太多。"鲍勃说，"只是抛球而已。"

麦克把球扔过圆环，鲍勃接过球又扔回来。这跟在房间里直接玩球没什么两样。一只最多被投掷了十二英尺的球。麦克将把球高高举起，掷了过去。球砸在鲍勃的掌心里。

"你总算有点上道了。"鲍勃咧嘴笑着，"根据记录，每次我们扔球的时候，它都走了一千六百英尺的距离。也就是说，大概一分钟十五英里的速度，所以你投出的是一个时速九百英里的快球。"

"世界纪录是多少？"麦克问。他低手投出一个球，看着鲍勃接住。还是什么都没有发生。

"取决于测量的方法。"尼尔说，"70年代，诺兰·莱恩投过一个一百零八的，但大多数人说查普曼的一百零五才更准确，所以纪录保持者是他。"

"等我们对外公开了就不是他了。"鲍勃说。他把球扔回给麦克。

"只剩三十五秒了。"婕米在控制室里说。

"收到。"鲍勃手握成杯状，接住最后一个球。球砸进手中的时候他抬起头，"据记录，这次是我第八十四次穿越阿尔伯克基之门。这意味着加起来的话，人类穿越有一半都是我干的。我在全世界的历史书上肯定会占有一席之地。"

"你要过来吗？"奥拉夫说，"如果不来，我想把传送门关了，免得听你唠叨。"

"你又嫉妒了。"鲍勃说话的时候，麦克回头看着奥拉夫，"这真的……"

奥拉夫脸色大变。尼尔尖叫起来，莎莎也在尖叫，连亚瑟也是。麦克转回身，看到了走在通道上的那个人。他一脸惊诧地后退，结果没能保持住平衡，在斜坡上一脚踩空，一屁股摔到地板上。

通道上的那人朝他缓步接近。

20

麦克的第一反应是鲍勃把眼珠子转上去翻白眼。学生常常会在食堂或者班里这样恶作剧，有时还会配上叫声或者模仿电视剧里僵尸的吼声。不过，这个动作很难持续几秒钟。

他能看见鲍勃的虹膜，因为他的眼睛不是半睁着，而是半翻着，黯淡而没有生气。他的左眼瞳孔像蒙着一层雾，还算正常的右眼打量着房间。看见麦克后，这只眼睁大了，露出受惊动物似的神情。

鲍勃的皮肤变得很黄，就像便利贴或者旧铅笔的颜色。嘴上满是裂痕。鼻子有一半都没了，脸中央剩下的那只鼻孔就像一条撕裂的口子，几绺红胡须就是他剩下的所有毛发。

他衣服也没剩多少，只有几块破布。他的左臂扭曲变形，以奇怪的方式从肩膀垂下来。他的左手布满伤疤，看不出原来的形状。大厅的灯光照亮了他浑身的血和脓疮。

他身体的左侧浸满血迹，破碎的衣裤几乎发黑了。他残废的胳膊压在残缺的身体上，捂着一道伤口，血一滴滴溅在通道上。

鲍勃发出一声低沉的呻吟，跟亚瑟的尖叫混在一起。莎莎在传送门那头喊着什么。蚂蚁在麦克脑海里重播了三次，他这才把声音和口形联系在一起。莎莎说的是：

"不要！"

"打'911'。"尼尔叫道，"快打电话给'911'！"

鲍勃又哀号了一声，让人发毛的声音回荡在混凝土房间里。他环顾着房间，从斜坡上往下走了几步。

坐在地上的麦克蹬了两下腿，往后退开一些，离这个受伤的人远一些。

鲍勃慢慢往前走。每一步都歪歪倒倒，几乎要摔在地上，没受伤的那只胳膊无力地摆动着。

警报响了。麦克环视一圈，看到奥拉夫伸手按着应急按钮。一声巨响过后，震荡波从空中传来，传送门关上了，传送门那面的莎莎消失在了他们的视野中。

鲍勃模糊的血肉中还完好的那只眼睛转向麦克。变淡的虹膜在收缩，想聚焦，但又涣散开了。他膝盖一弯，整个人向后仰倒，后脑勺磕到钢铁做的斜坡道上。更多的血汩汩流到地板上。

亚瑟不再尖叫。他站在那儿，双手捂住嘴。他的目光从鲍勃移向圆环，又看回来。

"急救箱！"奥拉夫怒吼道。他跑向鲍勃。尼尔冲向一个工作站背后的白色箱子，把它从支架上扯下来。

鲍勃在地板上抽搐。他蹬着四肢，停下来，然后又开始蹬，发出几声急促的喘息。麦克和奥拉夫努力稳住他。

"天哪，太多血了。"尼尔说。

"是头部受伤。"麦克说，"头部受伤会大出血。希望情况还不是那么糟。"

尼尔从急救箱扯出纱布，撕开，扔给奥拉夫。他们把鲍勃架起来，把纱布卷垫在他的后脑勺上。纱布立刻变红了。奥拉夫按住他。鲍勃大张着嘴，呼呼喘气。

麦克看到一分钟前还有牙齿的地方，现在出现了七个窟窿。

尼尔扶着鲍勃的手臂，"他的皮肤怎么了？"

"是灼伤。"奥拉夫看着自己烧伤过的手指说。

鲍勃咳着，仰头看奥拉夫。他的呻吟声逐渐变成了可以识别的话语。"不。"他说，"不不不。"

"他怎么了？"尼尔问话的声音里带着一丝绝望。

"只是灼伤！"奥拉夫打断道。

"我们需要救护车！"婕米大声说，"这里发生事故了。我们在西边的综合大楼……"她把耳机扔到一边，发出一阵磕碰声。

麦克的脑海中跳出四堂不同的急救课。他用手臂环抱住鲍勃的腿，把它们抬离地面。"给他盖点东西。"他说，"保持他的体温。"

"坚持。"奥拉夫说，"坚持住。"

鲍勃的目光离开奥拉夫，落在麦克身上。他没受伤的手臂歪斜着抬起来，抓住麦克的袖子。他们的目光遇在一起。

"他还在流血。"尼尔说，"他流了很多血。"

"你必须阻止他们。"鲍勃虚弱地对麦克说，"别让他们……"说着他咳起来，嘴唇和牙齿上血迹斑斑。

麦克顾不上血了，"别让他们什么？"

鲍勃又蹬了蹬腿。他的另一只手使劲拽住尼尔，膝盖向上顶到麦克的腋窝，然后双腿收紧，又伸直，呼吸十分急促。

麦克看向亚瑟。"椅子。"他叫道，下巴朝一个工作站一扬，"给我抬把椅子给他垫脚。"

项目主管仍然在鲍勃和圆环之间来回看。

"亚瑟！"

他的目光锁定了麦克。

"椅子。快。"

亚瑟点点头，跑了起来。

扬声器嗡嗡响起。"救护车来了。"婕米说。

"我们需要毯子。"麦克叫道，"或者其他可以帮他保暖的东西。"

鲍勃那只坏了的眼睛盯着麦克和尼尔之间的位置，好的那只眼睛来回扫视着三个男人。看到奥拉夫时，眼睛睁得更大了。他呼出一口气，吐出最后一个字。但太弱、太轻，完全听不见。

然后，他的两只眼睛都向上翻起，只剩下眼白。

21

"他在救护车上死了。"麦克说,"刚到医院就死了。"

平板电脑上,雷吉一脸凝重。平板电脑被支撑在桌台上,这样他可以看到大半间拖车屋。他的样子看起来不像已经二十二个小时没睡了,"你听说死因了吗?"

麦克踱来踱去,"据亚瑟说,他们认为是一起意外事故。失血过多。他们说他的意识后来再也没有清醒过,所以应该不会感到疼痛。"

"他们是怎么……"雷吉顿了顿,"……怎么看待这起事故的?"

"我不认为……"麦克停下脚步,但没有转过来对着平板电脑,"他们似乎没意识到这起事故的……特殊性。他们以为那些是旧伤。"

"这事不会这么简单就过去。"雷吉说,"只要有人看过他的病历记录,就会发现情况不对劲。"

"见鬼,只要看过他的驾驶执照就够了。"

"他们给谁打过电话吗?"

"亚瑟说他的家人都在阿纳海姆市了。我想医院已经通知过他们或者通知过警察了。可能是警察。学生受伤了也是这样的流程,我想应该差不多吧。"

"我会尽量拖住他们。"雷吉说。

麦克看着他的朋友,想了一会儿,"我想……我能不能订个航班,或者还是你帮我订?"

雷吉皱起眉头,"航班?"

"回家的航班。"

雷吉从平板电脑那头盯着他看。

"我在这儿到此为止,行吗?"

"不,当然不行。我还以为你是聪明人呢。"

"我的确是。有了这件事,加上迈尔斯的事,资金肯定不会投入了。起码会暂停一段时间。"

"你错估了之后会发生的事。"

"是吗?你打算让它继续进行?"

雷吉摇摇头,"现在就这么叫停风险太大。即便不再提供资金,亚瑟也还有足够的钱可以坚持几个月。"

麦克叹道:"好吧。"

"我希望你跟验尸官,或者任何去验尸的人聊聊。"

"我不想看尸体解剖。"

"不是非去不可。"

"谢谢。"

"但解剖完后可能会让你再去看看。"

"这不是我的专业领域。"

"我不是没见过世面。任何事你都是专家。"雷吉揉着太阳穴,"到底发生了什么?"

"我不知道。"

"怎么会不知道?"

"因为我有一点五秒钟没看。"他闭上眼,第八十七次回放当时目睹穿越的情形。只有他自己的视角。他当时在抛球,没看通道上方的那些监视器。现在就找其他人要监控录像太急了。

"是因为他穿越得太频繁了吗?他去的次数比其他人都多,是吗?"

"奥拉夫仅次于他,进行过三十一次。但他们都做过检查。如果是累积形成的,我不知道累积的到底是什么。也就是说,可能是试验了四百多次都没有发生过的偶发现象。"

一声叹息从华盛顿传入卫星,又传到信号塔,最终从平板电脑传出来:"那你有什么线索吗?"

麦克闭上眼,第八十八次回放鲍勃的跳跃,"现在没有。"

"我们得考虑一些糟糕的可能。"

他睁开眼,"你觉得这不是个事故?"

"嗯。"雷吉的眼睛扫过另一个麦克看不见的屏幕,"那句话:你必须阻止他们。别让他们……"

麦克又踱了起来,"我想过。传送门开启前,亚瑟给婕米的指令里有几项发生了改变。如果这是杀死鲍勃的手段,他们还会在我面前说吗?那未免太傻了。"他摇摇头,"我觉得这不是蓄意的。据我所知,除了奥拉夫,人人都很喜欢鲍勃。就算奥拉夫也不讨厌他。"

"可那天晚餐时,鲍勃本想跟你说什么,奥拉夫让他闭嘴了。"

"我不会用这种表述方式,但那天的情形的确是这样。"

"他后来跟你提起过吗?"

"没有。"

"也许有人想确保鲍勃永远闭嘴。这样多少能跟那句'你必须阻止他们'吻合。"

"也许。奥拉夫有动机，但我感觉他并不是凶手。何况还有另外三个人在操控试验。"

"假设他们都参与了呢。"

麦克再次回放当时的场景。他开始扔最后一个球。看着奥拉夫，看到他眼睛睁大、嘴巴大张。用余光看，亚瑟的眉毛和手都抬高了。他听到了情况不对，转过头，看到没有血色的黄皮肤和那双眼睛。背景里的莎莎从她坐的椅子里跳了起来。

"每个人都吓坏了，很惊恐。"麦克说，"他们不知道发生了什么。如果是在演戏，那他们真是入错行了。"

"也可能他们没想到情况会那么……可怕。"

"作为一个想让项目继续发展下去的人，你的问题怎么尽是在给关闭它提供理由？"

"我只是在问委员会打算问我的问题。"雷吉说。

"也许这才是鲍勃那句话的意思？"麦克耸耸肩，"阻止委员会。别让他们……把试验停了？"

"保持忠诚直到最后一刻？"雷吉摩挲着下巴，"这个回答不错。"

"我们不知道他那几句话的真正意思。"

"也可能正是那个意思。"

"他还说了点儿别的。"

雷吉扬起眉毛，"你的报告里没写。"

"因为我不敢肯定。我不想乱猜。"

"只要有助于我们拿到经费，大胆猜。"

"我觉得他说了'暴徒'。"

"什么？"

"只是可能，我不确定。他当时嘴唇在抖，意识也越来越模糊。"

"他对奥拉夫说的？"

"他当时看着奥拉夫。"麦克说,"但这不能说明什么。"

"那你能确定那个词是'暴徒'吗?"

"不能。所以才没有写进报告。也可能他是在叫妈妈,还可能他管奥拉夫叫'魔头'。我不确定。"

雷吉又摩挲起了下巴,"这样的话,你不写进报告是对的。"

"问题在于,就我对阿尔伯克基之门运行原理的了解,这事不应该发生。"

"你肯定吗? 听起来他像是……他们怎么说的来着? 被扯碎了?"

"那是以前的项目。"麦克说,"还是他们在研究量子传送那时候。"

"我们能肯定他们没再研究那个了吗?"

"没有理由呀。干吗对外宣布说试验失败,却又继续研究,还要改头换面?"

"因为谨慎?"

"你到底有没有听那些人说的话?"

"他没有 HD?"

麦克摇摇头,"传送门没对穿越者做任何事。这就是为什么那些伤口说不通。"

"为什么会这样?"

"他的伤口是切实存在的。左侧有刺伤,或是插伤,就在肋骨下面。我没来得及看。我想那处伤造成了大量失血。"

"是什么造成的呢?"

"我不知道。"

"因为你当时没看。"

"别那么惹人嫌。没看只是一方面。但我想不出什么可以让他受伤。他周围没有不平坦的边缘。我离得最近。莎莎在 B 站跟他一起,她什么都没看见。亚瑟是第二近的,离我五点五英尺。"

"B站有没可能还有其他人?某个你没看见的人?"

"在阿尔伯克基之门那头?也许。但他们只能在我刚好看向奥拉夫的那个瞬间下手并且撤离。"

"有人故意分散你的注意力?"

麦克摇摇头,"我回头去看完全是碰巧。再说这种说法也解释不了发生在他身上的事。"他又闭上眼,回顾了一遍他移开视线又看回鲍勃的情形,看着那个两眼无神、皮肤发黄的人踉跄地往前走,听他呻吟、喘息。

他睁开眼,雷吉看着他。

"你还好吗?"

"这会儿是深夜两点,我累了。"麦克说,"再说这也不是我想参与的事。"

"抱歉。"

"你知道,从很多层面上来讲,这都是扰乱我的生活,对吧?"

"我知道。"

"就在我眼前发生。离我六英尺。"穿越的情形又在脑海中播放了一遍。六个小时,他已经播放了九十次,平均四分钟一次。

"我很抱歉。"雷吉再次说道,"真的。可这件事情上我需要你。"

"可恶。"麦克说,"我真是个白痴。"

"真是振奋人心。"

"我一定漏掉了什么。我们都漏掉了什么,我们太过关注鲍勃本身了。"

"怎么了?"

"我先去核查一下,明天给你打电话。"

平板电脑上的脸眨了眨眼睛,"你要再去确认什么东西?"

"我说了，他穿越的时候我没有看他。"

"你认为发生了什么？"

"我不知道。"麦克说，"但我可能刚刚发现了一条线索。"

22

麦克去实验室大厅的时候,太阳已经西斜。他发现阿尔伯克基之门项目组的每个组员都在那儿,大部分聚集在圆环背后。尼尔和莎莎在挨个检查部件和电缆。尼尔的眼睛肿得很厉害。

奥拉夫站在他们身后,越过他们的肩头看向麦克,"你有必要来这儿吗?"

"只是做我的本职工作。"麦克说。他抬头看见亚瑟在跟视线外的一个人说话——控制室的婕米。"看到你们都在这儿,我真有些惊讶。"

"我们得找出是什么出问题了。"莎莎说,"趁华盛顿的那些蠢货还没停止我们的项目。"

"那么,我们要做的是同样的事。"麦克绕着圆环,研究着地板。通道上还有些黑色的血迹,洒在这个钢铁巨物的角落里。血迹被清掉的地方,留下了淡淡的擦痕。

"嘿，"他说，"靠近的话安全吗？"

尼尔从圆环抬起眼，点点头，"我们切断电源了。"他指着边上，那儿有五根被拔出来的电缆。

"谢谢。"

麦克蹲下，查看斜坡下面，然后向前爬，伸手在昏暗的通道下来回摸索。

"在找什么吗？"奥拉夫问。

"或许吧。"麦克站起身，在牛仔裤上蹭掉手上的灰尘，"你们在这儿捡了什么东西吗？"

"什么？"

"你们动过什么吗？清扫出什么没？"

莎莎的目光搜寻着阴暗的角落，"你在找什么？"

他如实相告。尼尔和莎莎疑惑地对看了一眼，都摇了摇头。奥拉夫翻了个白眼。"这重要吗？"尼尔问，一边用掌根揉着眼睛。

"不重要。"奥拉夫嘀咕着。

"我还不太确定。"麦克回答，"还有人下来过吗？在……嗯，事情发生以后？"

"亚瑟和婕米都下来过一会儿。"莎莎说。

"他们动过什么吗？"

"我想没有吧。"尼尔说。

"没有。"奥拉夫说。

麦克在心中默数到四，"对鲍勃出的事，你们有什么看法？"

奥拉夫口中念念有词，整个人都绷紧了。麦克知道这个人想朝他挥拳头。只见他肩膀往下沉，但不算沉得太厉害，然后摇摇头。"我不知道。"他说，"这……这说不通。不应该发生的。"

"他被扯碎了。"尼尔说，"这是唯一的解答。不知怎的被搅烂了。

就像流浪汉一样。"

"在阿尔伯克基之门里不会被扯碎。"奥拉夫说,"穿越者从来没有被分解过,不存在重新整合的问题。"

"会不会是磁场?"麦克拖出工作站的一个抽屉朝里看,"尼尔跟我说过,磁场可能会很危险。"

莎莎点点头,然而奥拉夫又摇起了头,"一切都很稳定。磁通量没有突变。他也没有越线。"

"另外,磁场也不会让他变成那样。"莎莎说。

"他的衣服是怎么回事?"

奥拉夫想讽刺两句,又忍住了。"我们不知道。"他说,"就像我说的,这一切都不该发生。"他一只手朝圆环挥动,"各项标准都很好,电力稳定,没有紊乱。所有的都检查过。不可能会发生这种事。"

"但就是发生了。"麦克说,"怎么会这样?"

"一定是程序问题。"他扬起下巴指向控制室,"电脑搞砸了某个变量。"

"那样的话……"麦克看着阿尔伯克基之门。

"我不知道!"奥拉夫手一甩,"我只知道硬件上我们找不出任何问题。"他转过身跺着脚走向斜坡,跟另外两个工程师站到一起。

麦克最后看了一眼地板,朝控制室走去。

婕米弓着背伏在监视器前,一行行检查着代码。亚瑟站在她身后几英尺远处,双手拄着拐杖,两眼通红。

"嘿。"麦克说。

"你还好吗?"亚瑟问,"吓坏了吧。"

"我没事。谢谢关心。"

亚瑟看了他一会儿,"有什么能帮你的吗?"

麦克看着屏幕点头,"有头绪吗?"

"硬件问题。"婕米的眼睛一刻也没有离开屏幕。

"奥拉夫似乎很确定是程序问题。"麦克说。

她转过身来。她的眼睛不像亚瑟的那么红,但泪眼模糊,"你是上来挑事的?"

"不是。"他说,"对不起,我只是想……"

"是硬件。"她说,"一定是。"

"如果程序或者方程出了问题,"亚瑟说,"传送门根本不可能开启。"

"你确定?"麦克说,"它打开的方式……没有出错的可能?"

婕米一声冷哼。亚瑟嘴角抽动。"没有。"他说,"我觉得没有。"

"听上去不是特别肯定。"

婕米轻敲键盘,不再把屏幕往下翻页。她转过头看亚瑟。

"我……这就是为什么我跟马格纳斯说我们需要更多的测试。"他说,"仍然还有很多我们不清楚的地方。"亚瑟把拐杖斜倚在一旁,取下眼镜,按压鼻梁。他做了几个深呼吸,一会儿后才把眼镜戴回去。

过了半晌。

"我来的第二天,"麦克说,"鲍勃问我你有没有谈起过他。"

亚瑟眨眨眼,"我?"

"对。"

"谈起他的什么?"

麦克默数到三,耸了耸肩,"我不知道。那会儿我们正准备吃晚饭,后来奥拉夫来了,他就转变了话题。"

亚瑟和婕米互相看了一眼,"说实话,我们发现鲍勃最近有些怪。"老人说。

"有些怪?"

"有些不大像他自己。"婕米说,"有点……妄想狂的样子。"

"就像本·迈尔斯？"

亚瑟摇摇头，"没有这回事。他只是好像在隐瞒什么。"

"知道他在隐瞒什么吗？"

"不知道。"

又过了半晌。

"事故有没可能跟鲍勃穿越前你给婕米的那个闪存盘有关系？"

亚瑟又把拐杖杵到地上，"你在暗示什么？"

"没暗示什么。"麦克说，"我在问问题而已。你引入了新元素，然后就出事了。我想知道这之间有没有什么联系。"

"我们没有引入什么新东西。"婕米把手伸到桌子那头，拿起闪存盘，"我都还没把它插进去。"

她和亚瑟面色阴沉地看着麦克。

"那里面有什么？"麦克问。

"一种算法的方案。"亚瑟说。

"更新了什么？"

"恐怕这属于不能跟你说的内容。"

"而且它跟事故搭不上边。"婕米晃动着闪存盘说，"因为我还没用过。"她把它扔回桌上，它当一声撞上了什么设备，掉到地板上。她没有起身去捡。

亚瑟轻敲着手杖头，"还要问什么吗，麦克？"

婕米来回看着他们。

他静静地等了一会儿。"是的。"他说，"我想知道你们俩有谁在大厅捡到过什么东西没有？"

她注视着他，"你是什么意思？"

"在鲍勃……在他穿过传送门以后，你们俩有谁捡到过什么东西吗？"

亚瑟透过眼镜看着他，"比如什么东西？"

"那个棒球。"

婕米眨着眼睛，"棒球？"

"那个我跟鲍勃扔来扔去的球。"

"对，我知道是那个。"婕米说，"它怎么了？"

"它不见了。消失了。"

亚瑟皱起眉头，"你确定？"

"十分确定。"

"可能尼尔或者莎莎捡到了。"婕米转回去对着屏幕，把文本往下拉，"他们可能忘记了自己捡过。"

"我问了。"麦克说，"除非他们捡起来又放在了别的什么地方，反正下边没有。"

"你当时也在那儿。"亚瑟说，"没看见它去哪儿了？"

"鲍勃穿过来的时候我刚好没在看。"

又过了一会儿。

"所以？"婕米问。

"所以，"麦克说，"这也许是个线索。没准我们找到它了，它就能帮我们弄清到底发生了什么事。"

亚瑟把手揣进兜里。"我们有很多事要做，麦克。"他说，"我们要把环拆开，看里面的线路，检查每一行代码。"

"看视频只用花一分钟时间。"

老人清了清嗓子，"我们没有时间。"

"你们不想查明出了什么问题？"

"我们有既定的方法来查明问题。我会考虑你的想法，把它加进计划里去。"

"就让我看一下视频记录吧。不会妨碍你们的。"

"我倾向于不让你看可能会泄露阿尔伯克基之门工作原理的东西。"

"你说真的？"

"当然。那是你留在这儿的条件之一。"

"我就站在那儿看着的。"麦克指着下面的大厅说，"可是你不让我看视频记录？"

亚瑟没说话。

"如果愿意接受我的帮助，我能以十倍的速度检查婕米的代码。"

婕米手往键盘边一放，不再往下翻屏。她盯着麦克，"你觉得你看代码比我还快？"

"我不是那个意思。"他说，"我是说……"

"那就请吧。"她转动椅子，让到一旁，"告诉我我漏了什么。告诉我我是怎么搞砸的。"

"没人认为你搞砸了。"亚瑟说。

"如果他能更快看完，那就让他看。"她说，"我检查到了一半，已经再也看不进去哪怕一行了。"

麦克等了一下，然后走上前，弯腰看着屏幕。他把一只手放在婕米椅子的椅背上，手指不小心碰到她肩膀，她的身体一下子绷紧了。

婕米从椅子跳起来，恶狠狠地盯着麦克，"不准！"

"对不起。"他说，"我不是有意……"

"不准他妈的碰我！"她吼道，然后走出了控制室。

房间安静下来，亚瑟清了下喉咙。"我很抱歉。"他说，"你不知道婕米的个人隐私，对吧？"

23

酒保是个手臂粗壮的女人,她染黑了顶髻,涂着红唇。麦克进门时,她抬起头瞅了他一眼。如他们所说,酒吧空间狭小,陈设就占去了一半位置。凳子都是独立的,没有钉在地板上,三三两两摆在一起。一张台球桌和一台自动点唱机放在靠后三分之一的位置。飞镖板的位置过于危险,没法玩。

两个男人在看娱乐体育节目电视网,声音开得很小。一个年纪有些大的女人在酒吧喝酒,手里举着根烟。一个穿西装的男人在研究威士忌。婕米坐在酒吧最里面,看着一杯啤酒。麦克迟疑了一下,往酒吧里走了三步。她拿起酒杯,示意他过去。

他走过去,但没有坐下,"怎么样?"

"卡莉,"她叫酒保,"给这个政府的走狗来一杯。算我的。"

"你太好了。"他说。

"这是酒吧。"婕米说,"人们是来喝酒,不是来聊天的。"

"喝什么?"卡莉问。

"朗姆兑可乐。"他在婕米旁边坐下来。两张凳子间的距离正好。"我们不能只说话吗?"他问,"还是非要拿杯酒才行?"

她喝完啤酒,把酒杯咚的一声放在吧台上,"喝酒会让你更好受些吗?"

"第一杯不会,第二杯可能会。"

"对呀。"她说,"这不就结了。"

梳顶髻的酒保给麦克端来一大杯酒,又拿了一瓶给婕米。她拿过酒,看都没看他一眼。麦克拿起自己的酒,轻轻跟她碰杯。她豪饮了三口,然后把酒瓶放在吧台上。

"谢谢你昨天告诉我禁用无线网的事。"她说,"愚蠢的错误。一年前我就该这么做了。"

他拉出酒里的吸管,抿了一小口,"不客气。"

"为什么告诉我?"

他耸耸肩,"应该的。"

婕米咳起来,又喝了一口酒,"鲍勃的女朋友今天下午打电话来找他。还没人告诉她。安妮只好跟她实话实说。"

麦克觉得这时候还是沉默比较好,于是他也喝了一口酒。

"我看完了所有代码,"她说,"进行了十四种模拟。从理论上说,那场事故不可能发生。"

"它发生了。"

她摇摇头,"不是我造成的。"

他等了一会儿,看她还想不想说什么,"你确定?"

"确定。数据不会骗人,所有数字都没有问题。如果真存在什么问题的话,每次我们用阿尔伯克基之门的时候都会出相同的问题,但一直以来却没被任何人发现。"

"或者是运算时哪儿出错了。"麦克说,"我们的一个理科老师说他常遇到一两个学生,中间的方程都错了,但总能得出正确的结果。"

"你认为这么久以来我们的算法都是错的?"

麦克耸耸肩,又喝了口酒。

她哼了一声,"没出什么错。门一直运行得好好的。"

"除了你们尝试用计时器的时候。"

"是啊,管它呢。别鸡蛋里挑骨头。它运行了。方程可行,算法可行,门启动了,我们穿过去了。一定是硬件上出了什么问题。"

"可尼尔和莎莎说不是硬件问题。一定是因为别的什么。"

她发出不耐烦的声音,喝掉瓶里一半的酒。

"你有没有想过可能是什么东西日积月累导致的?"

"你最好把它喝完。"她一边对麦克说,一边招呼酒保,"一分钟后你又有一杯。"

"你总是喝这么多吗?"

"只有在熟人当着我的面死去的时候。"她一饮而尽,把酒瓶放在吧台上。

他缓缓点头,又喝了一口,"令人印象深刻。"

"什么?"

"已经把所有代码都看完了。令人印象深刻。"

"你知道吗,你本来还挺人模人样的,可现在有点像个冷血动物,是不是?"

"我?"

"鲍勃去世一天半,而你还能这么淡定地谈工作。"

麦克一口喝完了最后一口酒,"我没什么可说的。"

"我就说嘛。"她说,"冷血动物。"

卡莉又端上来一杯酒加一瓶啤酒。她看看麦克,又看看婕米,"还是算在你账上？"

婕米点点头，满不在乎地举起瓶子跟麦克碰杯。"那么，"她说，"为什么利兰·麦克·埃里克森，有时候彬彬有礼，有时候又那么混蛋？"

"你真的想知道？"

"不。"她说，"但说这个比说其他的好。"

他喝了口酒，接着又是一口，"你小时候，有没有死了宠物的经历？"

婕米皱起眉头，"什么？"

"猫？或者狗？"

"你拿鲍勃跟猫比？"

"我在阐述一个观点。"

"有，当然有。"

"你说到的猫是母猫吗？它叫什么名字？"

"是公猫。叫史波克。"

"它死的时候你哭了吗？"

她把玩着酒瓶，把它放斜，"这重要吗？"

"你哭了吗？"

"哭了，好吧，当时我只有八岁。"

他又喝了些朗姆酒，"你现在不哭了。"

"差不多都过了三十年了。"

麦克点点头，"祖父母还健在吗？"

"母亲那边的都去世了。"婕米说，"父亲那边有一个。"

"你也没为他们哭。"

她把瓶子砰的一声拍在桌上，声音很大，大家都扭头来看，"你就为了证明我跟你一样混蛋，才想出了这个例子吗？"

"不是。"他说，"只是为了阐述观点。"

"好吧。什么观点？"

"我一直告诉你们的：我什么都记得，我的记忆从来都不消退，不会变淡、变模糊，从来都不会。"

婕米眨着眼。

"我的狗，'蝙蝠侠'，在我六岁的时候被汽车撞了。"麦克说，"我哭了四个小时。我九岁时外公去世，十一岁时奶奶去世。在我十六岁生日早晨，我不得不把我的猫杰克埋了。我大三时母亲去世，我当时在医院陪着她。这些事，每一幕都像发生在一分钟前。我可以告诉你当时周围的人对我说过什么，还有我当时脑海里的每个想法，看到的每个场景，听到的每个声音，闻到的每种气味。我清晰记得他们逝去的每一秒，清清楚楚。一切都真实如初。"

她把瓶子放低，"听上去不大美好。"

"并不美好。"他表示同意，"现在又加上了鲍勃。我余生的每一天，他死去的样子都会出现在我眼前。曾经有几个晚上，我希望自己能早一点得老年痴呆症，因为我不愿意去想等到了六七十岁，我的脑子会记下多少可怕的画面。"

"太可怕了。"

"是啊。"他说。

她把下巴搁在吧台上，"我从没想过会像那样。"

"没人想得到。"他仰头举起酒杯，喝了两口。

"你真的有只狗叫'蝙蝠侠'？"

"你有只猫叫史波克？"

"对。"

麦克用手指在眼前描绘线条，"它脸上有黑毛，像面具。我觉得它晚上会外出，去打击犯罪。"

婕米嘴角动了动，似笑非笑。

"'蝙蝠侠'是只很棒的狗。我睡觉时它可能真的在行侠仗义。"

她嘴角的弧度更像一个笑容了。过了半晌，她举起半空的酒瓶。又过了一会儿，麦克举起他的跟她碰杯。

"如果我看上去一副满不在乎的样子，我道歉。"麦克说，"我挺喜欢鲍勃的，他似乎是个很好的家伙。"

"他是。"婕米舌头有些打结，说出来像"大洗"。她摇摇头，耸了两下肩膀。

麦克轻敲酒杯，对她点点头，"今天的事，我很抱歉。"

"什么事？"

他又用下巴示意，"碰到你了。"

她皱起眉，然后摇摇头，"没事。我当时很生气，需要找个地方发泄一下而已。我的反应太大了。"

"我的举动确实欠妥。"

"噢，见了鬼了。"她说，"你偶然碰到我肩膀而已，又不是摸了我屁股。"

"但惹你生气了。"

"因为我有心理障碍，这个障碍不是你造成的。"她举起啤酒，仰起头。

麦克喝完自己的酒，喉咙里发热，一股愉悦的刺激从后脑勺一直抵达胸腔。婕米也灌下了瓶子里最后一口酒。她朝酒保挥手。"这是你喝的第几瓶了？"他问。

"最后一瓶。她今天喝得够多了。"酒保说。

"几瓶？"麦克问。

"两小时之内的第十瓶。"婕米说，"该死，鲍勃死了，卡莉。"

"我知道。"梳顶髻的女人说，"把车钥匙给我，你可以再为他喝两瓶，然后我给你叫出租车。"

婕米在外套口袋里掏起来，把一堆乱七八糟的钥匙甩在吧台上，

"再给我三瓶,这个政府的狗腿子可以送我回家。"

麦克扬起眉毛。

"噢,别想多了。"她对他说。

"你真的认识这个人吗?"卡莉说,"他看起来有点……"

"像政府的走狗?"

"我想说有点像《哈利·波特》里的斯内普。"

"嗨,我还坐在这儿呢。"麦克说。

"他还好啦。"婕米拍着钥匙,"酒。"

卡莉看了麦克一眼。他耸耸肩。她叹了口气,拿起钥匙。

"我一般不喝那么多的。"婕米对他说。

"你简直是专业选手。"

她哼了一声,又咯咯笑起来,"鲍勃总是叫我放轻松。我从来都听不进去。"

"你有心理障碍?"

"对。"

卡莉拿了杯新的放在麦克面前,又把一瓶啤酒送进婕米手里。婕米似乎并未注意到瓶里的酒比平常少了三分之一。

他把酒里的吸管取出来放在吧台上,"你想聊聊吗?"

"什么?"

"你的障碍?"

她直起身,看着他,"你开玩笑吧?"

麦克耸耸肩,"老师的分内之事。"

她摇摇头,"我以为你看过的个人档案里都有呢。"

"不管你信不信,就算现在,政府档案也不像很多人想象的那么深入。让你有些失望吧。"

"估计我的事其实算不上特别,所以才没写进档案吧。"

"说说看。"

婕米迅速喝了一口酒,"你知道我喜欢飙车,对吧?"

"是,都记得。"蚂蚁搬出了她的档案,"五年,四个州,二十三张超速罚单,八次危险驾驶。SETH项目审查你的时候,尽管亚瑟为你担保,让他们忽略你的黑客历史,但这一点还是让你遭到不少反对。你现在都还有驾照真是奇迹。"

"档案里完全没有提到那次车祸?"

他摇摇头,"车祸?"

她叹口气,"你那么聪明,就没想过为什么一个啦啦队队员会变成计算机极客?"

"我只是觉得你是男人最美好的幻想对象。"

她不高兴地咕哝一声,又举起瓶子。"那时我十六岁。"她说,"跟从另一个城市来的男生约会,他叫凯文·尤林。凯文。他是大一学生,有辆摩托车。这让我父母很抓狂,因为我晚上会偷跑出去跟他兜风。我们在高速路上行驶,速度飙到一百一十英里,然后开到哪儿就在哪儿干。完美的高中夏季恋爱。"

"我有些学生就是这样。"

婕米点点头,"我想也是,'中学老师'先生。"她喝了两口酒,对着几乎空了的瓶子扬起一边眉毛。她两次想把瓶子跟酒吧餐巾纸上被瓶底打湿的圆环对准,又放弃了。

"那天晚上他的车碾到了一个水洼,打滑失控,一下子甩了出去。当时我们时速九十五。他们说他摔在地上,尽管戴了头盔,还是摔断了脖子,当场死亡。我被甩出去,背着地滑了大概一百英尺远。还好他把自己的皮衣给我穿了,要不然我会被路面磨得稀烂。医护人员赶到时,我的衣服已经成了碎片。我没有在轮椅上度过余生简直是奇迹。后来我在医院醒来,胳膊受伤,脊椎断了三节。脑袋上裹着纱布直到圣诞节。"她伸手指着前额两条淡淡的伤疤说。

"一定很惨。"

"是啊,幸好没有留下多少手术缝合的痕迹,但背上和手臂上的大部分皮肤都得做植皮手术。"她左手拿起酒瓶,摆出敬酒的姿势,却没有喝,"医生没做好,留下了很多乱七八糟的疤痕。所以我就不再当啦啦队队员了,也再没穿过露背装和短袖衫。毕业舞会的时候都只好穿着这种难看的高领连衣裙。你知道一个十七岁的男孩子不想在毕业舞会那天晚上跟他的舞伴上床,这有多糟糕。"

麦克看着她的肩膀,"所以你的背部对外界碰触异常敏感?"

"恰好相反。"婕米说,"完全没感觉,彻底麻木。车祸基本上磨掉了我从脖子到屁股的所有神经末梢。十七年了,什么都感觉不到。"

"那么……"

"我只是不喜欢想起身上有这样的伤。"

"我很少表扬别人。"他说,"如果你不介意话,我要说,我见过的女人里,你属于最好看的那种。"

她摆摆手,"是啊,他们都这么说,直到看到我不穿衣服时的样子。"她喝掉最后一口酒,重重放下酒瓶,声音很响。

麦克看着她,"我能问你个问题吗?"

她摇晃着脑袋,"不,你不能看我的伤疤。"

"不是问这个。我只是想知道你今天怎么看完所有代码的?"

"什么?"

"两百多万行代码,你一天怎么看完的?"

她看了他一会儿,慢慢吸一口气,颤抖着说:"噢,你这个可怜的混蛋。"

"什么?"

"回去的路上我会全吐在你身上。"

24

一个黑发女人走进大厅,她戴着猫头鹰式的眼镜,穿一件白色外套:"利兰·埃里克森?"

麦克直起身,"是的。"

"我是菲比·弗洛斯特。"她伸出一只手。

"弗洛斯特博士^①?"他笑着重复了一遍她的名字。

"相信我,"他们握手时她说,"这个笑话我在医学院就听过了。"她看了看他的脸,然后领他穿过门,走到一条白色的走廊上,"我正等着你。国防部有人打电话说你会过来。"

他打着哈欠,"但愿没给你带来太多不便。"

"今天不忙,而且这会儿是休息时间。你还行吗?"

"不好意思。昨晚有个朋友喝醉了,弄到很晚。"

"啊,你见过那具尸体,对吧?"

①弗洛斯特博士是电视节目《神秘科学剧场》的主持人,以疯狂科学家的面目示人。

"当时他还不是尸体。"

"对。抱歉。"她在一扇很宽的门前停住,"你想怎么做?"

"老实说,这是我第一次参加尸检。你有什么建议?"

"你想看尸体还是只听结果?"

"我知道我倾向于哪个,"他说,"但我想我还是需要看看尸体。"

弗洛斯特带他来到另一扇门前。"已经把他收拾干净了。不会太糟糕的。"她推开门,"你认识他吗?"

"算认识。一起出去过几回。"

"记得保持呼吸就好。如果需要透透气,尽管开口。"

屋内的金属寒气四射,化学品的气味直往鼻子里钻。麦克在电视上见过停尸房,但还是在靠铁门的墙边站住了。菲比走到远处的一个角落,查看着笔记板,"很奇怪。"

"怎么奇怪?"

"最好带你看。"她从盒子里取出一双医用手套,"你想拿一双吗?"

"希望用不上。"

她继续端着盒子。他拖出一双手套拿在手里。她把自己那双戴上。"你的专业是什么?你们的人没透露。"

"早期美国文学。"

"什么?"

"开个玩笑。"他说,"别担心。尽管放心解剖,我有不明白的地方就会问。"

"好的。"

她一拉把手,停尸床沿着轨道滑了出来,上面没有盖床单。鲍勃的双眼现在冰冷发白,黄皮肤变成了蜡一样的颜色。一个大"Y"字形缝线沿着胸部扩展。侧面参差的伤口已经清理干净了,下半身的毛也剃光了。

"官方结论，"弗洛斯特说，"是伤口失血过多。死亡证明上也会这么写。"

"你这么说是因为……"

"因为这个人身上还有很多不对劲的地方。不过找出所有死亡原因还需要几周时间，也可能一个月。你看，那儿非常明显。"她指着肋骨下方的伤口说，"他后脑勺上也有一道很深的伤口。这些伤口造成他失血过多。他被送到这儿时体内只有不到三品脱的血。我估计光流到衣服上的也有三品脱，不过还需要测过才知道。"

麦克朝鲍勃尸体上的伤口点点头，"你知道那是什么吗？"

"是刺伤。"她说，"我很想说是子弹射击造成的，因为直穿而过，但大小却是我从未见过的。而且伤口太杂乱。如果是近距离平射，子弹应该打进穿出。这个……"她耸耸肩，"或许是被什么东西刺的？"

麦克指着尸体，"你认为所有这些原因加起来，这才导致了他的死亡？"

弗洛斯特耸耸肩，"也许吧。就算他没有失血而死，我认为他也活不了多久了，顶多三四个月。"

"为什么？"

"他有癌症。"

"哪种癌症？"

"很多种。"她的手在尸体上挥动着，"他皮肤黄是因为胰腺癌，有些情况下会导致感觉不到痛的黄疸病。我还是住院医师的时候听说过一个患者也是这种情形。他皮肤黄得就像辛普森家的人 ① 一样，以前我从没亲眼见过这样的病人。"

"你确定是癌症？"

她点点头，示意他看"Y"字形切口。"他的胰腺里布满了肿瘤。肝、

---

① 指动画《辛普森一家》。片中所有角色均为深黄色皮肤。

肺、结肠和前列腺也都是。大脑里也有几个小肿瘤。脾脏和骨髓显示出白血病的迹象。除了胰腺，其他地方都还没到晚期，不过我觉得他没有进行任何治疗，体内没有化疗的痕迹，但是……"

他看着弗洛斯特，"但是什么？"

"没什么。"

"你的每个发现我都需要知道。"

弗洛斯特挤压着手指，"说了不会出什么事吧，会吗？"

"出事，你是指什么？"

"我不会因为说得太多而被绑架装进黑口袋吧，会吗？"

麦克眨了三下眼睛，"什么？"

"你知道，黑麻袋往头上一套，扔上没有牌照的货车，从此消失不见。"

"你是不是电视看多了？"

"我只是……"她耸耸肩，"整件事都很奇怪，国防部打来电话，接着你又出现。"

"你很安全。"麦克说，"真的，相信我。如果我可以绑架谁，名单上有四五个家伙排在你前面。"

她呼出一口气，肩膀放松下来。

"好了，你有什么发现？什么东西很奇怪？"

弗洛斯特指着尸体受伤的那只手，"瞧见那个没？"

"嗯。"

"那是烧伤。"她指着手肘附近的另一处伤痕说，"你能从皮肤上看出来。"

"是。"

"这人有几处旧的烧伤，也有很多恶性肿瘤。有一样东西能同时引发这两种情况。"

麦克抬起眉毛。"辐射？"他看看尸体，"那些是辐射灼伤？"

"没那种东西。烧伤其实就是烧伤。电视上的东西不能全部相信。光看伤口，其实得不出他遭到过辐射这种结论。"她朝他轻笑了一下，"不过跟癌症结合起来看……我愿意跟人打赌。"

"赌多少？"

她笑道："大概五十美元吧。"

"听起来很有赢的信心嘛。"

"我本想多赌点儿的，但还是有些地方说不通。烧伤意味着短时间内暴露在大量的放射性物质下。癌症的爆发却需要比较长的时间，不怎么需要暴露。"

"多长时间？"

"这个不是倒推就能确定的。一般放射性癌症要过好几年才会显现出来，当然也有时间更短的例子。这取决于其他因素。"

他又看看鲍勃的尸体，"其他因素？"

"看看他。他的烧伤是近几个月出现的。"

"不。"麦克说，"其实是……才烧伤的。"

弗洛斯特咬紧嘴唇，摇摇头，"这些都是旧伤。"

"不可能。"

她手指沿着鲍勃满是水泡的下巴轮廓往上指，"看到这个没？这是疤痕组织。是老疤痕。我看至少有一年了。"麦克俯身看去，"你确定？"

"是的。糟透了。看起来他有半边脸都脱落了，而且没有缝针。我甚至认为都没包扎过。要我说，他就那么带着伤，等几小时后血凝结成块，然后伤口逐渐自行愈合。"

麦克皱起眉头。

她指着他的手臂，"这里也一样。看那个扭伤，那是肱骨断了又没接回去，嗯，没接好。他随时可能遭到剧痛的折磨。"

"什么时候断的？"

"一年多之前。跟他的许多伤疤吻合。"

麦克抱起手臂。

"有什么不对吗？"

"很不对劲。刺伤又有多久了？"

"我看是死前一个小时受的伤。"

他又皱起眉头，"你确定吗？"

"是的。有很多组织损伤，但没有伤到主动脉，所以是慢慢失血而死的。如果往上几英寸，靠近腋窝的地方，那就是另外一回事了。"

"你还有什么可以告诉我的吗？"

"还有两件事。跟其他的比起来没那么重要。"

"说说。"

"一个次要症状，"她说，"很可能对他的整体健康状况造成了影响。脱水。"

"脱水？"

弗洛斯特点点头，碰了下尸体的脸。"看这儿，他嘴唇干裂得多厉害。再注意看鼻孔和泪腺周围的皮肤。更别说内部了，特别是检查到膀胱处尿道的位置。"她敲敲鲍勃的胸，"要我说，两三周里，他每天最多只摄入了半加仑不到的水。"

"不可能。他爱喝咖啡。他随时都在喝东西：咖啡、苏打水，或者能量饮料。"

"我不认识这个人。我只能告诉你验尸时的发现。"

麦克揉起了太阳穴。左脑和右脑里都聚起了蚂蚁。它们想出去，他也想释放它们，"还有一件事是什么？"

"我查了胃容物，常规检查。他胃里有生肉、灰尘，还有三盎司多的草。"

"他私藏致幻菇，把它们都吃了？"

她摇摇头，"不是。是实实在在的草，草坪上的草。而且草质很差，又长又枯。还有肉……"

"怎么了？"

"下周之前，我们可能还得不到确切的结果，但是……肉上还有毛。"她揉搓着手指，"我女儿有三只宠物鼠，所以我看得出来。肉上的毛看起来像鼠毛。"

几只蚂蚁跑出来，带着假设和大胆的猜想。他盯着弗洛斯特的脸，"你确定这人是他吗？"

她看着尸体。时间就这样过了一会儿。

麦克揣摩着她的表情，"你看过他的驾照吗？"

她点点头，侧首示意一对档案柜，"他的随身物品都在那儿，还没有动过。他还有一张旧健身卡。"

"那么，"他说，"你怎么看？"

"我还希望你来认领尸体，然后告诉我尸体搞错了呢。照我说，这个人在福岛外的洞穴里待了十年。"

"你认为弄错了吗？"

弗洛斯特耸耸肩，"发色和瞳孔颜色是对的，只不过身份证照片上的眼睛没坏，也没有伤口。身高吻合，血型吻合。我们本来还可以检查牙齿，可是他牙齿少了七颗，还有两颗坏了，这不太相符。没有补牙的痕迹。现在有四项证据指出他就是你要找的死者，其中之一就是你本人。"

"DNA 测试呢？"

"又来了，这不是电视里的取证室。"

"可以做吗？"

"需要样本对照。"

"我想我能帮你取到。他每隔一个月就会做一次体检。应该有他的血样。"

"结果可能需要一两周出来。也可能一个月。"

"我看看我能不能想什么办法让它尽量快一点。"

"那祝你好运。"她说，"毕竟你是联邦政府雇员。"

"我能再问你个问题吗？"

"你来不就是为了问清楚吗？"

"你觉得他年纪多大？"

她一边嘴角翘起，"我在考虑可能搞错了人的时候也想过同样的问题。但他的年龄是吻合的。有些营养不良，但从脊柱弯曲度和关节磨损度看，都跟他现在年纪该有的状态相符。"

"还有一个问题。"

"好的。"

麦克对着尸体皱起眉头，"你没在他身上找到一个棒球，对吧？"

25

"没有棒球？"

麦克摇摇头，"连影子都没有。她还又做了一次 X 射线扫描。就跟凭空蒸发了一样。"

三千英里外，雷吉向后靠在椅背上，"或者被某个内科专家捡回去给小孩玩了。"

"那样的话我会知道的。"

"这个真那么重要吗？"

"我想是的。"麦克抱起手臂，手掌轻敲着手肘，"他的衣服也被扯碎了。"

"什么？"

"我看了他的随身物品。翻来覆去地查看了每一处。"

"继续说。"

"好几处磨损，或是破口。裤子上有三处明显的撕裂，衣服上有两处。"

"好吧。那么……"

"磨损和破碎的地方可以看成是穿越造成的。我不知道是怎么做到的，因为我对阿尔伯克基之门还不够了解，但很难想象电磁场会对物质有如此大的破坏效果。这方面需要你的专家们再研究研究。"蚂蚁搬出衣服散在铬合金桌面上的画面，将它们在他脑海里排列起来。"撕裂对他造成了切切实实的伤害。"

"机器让他得了癌症，你却在关注他的裤子。"

"他穿越圆环的时候裤子并没有挂到什么东西，但一条裤管被扯掉一半，剩下的也被撕碎了。而且他还被什么东西击中或者刺伤了。"麦克在脑海中迅速翻看衣服，检查缝针的针脚和坏掉的线头，"上面布满了灰尘。才走了一步，他就积了大约四盎司灰尘。衣服上到处都是。"

"我以前看过一个床垫广告说，大部分灰尘都是人的表皮细胞。"雷吉说，"如果零点二五磅的皮肤在他穿越圆环的时候噗一声没了，也许可以解释他的情况。"

麦克闭上眼，摩挲着手指，试着再次感受皮肤组织摩擦的感觉。他的视觉和听觉记忆最强，但也能记住其他感觉。"灰尘是沙粒状的。"他说，"更像沙，而不是……嗯，灰尘。再说还有血。"

"血是什么情况？"

"血渗透了他的衣服。他试图捂住伤口止血，但身体侧面和整条左臂都是血。"

"你说他身上有很大一个洞。"

"对。"麦克说，"问题在于，他一穿过传送门，衣服就立刻被差不多两品脱血浸透了。如果他失血的速度那么快，应该过几秒就死了。他是缓慢失血。"

"也许那不是他的血？"

麦克摇摇头，"尸检测过。"他睁开眼，在拖车屋里来回踱步，"鲍勃尸体的所有状况表明，他不是一下子，而是至少经历了一年时间才变成这样的。还有，医检结果十分肯定，尸体跟他的实际年龄差不多。"

雷吉下巴一动，"时间延迟？传送门让人非常快地穿过很远的距离。物理学家说那样会造成时间延迟，是吗？"

又有几只蚂蚁在麦克脑海里爬出来。"不一定。"他说，"再说这不是我擅长的领域，但我很肯定时间延迟是由速度决定的。如果亚瑟所说属实，阿尔伯克基之门是通过弯曲时空来缩短距离的，而不是人在中间疾驰。鲍勃移动的速度最多每小时一点五英里。"

"啊——"

"再说了，移动更快只会让时间在他面前变慢，而不是变快。我们的一分钟可能是他的一秒钟。"

"而且穿过传送门根本用不到一秒钟。"

"用不到。"

"所以他年纪是符合的。"

"不是时间延迟。这我很清楚。"

"你确定？"

麦克放下手臂，"这儿发生的一切我都不敢确定。"

"你还是很确定不是人为造成的，对吧？"

"故意搞破坏？"麦克摇摇头，"我找不到明确的动机。"

"也许是为了除掉了鲍勃。"

"除掉鲍勃，停止整个项目。这儿没人希望这样。"

"你肯定？"

麦克顿了顿，"非常肯定。"他说。

雷吉在椅子上挪了挪身子，"亚瑟的人有没有什么发现？"

"没有。他们把整个系统都拆开又装回去，还是找不出任何解释。连一根松动的线都没找到。"

"有可能是他们隐藏了什么事吗？"

"我觉得他们掩盖了很多事。"

"和事故有关的？"

"和传送门本身有关的。他们……"蚂蚁在脑海里穿行，聚成两三簇交战，"我在想，我们的方向是不是错了。"

雷吉正要讲话，麦克示意他别出声。

"你的人没有任何发现，因为他们预设亚瑟和他的团队拥有他们想知道的东西，拥有一些特定问题的答案。"

更多蚂蚁加入了战斗。它们用图像、声音和想法相互攻击。太多图像，让脑子都模糊了。

"一直都没什么收获是因为我们总把各种片段和线索归入同一种可能性，但其实可能还有第二种、第三种。他们不是在隐藏某件事，而是很多事。他们有些东西暂时不想告诉别人。但我想，也许还有些东西，甚至他们自己都不知道，而他们想隐藏这种无知。那就意味着，关于阿尔伯克基之门很可能还有些事，这些事是我们谁也没意识到的。"

"他们知道的，"雷吉说，"他们不知道的，以及他们不知道自己不知道的。"

"对，就是这样。"他说，"传送门运行了，但我认为不是照他们跟大家说的那种方式运行的。但不管他们怎么弄的，确实奏效了。然后他们打算改变世界，凭借它获得无数赞誉。"

雷吉清清嗓子。"可能全泡汤了。"他说，"我跟一些人聊过，委员会倾向于不继续投入资金。"

麦克摇摇头，把蚂蚁甩开，"他们还是在等我的报告吗？还有你的报告？"

他的朋友在屏幕上耸耸肩，"鉴于有鲍勃·希区柯克和本·迈尔斯，我想事故的发生率已经至少有百分之二了，是吗？"

"差不多。"

"假如每天都有大型喷气式飞机从天空坠落，你觉得坐飞机出行的人有多少？"

"你打算放弃了？"

"在专业人士给出完整的报告前，我先按兵不动。只有确认它是安全的，这次事件只是个意外，不会再有人患上癌症以后——亚瑟才能继续拿到经费。"雷吉的眼睛往左瞄，"我回头再跟你聊。"他向前倾身，平板电脑一闪，回到了系统默认屏幕。

麦克盯着看了一会儿，然后第二百三十四次重复鲍勃死亡的情形。蚂蚁给了他一堆图像和推测，没有一个能解释这起事故的缘由。

他又回到主楼。经过前台时，安妮冲他笑。他刷了电子卡，走进大厅。

奥拉夫和尼尔坐在各自的工作站上。奥拉夫的屏幕上显示着一个模拟的场景。麦克走过来时，他们都抬起头看他。

"怎么样？"

尼尔看看奥拉夫。"还行。"鲍嘉的双胞胎兄弟说，"我们有什么能帮你的吗？"

麦克跨过电缆，"我就想知道亚瑟在哪儿？"

尼尔张开嘴，但奥拉夫打断了他，"十五分钟前他还在控制室。这会儿应该在办公室。"

尼尔转回身对着屏幕，做出一副漠不关心的样子。

麦克观察着这两个人，"关于这次事故……有什么新发现吗？"

"没有。"奥拉夫说。

"我有什么做得不对吗？"

"没有。"他说，"我们只是很忙。我们正在模拟。"

"模拟事发时的状况？"

"模拟跟事故有关的一些东西，对。"

"是什么？"

奥拉夫直起身，从他的工作站转过来，"你不是在找亚瑟吗？"

"抱歉。"

"没关系。"

有人在扬声器上咳嗽，麦克抬头看控制室。"如果你们需要什么帮助，"他说，"知会我一声就好。"

"当然。"奥拉夫说。

麦克慢慢走出去，回到走廊，沿楼梯井往上走。他又刷了一次卡，打开控制室的门。"嘿。"他说，"我……"

莎莎扭过头来，竖起一根手指。"两分钟后开始。"她对着麦克风说。

"噢。"他说，"抱歉，我以为亚瑟在这上面。"

她摇摇头，"他在 B 站。"

麦克皱起了眉，"他在另外那个实验室操控模拟？"

"模拟？"

他将视线掠过她看向屏幕。蚂蚁搬出刚才奥拉夫操作的画面。"你们要整个来一遍？我们都还不清楚上次是怎么回事呢。"

"就是因为不清楚，所以才要做。"莎莎转回去对着屏幕，"我们需要数据。"

他环顾房间，"等一下……为什么是你在这上面？"

"得有人操控系统啊。"一个操控台上的图像闪了一下，她靠近麦克风，"强尼有方案了。一分钟后开始。"她往下看着实验室和闪光的圆环。

"为什么婕米不……"

一瞬间，匆忙奔走的蚂蚁把画面拼凑到一起。麦克猛地推开控制室门，冲向楼梯井。安妮在走廊里，他飞快从她身边跑过，碰洒了她的咖啡，跑向那扇大门。他刷卡刷得太急，读卡器读了两次才识别成功。锁开了，他撞开门。

奥拉夫快速敲了三次键盘，"电力稳定。"

"不！"麦克喊道。

静电场在两个圆环间激荡。嘶嘶的响声在大厅回荡。圆环内部的空气起了波澜，像在沸腾。

接着平静下来了。

麦克经过大厅，跑上斜坡。

"场域已连接。"莎莎的声音响起，"传送门开了。"

第三个圆环出现了。婕米走上 B 站的斜坡。发丝拂着她的脸庞，衣服被吹皱了。麦克看见亚瑟在她身后的一个工作站上。老人闭上眼睛，又望向别处。

婕米站在离他六英尺高、半英里远的位置。"别这么做。"麦克说。

她摇摇头，"会没事的。"

"奥拉夫。"他吼起来，视线没有离开她，"快关掉。马上！"

"我们知道自己在做什么。"他回答道。

"就像你们对流浪汉做的那样？！快关掉！"

他听见扬声器传来尼尔和莎莎的喘息声。婕米在通道上走了几步。她走进第一个圆环，离入口只有几英寸了。"会成功的。"她说，"代码没有问题，技术也没有问题。发生在鲍勃身上的只是个意外。"

"你并不了解。"

"我们了解。"她说，"我了解。"

　　"婕米，"他说话时强忍着不去看亚瑟，"你们没人知道是怎么回事，你们不……"

　　"会没事的。"她说，"真的。"

　　她深吸一口气，冲进了阿尔伯克基之门。

26

婕米一下扑进麦克怀里，差点撞到鼻子。他感受得到她身体的温度。她的头发闻起来似有爽身粉的清香。

"谢谢你的担心。"她的话里还带着咖啡加糖的香气，"其实不用这样。"她捋了捋头发，但发丝又落回脸旁。

"你还好吗？感觉还行吗？"

"我很好。运行成功了。没有问题。"

"那样做真的很傻。"他说。

"相信我，我不像你想的那么笨。"

"门还有一分钟就要关闭。"莎莎说，"你打算回去还是就这样？"

婕米对着他笑，发自内心地笑。"好吧。"她说，"我还要回去吗，政府走狗先生？"她踮起脚尖。有一刹那，麦克甚至觉得她要当众亲吻他。

"不要。"他说，然后转过头大声说，"不用了，关掉吧。"

尼尔看看奥拉夫，然后埋头于自己的工作站。麦克用余光瞥见婕米在点头。奥拉夫伸手敲起键盘。

"门要关闭了。"莎莎说,"注意保持距离。"

婕米一只手放在他胸口,推着他向后退了几步。麦克看向亚瑟,项目负责人没理他。接着,他们之间的空气波动起来,静电杂音的声音从圆环传出。

"那样真的是太傻了。"麦克说。

"得了吧。"她说,"放轻松,一切都很好,我很好。"

他转过身,朝奥拉夫和尼尔瞪了一眼。尼尔有点胆怯,奥拉夫却挺直了身。

"你们都怎么想的?"麦克问,"上次穿越的时候死了人啊。"

"那次之前的一百六十多次都有人穿过去,"奥拉夫说,"但什么都没发生。"麦克察觉到他又露出了自命不凡的语气,"这就是科学,勇敢迈进,不因为遭遇挫折就止步不前。"

"挫折?"麦克走近奥拉夫,指向圆环。奥拉夫握紧了拳头,"你把发生在鲍勃身上的事叫作挫折?"

"我们查不出任何问题。"尼尔说,"所以必须进行测试,看它是不是一次意外。"

"这条街走下去就有家宠物店。"麦克说,"你们可以传送老鼠。"

"不行。"奥拉夫说,"我们不能。倒退回动物试验等于宣布试验失败。"

"那是因为它的确失败了。"

"不,它没有。"婕米说。

麦克转过来对着她,"鲍勃都……"

"我们不知道鲍勃发生了什么事。"尼尔说,"但我们查不出任何表明阿尔伯克基之门失败的内容。我们需要更多信息。"

"我们必须再搞一轮测试。"婕米说,"所以我自愿参与。"

大门吱呀一声开了，莎莎走了进来。她飞快瞟了下大家，走过去跟奥拉夫站在一起。

麦克看着婕米，"你可能会死。"

"但我没有。"

"去一趟对她而言是有意义的。"奥拉夫说着，手指在手机上翻飞。

"自寻死路有什么意义？"

"因为我最没有牵挂。"婕米说，"其他人都有家人，或是其他需要承担的事。我没有。"

麦克摇头。"这事没有一点意义。"他环顾着团队成员，"真的，你们到底在想什么？"

"这是我毕生的工作。"婕米说，"我不愿看着它功亏一篑。"

她的话在大厅里回荡。

"你需要接受检查。"奥拉夫说，"先做全面体检和X射线扫描，保险起见，再做个电脑断层扫描。"

她点点头，"当然。"

他指着自己的监视器，"亚瑟正在开车过来。你能走路吗？"

"我感觉很好。"她说，"没有任何不适。"

"你们不能这样做。"麦克对他们说，"太危险了。"

"鲍勃不会这么想的。"莎莎说，"他知道这意味着什么，他会希望我们继续研究下去的。"

门又开了，亚瑟握着钥匙走了进来。"车在入口处。"他说，"咱们走。"

麦克看着他，"我不敢相信你竟然同意了。"

"为什么不呢？"

"你手上可能会再多一具尸体。"

"或者证明阿尔伯克基之门依旧正常运行。"他指着婕米，"事实证明，我们成功了。"

"你做的事我必须告诉雷吉。"

"真遗憾。"亚瑟说,"但也在意料之中。"

"就算你证明了门在正常运作,雷吉也会因为你的行为把项目叫停。"

"不会,"亚瑟说,"他不会。现在这种情况下,他和我们一样仰仗着这个项目。他投入了太多资金。阿尔伯克基之门要么成就他,要么毁掉他。如果让他来选,我十分清楚他会做出什么选择。"

"有人死了。"麦克说。

"而我们已经证明了那只是意外。阿尔伯克基之门项目如常运行。这才是关键。"

"能暂时不讨论这个了吗?"婕米问,"无论你们有什么观点,现在最应该做的是送我去做体检,不是吗?先送我去检查,然后再来讨论这到底是失误还是大胆的尝试。"

麦克看着她,"如果是失误呢?"

婕米指着自己,"我这是说第三遍还是第四遍了,"她说,"我没事。"

"好吧。那我们去确认一下。"亚瑟盯着麦克,"免得你有任何反对意见。"

麦克转身背对所有人,在圆环面前来回踱步。

"走吧。"亚瑟说。

"我们很快会带着健康证明回来的。"婕米说。

脚步声渐渐远去,门再次发出嘶嘶声,然后在重重的撞击声中关上。奥拉夫和莎莎在说悄悄话。尼尔走过去加入了他们。

麦克独自站在那里,缓缓地深呼吸。他仰头注视着圆环。亚瑟的话有一定的道理,但雷吉还是会叫停这个项目。至少,他会换一个项目负责人。下次打开"传送门"时,谁知道穿越者会发生什么事?

麦克转身，朝房间走去。一只蚂蚁在他脑海中举起一幅画，吸引了他的注意。那是他原本不该看见的东西。他把画面倒回去看了看，然后回过头。

两个圆环矗立在通道上。麦克刚才朝右边走了很长一段距离，从他的位置，看到的几乎是圆环的侧视图。他移动了几步，让自己能看见圆环远处的那条边和两条内侧边缘。

然后他又移动了一步，看见了第三个圆环。

他回头看了眼奥拉夫、莎莎和尼尔。他们仍在争论。工作台旁没有人。他们身后的红灯没有亮起。

两个圆环在他附近。

远处是第三个圆环。

他向后退了几步，走到平台背后。从这里看过去，只有两个灰白色的大圆环。他一边盯着圆环，一边走回平台前方。他向左迈步，目光穿过传送门。

三个圆环。

他的动作吸引了尼尔的目光，"什么事？"

重新移回右边。仍是两个圆环。

麦克清了清嗓子："伙计们……"

所有人抬起目光。

"电源还开着吗？"

"是啊。"奥拉夫坏笑着说，"所以才一点声音也没有。"

三个圆环。

两个圆环。

麦克打了两个响指，指着圆环，"电源开着吗？"

坏笑从奥拉夫脸上消失了，尼尔摇了摇头，"没有，当然没有。"

"出问题了。"麦克说。

27

尼尔和莎莎大步走向传送门。奥拉夫回到工作台。"关闭了。"他说,"毫无疑问关闭了。"

麦克站上平台,目光穿过圆环。从这个角度,他能看见 B 站。婕米的衬衫依然裹成一团放在工作台上。远处的墙壁比他眼角看到的那面墙远了二十英尺。那边的红灯也没亮。

莎莎和尼尔移到他身旁两侧。"噢,该死。"莎莎说,"这是怎么回事?"

尼尔朝门伸出一只手,被麦克拉住了,"怎么了?"

"你知道门开了多久了吗?"

所有人都不由自主地颤抖了一下。

莎莎看着圆环,"我们从来没有成功地使它持续运行超过九十三秒。"

"它没开。"奥拉夫在他们身后大声说,"电源断了,系统关闭了,它没有……"

"它开着。"麦克说。

"也许它只是看上去还开着。"尼尔说,"就像残像之类的。"

莎莎从口袋里摸出一些东西。她伸出手摊开给麦克和尼尔看,是一把硬币,然后朝圆环扔过去。硬币叮叮当当落在 B 站的斜坡道上。其中一枚二十五美分硬币滚到了钢制斜坡道上,两枚一分的硬币撞在混凝土地面上,消失在视野中。

"该死。"莎莎低声抱怨。

麦克在口袋里摸了一圈,又找到一枚二十五美分硬币。他用食指和拇指夹着硬币,像扔微型飞盘一样扔出去。硬币穿过圆环和对面的房间,落在地板上向前滑动,叮的一声撞在远处的墙壁上。

"你确定它开着吗?"奥拉夫注视着屏幕上的数据。

"确定。"麦克说,"我们刚扔了一笔零钱到 B 站那边。"

奥拉夫摇摇头,"不可能。没有电力。"

他们盯着 B 站看了一会儿。尼尔向后退,远离圆环。麦克和莎莎也跟着他向后退。他们聚在奥拉夫的工作台旁。

"可能只是……只是副作用。"奥拉夫结结巴巴地说,"磁场有可能产生某种……棱镜效应,就像引力棱镜那样,我们看到的只是残像。"

麦克没有理他。"还有人在那栋楼里吗?"他问莎莎。

莎莎摇摇头,"应该没有。以前都是亚瑟一人操作的。"

"尼尔,去那边。要快。看看那边的门是否还开着。别靠近它。"

"好的。"尼尔避开圆环绕了一大圈,向后门跑去。

"还有,什么都别碰!"麦克在他身后大喊,"别碰控制器,别碰硬币,什么都别碰。"

"现在你说了算?"莎莎问。

"我只是想确保不会有人受伤。"麦克说,"应该有人负责指挥。"

莎莎的脸抽搐了一下。

奥拉夫仍然死盯着圆环，"我们可能只是看到了延迟画面，画面延迟了一会儿才从……"

麦克摇摇头，"不是引力棱镜，奥拉夫。门确实开着。"

"不可能。"奥拉夫摇摇头。他四目圆睁、下巴松弛，就像刚被人用力打了一巴掌还没反应过来，"我的意思是……我的意思是奥卡姆剃刀原理。电源没开，所以它不可能……"

"既然用奥卡姆剃刀原理，怎么可能得出引力棱镜的结论？"莎莎走过去检查另一个工作台的读数。

"呃，我的意思是……没有别的可能。"

"门开着。"麦克说，"电源断了，程序没有运行，门却还开着。为什么？"

"我……我不知道。"

"你们的理论提到过类似这样的现象吗？"麦克问，"或者关于这种现象的可能性？"

尼尔摇摇头，"我觉得没有。"

"你觉得没有？"

"没有。"奥拉夫不耐烦地说，"没有，从来没提到过。"

"叫亚瑟回来。"

莎莎隔着工作台看过来，"婕米怎么办？"

麦克停了下来，奥拉夫也停止了动作。三个人交换眼色。

"医生离这儿有多远？"麦克问。

"不远。"奥拉夫说，"也许已经在路上了。"

"我给他发条信息。"莎莎说，"告诉他这里有问题，让他送完婕米就尽快回来。"

麦克环顾四周，"我还以为这里不允许使用电话。"

"不允许你使用。"奥拉夫的食指在触摸屏上写写画画。在看惯了学生们用拇指闪电般发送信息的麦克看来，做这个动作的奥拉夫看起来苍老无比。

莎莎盯着圆环，"电力从哪里来？"

"不知道。"麦克说。

莎莎向前迈出一步。"一定有某个地方在输送电力。"她说，"发生这种状况不可能没有……"

"莎莎。"奥拉夫说，"注意安全线。"

莎莎的脚尖离白色的安全线只有几英尺了。"它没有……"莎莎看着圆环，"该死。它还安全吗？"

"我们要确保所有人都知道门是开着的。"麦克说，"在弄清楚情况之前，先把它当作紧急情况来处理。"

奥拉夫在键盘上敲出一段密码。红灯亮起，开始旋转。透过圆环，他们能看见对面 B 站墙上也多出了红色的影子。这让麦克想起了鲍勃趴在地板上、浑身是血的景象。

手机发出一阵欢快的小提琴乐曲。蚂蚁们识别出这是柴可夫斯基的《天鹅湖》。奥拉夫摁了下屏幕，"是婕米的短信。他们想知道发生了什么。"

"你怎么回答的？"

"我让亚瑟放下她以后立刻回来。"

"是个裂口。"莎莎说。

"是什么？"

莎莎盯着圆环，"我们一直在撕扯时空。我们制造了一个裂口，而且不停地撕扯它，所以它结疤后，伤口没有愈合。可能永远也不会愈合。这道门也许会一直存在下去。"

"而我们却从没注意到这个？"奥拉夫嘲笑道。

"你们不会发现。"麦克说。他指着身后旋转的红灯,"门总是在警示灯全部亮起时才启动。警示灯成了门的一部分。你们之前没看见灯亮起,所以也不会去看门是否还开着。"

"但应该是最近发生的。"莎莎说,"我们那天才检查过。我们把那东西整块拆下来时,门不是开着的。"

"鲍勃死的时候,它也不是开着的。"奥拉夫补充道。

"婕米穿越之后,它就关闭了。"麦克说,"我当时就在通道上看着。那么,这一切是刚刚发生的。为什么?"

"婕米的穿越是最后一根稻草?"莎莎试探着问,"如果事情早晚会发生,那为什么不能是现在?"

他们听见门发出嘶嘶的响声。奥拉夫回头望去。麦克看着圆环。声音来自圆环另一边的那个房间。

另一个房间。

B站响起快速的脚步声。尼尔出现在三个圆环的另一面。"噢,该死。"他说。

麦克脚尖踏在斜坡上,"你能看见我们?"

"一清二楚。就像门开着一样,而门却并没有……"

"门确实开着。"麦克说,"设备上显示的情况如何?"

尼尔一溜烟坐进工作台旁的椅子里,目光在屏幕上快速来回扫动,"设备上所有数据都显示门已经关闭。电力为零,磁场为零,没有程序运行,什么也没有。"

"该死。"莎莎又说。

"怎么了?"奥拉夫说,"你以为那边会显示为正在运行吗?"

"有这种可能。"莎莎说,她用两个手指敲着屏幕,"也许是这边的设备出了问题。"

尼尔透过圆环看着他们。"那么,"他说,"肯定不是残像。"

麦克指着斜坡,"你看见硬币了吗?"

尼尔的目光扫向那枚二十五美分硬币,又看了看周围地面上。"有一些。"

"它们看上去正常吗?"

尼尔耸耸肩,"看起来是硬币。不过从我的位置无法确切辨认。"尼尔朝一枚一角硬币迈了一步。

"别动它们。"麦克说,"暂时别动。"

莎莎的后兜里响起了音乐声。麦克听出那是《星际迷航》里通信器的声音。她抽出手机,"亚瑟在问这里情况怎样。我应该不理会吗?"

"如果你不理会,他会觉得这里出了什么差错。"奥拉夫说。

"确实出了差错。"

"那就问问他是不是已经把婕米送到医生那里了。"麦克说,"然后你去控制室,看看那里的设备情况。"

莎莎点点头,一边埋头摆弄手机,一边走远。麦克注意到她用的是拇指。房间门被打开,发出嘶嘶声,然后重重地关上。

"尼尔。"奥拉夫说。

"嗯?"尼尔抬起头,从圆环那边看过来。

"咱们来数数,确保看到的不是某种残留画面。数到五,每个数字之间说一次'密西西比'①,现在开始。"

"一,"他们同时说,"二,三,四,五。"

"该死。"奥拉夫说。

麦克看着他,"有别的想法吗?"

"有一些。"奥拉夫说。他嘴唇抿成一条直线,目光在门和屏幕间快速地来回移动,"我们要重新运行基础测试。棒球,或者还有动物。"

"等我们有了婕米的消息之后。"麦克说,"等我们确认安全之后。"

---

① 这是美国数秒的常用方法,一个"密西西比"的单词发音需要约一秒。

28

"呃,"亚瑟说,"真有意思。"

他蹲在 B 站钢制斜坡顶上,透过三个圆环望着麦克和奥拉夫。他坚持要亲自检查控制室和每组传送门上的读数。

尼尔站在搁着婕米运动衫的那个工作站里,不远处是电缆的末端。它们罐头粗的接口处往外伸着螺钉。两个站点各有五根电缆,现在都已经被尼尔切断拔出了。然而门的电力供应依然存在,甚至连一点扰动都没有。

"以前没出过这样的事?"麦克问道。

亚瑟瞟了眼奥拉夫,"没。"

麦克闭上眼,叹了口气。

"抱歉。"亚瑟说,"任何与核心研究相关的情况都是机密。"

"我还以为是时候不再保守秘密了呢。"

"我对这个还拿不太准。"

"上周我们死了人，还有人拿生命冒了次险。我想是时候开诚布公了。"麦克说，"我们得坦诚相见。"

"别那么戏剧化。"

"他说的有道理，"奥拉夫说，"也许是时候——"

亚瑟对他抬起一根手指，"不行。"

麦克看看他们，"是时候……说清楚了吗？到底怎么回事？"

"奥拉夫不过是一时冲动，我能理解。"亚瑟说。

奥拉夫咬着嘴唇点点头，转身返回了自己的工作站。

麦克望着圆环那边的亚瑟，"那么你到底想怎么办？奥拉夫建议我们从头开始，但我觉得不如先等婕米那边的报告出来——"

亚瑟从通道上拾起那枚二十五美分硬币。

"天啊。"麦克说。

"有什么问题吗？"

"当然。你就没点安全防范的意识吗？"

"这不过是枚铜板。"亚瑟直起腰，把硬币夹在手指间，用大拇指不停地摩挲。乔治·华盛顿的头像在灯光下不断闪耀。这是枚旧制硬币，后来的新币拿不同的州当了主题。

"你知道，它可能带有强烈的辐射。"

"我不觉得。"

"不能光靠鲍勃的尸检报告下判断啊。"

亚瑟瞪了麦克一眼。麦克是老师，但亚瑟比普通教授地位还要高许多。他抛了抛硬币，"没有灼烧痕迹，没有热量。实际上，它还挺冰的。"

"还是应该先检测一下。"

"我们会的。"他抬头往上望，"你还丢了几枚硬币，莎莎？"

莎莎的回答从控制室飘了下来，"扔了三四枚吧。两枚十分的，一枚五分的，一分的也有两三枚。对了，麦克也丢了一枚。"

"那枚也是二十五分的。"麦克挠挠太阳穴，"大概滚到墙对面去了吧。"

"我们已经把它们全部找到了，还检查了一遍。结果……一切正常。奥拉夫。"她喊道，"盖格计数器应该就在实验室哪个角落里，对吧？"

"大概是吧。"

"我知道它在哪儿。"尼尔指着圆环，"就在大厅后面的储藏室里。鲍勃的……事故发生以后，我们用它检测过有没有辐射泄露。"

亚瑟点点头。

麦克望着平台，"我们也许应该和门保持一段安全距离。"

"我们已经这么做了。"亚瑟把硬币握在掌心，指向地上的白线。

"在确定到底发生了什么之前，"麦克问，"我们是不是该保持一个新的安全距离？"

亚瑟的目光在圆环和白线上兜了一圈，"或许你说得对。"

"谢谢。"麦克转向奥拉夫，"你能划出新的安全区域吗？"

奥拉夫头都没抬，只是微微点了点，"我会去做的。"

亚瑟注视着圆环，"真是奇妙啊。"

麦克望向他，"什么？"

他们的目光隔着十英尺，同时也是半英里相交，"别误解。我们得搞清楚究竟发生了什么事，然后才能处理这场危机。但不管怎么说……这景象真是太奇妙了。你想啊，一扇稳固的、跨越了时空的门。"

"它真的稳固吗？这可不好说。"

"我们也不能说它不稳固啊。正常情况下电力供应有限，门只能开九十三秒，而现在已经过去两个钟头了。"

"或许更久。大家都不知道它什么时候打开的。"

亚瑟又望向白线，"这里究竟多安全取决于门的检查结果。不过现在仪器都失效了，它却依然没关闭，真是有意思。"

麦克越过亚瑟的肩膀，看到尼尔扬起了眉毛。"不先做一大堆试验的话，我可不会再冒险过门了。"这个工程师说。

"我也一样。"莎莎说。

亚瑟道："你们什么时候这么胆小了？"

尼尔摇着头，"事情出错以后。"

"什么事情出错？"

"鲍勃。"麦克说。

"那不过是个悲惨的意外。我们不是已经证明过了吗？"

"亚瑟，这样不对。"尼尔说，"我不是说鲍勃，但这样的事不应该发生才对。没有理由。"

"这是门新科学。"老人回答。

"对，"奥拉夫说，"所以不懂装懂才更糟。"

几人都陷入了沉默。这时候，亚瑟的手机响了起来。"是婕米。"他往下翻着短信，"初步检查结果正常。常规体检、X光、断层扫描都没问题，血液检测结果明早才能出来。总的来看，她健康得很。"

"太好了。"麦克说。

"奥拉夫，"亚瑟说，"你来我的办公室，我们可以开始讨论测试程序了。当然，我们得先改改日程安排表。"

见没人提出疑问，他继续说了下去。

"首先，对门的监视绝不能停下，哪怕我们没在对它进行测试的时候也一样。我们可以，嗯，六小时一班轮流值班。麦克，你愿意加入的话，就是帮了我们个大忙。"

麦克点点头，"没问题。两个站都要留人吗？"

"门开着的时候它两边互通。也就是说，我们只要在一个地方监测就够了。莎莎？"

"嗯？"

"你是第一班，从现在就开始吧。我要去问问安妮能不能给我们做点晚饭。我不知道其他人怎么样，反正我有七八个钟头没吃东西了。"

尼尔的肩膀耷拉了下来，"还有晚餐。今晚看来得熬夜。"

亚瑟转过身，背朝麦克，走下钢制坡道，离开了圆环。

29

早餐点心还封在盒子里。尼尔扯断胶带，拿走了香蕉核桃松饼。麦克看了眼盒子，"我这么快就吃掉鲍勃的甜甜圈是不是不太好？"

"可能吧。"尼尔说，"但他那份不在这里。应该是安妮取消了。她工作很有效率。"

麦克抑制住叹息，点了点头，"亚瑟今晚应该会叫你值班吧。"

"还没有。但我还有自己的工作。轮到你了？"

"他把我和婕米安排在一组。一半原因是我对项目的了解还不够多，不能一个人值班。另一半原因是这样可以使我相信婕米真的没事。"

"你不想要果冻甜甜圈吗？"

"不想要。"

"这个巧克力味的呢？"

"什么？"

尼尔把盒子斜着向上抬起。

麦克向前两步，看了眼深色巧克力和千层酥混合而成的羊角包。"我喜欢巧克力味羊角包。"麦克说，"这是别人的吗？"

"我第一次看见。"尼尔说，"我想这应该是你的。如果有人抱怨，我会帮你说话。"尼尔切下松饼上面的一层，用刀子撬下一团黄油。

安妮进来取咖啡。麦克说："嗨，安妮，你现在是我最喜爱的人之一。"

"谢谢。"安妮微笑着说，"为什么？"

麦克举起羊角包，"你怎么知道我喜欢这种点心？"

安妮摇了摇头，"跟我没关系。"

"不是你？"

安妮摇了摇头，往马克杯里倒满咖啡。

尼尔的刀在水池里碰得哐啷响，"你没向 DARPA 透露任何事，想必亚瑟会借此向你表达谢意。"

"也谈不上感谢。再说，亚瑟和我昨天下午已经跟雷吉聊过了。"

"聊得怎么样？"

"亚瑟没说错。"麦克说，"雷吉丝毫没有责怪我们让婕米再次穿越。"

"别老拿我说事儿。"婕米从他们身边走过，绕过安妮，在咖啡机前停下脚步。尼尔侧身替婕米让道，她反手拿起油煎饼，抓起超大号马克杯。

"你知道这个羊角包是怎么回事吗？"麦克问。

"巧克力羊角包。"婕米回头看了眼盒子，"嗯，是给麦克的。我加在订单上的。"

"是你？"

"我说了不是我。"安妮一边走出门一边说。

麦克的目光从点心移向婕米，"你怎么知道？"

婕米耸耸肩，"那天马格纳斯说需要一份报告，我顺便问了一句。他说你以前上大学时每天早上都吃这个。"

"以前的确是。"

"你加在订单上的。"尼尔重复道。

婕米点点头，转身出门。麦克看着她离去的背影。"是我的错觉吗？"他说，"还是说，她去看了医生之后变得更讨人喜欢了？"

工程师缓缓地做了个深呼吸，"也许医院给她开了一大堆镇静剂。"

"为什么？她又没什么毛病。"

"那你有更合理的猜测吗？"

"或许她开始喜欢我了。"

尼尔使劲憋着不笑，从橱柜里拿出一个杯子。

"这种可能性当然比头部损伤强些。"

"亚瑟说她的 CT 扫描一切正常。"

"快速的全身检查显示一切正常。"麦克说，"可是大脑十分微妙。一点细小的变化都会导致思维重组，然后完全变了个人。"

尼尔伸手拿咖啡，"但不会是因为传送门。"

"不会吗？"

尼尔的目光从咖啡杯中抬起，皱着眉头。

"别兜圈子了。"麦克说，"你们到底在隐瞒什么？难道你们和魔鬼有交易？难道传送门是靠儿童的鲜血来维持运转的？"

尼尔大笑起来。"不是。"他说，"当然不是。"

"这笑声听起来有点勉强。"

"呃，我不是那种能杀掉小孩的人。别搞笑了。"他向咖啡杯中倒了一些牛奶，"这么说吧，"他说，"你有过保守秘密的经历吗？"

"当然。"

工程师用空着的手对着麦克挥了挥,"你知道吗,情况很快就会变成你不得不保守的秘密?你隐瞒得太久,以至于为何隐瞒已经不再重要了。"

蚂蚁们彼此纠缠。红蚂蚁和黑蚂蚁激烈交战,思考和记忆角逐。脑海中的喧嚣让他的脸微微抽搐,最后呈现在他面前的图像是一个浅褐色头发、戴着金属镶边眼镜的平胸女孩。

谢丽尔·伍德利。2012级。理应在毕业典礼上致辞的学生。她从2010年到2011年都在麦克班上,申请了大学并得到了通知书。她申请的每一所大学都给她发了录取通知,并提供了丰厚的奖学金。家庭教师协会也指定她作为年度奖学金的获得者。

然而随着毕业临近,她变得越来越紧张焦躁。他们在教师休息室聊到嗑药和糟糕的家庭生活。或许还有经常被她的男朋友虐待。这种情形在高中学生身上的发生频率超出大多数人的想象。

复活节周末前的那个星期五,谢丽尔放学后找到麦克,情绪几近崩溃。她向麦克忏悔:她完蛋了,她会失去一切。有人查探了她的成就,追踪到了她大二那年写的论文。

只有一篇是她写的。

"这是你们做的吗?"麦克问。

"咖啡?"

"阿尔伯克基之门。是不是你们……是不是亚瑟从别人那里偷来的成果?"

"别瞎扯了。"

"说我吗?我在瞎扯吗?"

"你听说过有其他人研究过类似项目吗?"

"没有。但这个项目同样没人听说过。"

"这都是亚瑟的主意。"尼尔说，"亚瑟和奥拉夫的主意。"

麦克仔细端详这个人的脸庞。蚂蚁们蠢蠢欲动。"你刚才说'研究过'，所以，你说的不是眼下的情况。"

尼尔摇了摇头，把目光移向马克杯，搅着咖啡。

"你们在运用纳粹黑科技之类的东西吗？某种不该运用于现实的科技？"蚂蚁们在他眼前快速播放回忆：亚瑟的书架、婕米的旧电子书、奥拉夫和《19世纪的物理学》。"是不是亚瑟写书时发现了什么？某种无人使用的科技？"

尼尔的咖啡勺撞在水池上，叮当作响。"不好意思。"他避开麦克的目光，"你说得越来越像阴谋论者了。"

尼尔走出门。厨房里只剩下麦克和他脑海中的蚂蚁。

30

麦克坐在椅子上，身体前倾，"我和尼尔聊了些有趣的事。"

"嗯，"婕米说，"我知道。"

"你知道？"

"和你聊完以后，尼尔立刻去找了亚瑟。他担心你胡乱评论纳粹和亚瑟的书是在诱他透露重要信息。"

"我就是这么打算的。"

"那你认为我们都是纳粹余孽吗？"

"我没这么说过。"

"九头蛇万岁。①"

"你好像很想让这事变成一个笑话。"

"或者说，"婕米说，"它本来就是一个笑话，而你是主角。"婕米捏着手指。左手手指发出咔咔声。

①《美国队长》中反派九头蛇的口号，类似纳粹的"希特勒万岁"。

"你确定自己没事吗？"

"我对天发誓，你再多问一次，我就给你一耳光。"

麦克耸耸肩，靠在椅背上，"我只是想确认……"

"信不信我先扇你一耳光提醒你。"婕米迈过一堆电缆，经过麦克的工作台，去检查液态氮槽。她已经检查了两遍，而且昨天他们就检查过了。

麦克低头看着平板，翻阅了十页《我们所知的历史》。这本书兼顾了信息量和趣味性，读起来兴趣盎然。但麦克读到一半了，还没看到一丝能对传送门的研究有启迪的内容。麦克觉得亚瑟应该不会笨到公然炫耀自己抄袭过的著作，但人总有犯傻的时候。

婕米大步走回自己的工作台，路上绊到一个电源连接器，她咒骂了一句，检查着显示器。

"液氮槽也没问题？"

"是的。"婕米叹了口气，"这说不通。"

"你昨天去做体检时，我们也一直这么说。"

婕米没在自己的工作台停留，而是走到麦克的工作台，用手肘把他推开，身体倾向电脑终端做复查。她的衬衫向下垂落，露出大片肌肤。麦克突然意识到她的衬衫纽扣几乎没扣。

婕米和他目光相遇，顺着他的眼神看向自己的胸部，"别胡思乱想。"

"什么？"

"我们在这儿可不是为了来场艳遇。"

麦克咳了一声，"你说什么？"

婕米单手把衬衫两边拢在一起，扣上一粒纽扣，"不用遮遮掩掩。你刚才一直那么想来着。"

"不会的。那晚你告诉过我你是多么不吸引人。"

婕米露出浅浅的微笑，"你这么聪明的脑子，还弄不清楚什么情况下女孩是在努力吸引你的注意吗？"

"通常情况下，我能弄清。而且我还能分辨出什么情况下她马上就要命令我保持克制。我更倾向于认为她是这个意思。"

婕米大笑。

"既然你提起这件事，"麦克说，"那天晚上，你在酒吧还说过别的事。"

"啊哈。"婕米走回自己的工作台，倒进椅子里坐着，"我刚才还在想，你什么时候才会重新提起那件事。"

"你说过，为了找出可能导致鲍勃意外的错误，你已经检查过所有代码。"

婕米眨了眨眼，"什么？"

"传送门的代码。"麦克指着圆环，"你说过的，记得吗？"

"你想聊的就是这个？"

"还有别的可以聊吗？"

婕米皱起眉头，"应该没有了。"

"那么，你那时就检查完了所有代码？"

"是呀。所以我才去喝酒。"

"你怎么做到的？"

"我坐进车里，开车到酒吧……"

"你怎么能在三十六小时内检查完超过两百万行的代码？"

婕米张了张嘴，又闭上，然后摇了摇头。"你一定听错了。"她说。

"那就是说，你没有检查完代码？"

"当然检查完了。"

"什么时候？就连我也不能在那么短的时间内检查完，我敢向你保证，我的阅读速度比你认识的所有人都快。"

婕米露出坏笑，"你这是在恭维我吗？"

"别回避问题。"

"说真的，那晚我们聊过那么多事情，就只有这件一直萦绕在你脑中吗？"

"那我们应该聊什么？为什么你小时候会给自己养的猫起名叫史波克？"

婕米摇了摇头，"瞧我当时喝得有多晕吧。我的猫叫伊希斯。它是只公猫，伊希斯却是女孩的名字，我爸妈还因此嘲笑过我。"

"你还是在回避问题。你到底检查完了所有代码没？"

"你真让人头疼，你在问你不该知道的事。"

"准确地说，我只是在询问你的工作表现。"

"那你还是让人头疼。"

麦克举起双手，"只是职责所在。"

婕米靠在椅背上，一只脚轻轻敲着地板，左右摇晃。"好吧，"她说，"你的秘密又是什么？"

"什么意思？"

"你为什么总是做出这副'我只是个普通人'的样子？鉴于你的记忆力和智商，你可能是这个星球上最聪明的人之一。"

"呃，这有待商榷。"

"瞧见了？"婕米在地板上用力一蹬，椅子从工作台旁边滑开。她指着麦克，"你总是这样。明知自己是世间罕见的天才，却自甘平凡。你是我见过的人当中最有潜力的，可你却甘愿当个小镇老师。为什么不一直为马格纳斯效力呢？去他的，你怎么不成为他的老板、管理宇航局或者喷气推进实验室呢？"

麦克耸耸肩，"没兴趣。"

"这可不算真正的答案。"

"这个答案够真了。"

婕米露出坏笑,"你想我告诉你真正的答案,或者够真的答案吗?"

麦克叹了口气。他刻意将目光转向圆环。传送门另一边的红灯依旧闪闪发亮。他眼角的余光一直盯着显示器,读数稳定。

"好吧。"婕米把椅子拖回工作台,转向自己的电脑终端,"记住,我问过你了。"

"你以前见过高智商的人吗,智商狂高的那种?或者,读过关于他们的访谈文章吗?"

"先回答我的问题。"

"我就是在试着回答你的问题。"

婕米耸了耸肩,没有抬头看他,"包括你吗?"

"当然。"

婕米转动椅子面朝麦克,抬起一只腿放在另一只腿的膝盖上。"见过四五个吧。奥拉夫的智商有一百六十五左右。"

"他们的共同点是什么?"

"除了真的很聪明,还有什么?"

麦克摇摇头。"拿到智商测试的结果时我十三岁,"他说,"当时我兴奋死了。那是每个孩子的梦想,不是吗?想发现自己与众不同?哈利·波特和蜘蛛侠的结合体之类的。"

"然后发生了什么?"

"然后每个人都开始用异常的态度对待我。其他孩子早就觉得我是个怪才,这下他们有了证据——我确实是个怪人。我的老师们不但在我身后戳戳点点,还给我布置额外的作业,担心正常的进度会拖累我。"麦克透过圆环看着 B 站。红灯再次闪过,就像快速涌上沙滩的血浪。他想起莎莎说的伤口什么的。

"我自己做过研究。"麦克说，"我在网上找到了其他高智商的人。那时的网络还处于原始形态：BBS、网络聊天室什么的。"

"我记得。"

"但我很聪明，我找到了那些人。小型的原始网络在线社区。元互联网社会。我与他们交谈、提问，主要研究所有我能找到的智商高于一百五十的人。你知道我发现了什么吗？"

婕米耸耸肩。

"他们几乎全都存在某种问题：人际关系问题、情绪问题、过于自尊。我看得越多，发现的问题越严重。他们当中绝大部分逃离人群、孤独寂寞。智商越高，他们寻得伴侣的概率就越低。有得必有所失。他们是世界上最不幸福的一群人。"

"为什么？"

"因为他们知道自己与众不同。他们知道自己比周围的人聪明，比整栋楼的人聪明，通常情况下也比方圆三四十英里内的人聪明。他们的整个人生就像被困在幼儿园里的博士生，每天被迫做十以内的加减法、抄写字母表。"

婕米向后靠在椅背上，沉思麦克的话。

"我已经知道我的记忆力让我与众不同，现在又有了充足的证据证明我的余生会很悲惨。而我还没到得过且过的年龄。所以我决定，一定要做个正常人。"

"怎么做？"

"通过切断营养源。那时候我已经读过手边所有的书，看了一大堆关于历史和科学的片子。十三岁时，我停止了。我再也没有给我的大脑安排更多工作，换句话说，没有向它提供过营养。

"这就是我后来再也没有做过智商测试的原因。这就是我大学不修物理、天文物理或者生物化学的原因。也是我不想替雷吉效力的原因。我不想知道自己比周围的人聪明多少。我不想'探索自己的潜力'，也不想充分施展'惊人的才智'。我想教高中英语，想帮助孩子们考上大学，想导演秋季校园音乐剧。我想和其他人一样，度过平凡而幸福的一生。"

婕米露出了微笑，"你等于是在告诉我，无知就是幸福。"

"你不懂。"

"各种智商水平任君选择，是吗？"

"没有选择。"

"是什么音乐剧？"

"《阳光小美女》。"

"不是吧？"

"就是。"

"这是真的吗？还是你编的？"

"是真的。这部剧只需要很少的钱。"麦克说，"我本来想排《国王与我》，但要花很多钱。"

"我大二时演过《西区故事》。当时我妈妈觉得尝试新东西对我有好处。"

"节目排得怎么样？"

"讨厌死了。我不擅长假装自己是另一个人。"婕米盯着麦克看了一会儿，"你在这里学会了很多东西吧？"

麦克再次把目光移向圆环，"没错。"

"许多物理知识、编程知识、电学知识。"

"是的。"

婕米的笑容逐渐淡去，"你回不去了，不是吗？无法再回头做教师了？"

麦克看着显示器，"我两天前递交了辞呈。反正我的用工合同也到时间了。"

"就这样？"

"我已经没有回头路了。我忘不了看过的东西，也无法让自己停止思考。这就是我这些年来一直拒绝雷吉的原因。"

"但你却同意来这里。"

"可以说是他设计骗我加入的，我又怎能拒绝这样的机会？正如你们所说，这个项目将改变世界。"

"那你离开这里之后要去哪儿？"

"不知道。"麦克耸耸肩，"也许我会试试管理宇航局或者喷气推进实验室什么的。"

婕米重新露出笑容，"很高兴你能来这儿。"

"谢谢。我回答了你的问题吗？"

婕米在椅子上坐直身子。"应该算回答了。"她说。

"你怎么能这么快检查完所有代码？"

婕米仔细端详麦克的脸，大约有一分钟。她的眼神扫向圆环一次，扫向电脑屏幕两次。她咬着嘴唇，看着传送门和控制室里"咔嗒"一声亮起的灯光。"我觉得这是另一个你不该问的问题。"婕米说。

麦克叹了口气。

"轮到我了。"她提高音量，"我们当中谁为今晚的晚餐买单？"

"什么？"

"晚餐，"婕米说，"总要有人买单。是你还是我？"

"为什么我们不各付各的？"

婕米摇摇头。"我没说'请我吃饭'这样的话。"她说，"这就是说，我给了你一个表现绅士风度的机会。"

麦克看了她一会儿。

"那好。"她说，从牛仔裤里摸出一枚二十五美分硬币，抛向空中，

"猜正反。"

"正面。"

婕米伸手抓住空中的硬币，拍在手背上。"今晚你走运，"她说，"你请客。"

"啊哈。"麦克看向远处，咬着嘴唇。

"哪里有问题吗？"

麦克仔细端详圆环，观察灯光，检查屏幕上的读数。一切依然如故。

"嗯？"

"是亚瑟叫你这么做的吗？"

"什么？"

"自从我反对过他后，你对我的态度比之前友好了很多。"麦克选择着词句，"可以说，过分友好了。"

婕米盯着他看了一分钟，"你是不是在婉转地问我，亚瑟有没有支使我用性交易来换取你的合作？"

"我应该没有表露出丝毫这样的意思。"

"你有没有想过，这也许仅仅是一个被工作伙伴吸引的女人，混杂着普通的仰慕和情欲。"

麦克摇摇头，"老实说，没想过。"

"你刚才说的社会问题和人际关系问题，还真不是开玩笑。"

"明显不是。"

控制室的灯灭了。

"亚瑟没有让我这么做，是我自愿要求你带我去吃晚饭。"

"不是'要求'，是'吩咐'。"

"嗯，很明显，如果等你主动开口，我会饿死的。"

两人都刻意盯着自己的显示器，检查圆环。

"有什么地方是你喜欢去的吗？"

"去？"

"去吃饭。"

"噢，天哪。我还以为你永远不会开口问我呢。"

31

麦克的手指在方向盘上来回移动,"我们要去哪里?"

"有什么是你不喜欢吃的吗?"

麦克耸耸肩,"我没尝过的东西太多。"

"泰国菜?意大利菜?墨西哥菜?"婕米停下来,皱起眉头,"你该不会也以为塔可钟是地道的墨西哥菜吧?"

"我还真算不上喜欢那家连锁店。"

婕米躺在乘客座椅上,把脚放在仪表盘上,"那你想吃什么?"

"我们可是在圣地亚哥。"麦克说,"我猜这里有好吃的墨西哥菜?"

"绝对好吃。"婕米说,"我知道一家馆子,很简陋,但你一定会喜欢。"

"那边该怎么走?"

"上高速公路。左转。"

麦克打转向灯,变道,赶在绿灯变黄之前转弯。婕米向南坡一指,"我们要走多远?"

"等下你就知道了。"

麦克点点头，他们在沉默中向前行驶了一阵，"想再聊聊代码的事吗？"

"还真不想。"婕米说。

麦克脑海中闪过十几种回应方式。他可以硬逼她说出更多关于传送门的信息，他也可以巧妙引导，让她不小心说漏嘴。

或者他可以一整晚什么都不做，单纯享受和她约会的时光。

"这里。"婕米指着另一个坡道，"走第一车道。"

"好的。"

"对了，麦克是怎么回事？"

麦克的目光离开道路，"什么？"

"你的名字应该是利兰吧，不是吗？"

麦克叹道："对。"

"我猜你父母给孩子起名字的时候喝醉了。"

"家族名字。我的祖父和曾祖父都叫利兰。我妈妈坚持给我起这个名字。"

"那利兰怎么会变成麦克？"

"别问我。"婕米指着一个路牌。"再往南一点。"她说，"麦克是怎么来的？"

"为什么要聊这么多关于我的事？"

"因为我那天在酒吧对你一诉衷肠，而你现在却只想聊工作。麦克到底是怎么来的？"

"高中时雷吉给我起的，当时我们已经认识了一年。"

"'麦克'？这就是他能想到的和你最贴切的绰号？"

"绰号的绰号。"

"这下听起来有点不正经了。"婕米笑着说。

"是麦克洛夫特的简称。麦克洛夫特·福尔摩斯。"

"和神探福尔摩斯有关?"

"是福尔摩斯的哥哥。麦克洛夫特在《希腊译员的冒险》中首次出场。十年级的英语课上要读六篇亚瑟·柯南·道尔的故事。琼斯先生,史上最无聊的老师。"

"我还是不太明白。"

"麦克洛夫特是超级福尔摩斯。更聪明,更擅长观察和推理。但他从未凭此有所作为。他没有细究或磨炼自己的天赋,只是偶尔在朋友聚会上玩点小聪明。他的存在让福尔摩斯很尴尬。"

"所以雷吉称你为麦克洛夫特?"

"大家都叫我麦克洛夫特。"麦克说,"虽然我想表现得和常人一样,但事实摆在他们面前。读了那个故事之后,他们马上给我贴上了那个标签。更糟的是有两个老师在课堂上说溜嘴,也这么叫了我。"

"啊。我没恶意,但听起来你的性格形成期过得糟透了。"

麦克耸耸肩。

"从这儿出去。"婕米指着另一个路牌说,"东出口。那个绕了差不多一圈的匝道。"

麦克猛打了一把方向盘,后面一辆车按响了喇叭。麦克看了眼后视镜,那个司机闪了一下车灯。那辆车加速从他们旁边绕过,沿着高速公路疾驰而去。

"那么,每个人都叫你麦克洛夫特。"婕米说。

"没错。持续了一个星期,之后雷吉制止了这个趋势。他开始叫我麦克。他是个能让别人按照他的想法行事的人,所以三个星期后,人人都叫我麦克。"

"就这样?"

"就这样。有点双喜临门的感觉:我同时逃脱了麦克洛夫特和利兰这两个麻烦。"

"沿着这条弯道向前。"婕米说。

"好的。"

"在红绿灯那儿左转。"

麦克向后看了一眼，打开转弯灯。

"我倒觉得利兰这名字不错。"婕米说，"很酷，挺有风格。"

"利兰不可能是个很酷的名字。作为一个在《双峰》[①]热播的年代长大的人，我有资格这么说。"

"大家也这样看待雨果这个名字。"婕米说，"雨果·维文一火，突然就冒出上百个叫雨果的孩子。"

"真的？"

"不知道。也许吧。我就会给孩子起名叫雨果。"

这个片区看起来更像住宅区，但也有许多小商家。他们经过了一家咖啡店、一家书店和一个小型汽车维修店。

"现在去哪儿？"

"再往前开两个街区就开始找地方停车。"

"不提供停车服务？"

"我说了，是家简陋的小店。"

汽车在红灯前停下。这里又有一家咖啡店、一间街角书店和自助洗衣店。麦克看见前方有一些酒吧和餐馆，还有块路牌从半空横跨着整条路。"就在这儿附近？"

婕米点点头，"就在前面左边。你要是看见空车位就赶紧停进去。"

麦克放慢速度。街道两边都停满了，车道上也挤着几辆。

"我们为什么要来这里？"

"因为我估计你从来没吃过好吃的墨西哥菜。"

①大卫·林奇拍摄于20世纪90年代初的电视剧。剧中有个重要角色名叫利兰·帕尔摩。

"没有，"麦克说，"还真是没有。我们为什么要来这里？"

婕米叹道："不是说了吗？"

"不好意思。"麦克说，"只是感觉不太对劲。"

"为什么？"

麦克向右转进一条小巷，"我都来这里一星期了，你现在才来跟我套近乎。"

"我是个老派的人。"婕米说，"我不喜欢和陌生人睡觉。"

"还有这一套。"麦克说，"从友情发展到友情之上。我才不吃这一套呢。"

"噢，看在上帝的分上。"婕米说。她解开座椅安全带，一只腿跨过麦克的腰。婕米翻身坐在他的膝盖上，夹在麦克的身体和方向盘之间。车子猛然刹停。"别说话。"

"你……"

婕米身体倾向麦克的脸，亲吻他。狠狠地亲吻。婕米伸出舌尖，轻触麦克的舌尖。她抓住麦克的手腕向上拉，将麦克的手掌按在自己的胸上。

然后婕米从麦克身上快速撤走，坐回自己的座椅。"好了。"她说，"现在你还认为我这样做是因为亚瑟叫我对你友好些吗？"

麦克踩着油门，车子继续向前行驶，"不。"

"你以为我有任何隐秘的动机吗？"

"好吧，"麦克说，"不是我一分钟前以为的那种。"

"你饿了吗？"

"什么？"

"你还想吃饭吗？"

"如果我说不想，会显得肤浅吗？"

婕米嘴角抽动了一下，转而咧嘴微笑，"如果你肤浅，那我也肤浅。"

32

开回去的路上他们一句话也没说。婕米打手势指路牌，故意不和麦克目光接触。麦克绕过实验室大厅，把车停在活动房屋附近。

他熄掉引擎，"我那儿还是你那儿？"

"我那儿。"婕米说，"你那儿没准会被马格纳斯直播。"

"我觉得他不会闲得没事做。"

"那可难说。"婕米面带微笑。

确定活动房屋周围没人后，他们互相搂抱起来。婕米不停地亲吻他，用手扯他的腰带。麦克的手滑向她背部，伸进衬衫里面。婕米摸摸索索地拿出钥匙，两人摇摇晃晃地进入屋内。

猫咪"小岔子"困惑地叫了一声"喵"。婕米和麦克经过它的饭盆，撞向桌子时，叫声变成了嘶嘶声。"小岔子"在他们的腿边跳来跳去，然后不见了。

麦克的心脏扑通直跳，他能感觉到指尖和脸部的脉搏都在跳动。

他亲吻她的嘴、下巴、脸颊、耳朵。

婕米猛地拉开自己的衬衫,又扯掉了麦克的衬衫。她把身体贴在他身上,用力亲吻。她的一举一动充满了欲望。慌乱地脱掉对方的牛仔裤时,房屋中间的门帘缠绕在了他们身上。

麦克的腿背撞到了床,向后倒在床垫上。婕米没有松手,骑到了他身上。两人的重量压得弹簧吱吱响,"小岔子"又叫了一声,从床上跳开。

麦克翻身压住她,扯掉她身上最后一丝衣物。她的皮肤贴着他,如丝般光滑。她双腿盘在他身上,温暖、湿润。他把头埋进她怀里,她喘息着抓紧他的头发。

对麦克来说,要享受这样的时刻十分困难。许多东西能启动他的回忆和对比,刺激蚂蚁们行动起来。他曾有好几次被脑海中纷至沓来的画面和声音毁掉兴致。

但这次,他的大脑陷入了一片幸福的寂静。

半小时后,他听到一下扑通声。"小岔子"跳上床,把头伸进婕米的臂弯。它喵喵叫着,把头靠在婕米肩上。

"真不知分寸。"麦克说。

"它是个小坏蛋。"婕米说,"它在浴室偷看过我好几次。"

婕米在他身下扭动,麦克移到她身后,双臂环抱着她。"小岔子"坐在床上看着他们。

"它饿了吗?"

"它要加餐。"婕米说,"每次我回来晚了,都会额外喂它一些猫粮。它已经习惯了。"

"打乱了它的时间安排,我很抱歉。"

"没事。"婕米揽住麦克的手臂,"我也等不及要加餐了。"

"你真坏。"

婕米咯咯笑了，把麦克的手臂拉近身前抱紧自己，"你今晚留在这里吗？"

"你希望我留下？"

"我反正不会抗议的。"

"我们睡不了多久了。"

"噢，是吗？"

"实话实说而已。"

"你准备好继续了吗？"

"给我几分钟喘口气。"

"我未必还有兴致。"

"真的吗？"

婕米微微转身，牙齿在黑暗中闪亮，"有本事的话，就来改变我的想法啊。"

"我有的是说服力。"

"放马过来。"

麦克沿着她的背向下亲吻，品尝着她汗水的味道。婕米发出叹息。麦克亲吻到尾骨处时停了下来，向上触摸皮肤光滑的双肩，又沿着脊柱向下抚摸。

他突然停下动作，皱起眉头。

"婕米？"

"嗯？"婕米双腿夹着他的左大腿。她依然湿润。

麦克在小屋里昏暗的灯光下看着她，"你的后背没事。"

"谢谢你告诉我。"她说，"你的前胸有事吗？"

"不开玩笑。你的伤疤去哪儿了？"

婕米扭动着转过身来，微笑着问他："我的什么？"

麦克单手放在她肩上，让她轻轻翻过身。一束窄窄的光透过活动房屋的百叶帘射进屋内，麦克把她按在灯光下。他滑动手指，沿着她的脊柱向下抚摸，仔细端详她的皮肤。皮肤毫无瑕疵。淡淡的褐色线条勾勒出了她臀部和背部曼妙的曲线。"你的伤疤。"麦克说，"你告诉我你背上有伤疤。"

婕米翻过身，"什么？"

"高中那场摩托车车祸。我上次碰到你肩膀时，你的反应吓坏了我，你还为此道歉来着。"

婕米的笑容逐渐消失。她摇摇头，"你在说什么呀？"

麦克翻身跪坐，"你开玩笑吧？你在酒吧告诉我的一切，你全忘了吗？"

婕米坐起来靠在墙上，"我在酒吧跟你讲了流浪汉的事，然后我们调情了差不多一个小时。我以为你被我的热情吓到了，所以才对我有点冷漠。"

"你没留下任何伤疤吗？"

"你看有吗？"

蚂蚁们出动了。

它们搬运出画面、声音和联想。麦克第一次见到婕米是在华盛顿。除了婕米以外，有九个女人见过他的裸体（七个女朋友，两个有性关系的朋友）。婕米弯腰露出衣服下方的短裤。婕米在酒吧里聊起她的猫是怎么死的，以及那场摩托车车祸。他不得不埋葬自己的猫咪杰克。那个棒球。婕米站在三个圆环的另一面，正准备穿越，她知道自己可能会走向死亡。他的妈妈奄奄一息。鲍勃奄奄一息。婕米站在通道上，毫发无损。

那个消失不见的棒球。

因为持续几个月暴露在辐射中而患上癌症的鲍勃。

站在他面前、毫发无损的婕米。

婕米在酒吧聊起的猫。

麦克在脑海中回放婕米的穿越过程。不像鲍勃那次，她顺利完成了，所以麦克没怎么细想过。他放大穿越前后的画面：在华盛顿见到的她，第一次在圣地亚哥见到的她，活动房屋的她，观察圆环的她，高速公路上开车的她。

"噢，该死。"麦克说。蚂蚁搬运出雷吉那天说过的话：他们知道的事，他们不知道的事，以及他们不知道他们不知道的事。

"怎么了？有什么问题？"

麦克抓住她的手，拉到床垫中间。婕米翻身跪着，任由麦克拖动。麦克把她转向窗户。她的皮肤在光照下闪闪发亮。

麦克把她的头发梳到脸后。他摇了摇头。"该死。"他又说了一遍。

婕米伸手摸摸脸颊、鼻子和额头，"这是干吗？"

麦克下床拿起他的四角裤。"别误解我的话，"麦克说，"但是，你不是那个我以为要和我一起睡觉的女人。"

33

"好了。"亚瑟站在会议室门口,"告诉我什么事这么急,一定要半夜开车过来,不能等到明早再说。"

"我也不知道。"奥拉夫坐在桌子旁,对面是尼尔和莎莎。婕米坐在角落的椅子上,身上套着运动裤和长袖体恤。麦克站在她旁边的桌子的一端。他注视了亚瑟一会儿。这个年老男人回应给的他眼神儿近于怒视。这是麦克第一次看见他没打领带。

"好了吧?"项目领头人问。

"我们一直在等你。"

"真体贴啊。"亚瑟环视房间,"有人监视着传送门吗?"

婕米摇摇头,"摄像头全都开着。"

"我希望所有人都能在场。"麦克说。

亚瑟强压怒气,看了眼自己平时坐的位置,拉出奥拉夫旁边的椅子。

所有人都望着麦克。一个小时前匆忙离开婕米的床之后，他一直在脑子里排练眼下的场景。

"我知道鲍勃出了什么事。"他说，"也知道传送门做了什么。"

桌子周围每双眼睛都瞪大了。他们在椅子上坐着动了动。莎莎看着亚瑟。亚瑟和奥拉夫对视。尼尔闭上双眼，叹了口气。

婕米盯着麦克。麦克不跟她说话让她很不高兴，但她依然相信他。麦克怀疑等他解释完之后，她是否还相信他。

"我不知道你自以为知道了些什么。"亚瑟说，"反正我们和马格纳斯之间有明确协议。如果你对外泄漏一个字……"

麦克挥手打断他。"我不清楚传送门是如何运转的。"他说，"我只知道，并不是你们对外宣称的那样。"

亚瑟和莎莎不安地对视了几眼。奥拉夫又在椅子里动了动，"什么意思？"

麦克挥手指向墙，又指向大厅，"你们以为这是一道跨越空间的桥梁。"麦克说，"折叠，这是你们的叫法。旅行者穿越这套圆环设备，从B站的另一套圆环设备中出来。"

亚瑟点点头，"这种解释过分简单化了，但它就是这样运行的，没错。"

"我们通过传送门定位时空中的折叠。"奥拉夫说，"利用折叠打开穿越另一个量子态的通道。"

"不是。"麦克说，"不是这样的。"

奥拉夫双臂交叉。

"如果我没错——所有的证据都证明我没错——阿尔伯克基之门不是穿越其他量子态。它通向其他量子态。"

尼尔挺直身子。"它不是这样运行的。"他说。

"它就是。"麦克说。

"不。"亚瑟说,"它不是。"

莎莎露出不悦的神情,"你到底想说什么?它正常运行了一年多。"

"我重申一遍,我没有足够的物理知识从技术角度解释它。"麦克举起双手,左手向右移动,"假设穿越者为 A,当我们打开传送门时,A 穿越圆环进入一个量子态,我们称其为 X。一个平行现实,我想不到比这更好的术语。A 进入了另一个现实,与 A–X——另一个 A——相撞,后者被撞击后通过另一套圆环设备返回我们的现实。"麦克的左手轻轻撞击右手,右手开始运动,沿着左手之前的运动路径继续向前,"进去是 A,出来是 A–X。"

"不。"亚瑟摇了摇头,"不可能。"

"不是不可能。"

"你在胡说八道。"奥拉夫说。

"这就是事实。"

"拿出证据。"亚瑟说,"证据在哪里?你有任何证据吗?"

"几乎所有证据都在这里。"麦克说。

"是你脑子里的另一张表格吗?"婕米问,"那可说服不了大家。"

"是实实在在的证据。"他说,"就在这里。"

亚瑟指着空桌子,"哪里?"

麦克看着婕米,"可以请你把头发梳到后面吗?"

婕米眨巴着眼睛,"为什么?"

"一分钟后你就明白了。你只要把遮住脸的头发全都梳到后面去。"

婕米怀疑地扬了扬眉毛,但还是把头发梳在一起,扎了个松松的马尾。麦克伸手摸着她的额头的侧面,"这里,还有这里。"他说,"看见了没?"

婕米眼睛用力上翻，想看着自己的额头。"你吓着我了。"她说。

"我什么都没看见。"尼尔说。

奥拉夫翻了个白眼，"这能证明什么？"

麦克缓缓吸了一口气，"伤疤不见了。"

婕米拉开他的手，"我的什么？"

亚瑟皱起眉头，身体前倾。尼尔也是。"也许是灯光的原因。"莎莎说。

"那个光环不见了。"麦克重复道。

"这是和什么天使有关的笑话吗？"婕米问。

"我说的是你额头上的光环状伤疤。"麦克说。

婕米不解地瞪大双眼。

"伤疤会慢慢变淡。"奥拉夫说。

"四天前还在额头上。"麦克说，"伤疤不会那么快消失。"他把手搭在婕米肩上，示意她起身，"你可以把衬衫掀起来吗？"

婕米更加迷惑了，"什么？"

"只露出后背。"

婕米把身子倾向麦克，对他耳语："我衬衫里面什么都没穿。"

"那更好。"

"你开什么玩笑！"婕米说，"我的后背和鲍勃有什么关系？"

"你就……你就相信我吧，行吗？"

"你该庆幸你很可爱，不然非挨揍不可。"

麦克看着其他人，"你们都知道婕米的背上有伤，对吗？也都知道是怎么来的吧？"

婕米是唯一一个没有点头的人。奥拉夫耸耸肩，"你到底要说什么？"

"我们都忙着深入寻找问题，却没注意到浮在表面的问题。"麦克碰了碰婕米的手臂，"快。拉到最上面，如果你不介意。"

婕米手向后伸，抓着肩胛骨中间的布料，把衬衫拉到肩上，双臂交叉抱在胸前。在会议室明亮的灯光下，她深褐色的肌肉线条突出。麦克瞥见了她胸部的隆起，感觉自己的脉搏扑通跳了一下。

项目组成员中响起一连串惊呼和低语。莎莎说了一句"噢，该死"。突然，所有人都陷入了沉寂。

"怎么会这样？"亚瑟瞪大双眼，盯着婕米赤裸的后背。

"不仅仅是伤疤。"麦克说，"她甚至没怎么反驳就拉起了衬衫，不是吗？这对她来说正常吗？"

"别再用第三人称谈论我了！"婕米斥责道，"我一直有那么点暴露倾向。这有什么大不了的吗？"

尼尔皱起眉头。亚瑟摘下眼镜，揉了揉太阳穴。

"大不了的地方在于，婕米从来不会让我们看她的后背，因为她背上有一堆伤疤。"

"你刚才在我屋里说过。"

莎莎扬起眉毛，"刚才在屋里？"

麦克举起一只手，示意其他人安静，"谁是凯文·尤林？"

"凯……噢，天哪。"婕米双颊泛起绯红。她把衬衫向下一抖，重新穿好，"你怎么知道他的？"

"你在酒吧跟我讲过。"

"我讲过吗？"

"对，还有发生在他身上的事。"

婕米皱起眉头，"我不知道他发生了什么。我们约会了四个月。其实连约会都算不上，只是青少年性行为而已。那些事我没告诉任何人。我们之间结束后，我很快就和他失去了联系。"

麦克点点头，"也许需要打一两个电话，但我们应该能向你证明，凯文十七年前死于一场摩托车车祸。当时和他约会的那个女孩在车祸中受伤，她的整个背部后来都留下了疤痕。她的名字叫婕米·帕克，是邻近小镇的啦啦队队长。"

"没有。"婕米摇着头说，"这些事没发生过。"

麦克抓起她的手，轻轻捏了捏，然后松开。"没有发生在你身上。"他说，"但它发生在这个世界上。"

"这个世界？"亚瑟重复道。

"这个世界。这个现实。"他看着所有人，"婕米，我们眼前的婕米，来自另一个宇宙。"

"怎么可能？"

"我已经解释过了。"麦克说，"她穿过传送门，到了这里。"

"好吧，"婕米说，"虽然不太明白你要证明什么，但现在你可以住嘴了。这一点也不有趣。"

"抱歉。"麦克说。

"可能是某种重建效应。"奥拉夫说，"她的细胞结构可能……"

"传送门不会对细胞层面有任何影响。"麦克说，"这是你们反复告诉过我的。"

"一定是另一……"

"鲍勃遇到的就是这样的事。"麦克说，"我们的鲍勃，我们认识的那一位，他进入圆环，把另一个版本的自己撞了出来。那个版本的他身处的世界非常可怕。我猜也许发生了战争，也许是全面核战。所以他衣着破烂，身体脱水，暴露在辐射中。这也解释了为什么我们找不到那个棒球。因为那个鲍勃，死在这里的那个鲍勃，根本没有棒球。"

大家面面相觑。他们望着婕米。婕米望着麦克和其他人。

"你们不是制造了一个通道。"麦克说，"你们创造的是一个巨型的跨时空槌球场。"

"该死。"莎莎说。

奥拉夫哼了一声。"你的多重宇宙假设有问题。"他说,"为什么这种情况没有一直出现?如果传送门是这样运行的,每个穿越的人都会和平行时空里的另一个自己交换位置。"奥拉夫用手指向整个房间,"我们全都穿越过。这里每一个人都应该来自另一个宇宙?"

麦克动了动脚趾,默数到五。"我想说的就是这个。"他说,"你们的确来自其他宇宙。"

身份错误

34

奥拉夫张开嘴,哼了一声又闭上。

"不。"尼尔说,"不,不,不。"

"我们所有人?"莎莎看看尼尔,看看亚瑟,又看看麦克,"你怎么能肯定?"

"因为你们全都穿越过。"麦克说,"正如奥拉夫所言,任何穿越过的人都会被交换。"

"胡说八道。"奥拉夫说,这一瞬间他连说话的语气也像鲍嘉,"我们做了各种测试。"

"测试是用来检查哪里出了问题的。"麦克说,"但没出什么问题。你们只是没想到要进行另一种测试。"

"什么测试?"婕米目光冷静,但眼睛依然瞪得很大。

"病毒测试。"麦克说,"你们每个人都携带着不同于我们这个世界的流感病毒、普通感冒病毒,或许还有其他从未在这个世界发现的东西，同时却又没有对付我们这个世界的某些病毒的抗体。最近经常有人请病假，这就是原因所在。"麦克耸耸肩，"我认为最近几次在圣地亚哥出现的流感源头就在这里。"

"平行世界什么的纯粹是胡说八道。"奥拉夫抗议道，"那只是数学家聚会上的谈资，别无他用。"

"怎么可能有人被替换了，"尼尔说，"而其他人却没发现？"

"你发现了。"麦克说，"你们全都发现了。只是无法理解。"

亚瑟皱起眉头。

"我刚来这里的时候，"麦克说，"你们大部分人都提起过记忆出了些问题。亚瑟，你告诉我你忘了结婚纪念日；鲍勃分不清楚婕米和莎莎谁住在哪个活动房屋；奥拉夫以为自己的办公室在走廊的另一侧。"

"我的办公室就是在走廊的另一侧。"奥拉夫气呼呼地打断他，"那不过是鲍勃的蠢玩笑。"

"我们总是很忙。"婕米说，"忘记一些事情并不出奇。"

"可你们实际上没有忘记任何事，不是吗？你们只是有不同的记忆。属于你们那些平行世界的记忆。"

"我没有什么不同的记忆。"莎莎说。

"我也没有。"婕米说。

"实际上你们的记忆并没有出现偏差，因为那些事确实发生过，只不过未必也发生在这个世界过。"麦克看着婕米，"我们在酒吧时，你告诉我有一只叫史波克的猫陪你成长。"

婕米摇摇头，"我告诉过你，我的猫名叫伊希斯。"

"你的猫叫伊希斯。"麦克说，"但我记忆中的却是史波克，因为和我在酒吧聊天的那个婕米不是你。"

"你当时就在我旁边。"

"那个人也不是我。"麦克说,"那是另一个世界里的另一个我。我们的经历有出入。"他看了看每个人。

莎莎环视整个房间,"那么,这里是我那个宇宙的镜像宇宙?"

麦克点点头,"从你的角度来看,是的。"

"可是你们并非全是坏人①?"

麦克耸耸肩,"我想应该不会比正常人坏吧?你以为我们应该是怎样的?"

尼尔看着自己的手,"你是说,我来自另一个时空?不属于这里?"

"希望我这么说能让你好受点,"麦克说,"你替换的那个尼尔,同样不属于这里。根据报告,尼尔去年1月进行了第一次穿越。从那时起他其实就消失了。"

"未必。"亚瑟说,"有可能本地的亚瑟会以同样的方式被替换回来。"

麦克摇了摇头,"平行宇宙可能有几百万个,甚至数十亿个。找回同一个人的概率如同大海捞针。"

"你怎么知道每次不是通往同一个平行宇宙呢?"

"因为你们并没有像鲍勃那样。如果你们都来自同一个宇宙,那你们应该和鲍勃来自同一个地方。事实显然不是这样。"

尼尔仍在端详他的手,端详他的婚戒,"所以,我的妻子……过去一年半和我一起睡觉的那个女人……不是我的妻子?"

"从某种程度上说,"麦克说,"是同一个人。你们也许仍然有许多共同经历。"

"但她不是我妻子。"尼尔说,"她不是我娶的那个女人。她嫁的是另一个我。"

---

①在许多幻想作品中,主要角色的平行宇宙分身往往是他们性格中邪恶那一部分的化身。

麦克没有说话。

亚瑟突然睁大了眼睛，"本·迈尔斯。"

麦克点点头，"他没有精神崩溃。他不认得自己的妻子，因为从阿尔伯克基之门出来的那个本娶的是另一个人。对他来说，这一个妻子确实是陌生人，是个冒名顶替者。"

"他们不应该关他。"

"我明天早上告诉雷吉。"麦克说，"会把他弄出来的。"

"噢，天哪。"尼尔说，"这么说我一直在搞外遇。"

"你一直在和你老婆搞外遇。"莎莎揉着下巴，"情况没那么糟。"

"情况糟透了。"

婕米从头到脚打量着麦克，"我在华盛顿时就勾搭过你，但你不是那个人？"

"肯定不是。"麦克说。

婕米转向亚瑟，"你也不是在世界黑客大会上招募我的那个人？"

亚瑟挪了挪脚，"明显不是，虽然我记得是在那里招募了你。"

"似乎影响不大。"莎莎指出，"我的意思是，我们一直配合得很好。离上次穿越已经六个星期了，我还没有发现任何问题。至少没注意到。"

尼尔挠着耳朵上方的头发，"你们怎么能这么冷静？"

"这也合乎情理。"亚瑟沉吟着说，"在如此众多的世界中，相互之间差别细微的现实数量应该近乎无穷。我们穿过传送门，但变化很小。有的差别被无视了，还有的被当作了小错。比如结婚纪念日、猫的名字。"他看了眼奥拉夫，"比如你的办公室到底在走廊哪一边。"

奥拉夫没有说话。他的目光注视着婕米身后。麦克不知道他是在压抑快要爆发的愤怒，还是陷入了深深的沉思。

"但到最后，这种事是无法避免的。"麦克说，"那就是：有人来自另一个差异更大的世界。"

"比如鲍勃，"婕米说，"或者迈尔斯，或者我。"

"你的例子没有鲍勃那么极端。"麦克说，"但是，没错。"

他想拉过她的手，又觉得不该这么做。考虑到遭受冲击的人是她，选择权应该也交给她。

"我们怎么知道婕米……"亚瑟低头看着桌子，"原谅我的唐突，不过你们俩似乎一起睡了。"

"我们谁都没有睡着。"婕米勉强挤出个笑容，"而且我还睡错了人。"

麦克的脸颊有些发烫，他抿紧了嘴唇。莎莎轻声窃笑。

"我想说的是，"亚瑟接着说，"也许还有一些差异没有显现出来，因为没遇到合适的场合。你背上没有伤疤这件事本来可能要过很久才会被发现，还好有人看见了你的……裸体。"亚瑟盯着桌子，说出了最后那个词。

"我总会穿露背装的。"

"你最近性格变好了。"尼尔说，"我还以为是因为穿越没出差错，所以如释重负呢。"

莎莎点点头，"你最近有点奇怪。我还以为……"她看了眼麦克，微微一笑，"好吧，我还以为你们第一晚就睡在一起了。"

婕米扬起眉毛，"我就这么需要和人上床吗？"

所有人都轻声笑起来。连尼尔也僵硬地咧开嘴，露出了牙齿。

"我猜，"麦克说，"这就是你们最近气氛紧张的原因之一。每个人的身体语言都错了。每次有人穿越过来，都会觉得自己被一堆行为不太对劲的人包围了。而对其他人来说，他或她也不对劲。但这些都是小事，凭直觉才能感知。"他看着亚瑟，"你说你感觉自己有一半时间都被陌生人包围着。某种程度上，你说对了。"

所有人都面面相觑。

麦克深吸一口气，"我还发现了些别的事情。"

尼尔叹了口气，"还有别的坏消息？"

麦克抱起双臂，盯着亚瑟，默数到五，"其实没人知道传送门是怎么运行的，是吗？"

亚瑟深吸一口气，举起一只手。迈克看着他，观察着他面部肌肉的变化，他的嘴巴微微张开，准备吐词。这是个久经练习，反复排练过的场景。

但有人打断了他。

"是的。"奥拉夫说，"我们不知道。"

35

"奥拉夫，你签了那么多……"

"放弃吧，亚瑟，"奥拉夫说，"结束了。"

"我们商量好……"

"结束了。"奥拉夫又说了一遍，"他知道我们的事了。"

亚瑟着意不看麦克，"我俩商量好了不会……"

"我俩没商量好什么。"奥拉夫说。他指向麦克，"也许他说得对，我不是和你商量的那个人。"

"但你知道我们商量过什么。"

"管他的，"莎莎说，"奥拉夫说得对。"

所有人都互相看了一会儿。尼尔把玩着婚戒。婕米紧紧捏了一下麦克的手，然后松开，坐回椅子。

又沉默了一阵。

"那么，"麦克说，"我该继续推测呢，还是有人想解释一下你们怎么建起这个东西的？"

又是一阵眼神交换。然后，奥拉夫清了清喉咙。"SETH 项目是个不幸的失败，"他说，"彻头彻尾的失败。这些年我们一直在自欺欺人，即使前两次试验失败了，我们也竭力否认。'流浪汉'事件后，我们意识到情况只会越来越糟——尤其对我和亚瑟来说。我们再也不会拿到政府资助，无法继续研究。在余下的职业生涯中，我们会成为试图瞬间传输一条狗却把它谋杀了的白痴。幸运的话，我们的下场将是在某所社区大学里教授物理学入门。"

奥拉夫停下来，揉揉鼻梁，"所以我想出了传送门的主意，想拖延那个不可避免的结局。我们觉得这样可以多争取一两年的时间，之后才会有人察觉到我们什么都没做出来。这段时间也许能稍微淡化有关 SETH 的记忆。"

亚瑟捂着嘴咳了一下。"传送门蕴藏着真实的科学原理，"他说，"它不完全是个骗局。几十年，或者几百年前，人们的确曾经知道个中方法。"

"就像 NASA 的曲率引擎，"莎莎说，"理论上可行，只是不知道怎么实现。"

"但传送门真的运行起来了。"麦克说，"你们怎么做到的？"

亚瑟和奥拉夫对视一眼。

"好吧！"

"我们喝醉了。"奥拉夫说。

"什么？"

亚瑟摘下眼镜。他伸手摸向领带，发现没戴，转而叹了口气，用衬衫袖擦拭眼镜，"我们成功地拖住马格纳斯十四个月。然后他要求看看。看看我们有所进展的证据。否则他不会继续向我们提供资金。但我们什么证据也没有。我们有的只是这些圆环，整个系统，但我们没有能让它运转起来的方程式。这东西只是个非常昂贵的大功率电磁铁。我们的职业生涯就要完蛋了。

"奥拉夫来我办公室。我们一人喝了一杯双份威士忌。然后喝了第二杯、第三杯。"

"然后我们派人去再买些酒回来。"奥拉夫说。

"派我。"婕米说。

"是你吗？我不记得了。"

"我记得是我，"她说，"但我猜，在现在这种情况下，连'谁做过什么事'都成了疑问。"

奥拉夫哼了一声。

亚瑟在座椅上挺直腰背，向四周看了看，"我们中的大部分人当时都在场，我们都喝醉了。我们说起我们会被当作一群疯子载入史册，和历史上那些神经病和疯狂的科学家一样。当时大家就在我的办公室里，四周摆满我的藏书。"他擦亮眼镜，把它重新推上鼻梁。

"其中一本论著，"亚瑟说，"作者叫亚历山大·寇奇诺维克。限量发行。应该只印了两三百本吧，而且大部分已经被毁了。我在英格兰的一家二手书店发现了它，当时我正在为《我们所知的历史》做资料研究。"

麦克等着他继续往下说。所有人都盯着亚瑟。奥拉夫也没有要接话的意思。

"寇奇诺维克在 19 世纪 80 年代末做了许多神经科学和生物化学的早期研究，但他同时还涉足了物理学、数学，以及其他杂七杂八的领域。'涉足'这个词很关键。因为他的思想有一半即使在今天看来也很精妙，另一半就……"亚瑟向上推了一下眼镜，"呃，这么说吧，我都不屑于把他写进我的书里。"

"他是狂热的末日论者。"莎莎说，"他认为人类会形成某种心灵感应格式塔^①，打开空间裂口，从而放入其他宇宙的怪兽来袭击我们。"

麦克看了她一眼，"你读过？"

"我们都读过，"婕米说，"两三遍。"

"如果他活在今天，"尼尔说，"他会频繁出现在历史频道，讲美人鱼、金字塔力量和大脚怪。"

"或者和科幻频道合作拍电影。"莎莎说。

亚瑟清了清喉咙，"奥拉夫当时说的一些话让我想起了这本书。"他说，"我不记得他说了什么。反正，我们从书架上抽出这本书，大声朗读了其中一些段落。寇奇诺维克的大部分作品都在论述他的末日理论，还有许多数学证明。当然，全是胡说八道。不过，一百年后人们读我们的书时，大概也会这么认为。书中有很多页列出了打破空间障碍的粗略算式。我看着这些算式，愣了几分钟，然后莎莎提议我们应该用这些方程式来运行传送门。"

麦克再次望向莎莎。她耸了下肩，"那时我喝了三四杯酒，觉得寇奇诺维克似乎比我们更懂得怎样创造空间裂口。"

"我们都喝醉了，"奥拉夫说，"醉得刚好敢于一搏，同时又没到不省人事的地步。"

"我们提着两瓶酒来到实验室大厅，"婕米说，"亚瑟读了三十七页方程式，我一字不差地照着输入电脑。"

"婕米打字最快。"尼尔转动手指上的婚戒，取下来放在指尖翻转把玩，"我是说，我们那个婕米打字最快。"

婕米撇了撇嘴，低头看着桌子。

"我觉得，"亚瑟说，"某种程度上，我希望用这种方式毁掉系统。希望系统超载、失灵或者短路之类的。那是我最想看到的结局——以

---

①又称为"完形心理学"，是德文"Gestalt"的译音，意即"模式、形状、形式"等，意思是指"动态的整体"。

失败而非耻辱告终。婕米输入那些方程式，所有人最后一次举杯，然后启动圆环。"

"结果它奏效了。"麦克说。

亚瑟点点头，"是的。直到今天我们也不知道为什么会奏效。我们站在那儿盯着圆环。传送门打开后持续了十四秒，最后烧断了保险丝。"

"我们引发了停电。"尼尔说，"半英里内全部断电。"

"第二天一觉醒来，我们都不敢确定这件事真的发生过。"亚瑟说，"于是我们花了两天时间更换所有烧坏的部件，又试了一次。真的成功了。

"我们当即商量好一定要保守住秘密。我们不知道其中的原因，只知道我们的职业生涯得救了。隔了一段时间，我向马格纳斯提出要求完全保密。他看了一次试验就同意了。我们每个人都签署了保密协议，就是这样。"他扫视整个房间，"我们是同谋。"

婕米和莎莎点点头。尼尔低下脑袋。

"接下来几个月，我们从技术层面改进了传送门，使它更加节能，持续时间加倍。后来又把持续时间提升至三倍，最终让它变成了现在这样。"亚瑟又把眼镜摘下来，再次发现自己没打领带，并且眼镜还是干净的，于是重新戴上，"但我们仍然不知道方程式奏效的原因，也不知道传送门运行的原理。"

"你有将近三年的时间研究它，"麦克说，"多少总有些发现吧。"

"什么都没发现。"奥拉夫说，"那人的假设，无论在过去还是现在看来，都是胡言乱语。即使在他那个年代，大家也认为他在胡说八道。心灵能量、空间障碍、超级猛兽……他的科学依据非常薄弱，甚至有一半的方程没写完。他发表了大量自由散漫的猜想，除了一些数学上的巧合以外，没有别的论据。"

"然而,"麦克说,"传送门奏效了。"

奥拉夫挤出一丝苦笑,点点头,"奏效了。"

"你们为何不公开这件事? 说出事情的缘由,召集更多人加入研究?"

亚瑟深深地吸了一口气,叹息道:"因为自尊,"他说,"因为自负。我们非常确信我们能破解这个谜题,结果我们没能做到,真丢人。

"事情一旦公开,我们就会从阿尔伯克基之门的创造者,瞬间变为它的脚注。我们就成了建筑人,全靠其他设计师的蓝图过活。"

"这没什么不好啊。"麦克说。

"你不经常发表论文,是吧?"奥拉夫说。

"我们试验了一次又一次,希望从中获得一些信息。"亚瑟说,"我和奥拉夫花了几个星期,把那篇论著和每次空间穿越梳理了一遍又一遍。我们有了足够的材料向 DARPA 做出交代。即便没有别的发现,我们也希望利用接连不断的成功试验使大家无暇留意到我们其实并不知晓成功的原因。"

"原来如此。"

"许多发明在人们尚未完全弄懂之前就公开了。"尼尔说,"医药行业四分之三的试验就是大量测试随机混合物,看看会发生什么反应。美国轰炸广岛和长崎时,全世界只有不到两百人懂得原子弹的所有科学和工程原理。美国政府内没一个人懂。但所有人都明白爆炸的结果。"

"我们几乎毫无进展。"亚瑟说,"总好像缺少什么。缺少某种早已失去的东西。"

麦克扬起眉,"你的意思是?"

"我有个猜想,"亚瑟说,"内容可以写本书了。我认为某些理念只会出现于历史上的某个特定时刻。例如,我们观察太阳的方式和古埃及人不同，我们观察夜空的方式和古希腊人不同，我们观察海洋的方式和维京人不同。一个时期的科学观塑造了人们看待事物的方式，其影响程度之深，以至于一旦错过某个特定时期，我们就几乎再也无法以某种特定的方式思考了。"

"我听说过类似的观点。"麦克说。

"寇奇诺维克提出他的理论至今已有一百多年，这期间，某种关键范式发生了转变。"亚瑟说，"关于如何理解世界的范式。因此，我们无法完全理解寇奇诺维克在说什么。"

"再加上你们当中时不时有人穿过传送门，回来以后，让研究方向发生细微的变化。"麦克说，"造成了混淆，研究于是更搞不下去了。"

亚瑟耸了耸肩。

"然而，已经……三年了？怎么可能？"

"费马于 1637 年提出最后一条定理，"奥拉夫说，"三百五十年后才有人解开。那还是草草写在纸边的一条定理。我们面对的却是九页方程式。"

"而且缺乏论据，"亚瑟补充道，"我说过，他的大部分作品都被毁了。我没猜错的话，他这本著作最多只有三十本留存于世。缺乏早期研究，缺乏延伸研究，缺乏实验跟进。寇奇诺维克仿佛不存在于历史中。他在英格兰失踪，随后在美国短暂露面，1899 年被宣告死亡。"

"我们需要的只是时间。"婕米说，"我们原以为，只要再花点时间，多做几次试验，我们就能发现其中的模式，就会弄清楚方程式的运行原理。"

麦克看着她，蚂蚁搬运出更多画面。计算机服务器、说话中提及的代码、不同报告中的纸页。

"强尼的运行不仅用于空间穿越，"麦克说，"还用于分析每次穿越。检查代码之所以花不了太多时间，是因为强尼的大部分功能与传送门的运行根本无关。"

　　婕米和亚瑟点了点头。

　　又是一阵沉默。

　　"好了，"亚瑟说，"现在你什么都知道了。接下来怎么办？你会向马格纳斯举报我们吗？"

　　麦克摇摇头，"我认为目前最大的问题是传送门。"他看着在场的每一个人，"应该停止空间穿越，我们要想办法关闭它。"

　　"难。"奥拉夫说，"我们连它的运行原理都不知道。"

36

"好吧，"婕米说，"虽然我这样做可能会后悔，但我还是想说：能问个关于她的问题吗？"

麦克的视线从设备上移开，"她？"

"另一个我。"

他们再次注视着传送门。奥拉夫在 B 站。莎莎在他们附近第九次检查缆线和软管，确保所有连接都已断开。

"你问吧，"麦克说，"但我不一定能回答。"

"也许我能回答。"莎莎说。

"为什么她给自己的猫取了个儿科医生的名字？"

"什么？"麦克打了个哈欠。他们都只睡了五个小时。婕米也不例外，可她的精力依然如此旺盛，令麦克感到惊讶。

"'史波克'，"她说，"为什么一个小孩子要给自己的猫取名叫史波克？"

"那不是《星际迷航》里的角色吗？"麦克说，"不是什么医生。"

"当然是《星际迷航》里的。"莎莎说，"你……她是原初系列的粉丝。"

婕米看看莎莎，又看看麦克，然后收回目光，"《星际迷航》是什么？"

整个大厅一片寂静。

"你开玩笑吧。"莎莎说。

"什么意思？"

"宇宙，人类最后的边疆……"麦克说，"科克船长、史波克先生、'企业号'。"

婕米摇摇头。

"好吧。"麦克说，"那你为什么用伊希斯这个名字？"

"因为《使命：地球》。"她说，"我小时候很喜欢。我借用了剧集里那只猫的名字。"

"《使命：地球》？"

"对，你知道的。老科幻剧集。加里·塞文·伊希斯。"她把头向左一倾，"'我们的使命是带领人类进入 21 世纪……'"

这下轮到麦克摇头了。

婕米看着他，"罗伯特·兰辛、泰里·加尔。播了六七年。改编成了电影，还拍了衍生剧。"

"等等。"莎莎皱起眉头，"你说的是老《星际迷航》那一集，《使命：地球》？"

"没错！"婕米打了个响指，"就是它。我老是忘记它是另一部剧的衍生剧。"

"而你却从没听说过《星际迷航》？"

"不，不，不。"婕米说，"我想起来了。那是罗登伯里的太空剧，拍了两季，后来被《使命：地球》取代了。"

"那么，没有皮卡德船长。"莎莎问道，"那《深空九号》呢？《可汗之怒》①呢？"

婕米挺直腰背，"《可汗之怒》当然有。"

莎莎双手握拳抵臀，"连《星际迷航》都没有，怎么会有《可汗之怒》？"

"这是《使命：地球》电影的第二部。里卡多·蒙特尔班②复归，扮演他在《星际迷航》中的老角色。为了和旧剧集里的形象相符，他还染黑了头发。"

又是一阵沉默在大厅蔓延开来。

"你那个宇宙真惨。"莎莎说，"我去控制室，再检查一遍主要读数。"

婕米坐回椅子，叹了口气。她用大拇指向上弹出一枚二十五美分的硬币，抓住，把它再次放回大拇指上。硬币又朝空中弹出两次，她哼了一声。

麦克看向她，"有什么问题吗？"

"呃，是的。很显然，我被困在了一个没有《使命：地球》的平行宇宙中。"

"就这个？"

婕米看着他，"那你说我们还能怎么办？"

麦克微微侧头，"你是说？"

"它没启动！"婕米伸手指向圆环，"电源没开，线圈没发热，磁通量没有超过标准余量。我们没法关闭已经关闭的传送门。"

---

①《星际迷航》最初的《初代》是由尤金·罗登伯里制作的美国电视剧，1966年首次播出并制作了三季。下文提及的《深空九号》与《可汗之怒》是它的续作。

②《可汗之怒》中可汗·努尼恩·辛格的扮演者。

麦克耸了下肩，"可是……"

"可是它竟然开着。"婕米接着说，"我们本来就全然不知道传送门为什么能打开，现在又得努力弄明白它为什么一直开着。还有，我们甚至不知道这次是什么打开了传送门。"她用手指着屏幕。

麦克端详着她的脸，"还有呢？"

"还有，我唯一知道的是，我没聪明到能弄清楚这件事，但也许她知道答案。"

"她？"

婕米用两根手指"啪"的一下弹出硬币，硬币落在工作台上，咔嗒作响，"那个给猫起名叫史波克的人。那个本该在这儿的人。那个……真的婕米。"

麦克耸了耸肩，"你们的区别没有那么大。"

"安慰人这种事，你很不擅长吧？"

"不擅长那种传统的安慰方式。"麦克说，"在你出现之前，我遇到的那个婕米有点过于骄傲。照我看，她觉得那次摩托车车祸是她生命中的转折点，是导致她后来从事计算机工作的原因……否则她可能会去从事……别的工作，我不知道具体是什么。我想，她有时在后悔，仿佛是别无选择之下才被迫搞计算机工作的。"

"是吗？"

"是的。但你没经历那场车祸，却依然选择了计算机。你依然决定利用你的智商，认为这才是人生的最佳选择。因为你就是这样的人。"

她一挥手拾起硬币，再次抛向空中。"我收回刚才那句话。"她说，"你比我想象的更擅长安慰人。"

"我觉得你可能比她聪明一点，希望这能让你感到一丝安慰。你的脑子似乎转得更快。"

"我的'脑子'。你可真会说话。"她把硬币夹在两指指尖,扔向麦克。硬币嗖地划过空中,打在麦克的手臂上,弹在地板上当当作响。

"好,"他说,"这是我应得的报酬。"麦克弯腰从地板上抄起硬币,塞进裤兜里。

"嘿,"婕米说,"二十五美分。是我的。还来。"

"你给我的。"

"我扔你的。"

"都一样。"麦克说。

"不一样。"

"不给我钱,还想让我摸你的屁股?"

"如果你以为我要付钱让你摸我屁股,那可就大错特错了。"

麦克从兜里摸出硬币,扔给婕米。婕米单手接住,放回大拇指,向空中弹出,又伸手接住。"麦克今晚一个人睡吗?"她问硬币,又朝麦克看了一眼,"来赌一把。"

"不纯粹是猜硬币,对吧?"

"不知道。硬币说了算。"

"既然如此,我猜背面。"

"色鬼。好在看穿了你。你别抱太大希望。"她把硬币朝空中弹起,在半空一把抓住,拍在手背上捂着,"背面?"

"对,背面。"

"你在发挥你的超级记忆力吗?"

"没错,这能让我在你抛出硬币之前就预测到结果。"

"机灵鬼。"她看着硬币,"而且是个小偷。把我的二十五美分还给我。"

"啊?"

"你要自己一个人睡了。"她举起那枚二十五美分硬币,"这个硬币是假的。"

麦克仔细盯着硬币,"那上面是什么?"

"你是说新阿姆斯特丹吗?"

麦克眉头微蹙,伸出手掌。婕米伸手把硬币用力按在他的掌心,然后有些恋恋不舍地抽回手。

这枚二十五美分硬币上印着熟悉的纽约和自由女神像。文字使用的字号和字体与他见过的其他所有二十五美分一样,但文字内容却是"新阿姆斯特丹"。

"这是从哪儿来的?"

婕米笑着说:"你刚从口袋里摸出来的,过目不忘先生。"

"这是我们扔到传送门那边的一枚吗?"

婕米摇摇头,"普通零钱而已。我放在兜里好几天了。"

"是你穿越时从传送门那边带过来的吗?"

婕米眉头微蹙,"不是。我清楚记得这是昨天早上 7–11 便利店找给我的零钱。"

麦克在脑中回放了过去几分钟的画面。他弯腰拾起这枚硬币时,硬币正面朝下。那时上面写的还是"纽约"。

他从口袋里摸出来扔给婕米时,余光扫到了硬币背面。他的手指遮住了其中一部分,大厅淡淡的灯光模糊了硬币表面的细节,但还是足以让他看清楚。在十分之一秒的瞬间,他清楚地看到"纽乡"。蚂蚁向前移动,跳过十几段时间片段,暂停,他瞥见了硬币旋转着飞向婕米时上面刻着的自由女神像。

"这不是我扔给你的那枚硬币。"他说。

"就是这枚。"

"不是,"他摇摇头,"不是这枚。我给你的那枚写着'纽约'。"

"这就是你给我的那枚。"

麦克皱起眉头。他把硬币放在工作台上。背面朝上,上面清楚地刻着"新阿姆斯特丹"。

他抬头看向圆环。

红灯还是没有同步亮起。他的目光往下移,看着平台周围刷的白线。因为设备已经关闭,无法测量磁场范围,奥拉夫没画出新的安全区。

婕米伸出手,掌心向上,"我不可能偷换。它自始至终都在我们眼前。"

"我也认为不是你偷换的。"麦克说。他把硬币从桌上扫回手里,然后起身,"我看我们得离开大厅。"

"你干吗压低声音?"

"因为我紧张。我们得立刻远离圆环。"麦克离开自己的工作台,把婕米从座椅上拽起来。

婕米看了看圆环,又看了看白线,最后看向麦克手指间夹着的那枚硬币,"噢,该死。"

"没错。"

圆环内部,B站的景象忽闪了一下。传送门对面的房间变暗了。圆环对面,红灯继续闪烁着。

他们来到大厅门口。麦克拉开门,等两人出去后把门关上,"有办法破坏读卡机吗?"

"不知道。"

"在这儿等着。不准任何人进去。"

麦克跑向前台。"嘿。"安妮说。今天她的头发全部往后梳,编成一条齐整的辫子,"有什么需要我帮——"

"我们要做个标志。马上就要。"

安妮说:"我可以在楼上的办公室倒腾一下,然后——"

"不行。现在就要。"

安妮眼睛一亮。她拽开两个抽屉，一个装着一堆夏皮牌文具，另一个装着优先邮件^①的硬纸板信封。

"胶带呢？"

安妮把手伸进第二个抽屉，拿出一大卷红色轴心的封箱胶带。

麦克撕开一个信封的接缝，把它平铺在桌上，空白面朝上，用记号笔写上：**危险**。他在这个词下方划了三道着重线，然后加了句：**别进去**。"谢谢你。"

"没什么。"

他捧起标志和胶带，小跑向婕米。他把做好的标志覆在读卡机上，用手稳住，让婕米贴上胶带。她身体后仰，深吸一口气，大喊："亚瑟！"

亚瑟出现在走廊对面时，婕米刚贴好胶带。"什么……"

"出问题了。"麦克说。

"它在变大。"婕米说。

"我们还得封掉另外那栋建筑。"麦克说。

"什么意思？圆环怎么会变大？"

"不是圆环。"婕米说，"是传送门。"

"传送门，"亚瑟说，"在圆环里。"

"不再是那样了。"婕米说。她像戴手镯那样，把胶带套在手上。

亚瑟摇摇头，"不可能。传送门应该在圆环内部。"

"为什么？"

"因为磁场只在圆环内产生，所以传送门只能……啊。"亚瑟咬到了舌头。

"是的。"麦克说，"我们需要奥拉夫和尼尔。我们要确保主实验室和 B 站的所有房门都关严实、封闭了。"

---

① 美国邮政的邮件类型之一，在邮件分拣系统内享有优先处理的特权。

"奥拉夫应该就在 B 站那边。"亚瑟说,"他要检查那边的读数。"

婕米看了眼楼梯,"控制室呢?"

"不知道。或许那儿还安全吧。"亚瑟看着大门,"但如果磁场真的扩大到达了控制室,那它也能到达走廊这里。"

"谁知道会不会呢?"

麦克看着婕米,"姑且希望不会吧。"

37

亚瑟摊开设计图,铺在会议室桌上。

麦克仔细地挨着看,"主实验室和 B 站,两边的圆环用的都是这个设计图?"

"两边的圆环完全是一样的。"莎莎说,"用的是同一个设计图。"

"是吗?"麦克问,"没有什么小秘密,也没做过手脚?"

亚瑟摇摇头,"虽然我们不知道传送门运行的科学原理,"他说,"但它所涉及的工程技术我们没作假,货真价实。"

麦克点了点头,"这边算是封闭了。B 站呢,上锁了吗?"

"奥拉夫不是锁好了吗?"尼尔说,"他当时也在那边。"

奥拉夫摇摇头说:"我没锁。"

"真的会有危险吗?"莎莎问道,"我的意思是,硬币被调换了,这听起来更像是聚会上的戏法表演,不是吗?"

麦克看着她,"你想去鲍勃被辐射的那个世界吗?"

身份错误

"不想。"

"那么,有危险。"

"传送门怎么会变大呢?"婕米说,"我是说,我花了两天时间才终于相信圆环无须动力也能运行,现在竟然又出了这种事。"

"传送门不可能变大。"尼尔说,"有圆环限制。圆环的作用就是这个,它们形成磁场。没有磁场,就没有传送门。"

"但圆环没有什么异动呀。"婕米说。

"这些先不管,"麦克说,"安全第一,对不对?"

"是,"亚瑟说,"当然。"

"谁愿意去 B 站看一看,确保那边的房门锁死了?"

"我去。"莎莎说。

"不行。"尼尔说,"我去。"

"你应该留下,参加讨论。"亚瑟说。

尼尔耸耸肩,"我知道的,莎莎都知道。况且我还可以趁机呼吸一下新鲜空气。"

"你没事吧?"

"不太舒服。没有生病。只是……"尼尔看着设计图,"这一切让我有点头晕。呼吸点新鲜空气会好一些。"

"那好吧。"

"我找辆车骑过去。最多十分钟就回来。"尼尔离开会议室,进了走廊,朝门厅走去。只听脚步远去,过了一会儿,前门打开,然后缓缓合上。

麦克闭上双眼。大型设计图召唤出蚂蚁们,仿佛这是一顿野餐。他记忆中已经有了圆环的部分模型。蚂蚁们往上添加新的设计,填补细节和标志。"先不管传送门是如何变大的。"他说,"先确认一点:'如何'这个问题我们暂时无法解决,对吗?"

"我们能研究出来。"亚瑟说,"没有不可知的东西。"

"除了那些人类不应该知道的。"婕米说。

亚瑟瞪了她一眼。麦克举起一只手,"别去想它如何变大的。想想'为什么'它会变大?"

"有区别吗?"莎莎说,"反正我们也不知道。"

"'如何变大'或许超出了我们的理解范围,但我们应该能想出它'为什么变大'。应该是某样东西发生了变化。某个新的变量引发了这一切。"

"这个逻辑站不住脚。"奥拉夫说,"无论是什么因素导致传送门持续打开这么长时间,很可能也是同样的原因导致了它的扩大。"

"但这是两回事。"婕米说。

奥拉夫摇摇头,"只是看起来是两回事,因为它们造成的是两个乍看上去彼此无关的后果,而我们又不知道是什么原因导致了哪一个结果。其实完全有可能是同一个原因导致的一系列后果。"

麦克的目光从设计图上抬起来,观察着整个房间。他们五人站在桌子边。他、婕米和奥拉夫在一边,亚瑟和莎莎在另一边。每个人身后都有一把椅子,会议桌两头另外各有一把椅子。一幅画面在麦克的大脑里展开:他第一次来这个会议室时,阿尔伯克基之门小组坐满了所有椅子,只剩桌子最远端那一把空着。那把椅子上方是时钟,秒针嘀嗒作响。

只有一把椅子空着。

亚瑟写的书里没有提及寇奇诺维克,原因是这位早期科学家提出的理论太过匪夷所思。

"那个因素应该是我。"麦克说。

婕米望向他,"什么?"

"本·迈尔斯在这儿待了多久?"

亚瑟和奥拉夫对视一眼。"四天。"亚瑟说。

"但有多少时间是真正在'这儿'？他住在活动房屋吗？"

莎莎摇了摇头，"他平时住在密申谷的一家酒店。喜来登吧，我猜。"

"所以他在这儿待的时间不多？"

奥拉夫摇了摇头，"差不多两天吧，一来一回各一天。他第一天过来待了一个小时左右，和大家打了个照面。"

"接下来两天，他在现场待了八九个小时。"婕米说。她看着亚瑟，"他最后一天好像没来。"

亚瑟摇摇头，"最后一天，我去他的酒店和他一起吃了早饭，聊了一会儿。他订了早上的班机，从林德伯格起飞。"

"门口的机器上也许有他进出时间的准确记录，"莎莎说，"如果这重要的话。"

蚂蚁们记下这句话，麦克伸手挥走，"计时器试验时是谁值班？"

亚瑟从设计图中抬起头来，"计时器试验？"

"就是没人穿越、只是计时试验，让设备自动运行的时候。"麦克说，"那些试验过程中，有人值班吗？"

亚瑟、婕米和莎莎迷惑地看着彼此。

"问题很简单，"麦克说，"你们做计时器试验时，有人守在主实验室或 B 站吗？"

"没有。"莎莎说，"我们只在第二天看看录像日志。"

"我们晚上运行计时器试验，这样能完成更多工作。"奥拉夫说，"这种试验的好处就在于自动性啊。"

"而你们从没弄清楚计时器试验失败的原因。"这不是问句。麦克盯着设计图。

"老实说，"婕米说，"这事我们没花太多精力。"

"我看过你写的计时器代码。"麦克说,"代码没问题。"

"谢谢。"

"它没奏效。"亚瑟说,"如果原因不在它本身,问题肯定出在它跟其他设备互动的过程中。"

麦克摇摇头,"跟计时器没关系。问题出在传送门本身。它缺了一个关键因素。"

莎莎眉头微蹙,看着设计图,"什么?"

"人。只有周围有人时,阿尔伯克基之门才会运行。"

"这个逻辑还是站不住脚。"亚瑟说,"这就好比说电冰箱只在厨房里才运行,就因为你从没见过它在我的办公室里运行。"

"不同之处在于,我们都知道电冰箱能在你的办公室里运行。"麦克说,"我们还知道,当传送门周围没人时,它无法运行。"

莎莎双手握拳,"你是说,传送门'知道'周围有没有人?"

"它不知道。"麦克说,"就像手电筒不知道自己装着电池一样。但如果没有电池,手电筒就不会亮。这不是意识层面的事,只是机械而已。船不知道自己在水里,但它只能在水里航行,不能在陆地上航行。"

"这种推导,步子迈得未免太大了些。"婕米说。

麦克看了眼莎莎,又看向亚瑟,"你说过亚历山大·寇奇诺维克提出过一些关于格式塔心灵的理论。你的书里没有收录,因为那些理论实在太疯狂了。"

"不完全是格式塔。"奥拉夫说,"还有一些关于心理能量、临界量的问题。都是胡说八道。"

"你们用于传送门的方程式和那些有关联吗?"

奥拉夫低头看着设计图。婕米和莎莎对视一眼。亚瑟假装没看见。"他所有的论述都围绕同一个设想,有关联。"

"那么就是这样：你们用与心灵能量有关的方程式编写程序，使传送门运行，而当没人在场时，门就无法运行。"他看着每个人，"现在还觉得推导步子太大吗？"

亚瑟的目光垂向设计图。

麦克挥手指了指整间屋子，"这儿只有一把空椅子。"他说，"是为访客准备的，对吗？你们太隐秘，所以从来没有任何临时雇员或多余的人。偶尔有个特殊日子，例如本·迈尔斯到访，除此之外，从来没有你们六个之外的任何人在传送门周围长时间待过。"

"在马格纳斯派你来之前，没有。"亚瑟说。

"正是因为有了我。"麦克说，"我在这儿待的时间，长到足以促使传送门达到临界量，或达到某个层次。现在每时每刻都有七个人在场。"他看向大楼前方，"如果安妮的桌子够近，可以算在内的话，就有八个。"

奥拉夫连连摇头。"胡说八道。"他又说，"不存在所谓的'心理能量'。大脑释放出的弱电化学信号连几英寸都够不着。"

"但串联弱信号可以建立起电压，"莎莎说，"这是电学基础。"

"这是一堆毫无关联的臆测，依据则是维多利亚时代一个疯子的胡言乱语。"

"这个疯子的理论，已经被你们验证是正确的。"麦克轻轻敲了下传送门的设计图，"至少部分正确。我们知道这与他的平行空间假想有关。这也解释了为什么我来之后，门就失控了。"

会议室外传来巨大的鸣响。音量渐强，然后弱下去，又变强。要是这声音从另一个方向传来，麦克会以为是街上驶过的汽车在鸣笛。

亚瑟眉头紧皱，双目圆睁。他的目光飞快扫过婕米和莎莎。

"怎么了？"麦克问。

亚瑟大步迈出房间走进走廊，奥拉夫紧跟在他身后几英尺处。莎莎从麦克身边挤过，追了上去。婕米抓住麦克的手臂，和他一起走上前去。

38

走廊里的鸣响越来越大。应急灯纷纷亮起，给本来就很明亮的走廊铺上更明亮的斑点。

亚瑟来到前台，探过安妮的肩膀向前看。屏幕上有个闪烁的图标。"出事的是 B 站。"安妮告诉他。她的眼睛睁得大大的。

奥拉夫和莎莎跑过前台，向门外跑去。

麦克看着婕米，"什么情况？"

"有害物质泄漏。"她说，"冷却剂、焊割气、放射物质。出事了。这是在提醒我们所有人，如果没穿防护服，就远离这片区域。"

他们来到门外，看到莎莎正冲向活动房屋和高尔夫球车，而奥拉夫早就消失在了视野中。麦克和婕米赶紧追上去。不知哪里刮来大风，让道旁的树枝剧烈晃动。

外面也响起了警报。

他们跑过转角处，和莎莎撞了个满怀。婕米差点摔倒，幸亏麦克拉住了她。婕米伸手抓住莎莎，她站稳脚跟，指着沙砾停车场对面，在风中大声呼喊："这他妈是怎么回事？"

大家顺着她手指的方向看去。

奥拉夫已经走到了沙砾停车场中间。麦克能看到奥拉夫前方 B 站的大部分。B 站在摇晃。房顶的波纹板起皱变形。顶部的天窗碎了。煤渣砖墙晃动着，裂开道道缝隙。

莎莎往前跑。麦克和婕米跟了上去，爬上辅道，脚踩得沙砾地嘎吱作响。离 B 站还有五百英尺，四百五十英尺，四百英尺。

距离这么近，麦克能看见墙上更多的裂口。刚才远看以为是裂缝，离近了才发现那是巨大的裂口。一个裂口就在他眼前形成，隔着一段距离也能听到清脆的绽裂声。

黑蚂蚁搬运出许多记忆，红蚂蚁一拥而上将其淹没。

莎莎想跑到奥拉夫前面，奥拉夫抓住她的手臂。"等等。"他喊道。莎莎使劲甩开奥拉夫的手，麦克恰好奔上来一把抓住她。"该死，等等！"奥拉夫怒吼道。

"尼尔在那边！"莎莎挥舞着另一只手臂，指向门口停着的高尔夫球车。

"灰尘呢？"麦克问道。

莎莎停顿了一秒。狂风的呼啸声中，响起了金属屋顶变形扭曲所发出的呻吟。"什么？"

"应该有灰尘。"麦克说，"那么多煤渣砖碎了，本来应该有大量灰尘。"

莎莎瞪着麦克，又抬头望天。"噢，该死。"她说。

麦克和奥拉夫抬头望去。四面的云朵飘过天空，逐渐聚拢。速度不是特别快，但很明显在动，从各个方向聚拢过来。

风正吹向 B 站。来自四面八方的风。

亚瑟和安妮追上了大家,这时 B 站的屋顶再次变形。有一片屋顶下沉了许多,仿佛有无形的重量把它往下压去。随着一声枪响似的巨响,螺钉进出,房顶崩塌,陷入了大楼。两根板条断裂、落下,然后是第三根。风从低吼变成咆哮。

"飓风?"婕米问。

"加州没有飓风。"安妮说。

一阵尖锐的金属碰撞声传来,只见 B 站的安全门向内皱缩,然后消失了。一团团沙子和树叶穿过门框,随门而去。很快,房顶又有两根板条被风力扯松,一头扎进门框。

"我觉得我们应该待在车里。"亚瑟撑着手杖,后退了几步。

"我同意。"麦克说。

"尼尔怎么办?"莎莎问。

麦克看了她一眼,轻轻摇了摇头。

"半座楼都塌了。"奥拉夫说。

麦克往后退了几步。婕米跟着他后退,然后凑到他跟前,在一片喧闹声中对着他的耳朵说:"这是怎么回事?"

麦克正要张嘴说话,头顶突然一阵轰鸣。所有人抬头向上看。云层越来越厚,挡住了太阳。雨滴落在他们脸上。

"这他妈怎么回事?"莎莎大喊。

"下雨了。"奥拉夫说,不像在回答莎莎的问题,更像是自言自语。声音中带着疑惑。

"应该是失压。"麦克说。

"什么?"

他拉开嗓门,压过咆哮的风声,"整栋楼正在被吸进圆环,包括楼里的每一样东西。导致大气中出现巨大的低压区。"他指向天空,"因此改变了天气。"

风吹动他们的头发和衣服。亚瑟继续往后退。麦克和婕米也连连后退。安妮趔趄着跟上。莎莎和奥拉夫原地不动,愣愣地盯着B站。

然后,一切停止了,就像电风扇被拔掉插头。风变弱了。空气逐渐静止。雨水继续滴答落下,缓缓地在地面涂上水斑。

B站的残骸停止了摇晃。混凝土粉尘和沙砾从墙上的裂缝涌出。一块小汽车那么大的水泥块从空中跌落,砸在地上。上面的绿色字母"B"只剩下半截。一根侥幸留下的屋顶板条在最后一根螺丝钉上左摇右晃,嘎吱作响。

他们注视大楼残骸,过了片刻,莎莎向前跑去。"尼尔,"她大喊,"尼尔,你没事吧?"

大家朝那栋楼走去。安妮待在原地,看着废墟。她像一个刚从炮火中幸存下来的战士,神情既喜悦又茫然。

莎莎在门口停了一下,然后向里走去。其他人停下来查看损坏情况。麦克摸了下残存的门铰链。有两个门铰链已经和门脱离,悬在空中微微摇晃。第三个扭曲变形,紧紧地贴在钉子上。

婕米走了进去。"所有的电线都不见了。"她说,"墙上的导管全被扯下来了。"

奥拉夫仰起头,"灯也不见了。妈的,几乎所有东西都不见了。"

"尼尔。"莎莎喊道,声音回荡在洞穴般的空间里,"尼尔,你在哪儿了?"

亚瑟走上前去,查看落在地上的一块机器碎片。是一个巨型电阻。他用手杖底端轻敲两下。它底下的水泥地板上有一条划痕。

他们继续往里走。只有特别笨重牢固的东西挺过了这次事件。小东西和没固定的全不见了。

圆环矗立在这片荒芜的空地上。钢制的坡道上覆着一层霜。雨滴穿过露天屋顶落在霜上,冒起一阵雾气。圆环的外层被扯掉了,露出数不清的铜线。许多缆线松了，悬在空中。所有的连接管都不见了。

"我什么都没看见。"亚瑟说。他指着圆环，"我是说，透过圆环，本该看见主实验室那边。现在却什么都没有。我想这座传送门应该是停止运行了。"

麦克也看了看。透过圆环，能看到的只是这座倒塌的建筑物的侧墙。他向前迈了几步，换个角度查看。还是墙。

莎莎已经绕着屋子走了一圈，和大伙儿会合。"我没找到他。"她盯着停止运行的圆环说。

"咱们先别放弃。"婕米说，她看向麦克，"你觉得他还在这里的什么地方吗？"

"希望在。"麦克说，"我可不愿猜他可能在别的什么地方。"

39

他们没找到尼尔。

亚瑟向 DARPA 汇报了大楼倒塌事件。没提尼尔失踪一事。接下来是麦克跟雷吉谈，他想在可能的范围内多少让他了解一些情况。

"这么说，本没疯？"

"没有，"麦克说，"他没疯。但贝姬也不是骗子。"

"什么意思？"

"穿越阿尔伯克基之门改变了本。"麦克说，"但不是我们以为的那样。"

"他变了，但他没疯？"

"对。这个本的记忆和经历有细微的差别。"

"这个本？"雷吉盯着他看了一会儿，"你有什么事瞒着我？"

"目前为止，有许多。"麦克说，"事情有了一些……进展。"

"怎么，他们在搞克隆人的把戏？"

"不是这样。"

"说正经的,那边一切还好吗?"

麦克没有看屏幕,"和你之前担心发生的情况一样。"

"我之前担心发生的事可多了。"

"阿尔伯克基之门有一些后遗症。"

"什么样的后遗症?"

"还是暂时不说为好。我们正在努力弄明白。"

"我们?"

"对。我、亚瑟,还有团队里的其他人。"

平板电脑上,雷吉向前凑近,"你该不会是患了斯德哥尔摩综合征①吧?"

"你真逗。"

"回答我。"

"不是。"

"你还好吗? 焦虑吗? 有压力吗?"

"这种情况下,这类症状多少还是有一些吧。但不算过分。"

"那么,情况到底怎样?"

"我真的觉得我解释不清楚。"

雷吉的脸上闪过一丝怒意,"为什么解释不清楚?"

"因为事情很复杂,因为我了解你。"麦克说,"我知道你会有什么反应。以目前的情况,就算你带着一大群手下冲进来接管一切也无济于事。"

"你认为我会那么做。"这不是一个问句。

"我知道你会那么做。"

---

①被绑架者所发生的心理扭曲,使他们开始同情绑架者。雷吉的意思是:"你不会站到他们那边去了吧?"

"那我为什么不该那么做？你告诉我有栋楼塌了，一堆昂贵的设备被毁了，我手下的一个副局长变了个人，但他没疯。在这种情况下，我应该做的就是带一大群手下冲进来，这才是正常的反应。"

"你让我处理这里的事。"麦克说，"我正在处理，之后我会向你讲述一切。就像你聘请我时我们说好的那样。"

他们透过屏幕盯着对方。

"我要你想办法挽回损失。"雷吉说。

"这种时候，不一定有办法。"

"这周之内，都交由你处理。"

"好。"麦克说，"谢谢。"

"到时候你最好能交出一大堆答案。不然的话……"

"不然的话怎么样？"

雷吉没笑。"不然的话。"他伸出手，屏幕暗了下去。

在厨房区，婕米叹息道："这个谈话结果不怎么样啊！"

麦克把平板电脑翻过来，正面朝下扣在桌上，"比我预想的要好些。"

"啊？"

他的头朝平板电脑扬了扬，"最坏的情况是，他来接管一切，命令我们全部离开，展开全面调查。"

"他不能那样。"

"以他的人脉？当然能。我打赌他能安排一场所谓的'安全演习'，二十分钟后就会有一百个海军陆战队员从天而降。这样我们就永远没法弄明白这里发生了什么了。"

婕米沉着脸。

"也就是说，"麦克说，"这周内我们还有机会。该回去工作了。"

"嗯，"婕米说，"还想和我上床吗？"

麦克看着她,"现在?"

"嗯。"

"为什么?"

"因为前几次都挺有趣,"她说,"不管那是哪个你。而且这样我们可以晚点再看安保录像。"

"我们需要看那个。"

"我也有我的需要。"

"那我会高兴地努力满足你的需要。"麦克说,"但之后还是要看安保录像。"

安保录像经过专门加密,只能在控制室播放。婕米说她可以写个补丁,让它能在会议室播放。但大家一致认为没必要浪费时间。如果控制室有危险,会议室也好不到哪去。

亚瑟撑着手杖站在凳子后面。麦克注意到,对于这个人,手杖已经从装饰变成了切实的支撑。

"该死。"莎莎盯着下面的实验室大厅说,"竟然还有蟑螂。"

"这儿一没人,它们就猖狂了。"麦克说,"动作真快。"

奥拉夫透过窗户往下看,"有上百只吧。"

麦克站在莎莎身边,透过窗户注视着下面。一片一片的小黑点在地板上快速移动,就像被风吹起的尘埃颗粒。"我们看不见的地方可能还有更多。我妈妈以前常说,每个敢爬到灯光下的大胆家伙身后都藏着九十九个胆小鬼。"

莎莎摇摇头,远离窗户,"小混蛋。"

"录像打算怎么看?"婕米坐在椅子上望着其他人,"倒退着看?从头开始?"播放录像的是三个屏幕,每个屏幕上现在都显示着一个灰色正方形。B站的三个安保摄像头都已经停止了录像。其中两个几乎于同一时间失灵，另一个十五秒钟后也坏掉了。

莎莎两只手搭在椅背上，"我们知道'开头'是哪里吗？"

"就从警报响起之前三十秒开始吧。"亚瑟说。

婕米的手移动轨迹球，点击，拖动，再次点击。她的手指挪回键盘，在数字键盘上跳动。三个灰色正方形里出现了图像，显示出不同视角下的 B 站。

"行了。"婕米说，"你们准备好了吗？"

麦克向后退到能同时看到三个屏幕的最佳位置，"好了。"

亚瑟点点头。奥拉夫双手抱在胸前。莎莎咬着嘴唇。

婕米点击鼠标。画面动了起来，画面中唯一在运动的是来回扫射的红色警报灯光。屏幕角落显示时间在流逝。

二号摄像头正对着圆环。透过圆环，可以看到这边的实验室大厅，以及大厅里闪闪烁烁的警示灯。麦克不由得联想起了第一次看到奥拉夫穿过圆环时的景象。

什么都没有发生。三个摄像头的画面中什么都没有。

"警报应该马上就响。"亚瑟说。

一号摄像头捕捉到了一道光。

"房门开了。"麦克说，"尼尔开了房门，他在检查 B 站，没关门。"

莎莎的眼睛瞪大了，伸手捂住嘴巴。

婕米一点鼠标，三个画面都静止了，"真的要看吗？"

莎莎闭上双眼，捂嘴低语。听上去像在说"噢"。

"要看，我们欠他这个。"亚瑟说，"他和你们一样为这个项目付出了这么多年。他不会希望看到我们就此退缩。"

"换成尼尔，他也想和我们一起站在这儿。"奥拉夫说。

麦克把手放在婕米肩上。婕米伸手捏了捏他的手。蚂蚁搬出上一次出现这种场景时的画面。画面中是他、她和亚瑟。当时麦克的手碰到了婕米的肩背,婕米朝他大喊大叫。

他给蚂蚁们安排了新任务:排序、存档。

婕米的手放在鼠标上。

画面重新动了起来,但二号摄像头变黑了,屏幕上闪烁着静电干扰的白线。

阿瑟身子前倾,"怎么回事?"

婕米的手指在键盘和鼠标上来回跳动。画面倒退,然后以正常速度的四分之一开始慢放。没有声音。她点击某个键,二号摄像头的画面放大为全屏。

"那儿。"奥拉夫伸出的手指几乎触到屏幕,"看见了吗?"

"把手拿开。"莎莎说。

空气在波动。这熟悉的犹如盛夏热浪一般的气浪表明阿尔伯克基之门即将打开。但波动的气流居然从圆环四周向外溢出,至少溢出了五六英尺,几乎覆盖了整个屏幕。

气流之后,屏幕变黑了。

"该死。"婕米说。

她再次把手伸向控制键,却被麦克制止了。麦克指着屏幕底部。水泥地板还在,地上喷绘的警戒线也还在。他的手指在屏幕上画了个圈,圈起了在一团黑暗中隐约可见的斜坡道底部。他的手指又往上挪了一点,勾勒出几乎看不见的圆环的轮廓。"图像还在。"他说。

莎莎伸手指着,"那些是星星吗?"

至少有一百多颗。清晰明亮,就像哈勃望远镜拍的照片。越靠近圆环中心,星星就越明亮。

蚂蚁涌进麦克的大脑,搬运出数百个画面,终于找到了它们想要的那个。"是北半球的夜空。"麦克说。

奥拉夫看了他一眼,"你确定?"

麦克用手指敲敲脑袋，"夜晚的星空，我见过好些次呢，足够让这个脑袋记住了。"

"这么说，那道传送门现在通往太空吗？"婕米说。

"不是。"奥拉夫说，他的手指划过屏幕，"看见没？"

麦克凝视屏幕，看到了奥拉夫指点的那条灰线。它隐藏在那一片影影绰绰的黑暗中。那是一条地平线，标示出了一片荒原。除了几座矮丘、几堆石头，那片土地上没有任何东西。

"是月球。"莎莎说。

"不可能。"奥拉夫说，"B站的传送门通向这里。就在这里。"他指着脚下。

婕米摇了摇头，"这次不是。"

屏幕边缘有东西在动。是飞舞的纸片。在四分之一常速下，静电干扰的白线清晰可见，夹杂在从各个工作站飞起的纸张中间。纸片飞舞，朝圆环汇聚——向圆环应该在的区域汇聚，然后消失于其中。过了一会儿，一个红色的东西突然从二号摄像头下方跃入画面，接着飞进那片荒原。

婕米眨巴着眼睛，"那是？"

"灭火器。"奥拉夫说。他指着三号摄像头的屏幕，"从这边飞过去的。"

透进房门的亮光同时从所有画面中消失不见。

"B站房门关上了。"莎莎说，"我们到那儿时，那道门是关着的。"

"也许是被气压推着关上的。"麦克说。

屏幕上，灭火器在荒芜的旷野中翻滚了几下，停在传送门几码之外。麦克眉头微蹙。蚂蚁在脑海中飞快地爬过。

房间里的光线又有了变化。"警报响了。"亚瑟说，"应急系统把这判定为有害物质泄漏。"

画面继续慢速播放。又一个灭火器飞进圆环。一把椅子在工作台周围滑动，渐渐滑到斜坡底部。随后，它翻了个跟斗，跃向空中，翻滚着飞进群星闪耀的虚空。荧光灯管从屋顶掉下来，落在斜坡或平台上，砸得粉碎，碎片散入虚空。

三个屏幕上同时掠过一道白线，来自二号摄像头背后的某个位置。白线像声波一样颤动。"那是什么？"亚瑟凑近屏幕，"静电干扰吗？"

"也许是摄像头受了干扰？"婕米说，"可能是磁场的影响。"

麦克轻声一笑。

婕米看了他一眼，"怎么？"

"是厕纸。"

那道白线再次舞动起来。

"从 B 站后面的厕所飞出来的。"麦克说。他指着二号摄像头的镜头画面，白线向深空延展，"我们正在观看一百英尺长的厕纸慢动作展开。"

那条白线又弯曲、晃动了一阵。几秒钟后，白线不见了，变成太空中一根模糊的线条。更多纸片和松散的物件从屏幕上掠过，然后消失。一条缆线像黑蛇一样蜿蜒着从地板上进入圆环。

一个细微的运动吸引了麦克的目光。他聚精会神地盯着那里。"瞧。"他说。

麦克指着三号摄像头。黑暗角落里隐约有个人影，正紧紧抠着房门边的墙壁不放。

"他抓着导管。"莎莎说，"为什么不抓房门把手？这样就能直接开门出去了。"

"也许风太大。"麦克说，"他可能怕得不敢松手。"

"溺水的人也会抓住救生员不放，把他们往水里拽。"婕米说。

"差不多，没错。"

这时，工作站也动了起来，刮擦着地板，拖带着与工作站相连的各种线缆，把它们从地板上扯开，绷得越来越紧。又一把椅子被卷离地面，掠过空地，射入传送门。这把椅子在灰色的荒原上翻滚，激起漫天灰尘。

蚂蚁们蠢蠢欲动。麦克皱着眉。

奥拉夫注意到了麦克的表情，"怎么了？"

"应该不止这么远。"麦克说，"甩进去的力量这么大，椅子停下的位置应该比这远得多。"

"怎么会？"婕米问，"爆炸性减压不像科幻电影里演的那样没完没了。所以才称之为爆炸性。它只发生在一瞬间，像气球爆炸那样。"

"正常情况下是这样。"麦克赞同道，"但这不是正常情况。我们打开了一个洞，通向太空。一头是外太空，一头是这里，大气层深处。"

奥拉夫点点头，"地上的每一盎司空气都在出力，形成气压，把这些东西朝圆环里推。打比方的话，这不是一个水球炸开，而是打开了消防水带。"

三个屏幕上突然亮光乱晃。有个大家伙从上方坠下，暂时挡住了一号摄像头。它从水泥地上弹起，滑过地板，然后向上翻飞穿进圆环。它在月球的尘土中打着转儿，最后坠落在地。

"是塌下来的屋顶。"莎莎说。

三号摄像头里，尼尔在移动。他身子下蹲，紧贴地面，移向镜头。他的双脚踏入了一号摄像头的画面。

一号摄像头画面闪烁变黑，然后变白，最后失灵了。

一个液氮槽侧着从地板上滚过去，身后拖着十几英尺长、不住甩打的软管。它飞了起来，在空中翻滚着，朝圆环飞去。液氮槽太宽，无法通过圆环。它撞在墙上，在墙壁裂缝上卡了一下，滚落在地，又最后蹦跶了一下，这才在房间另一侧的地上停下。

空气打着旋儿，形成细细的一股龙卷风，消失在圆环中。绷在一台工作站上的线缆断了两股，接着又是第三股，整个工作站于是飞进了圆环。从二号摄像头可以看到，这台设备和其他许多东西都落在了灰尘漫天的月球地表，摞成乱七八糟的一堆。又一片屋顶撞向钢制斜坡，翻滚进虚空。没过多久，另一片金属屋顶切断了另一台工作站的线缆，和这些设备一起滑进圆环。最后一部分金属屋顶压根儿没落地，它在空中划过一道弧线，歪歪扭扭地甩进圆环。

二号摄像头失灵了。没有闪烁，也没有静电干扰，直接黑屏。

尼尔伸手去抓一条胡乱摆动的工作台电缆，但没抓住。他滑动了几英尺，转身抠住水泥地面。在四分之一常速的慢速播放中，他尖叫着，面部扭曲变形。

尼尔的双脚滑向斜坡尽头，滑入黑暗。仿佛黑影伸进明亮的房间，覆盖了他的双脚。尼尔竭尽全力，想把自己的脚拖离黑暗，但风太大，他只能拼命让脚卡住坡道不松开。尼尔再次尖叫起来。叫声以慢速播放了十五秒。

"他的脚在太空里。"麦克说。

镜头闪烁了一下。最后一个画面是尼尔在努力转身，想找个能抓牢的东西。接着，录像断了。

40

他们对着黑屏凝视了一会儿。婕米擦拭着面颊。莎莎闭上眼睛。

"对尼尔来说,实际情况并没有那么糟。"亚瑟取下眼镜,用领带擦干净。一滴泪水落在镜片上。"慢速播放看起来比较可怕。实际上……我认为,实际上整个过程很快。不到三十秒。"

"闭嘴。"莎莎低声说。

每个人都躲避着其他人的目光。婕米滑动鼠标,把三个显示器恢复为显示桌面。莎莎把头顶在窗玻璃上。奥拉夫盯着楼下的圆环。

蚂蚁们疯了。它们从麦克刚看过的一连串镜头中搬出数百个画面,又从麦克的记忆中搬出数百个画面。麦克对比这些图片,得出一连串结论。

然后他又一次回顾了那一连串镜头,得出了新的结论。

"那不是月球。"麦克说。

其他人扭头看向他。婕米抹掉脸上的泪水,"啊?"

"阿尔伯克基之门通向的地方,不是月球。"

"那该死的地方看起来就是月球。"莎莎说。

麦克摇摇头,"看到那种画面时,月球是我们唯一能联想到的地方——没有生命和大气层。但它的重力不对。"

亚瑟皱起眉头。"如果在月球上,"他说,"所有物体都会落到大约一百码以外。"

麦克点点头,"至少轻一点的物体会,重一点的物体也会落在比现在更远的地方。"他指着屏幕,"那是地球重力。1G。这些物体的运动有些异常,是因为少了空气阻力。"

"所以那是……哪儿?"莎莎的目光从屏幕转向圆环,"在那个宇宙中,地球只不过是太空中的一块荒凉的石头吗?"

麦克默数到三。蚂蚁替他计数,就像体育比赛中的鸣钟女郎。"不是,"他说,"呃,也差不多。"

奥拉夫皱了下眉头。

"二号摄像头快退。时间是 13:11:23。"麦克转身对婕米说。

婕米敲着键盘,"想要多快的播放速度?"

"就暂停在那里。"

屏幕上是星光闪耀的虚空,它后面是暗淡的圆环轮廓,更远处是那道灰色的地平线。红色的灭火器和椅子这时都已经落地不动。第一片屋顶正在落下,运动让图像有些模糊。它定在空中,侧倾着,看上去像一个轮子。

"可以全屏吗?"

鼠标双击过后,静止的画面充满整个显示器。麦克的手指沿着画面左边露出地面的岩石轮廓滑过,"看见没?瞧它多直。"

亚瑟眯着眼睛细看。婕米把屏幕上的画面拉近放大,仔细观察。

"没错。"莎莎说。

麦克伸出手指，描着岩石上隐约可见的几条垂直线。这些线条笔直，彼此间隔均匀。"看见这儿了吗？只能看见这一处，屋顶板条的反光刚好射在它上面。"

"你想说什么？"奥拉夫问。

"这是煤渣砖墙。"麦克说，"是主实验室大厅南墙的残余部分。而那儿——"他指着灭火器后面灰色沙地上一道淡淡的痕迹，"那是西墙。"

亚瑟推推眼镜，"你确定？"

"非常确定。"麦克轻轻敲了下脑袋，"和透过传送门看到的这边的景象完全一致。我甚至还把我脑子里保存的前几次穿越的画面叠加上去了，以确保没有弄错。"

"该死。"莎莎说。她看了眼楼下的大厅，难以置信地摇着脑袋。

"说不通啊。"奥拉夫说，"如果那是主实验室的大厅，也就是说，主实验室还有一个传送门，与 B 站的传送门相通。这就意味着，我们仍在主实验室，操纵着这边的传送门。可屏幕上面却没有我们。"

"说不定你在操作这边的传送门呢。"麦克说。

婕米朝椅背上一靠，眼睛依然盯着小屏幕，"好吧，透过传送门看到的是另一个平行世界。那么，那个世界发生了什么？"

这一次，麦克默数到四，"从屏幕上看，主实验室这边什么都没有了。没有杂草、藤蔓，没有一丝生命迹象。我们可以由此推断，在传送门开始运行到现在，这之间的某个时段，也许是去年或前年，有什么东西抹掉了这颗星球上的所有生命。这东西甚至吸光了大气层。而且，这一切发生得很快。"

"是战争吗？"婕米问，"人们总说我们的核武器足以毁灭世界一百多次。"

莎莎皱起眉头，"战争会燃尽所有空气？"

麦克耸耸肩。

"看屏幕上的情况,这里未免毁灭得太彻底了。"亚瑟说,"除非一颗核弹直接命中实验室,否则留给我们的应该不止这些。"

"别光想着实验室,眼光放远一些。"麦克说。

所有人都看向他,又瞅瞅屏幕。

"好好想想。"他伸手指向窗户和楼下的圆环,"B站发生了这么大的事,我们这里却什么也没发生。这边的这张嘴巴很正常。这就意味着,传送门只开了一边。或者,这边和B站的两道传送门通向两个不同的平行世界。"

亚瑟的嘴唇抿得紧紧的。婕米瞪大了双眼。

"也就是说,"麦克继续说道,"我们仍旧不知道传送门是如何运行的。"

"或许现在,它的运行方式已经变了。"莎莎说。

"其他一切条件都没变,它的运行方式怎么会发生变化?"亚瑟摇头说。

"你还不如问我它断电后怎么会继续开着。"莎莎说,"我他妈怎么知道?"

奥拉夫看着楼下的圆环,全身僵硬。他迈出一步,又退了回来。"天啊。"他低声喊道。

莎莎的头顶在窗玻璃上,"怎么了?"

"传送门。"奥拉夫回头看看亚瑟,又看看莎莎,然后再次将目光投向楼下大厅,"那该死的东西现在居然还开着。"

"不可能。"亚瑟说,"另一边的圆环已经毁掉了。"

所有人都来到窗前,伸长脖子张望着。婕米和亚瑟左右挪着脚步,挤着其他人,想看得更清楚些。

楼下,圆环纹丝不动地矗立着。从控制室所在的高处往下看,可以看到伸出圆环的大约两英尺步道。除此之外，还能看到第三个圆环的下半部分向上弯起，环绕着那条步道。

"该死的。"莎莎说，"这是不是说那边还有另一个 B 站？穿过圆环就是？"

婕米猛地坐回椅子，用力敲击键盘。显示器亮了，有新的影像输入。画面上显示着楼下的实验室大厅、各个工作站。还有一个监视器上显示的是从控制室窗户下面俯拍大厅的画面。最后一台监视器让大家得以透过圆环，窥见圆环之后十五英尺外的场景。

透过三个圆环。

透过这两道依旧彼此贯通的传送门，看到的是闪烁的红色警示灯照耀下的步道、坡道，以及完好无损的 B 站，连标记安全区的白线都看得清清楚楚。

"如果每组圆环都通向不同的平行世界，"亚瑟低声说，"也许从开头到现在，它们一直是这么做的。"

"说得有道理。"麦克说，"如果我们回头检查过去的录像日志，把摄像头直接拍的录像拿来和透过圆环拍摄的录像对比，不知会发现多少不同之处。你们当时可能没在意，觉得只是小误差，或者当成了拍摄时间不同造成的差异。"

"你的红头发。"奥拉夫对莎莎说。

她的眼睛眨巴了两下，蓦地瞪大。"哦，妈的。"她说。

麦克来回看着这两人，"你有一次看见莎莎是红头发？"

奥拉夫点点头，"大约六个月前的事。当时我们刚把上方的灯换了，在做随机物理测试。我在 B 站，她在这边。她的头发看上去是深红色。我记得还在抛球的时候跟她说，灯光让她的头发变成了红色。她还笑来着，完全没当回事。"

"可我完全记不得有这件事了。"莎莎说，"也不记得他说的话，什么都不记得。后来我们还当面聊过头发的事，我以为他是心不在焉，心里想着别的事，顺嘴说出来了。"

"而我以为是你心不在焉。"奥拉夫说。

"这种事儿很可能还有很多，"麦克说，"只是差异太小，大家没注意到。"

"那么，"莎莎说，"现在怎么办？穿越过去向我们自己问好吗？"

"我们得关掉这东西。"麦克说，"如果它随机通向某个未知的平行世界，那继续研究会很危险。说不定它会再次通向那个没有空气的世界，或者更糟的地方。"

"也许不会呢。"奥拉夫说，"它运行了三年，这是头一次发生这种事。我觉得概率很低。"

"三年里运行的时间加起来不到十一个小时。"麦克说，他的蚂蚁们刚合计了几百份报告里记录的时间，"这样看来概率可不低。"

大家面面相觑，又看着亚瑟，然后依次将目光转向麦克。先是婕米，然后是莎莎，接着是亚瑟本人。最后是奥拉夫。

"好吧。"亚瑟撑着手杖说，"你有什么建议？"

麦克默数到五，让蚂蚁搬运出不同的画面、声音和预测。"B站的圆环损毁后，那边的传送门就关闭了。"他说，"我们应该试试这个办法。"

"可我们其实并不知道它为什么关闭，"奥拉夫说，"也不知道这边的门为什么还开着。"

"我不关心为什么。"麦克说，"我只想关了这东西，以免再有人死掉或受伤。"

莎莎清了清喉咙，两根手指轻轻敲了敲窗户，"要是我们把它拆了呢？"

亚瑟眨巴着眼睛，"什么？"

"既然没办法关掉它，"莎莎重复道，"那就把它拆掉好了。"

"能做到吗？"麦克问。

"所有部件制作好以后，实际施工才花了两个月。拆掉圆环最多只要一两天。"她指着楼下的圆环，"嘿，我们可以把它拆成大块的部件，然后一次一大块，把它们从大厅拖出去。再在走廊把它们彻底拆散，或者在这里也行。"

"要是那样反而让它变得更大了呢？"奥拉夫问，"我是说这个……不稳定区域。目前我们还能基本确定传送门位于圆环附近，但如果我们把圆环的部件四处分散……那会怎样？"

"如果真是那样，"亚瑟说，"我们应该可以反其道而行之，重新把所有部件聚集起来，缩小不稳定区域。但我认为莎莎说得对。就目前的情况来看，卸掉圆环似乎是瓦解这个时空折叠区域的最好办法。"

"我们该怎么办？"婕米问，"毕竟靠近圆环会有危险。"

"只能冒这个险了。"麦克看着亚瑟，老人点头同意，让麦克松了口气。"动作尽量快些。进去之前作好计划，盯着一个具体目标，完成后立刻出来。"

"我们应该再看一遍设计说明，"亚瑟对莎莎说，"制定出最快的拆卸方法。"

莎莎的目光转向大厅里的圆环，她深吸一口气。"好。"她说，"这个我能做。"

麦克再次看向窗外。下面的地板上，蟑螂成群结队，来回爬行。"你觉得需要多少时间？"

莎莎和亚瑟对视一眼，然后看了看奥拉夫。"几个小时。"亚瑟说，"我们设计它的时候没考虑到要快速拆卸，可能会有一些麻烦。"他用手杖敲了两下地板，"我不太适合干体力活，但我们可以想点办法，让你们四个人的进展快些。"

"五个人。"婕米说，"叫上安妮。"

"她无权进入……"亚瑟摇摇头，"对不起，习惯了。不过，我们不该要求她做这件事。她的工作不包括冒这样的风险。"

"说实话，我们的工作也不包括这个。"莎莎说。

41

"所有工具都带齐了吗？"亚瑟问。

"带齐了。"奥拉夫不耐烦地回答，"你问第三遍了。我们带齐了。"

要带的东西不多。拆掉圆环竟然只需要这么少的工具，让麦克有点惊讶。莎莎给每个人配备了几把扳手和螺丝刀，仅此而已。

亚瑟和婕米跟安妮解释了实验室发生的事，以及他们需要做什么，安妮还没听完就提出要帮忙。亚瑟和婕米全部解释完之后，安妮也没改变主意。她穿着高跟鞋和裙子，但抽屉里竟然有一双跑鞋。她学婕米把头发捆在脑后。她的裙子没有口袋，莎莎在她腰上系了个工具带。

亚瑟在控制室里俯视楼下。五个人站在门边，头顶红光闪烁。"都准备好了吗？"麦克问。

大家点点头。"先去右边。"莎莎说。她的衬衫图案是一群身穿星际舰队制服的丧尸,上书"红尸走肉"^① 几个大字。"我们从六号位、七号位和八号位的螺钉开始。六号位的螺钉交给我。你们四个搞定其他的,不要去通道。这样先把外壳部分拆下来,然后我们再弄线圈。"

"我们需要……我不知道那叫什么。"婕米说,"我是说,需要安全词^② 吗?"

安妮大笑起来。连奥拉夫也露出坏笑,"什么词?"

婕米微微一笑,"别想歪了,你们这些混账。我说的是某种代号,用于……"她看了一眼麦克,"好证明我们的身份。"

"我认为,如果真出了事,"麦克说,"要么迹象很明显,要么无关紧要。反正影响不到我们要做的事。"

"安全词是伊希斯。"莎莎说,"行吗?"

婕米点点头。

奥拉夫从读卡机上扯下手工制作的"危险"标记,对着面盘一挥他的 ID 卡。磁铁咔嗒作响,门锁"砰"地弹开。他们拉开门,听见门的活塞发出嘶嘶声。

大厅里唯一的声响是旋转的警报灯发出的低鸣。蚂蚁快速搬运出一幅幅画面,与眼前的房间作对比。麦克没发现有什么变化。

"我看这里没什么异样。"安妮说。她紧跟在麦克身后。

"我也这么觉得。"麦克说。

莎莎挥手让他们进去。他们绕过一个工具柜,进入大厅。婕米听见脚下咔嚓一声,低头抬脚一看,原来踩着了一只蟑螂,那家伙拖着半截身躯,仍在继续爬行。

"但愿没有人害怕蟑螂。"麦克说。

蟑螂布满了整个大厅。几百只蟑螂来回穿梭。它们从工作台、工

---

①The Walking Red。是对美剧《行尸走肉》(The Walking Dead)的戏仿。
②性游戏术语。

具柜和大型电阻器下方爬出来，有些已经爬上了斜坡道和平台。灯光明暗不定，它们也随之变色。

"该死的蟑螂。"莎莎说，"就算咱们这个宇宙被打穿了一个洞，它们照样能活下来。"

安妮扬起一边眉毛。

"应该庆幸它们不是食肉动物，"婕米说，"比如丧尸蟑螂。"

"提出丧尸蟑螂这种概念，让它从此存在于宇宙中——真是多谢你了。"麦克说。

"存在于多重宇宙中。"奥拉夫说。

"太棒了。"

一只蟑螂在麦克和安妮跟前停下，朝他们舞动触须。触须末梢好像在发光，就像光纤线。然后它快速逃离了。

他们绕过一群群蟑螂，慢慢向圆环前进。麦克仔细看着前方，寻找气流扰动的迹象。但什么也没有。

但他心里仍然有种无法摆脱的感觉：圆环正等着他们靠近。

圆环赫然耸立在平台上，就在莎莎的头顶。它们从未显得如此巨大。莎莎想起他们把它叫作"嘴巴"，而她现在就站在这个大张着的钢铁巨口之下。

莎莎一只脚踩上坡道，然后停下。麦克提议由自己去卸下高处的螺丝钉，但莎莎作为实验室仅剩的一名工程师，坚持要亲自上阵。她默数到三，祈祷自己不会遭到鲍勃那样的下场，然后快速爬上平台。

莎莎原地停留了几秒钟，感受着静电在肌肤上跳舞。她紧盯着传送门另一头的房间，那是另一个 B 站，闪烁着警报灯光，映在她眼中。"你们想过没有，"她低头看着其他人，"尼尔也许还活着，这会儿就在那边？"

"别分心。"奥拉夫说。

"他真的可能还活着。"

"可能活着,也可能死了。"麦克说,"无所谓,反正他不会再是我们的尼尔。"

"我觉得我们当中没有谁还是'我们'的人。"婕米说。

莎莎从圆环对面收回目光。"好吧,"她说,"那就这样吧。"她用扳手夹住六角螺帽,从上往下,每个螺帽拧四到六次。扳手转动的声音总让她联想起过年玩的玩具笛子发出的声音,总是这样,就连儿时和老爸一起捣鼓汽车时,也会产生这样的联想。那时老爸总会递给她一个小扳手,让她在空中假装拧螺帽玩。

"这是我的记忆,"她心想,"全是我的记忆。所以,我还是我。"

莎莎用手指最后转动一圈,取下螺帽,然后拿起厚厚的垫圈,和螺帽一起扔进口袋。他们应该再也不会把圆环重新装配起来了,但老习惯改不掉。

莎莎向下看了一眼。麦克和婕米已经卸了差不多七个螺帽。奥拉夫卸了八个,其中一个很难拧下来,连最后一圈都没法用手拧动。安妮则用扳手帮忙固定住另一侧的螺圈。

B 站那边,太阳从厚云层移向薄云层,微弱的阳光照亮了房间。莎莎眨了眨眼,有那么一瞬间,她还以为有人拉开了那边的百叶窗,因为她看见了 B 站建筑背后的沙地和灌木丛。B 站背后的灌木本来就不多,她看到的这几株都已经枯萎了。B 站建筑背后的一切好像全都已经死去很多年了。

接着她想起来了:B 站并没有窗户,更别说这种能让外面的人看见里面圆环的全景窗户。她突然意识到,她看到的景象是真实的 B 站,那座满目疮痍的废墟。但她马上又想起了一件事:B 站的圆环已经停止运行,她看到的不可能是它,而是另一个世界;在那个世界,B 站的建筑被毁掉了,但圆环却保留下来,仍然矗立在那里。

破碎的墙后面有东西动了一下。它裹着件烂斗篷,体型高瘦。粗陋的斗篷下闪过一双眼睛。

莎莎看见了这一切,只在一呼一吸间。

她眨了眨眼,再次睁开双眼,视野里又变成了 B 站——完好无损的 B 站。她低头看了看,安妮正盯着圆环,目瞪口呆。"你看见了吗?"莎莎问。

安妮皱起眉。她抬起头,又低下,似乎不打算说话,也不打算转移目光。她死死地瞪着传送门对面,好像想用意志让刚才那个废墟世界重现似的。

莎莎快速看向螺钉,眨了下眼。里层的螺母还在。她刚才还觉得这颗螺钉太过轻易就被拧下呢。一定是她太紧张了,扳手一直在空拧,而她竟然没有注意到。

真是这样吗?在另一面和这颗螺钉配对的螺圈已经不见了。难道她无意识中拔下了那个螺圈吗?她觉得自己应该没有卸完两颗呀。然而,她拍了拍大腿,摸到了另一颗螺钉。

她把扳手安在螺钉上,检查了一下,确认螺钉牢固,然后拧动手柄。扳手咔嗒咔嗒响,她一边拧一边向外拉,拔下螺钉。她用拇指、食指和中指抓住螺帽,沿着螺纹拧下来,塞进口袋。

螺帽滑进口袋,和另一颗螺帽碰在一起,发出咚的一声。似乎太沉,有点不对劲。她掏出口袋里的所有东西看了看。

三颗沉重的六角螺帽,而她只卸了两颗。她看着那颗她刚卸下的螺钉。她原以为那是自己之前卸下的。

那颗螺钉上套着个银色螺帽,底下有个垫圈。

空气似乎刺痛了她的皮肤,她的心脏在狂跳,她清晰地感受到了脉搏的撞击,颈背上汗毛直立。

婕米重新把扳手套在螺帽上,扳动手柄,感到螺帽渐渐松动。扳手一圈圈转动，螺钉沿着螺纹慢慢转了下来，她手指一用力，将螺钉拔了下来。垫圈也被带了起来，挂在螺纹上晃动着。

才拆下的螺钉所在的位置上，是另一颗螺钉，另一片垫圈。她看了看背面，螺帽上得紧紧的。

"怎么弄了这么久？"大家都被亚瑟突如其来的喊声吓了一跳。莎莎抬头看控制室一眼。

在她左下方，婕米咳了一声。"不知道你们那边情况如何，"她说，"但我遇到了点问题。"

莎莎低头看了眼下面。"妈的。"她说，"看来我们遇上大麻烦了。"

婕米抬头，和莎莎目光相遇，"怎么了？"

"你的头发，"莎莎说，"颜色变了。"

奥拉夫看向婕米，眉头微蹙。婕米抓起一束头发拉到面前，眯起眼睛看着，"变了吗？"

"是的。"莎莎说。

"没有啊。"安妮说，"没变。"

"变了，成了浅金色。"

"我的头发一直都是这个颜色。"婕米说，"一直都是。"

莎莎摇摇头。"你刚被换了个人。"她看着麦克，"你告诉她。"

麦克的嘴抿成了一条线。"婕米没变。"他说。

"她变了。"莎莎停下来，看着麦克身后。大厅的警报灯还在旋转，但灯光的颜色变了。不是深橘琥珀色，而是和消防车一样的红色。

莎莎再次看向婕米。"安全词。"她说，"是史波克，你猫的名字，对吧？"

婕米没有回答。麦克和奥拉夫也没回答。安妮直愣愣地瞪着她。

"噢，操。"莎莎说。

42

大家看着莎莎，她的头发上有一束亮白色。痦子发绺，麦克听年轻人这么叫过。这束白发从她的左眼上方向后延伸至后脑勺。

莎莎扭头看着他们。她双目圆睁，但呼吸依然平稳。她依次端详每一张脸。

麦克让她缓了一会儿，"你还好吗？"

她盯着麦克。"嗯，"她说，"嗯，还好。"

"虽然这么说会显得有些缺乏人情味，"奥拉夫看了看其他人，"但我认为，这是个警告：此地不宜久留。"他指着螺钉，"这事谁有进展吗？我能卸下螺钉，但新的螺钉马上就出现在它们下面。"

"我这边也是。"婕米说。

安妮点点头，她的目光再次转向圆环内部。

"我已经卸下三颗了。"莎莎一边说，一边检查手中的零件。

"我认为圆环在相互渗透，"麦克说，"在重叠。我们正在卸掉所有平行世界中每座传送门的螺钉。"

头顶上方传来亚瑟的声音:"也就是说,传送门我们拆不了?"

"这样或许拆不了。"莎莎说,"我们可以试试背面。也许只是局部影响。"

她穿过平台来到圆环背面,其他人绕开坡道走了过来。莎莎用扳手夹着螺母,在十一点钟方向着力,她前后撬动扳手,扳手咔嗒作响。这颗螺帽也很紧,必须用扳手从头拧到尾。螺帽一寸一寸地移到螺钉末端,莎莎摇了一下螺帽,把它拆了下来。

"该死的。"她说。

垫圈下面是另一个六角螺母。

"还是这样?"

莎莎望向控制台,点点头。

"还能怎么办?"麦克问,"有别的办法能把圆环移走吗?"

莎莎摇摇头,"我们得弄断圆环。"

"那样做安全吗?"安妮问。

"应该安全。"莎莎用扳手敲着灰白色的圆环外壳,"这些起不到多大防护作用,没用高标号材料。"

婕米环顾四周,"就不能断开电缆,拔掉保险丝吗?这些都不行吗?"

"这些几天前就做过了,传送门无法关闭的时候。"莎莎说,"到现在,只有跟电脑的连接线还连着。"

"如果断掉电脑连接线,我们就没法监控传送门了,除非一直盯着它。"

"监控也没用。"婕米说,"所有读数都显示为零,已经好几天了。"

麦克张望着房间四处,又环顾设备四周。婕米顺着他的目光看去,"怎么了?"

"蟑螂不见了。"

大家朝四周看了看。那些虫子消失得无影无踪。地板上全空了。

"一定是被我们吓跑了。"奥拉夫说，"接下来该怎么办？"

麦克再次看向空空的地板，然后抬头望着控制室。"如果你想不出别的办法，"他对亚瑟说，"我认为我们应该离开这儿。我们不该站在离传送门这么近的地方。"

"好的。我们应该——小心！"

麦克的余光瞥见有东西在动。速度很快，给人一种张牙舞爪的感觉。婕米和莎莎扭头看去。奥拉夫和安妮向后跳了一大步。

它凭空出现，从……

从传送门里跃了出来。

它落在婕米身旁的地板上，发出的声音仿佛一连串细碎的断裂声，就像烘焙师掰断了一把意大利面。

麦克转过头，看见那家伙直起身子。它体型高瘦，穿着一块既像长袍又像斗篷的褐色皮衣。它的肩膀一边高一边矮，这种身体姿态很像驼背，只是它并不驼。它双手握着一根长矛。麦克大脑中的蚂蚁们迅速搬出一连串图片，把这支长矛与标枪或鱼叉作对比。麦克挥开这些对比——现在不是时候。这东西的双手泛着光泽，呈灰白色，让麦克联想起了蚝壳。

它光着脚，脚上也是湿漉漉的灰色皮肤。脚趾甲很厚，颜色暗淡，趾甲前端裂得参差不齐，在红色灯光下显得十分可怖。趾甲向脚趾卷曲，像爪子或蹄。

麦克看着它。它用手指着麦克，猛地呼出一口气，气息不匀，像肺积水患者的呼吸声，或者苟延残喘的怒兽发出的濒死喉音。黑色蚂蚁播放出一连串声音片段作对比，相似度最高的那一段来自电影《铁血战士》。

　　等等,如果它双手握着长矛,又怎么用手指着麦克?

　　那家伙挥起手臂。随着一记棒球棍击中肉体的响声,婕米被打飞了。这一下动作让它的头罩移到脑后,破烂的布条滑落到肩上。

　　多次咖啡厅斗殴和走廊的打斗磨砺了麦克的本能,所以他一看见那只手臂挥向婕米,就立刻向前冲去。

　　这生物的头罩一掉下来,蚂蚁们就带着图片一涌而出,不顾一切地想找到能形成怪物面部特征的自然条件,解释那种畸变的原因。和那张脸的形象最接近的就是长着獠牙、眼睛呆滞的某些深海鱼类,但相似度也并不高。

　　这家伙有三只眼睛。最大的一只好像没有眼睑,鼓在脸的一侧。另外两只眼睛一上一下,又小又黑,像蜘蛛的眼睛。它的鼻子在泥土色的皮肤上呈现为两道裂缝。

　　麦克风里传出亚瑟的惊叫声。莎莎尖叫一声"该死"。安妮呆立不动,盯着怪物。奥拉夫同样吓呆了。怪物一抡长矛,矛杆啪的一声打在物理学家脸上,打得他脚步不稳,踉踉跄跄。

　　怪物看见麦克朝自己冲来,发出一连串嘟嘟声,像溺水的人嘴里冒出的气泡。斗篷下的双腿开始移动,双脚在地板上踩得噼啪响。它张开臂膀,身体右侧的两条胳膊伸缩不停,亮出利爪一样的指甲。

　　麦克瞪着多出来的胳膊,惊呆了。

　　怪物猛地朝他冲来。

　　莎莎抢起椅子,在空中划出一道长弧。在安妮的尖叫声中,金属椅脚砸在怪物的头上。它往后趔趄了几步,长矛咔嗒一声落在地上。撞击力震脱了莎莎手中的椅子,让它摔落在地板上。

　　怪物在地上打了个滚,伸出两条手臂一撑,双脚在斗篷底下移动。它高仰着头,脊柱蜷曲,像马戏团的柔术演员。它手脚着地,急促地朝莎莎移了三步,一挺身直立起来。

安妮呆若木鸡，死死盯着怪物。

"嘿。"麦克大叫，挥舞手臂，"这里！"

怪物用鼓胀凸出的那只眼瞥向他。另外两只眼仍然盯着莎莎。它再次咆哮，音量逐渐升高，最后变成怒吼，响彻整个大厅。

它奔向莎莎。

麦克朝他冲去。

怪物一只手劈向莎莎。莎莎向后一跳，伸臂格挡，手臂上立即出现了四条红色的血印。怪物接着一反手扇在莎莎的嘴上，打得莎莎趴倒在地。

麦克猛地撞向怪物，感觉就像撞在了一个稻草人身上。怪物歪着身子踉跄倒地，它的脸埋进斗篷，浑身散发着沙子、皮革和汗水的味道。

它咬牙切齿地转过头，怒视麦克。它的一只手肘猛地弯向肋骨，紧接着，另一只手肘也做出了同样的动作。怪物身下的斗篷猛烈摆动。麦克用手支起身子，一拳挥向正在转身的怪物。拳头击中了怪物的牙齿，他能感到手指的皮肤被齿尖撕裂。

怪物的一只手臂向后一扭——它的手臂怎么可以扭到这个角度——抓住麦克的腰，随即转身直面麦克。他们贴得如此之近，麦克闻到了它呼吸中的臭味，看见了它眼珠上的反光和皮肤上的细小鳞片。

麦克的另一只手用力挥拳，却被怪物捉住。它的指甲刺进麦克的肉里。与此同时，第三只手猛地伸出，抓住麦克的后脑勺，长长的手指插进麦克的头发里。它张大的嘴里露出两排牙齿，像捕熊的兽夹。

婕米抓起灭火器，用力砸向怪物的手肘。怪物手臂里的某块骨头咔的一声断了。它发出一声哀号。

怪物把麦克扔到一边，再次手脚着地，蜷曲身子。它那只受伤的手搭在较高一侧的肩上，朝婕米发出一声怒吼。

婕米把灭火器向后举起，准备再来一击。可就在这时，僵立不动的安妮突然崩溃了。那姑娘拉住婕米的胳膊，语无伦次地发出几个音节，像溺水的泳者拽住救生员一样，死死抓住婕米不放。

怪物瞪着这两个女人，接着四肢着地冲了上来。就在这时，婕米成功甩开了安妮。她抢起灭火器，朝着怪兽砸去。

但对方向后半蹲闪身，红色的圆筒只轻轻擦到了它的身子。惯性使婕米向前踉跄了几步，她努力想抓稳灭火器，但那东西还是从手里滑了出去。现在，她和安妮手无寸铁，站在怪物面前。

怪物的头在婕米和安妮之间来回转动，然后挥出一只拳头，打向安妮的胸部。指关节正中胸骨，安妮向后飞出。怪物看着她摔在地板上，转而扑向婕米。

一把扳手击中它的肩胛骨，哐当一声落在地板上。怪物一转身，正碰上麦克举起显示器，砸向它的脸。液晶显示屏碎了，怪物的牙齿也碎了不少。塑料和碎齿哗啦啦落在地板上。

安妮又尖叫起来。

麦克举着显示器，然而怪物挥动手臂，拍落了这件临时武器，同时猛踢他的肚子。麦克这辈子从没挨过这样的重击。被击中的一瞬间，他感到锯齿状的趾甲撕裂了身上的皮肉。他捂着肚子摔倒在地，下腹部一阵湿热。腹部外伤应该是种挺可怕的死法。

怪物又咆哮起来，刺耳的声音在室内回荡。

一声巨响淹没了怪物的声音。第二声。第三声。第二枪让怪物一阵抽搐。第三声枪响时，它发出刺耳的尖叫声。

亚瑟双手紧握手枪，一拐一拐地向前移动。黑色枪管不是圆形，而是方形。他又用力扣了两次扳机。一颗子弹穿过怪物的斗篷，在钢制坡道上擦出火花。另一颗子弹击中怪物，它又抽搐了一下。怪物掉头朝亚瑟猛冲,速度快得可怕。亚瑟射击、射击、再射击。

怪物扑向亚瑟,吓得亚瑟向后一缩。但它已经没什么力气了,捆向亚瑟的爪子落在了他身前的地板上。亚瑟再次单眼瞄准、开枪。这个距离不可能打不中。斗篷扭动了一下,手枪的套筒猛地滑向枪身后方,停在那里不动了。

怪物发出低沉的、汩汩的呻吟,嘶吼转为喘息。终于,它不再动弹,爪子无力地滑落。

亚瑟注视着这家伙。过了一会儿,他看了看手枪,然后向左蹒跚了两步,呕吐起来。

43

麦克扭头寻找婕米。她蜷缩在斜坡道附近，手臂抱头，像一个球。不远处的安妮尖叫、大哭，在地板上滚来滚去，但似乎没受伤。奥拉夫坐在传送门的基座附近，小心翼翼地摸着脸颊。莎莎趴在对面的墙角。

麦克用手指探着腹部。伤口流了许多血，但看起来应该不严重。他爬着站起来，血啪嗒啪嗒滴在地板上。他加大力度用手指按着腹部，默数到五。内脏疼痛难忍，但还在原位。

亚瑟又吐了。这次呕得更厉害，嘴唇上吊着一条细细的口水线。他摇摇晃晃地去拿刚才扔在地上的手杖。

婕米抬起头，目光落在被斗篷覆盖的躯体上，"它死了吗？"

麦克蹒跚走向婕米，一只手臂捂着腹部，"但愿吧。"

"你在流血。"

"莎莎应该比我伤得更重。亚瑟！"麦克对他挥手，指向莎莎。

婕米用一只手臂揽着麦克,扶着他移向莎莎。他们绕过摔在地上的椅子,眼睛始终盯着那头怪物。它没动。麦克看到怪物身旁的地板上有反光,好像是血。

安妮的尖叫声渐渐减弱,变成抽泣。她死死地盯着地板上那团死掉的东西,瑟瑟发抖。她目光呆滞,喃喃地自言自语。

婕米和麦克与亚瑟同时到达莎莎身边。见麦克能自己站稳,婕米松开手臂,前去查看安妮。

莎莎发出一声呻吟,腿动了动,突然大叫一声,跳了起来。

"没事了。"麦克说。她的前臂被血浸透,至少有两道伤口深得能看见肌肉组织。

她环顾周围,"那家伙呢?"

麦克指了指,"被亚瑟杀了。"

"什么?"莎莎盯着老人的枪,"你他妈从哪儿弄来的?"

"从我办公桌的抽屉里。"亚瑟说。

麦克看了看这支武器。套筒卡着没回位,他知道这表明子弹已经用完。蚂蚁搬运出一连串影视剧里的画面,有一小段是《美国警官》中汤米·李·琼斯向小罗伯特·唐尼解释枪支的妙处。"你在办公桌里放了把格洛克?"

"没错。我毕竟是国防部高级机密项目的负责人。"他看了看那具尸体,"谁看见它是从哪里冒出来的?"

"从传送门里。"奥拉夫说。他脸上伤口的血已经流到了胸前。嘴巴边上是块巨大的瘀青。

婕米摇摇头。"当时我们都在。"她说,"没有东西从门里出来。"

"我想奥拉夫说得对。"麦克说,"它是从圆环里出来的。"

"那会儿我看见圆环里有东西。"莎莎说,"我觉得我看见了它。它也看见了我。"

麦克戳了戳她的手臂，她大叫一声。"对不起。"

莎莎弯曲手掌，面部抽搐了一下。她的脸上红一块紫一块，"我会死吗？"

"你需要缝几针。"麦克说，"但不是很严重。"他看向亚瑟，"你的医生信得过吗？"

"这话怎么说？"

"他能不多嘴吗？这是袭击事件，我怕他向警察汇报。"

"报警怎么了？"

麦克用下巴向尸体示意了一下，"你想向警察解释它是怎么回事吗？我们还得说明它是怎么被干掉的。"

亚瑟看着手里的枪。"我懂了。"他弯腰把武器放在地板，"我和大卫相识多年。我相信他会保守秘密。"

"那我们立刻送她去。"

"对，"莎莎说，"我们一起去。"这会儿她脸上的瘀青全变紫了。大家扶着她站起来，她的面部抽动了几下。亚瑟无意中碰到了她的手臂，她好不容易才忍住没大叫。

"你也一起去。"麦克对奥拉夫说。

"我没事。"

"可你在流血。"婕米说。

"只是皮外伤。"奥拉夫说，"我没事。"

"你脑袋上挨的那下，力道足以让人飞出十英尺远。"麦克说，"至少要检查一下有没有脑震荡。或者照个 X 光，以策万全。"

婕米和安妮慢慢走过来。这位前台招待总算平静下来了，她双臂交叉，抱着自己。婕米看了看麦克鲜血淋漓的衬衫和手，"你怎么样？"

"我还好。没有看起来那么严重。"

"它也许带了传染病。"奥拉夫说。

"真他妈是个令人愉快的想法。"莎莎低声抱怨。

麦克瞥了眼工作台旁边的急救箱。他知道自从鲍勃发生意外后，这个急救箱还没有得到过补充。他的大脑里飞速闪过这栋楼里的画面，找到了另外三个急救箱。

"你能帮我把急救箱拿来吗？"他问婕米，"厨房里比较大的那个。我先把能用的双氧水和消毒膏都给自己涂上，缠上绷带，然后再吃点你们喂给莎莎的抗生素。"

"你不敢去看医生？"

"不是。我怕如果把这东西单独留在这里，我们回来的时候会发现它不见了。"

"我非常肯定它已经死了。"亚瑟说。

麦克瞪了亚瑟一眼，"你知道它是什么东西吗？"

"当然不知道。"

"那么，也许我们不应该轻易假设它已经死了。"

亚瑟点点头，"你是对的。"

安妮强忍抽泣，死死地盯着怪物。

"谁去拿那该死的急救箱？快点，我们好上路。"莎莎嚷了起来。

婕米拉着安妮进了办公室，几分钟后独自返回，手里拿着那个红色的帆布箱。亚瑟、莎莎和奥拉夫早已候在大门口。见她回来，几人马上出门而去，门在他们身后重重地关上。

麦克把手从肚子上移开。他的手上血淋淋的，但伤口已经止血了。他解开衬衫上第一颗纽扣，"安妮呢？"

"我让她待在厨房，那儿有咖啡和艾德维尔止痛药。"

"她没事吧？"

"可能有几处瘀伤。没有明显伤痕。"婕米蜷缩在离怪物几英尺远的地方，"你真觉得它可能还活着？"

"有可能。"麦克从纽扣洞里挤出最后一颗纽扣。衬衫的一边敞开，另一边还贴在身子上。

"亚瑟朝它开了几枪。"

"九枪，只有五枪射中。"

"你知道，这么做可能会很痛。"

"就让我感受一下吧。"麦克咬紧牙关，扒下衬衫。

婕米摆正椅子，把急救箱放在上面，打开。这个急救箱是为地震准备的超大装备。她拿出酒精棉和一盒纱布。

"会有点刺痛。"婕米说。

"我知道。"

婕米用半打酒精棉清理掉血渍。麦克的脸疼得直抽搐。酒精棉扔在地板上堆成一小堆。"看上去不太严重。"婕米说。麦克的腹部划开了三道深沟，还有一条长长的划痕。伤口很深，流了不少血。"看样子，只有最深的那道透过了皮肤。"

"真走运。"麦克又看了眼怪物的尸体，"蟑螂又回来了。"

虫子从设备下面爬出，在地板上形成一个个小群，触须来回晃动。有两三只蟑螂爬上怪物的尸体，又匆匆逃离。

"看来它们也不喜欢它。"麦克说。

"不怪它们。"婕米撕开一袋软胶囊，倒进嘴里，干吞下肚。

"它们也多了一条腿。"

"啊？"

"这些蟑螂的右侧全都多了一条腿，跟那东西一样。"麦克朝那具尸体点了点头。

"是吗？"婕米拧着棕色瓶子的瓶盖，撕下封条。

"你没发现？"

婕米看了看虫子和尸体，"没工夫盯着它看。向后仰。"

麦克双手撑着桌面，婕米把双氧水倒在他腹部。伤口发出嘶嘶声。麦克疼得倒吸一口气，手猛捶桌子。

"痛吗？"

"废话。"

婕米又倒了点双氧水，冲洗麦克的伤口，"快好了。"

"好。我的裤子全湿了。"

"你死不了。"

"身体其他部分也有点异样。"

"那是我在抚摸你。"

"哦。"

婕米拧开黄色软管的盖子，把止痛膏挤在伤口上。麦克伸手想涂散药膏，却被她推开。婕米一次性扯开两包纱布，压在伤口上，让麦克按着。她在药箱里找到绷带，在麦克的腹部缠了四圈。

"我看差不多了。"麦克说。

"你确定？"

"你怎么样？那东西对你下手也不轻。"

婕米抬起手，摸了摸耳朵后面，"这里有个包，肋骨有点痛。死不了。"

"确定没事？"

"我没挨多少打。倒大霉的是你们。"婕米指着怪物的尸体，"那……现在怎么办？"

"我们应该把它锁起来。"麦克说，"要不然，清空一个危险物料储存柜出来？"

婕米看向麦克身后，"最近的储存柜在那边。我们没法一边看着尸体一边清空柜子。"

"要不先把它捆起来？"

"这里是高能物理实验室。没那么多绳子。"

麦克打了个哆嗦。

"你还好吗？"

"有点冷。"

"是吗？"

"失血，湿裤子，没穿衬衫。没错，我冷。"

"那么，"婕米说，"我们不能把它像这样扔在这儿。又不能把它关起来，"她看了眼圆环，"我们也不能待在这儿。"

麦克点点头，"所以，我们要确定它已经死了。"

婕米在工具箱里找到两个大扳手。每个只有一尺长，但都是钢制的，又硬又沉。工具箱里还有几把万能刀，但刀片太短，派不上用场。

他们朝尸体靠近。血呈暗红色。许多蟑螂围在怪物周围，但所有蟑螂都离它至少几英寸，稍微靠近些的话就慌忙逃开。

麦克看着怪物的后脑勺，上面只稀稀拉拉长着一圈灰黑色毛发。毛发较多的地方结成了发绺，其他地方或者秃着，或者只有一小撮毛。

它的斗篷是被太阳晒褪色的粗糙皮革。皮子甚至没制过，只是折软了的旧兽皮，上面还残留着一簇簇粗硬纠结的兽毛。整块斗篷被某种粗线缝在一起，麦克觉得那是晒干了的兽筋。他知道美洲原住民会把肌腱做成线或者弓弦。

"我觉得这是个好兆头。"他用扳手指着尸体周围的蟑螂。

"它们要吃掉它？"

"不知道。但怪物出现之前，蟑螂一直在聚在这里。现在它们又回来了。我觉得它们知道这东西已经死了。"

"意思是我们什么都不用做了吗？"

麦克摇摇头，"我们得确定一下。"

婕米看着斗篷里伸出的两条右肢。一只掌心向上，一只掌心向下。两根长长的手指蜷在左手下面。"你想给它把脉还是怎么？"

"我想是吧。第一步应该是把脉。"

"真希望我还留着那个灭火器。"

"你想去拿吗？"

"不想。"

"真的？"

"相信我好了。"婕米说，"它一动我就用扳手砸它的头。"

麦克伸出手，越过血泊，摸到怪物的左腰。他绷着身子，尽量不去在意绷带下火辣的刺痛感。

怪物的皮肤看起来像湿黏土，但能感觉到无数细小的鳞片从他指尖下滑过。尸体没动。他举起怪物的一只手，弯曲的手指松开了，吓得婕米动了一下，衣料发出簌簌声。麦克的手指搭在怪物的手腕上，默数到十。什么都没有。没有脉搏，没有律动，没有颤动。怪物的两根长指甲上凝着血珠，溅落到地板上。

"怎么样？"婕米问？

麦克默数到十，还是没有脉搏。"我要把它翻个个儿。"他说。

"为什么？"

"好看得仔细点。"

"你受伤了。"婕米说，"还是我来翻。"

"就是因为我受伤了。"麦克说，"所以，如果它突然跳起来抓住我，我希望有个身强力壮的人用力砸它的脑袋。"

婕米勉强挤出一个微笑。

麦克想了想怎么翻动这具尸体。最简单的办法应该是先把它的单只手臂紧贴身侧放好，再从另一侧朝这一侧翻动。他把扳手插回牛仔裤后兜，手贴着斗篷伸到尸体下方，摸到手肘，然后用力一推。这东西的关节比他预想的更灵活。斗篷跟着尸体卷起，折在手臂下方，还有一部分被血液黏在地板上。

麦克动了动脚，站开了些，推了推那条手臂，让它紧贴着身体。尸体的手指从血泊中拖出，在地板上画出一条条小径，小径很快便被血液淹没。

斗篷散开了。

麦克低头一看，尖叫起来。他连连倒退，撞在婕米身上，腹部的疼痛感从针刺变成了刀绞。婕米发出一阵含混的叫声，伸手捂住嘴巴。

大群蚂蚁蜂拥而来，带来数以百计的事实和图像，供他对比。但有一件事仍旧顽固地占据着他的注意力，一件跟美洲原住民有关的事，他们的狩猎信条：

猎物的任何部分都不能浪费。

44

斗篷兽皮上的那双眼睛边缘被撕裂了，不知道是因为使用已久，还是因为剥皮手法太过粗暴。嘴巴和鼻孔虽然被拉扁了，但依然清晰可见。麦克甚至能看见那张人脸上的毛孔和胡须。

婕米捂着嘴，发出一声哀号。她后退了一步。"这怪物到底是他妈的什么东西？"她嘘出一口气。

麦克直起身，绕尸体走了几步。血泊仍在向外蔓延。他不愿待在怪物长着两只手臂那一侧，但他现在更加确信怪物已经死了。不过他也知道，在大部分惊悚片中，当某个人确信如此的那一刻，怪兽往往会突然跳起来，杀死那个人。

他看了看婕米，"准备好了吗？"

婕米再次握紧扳手，抿着嘴，点点头。

麦克蹲下身去抓斗篷。手指触到斗篷的瞬间，他打了个战栗。他尽量把斗篷当成一堆普通的兽皮。隔着皮料，他摸到了怪物的身体，继而找到肩膀，使劲往外掰。这怪物相当沉。

麦克不理会疼痛的腹部，脚下一蹬，双手用力翻动尸体。怪物的头扭了过来，凸出的眼睛瞪着他，吓得他差点向后跳开。但这双瞪视的眼神毫无生气，扩散的瞳孔注视着麦克身后的墙壁。

麦克又加了把劲儿，怪物终于扑通一声翻了个面。麦克失去平衡，滑了一跤，双膝着地摔在血泊中。他趴着后退，将黏糊糊的血迹蹭在地板上。

怪物的两只小眼睛一只闭着，另一只眼睑半张。那只巨大的眼睛则盯着天花板。它碎了几颗牙，嘴里渗着暗红的血。

斗篷上有五个弹孔，每个弹孔边缘都有血迹。一个位置略高，刚好擦过较高那侧的肩膀；另一个在大腿和臀部的关节处；剩下三个分布在躯干上。其中一颗子弹击中了人类心脏的位置，但这个怪物看起来显然不像人类。

麦克心想，它会不会就是寇奇诺维克所预言的超级猛兽？

麦克摸出扳手，举在尸体上方，稍顿片刻，然后用力砸向一个枪眼。

没动静。

他再次猛击那个血流不止的洞，用扳手的尖端用力戳。

没动静。

婕米凑过去，"现在怎么办？"

麦克看着她身后的圆环，"我们得离开这里。"又低头看了看尸体，"应该把它也弄出去。外面还有些拖车空着，你有钥匙吗？"

"那些车应该没上锁。"

"我看这样，我们暂时把这家伙塞进一辆拖车，把空调开到最大，再叫人来接手。"

"你知道应该叫谁吗？"

"我有个熟人在DARPA。"麦克说,"他肯定认识许多抢着要这家伙的人。"

"那我们怎么把它移过去?"

"我抬重的一边。"

婕米低头看了看尸体,"你想让我用手碰这东西?"

"其实我更希望你说'你受伤了',然后让我抬脚那头。"

婕米把扳手塞进兜里,弯腰去抓怪物的脚踝,"摸起来像鱼。"

"我觉得更像蛇皮。"麦克努力抓住尸体一高一矮的肩膀,尽量不让手沾到血,"准备好了吗?"

"好了。"

麦克抓住斗篷向上抬起,婕米抬着脚。怪物膝盖弯曲,肩膀向前弓得很厉害。它的头罩掉下来盖住了脸。尸体只离地了几英寸。婕米拉着脚踝使劲往上抬,几乎碰到了她的腋窝。麦克先放下他那头,换了一处重新抓住斗篷。斗篷许多地方浸透了血,有些粘手。

他们跌跌撞撞地绕过圆环,来到后门。斗篷在地上拖着,在水泥地上留下一条印迹。婕米碎步前行,唯恐踩到斗篷。她尽量不去看斗篷面料上的那张人脸。

麦克用手肘撞掉门闩,用背顶开门。腹部的伤口在灼烧。绷带被他的血浸湿了。

他们吃力地把尸体拖下后楼梯。台阶的棱角勾破了斗篷,几乎把尸体从麦克手中拽了出去。麦克站在台阶上晃悠了一阵才找回平衡。

"把它放下。"婕米说,"我无论如何也要休息一会儿。"

麦克点点头。虽然在楼梯上重新抬起尸体会很痛苦,但他的指关节实在疼得受不了了。他放下自己抬的那头,用力揉着手指。

"你又流血了。"

麦克低头看了看。"没关系。"他说,"能撑到我们把这东西放好、锁上。"

他们再次用力抬起尸体，跌跌撞撞地走完楼梯，穿过停车场往拖车走去。麦克径直朝最后面空的那辆走去。脚下的沙砾嘎吱作响，斗篷拖在沙砾地上，发出窸窸窣窣的声音。

婕米突然往后一缩，转过脸避开尸体。

"怎么了？"

婕米朝下点点头，但眼睛还是没看那个方向。长袍斗篷向上滑到怪物的大腿。阳光下，怪物的两条腿几乎近于白色。"这东西或许是某种雌雄同体的生物。不管是不是，反正它没穿内裤。"

"啊哈。"

"把这儿弄完了我得好好冲个澡。"

麦克看了看自己的活动房屋，"我也是。"

"别想太多。"婕米说，"不是鸳鸯浴。"

"我没那么想。"

"相信我，你无法体会这是什么感觉。"她看了眼苍白的大腿，打了个寒战。

"让人一想起性，感觉就非常、非常不舒服。"麦克道。

"或许晚些时候可以。等这东西从我视线里消失，你手上的脏东西洗掉，而我喝了三四杯好酒以后。"

"到那时别忘记告诉我。"

他们又吃力地朝拖车末端靠近了几英尺。"稳住。"婕米尽量抓紧，"在往下滑。"

麦克表示可以再次放下尸体。他自己的手没刚才那么疼了，也比刚才抓得更稳。或许是斗篷的位置比刚才好，能更轻松地承重。他抬着他那头，等着婕米调整姿势。

婕米抬起怪物的一只脚踝，放在臂弯处。有什么东西咔地碎了，她瞪大了双眼。"噢,该死。"她说,"我觉得我刚把它的一只脚弄断了。"

麦克摇摇头,"可能只是感觉好像弄断了。加油,咱们快到了。"

他们搬着尸体又移动了几码。麦克脚踩着绿色的人造草皮,他们吃力地转过墙角。麦克回头看了看,最后面那辆拖车的梯子离他们只有十几英尺了。

婕米动了动肩膀,摇摇头说:"断了。我感觉得到。"

"等会儿再处理。"麦克的目光在门把手和尸体间来回转动。尸体在他手里很稳当,他觉得他甚至可以一手抓着斗篷稳住尸体,另一只手去开门。

"你发现了没?"婕米问。

"发现了。"麦克没动。

"哪里不对劲?"

"不知是不是我的感觉出了问题,"麦克问,"这东西是不是比我们刚开始抬的时候轻了许多?"

"没错。"婕米说,"我还以为是我的感觉出了问题呢。"

麦克双臂向上一举。一下子就举起了尸体,而不像刚才那样,费尽力气才抬起来。不如举空盒子那么容易,但也没艰难太多。

"放下来。"麦克说。

麦克放低手里的斗篷。婕米正想松开怪物的两条腿,只听一阵沙沙声,就像翻动干燥的旧书页。细小的鳞片像尘埃一般从怪物的腿上剥落,洒在婕米的手掌、手臂和身上。

怪物的左腿从膝盖处断裂,发出树枝折断的声音。皮肤和骨头的碎片散落在微风中。婕米尖叫起来,扔下怪物的小腿。小腿撞在人造草坪上,发出的声音十分干燥,就像一袋树叶落地。

麦克躬下身子,拉开头罩。怪物那只凸出的大眼睛不见了,只剩下一个干枯的洞。两只小眼睛也不见了。鼻孔缝隙周围的灰色皮肤绷紧了，嘴唇不知去了哪里。

"变成了木乃伊。"婕米说。

怪物的牙龈向后收缩，比眼睛更往里凹，露出针一样的牙根。又有一些鳞片掉落。颧骨不断突出，像是快要冲破皮肤表皮。它的手指变成了指节突出的爪子。

婕米抬起头，"因为阳光？"

"它裹着斗篷呢。"

"腿露出来了。"

"脸可没露出来。"麦克指着皮肤包裹着的头，"但也和腿一样消失了。"

"噢，该死。"婕米在牛仔裤上拍打双手，又跪在地上用塑料草坪猛搓。

"它死之前看上去挺健康的。"麦克说，"所以我想你不会染上什么。"

婕米回头看向自己的活动房屋。"我得去洗洗。"她说。

麦克点点头。

"对不起。"她一边跑一边说。打开门锁后，她猛地拉开门冲了进去。只过了一分钟，麦克就听见了溅水的声音。

麦克看着尸体干枯萎缩，分崩离析。他的头左右移动，从不同角度观察。尸体变得越来越小，牵动着斗篷。蚂蚁搬运出了关于腐烂的小学科学电影，以及干树叶在耙齿间粉碎的童年画面。

流水声停止时，怪物的尸体只剩下了骨头。

45

　　麦克解开斗篷，看着骷髅。生物老师格洛里亚·贝克曾在教室墙上贴过一张标注完整的人体骨骼海报，麦克扫过两眼。这两眼已经足够他用来对照了。

　　怪物的骨骼和人类有相似之处，但它背上多长了一根又扁又平的骨头，和多出来的那只手相连。它的胸骨不像人类那么平坦，而是向前凸出。两边肋骨不对称，长出第三只手臂的那边肋骨要少些。膝和肘的组合都很奇怪，既不是铰合模式，也不是臼窝模式。

　　他又检查了头骨。四十九颗牙齿，其中十一颗碎了。上牙二十四颗，下牙二十五颗。那只大眼睛有独立的眼眶，而两只小眼睛似乎共享同一个眼眶。他怎么都想不出这是怎么进化的。

　　蚂蚁搬出鲍勃的图像，那个来自放射废墟的鲍勃。麦克心想，这个怪物恐怕不是自然进化形成的。

　　他看着这一切，让蚂蚁归档。数十张图像，全部存储在怪物活着时的画面旁边。这种对比能让他更好地观察肌肉结构，但就算这样，他能发现的也不太多。

他抬起双手。在斗篷上沾到的血已经变干、脱落了。手指、手臂和身上几乎没留下血迹。

他铺展开斗篷。一块碎片上有一个乳头，除此之外没有别的线索能说明这块皮料的来源。也许只有这块和面部那块是人皮。也许整件斗篷都是人皮做的。

一个有人类存在的世界怎么会任由这种事情发生？

麦克把斗篷对折，包住尸体，尽量把有脸的部分藏在内层。裹好之后，他把它放进拖车。因为没了肉，骨头还不到四十磅重。为了以防万一，麦克把空调调到了低温模式。

他走进旁边的活动房屋。婕米穿着内衣坐在床上，双目紧闭。她刚洗完澡，身子还没干。麦克决定让她一个人待一会儿。他知道这种独处有多么重要。

他回到自己的活动房屋，拿了条牛仔裤、一件衬衫，然后去了主楼。放在安妮打印机旁边的那个急救箱没有大急救箱那么完备。里面的纱布片倒是不少，但没有真正的绷带。麦克看了眼通向大厅的门。纱布片也能凑合着用。

他经过厨房，看见安妮坐在小桌旁，手里捧着的咖啡已经没有冒热气了。她手边放着三袋艾德维尔止痛药。

"嘿。"麦克说，"你还好吗？"

安妮的眼神仍旧空空洞洞。"嗯，"她说，"嗯，还好。我……还好。"

"看起来你也伤得不轻。"

"我还好。只是有些瘀伤。"然后她眨巴了两下眼睛，这才发现麦克没穿衬衫，浑身是血。她看着他腹部的绷带，"你呢？还好吗？"

"我觉得还好。只是需要清洗伤口、换纱布。"

安妮张了下嘴唇，想说什么，但是决定闭嘴。她的目光飘回那堵墙，望着大厅的方向。

柜台上有一盒新鲜的酥皮点心，不知道他们什么时候带进来的。麦克把盒子推到一旁，没有打开。盒子很沉。他意识到这半个小时里自己体内一直发疯似的分泌着肾上腺素。用不了多久，他肯定会遭遇一次彻底崩溃。

他走进洗手间。

麦克清洗双手，用几块酒精棉擦拭，然后解开身上的绷带。绷带下面的纱布全被染红了。血液的颜色是红色，这应该是件好事，让他颇感振奋。他扯下胶带，撕扯的疼痛提醒了他，这事儿一点也不令人振奋。纱布的线粘在伤口上，他挨个扯下，疼得脸上一阵阵抽搐。

麦克看着镜子里的腹部。伤口周围的皮肤被婕米涂了一层厚厚的药膏，闪闪发亮。伤口仍旧湿漉漉的，但血似乎止住了。就算伤口附近溅上了怪物的血，也已经被他自己的血冲走了。

那只爪子似的指甲只要再深个几毫米，就会在他身上挖出三个洞，把伤口扯得更宽。那样的话，他的内脏大概全得掉到地板上。

眼前一阵模糊，墙壁也变得歪斜起来。麦克知道，自己的精力已经彻底耗尽。他双手扶住水池边缘，强撑着慢慢呼吸了几下，然后打开急救箱，用胶带把新纱布贴在伤口上。

他看了眼洗手间的门，解开腰带。牛仔裤的裤脚黏着血。胯部也有血，腿上也有斑斑点点的血滴。他蹬掉脚上的鞋，褪下牛仔裤，用脚踢掉。四角裤上也有血迹。看样子，今天不穿内裤的不止那头怪物了。

麦克照了照镜子。腹部缠着的纱布在洗手间的灯光下鲜明耀眼。他的头发乱成一团糟。惊吓加上失血，让他的皮肤煞白一片。再加上疲惫的黑眼圈，镜子里那人活脱脱是骨瘦如柴的西弗勒斯·斯内普。

他摇摇头，咯咯笑了。

他穿上干净的衣服，把腰带从上到下擦拭干净，穿进裤袢。鞋子太紧，脚没法直接伸进去，于是他解开鞋带，穿好，又重新系上鞋带。接下来，他盖好急救箱，把染血的衣物扔进垃圾桶。

安妮还坐在厨房的凳子上，手里捧着冷咖啡。麦克进来时，她扫了一眼，强作微笑，"好点了吧？"

"谢谢。我觉得好多了。"

麦克把急救箱扔在柜台上，撕开那盒酥皮点心。手上用力时，他感到房间摇晃了一下。他把废弃的胶带纸扔进垃圾桶，塑料桶旁一只蟑螂飞奔逃走。

盒子里装满了甜甜圈、小松饼和其他酥皮点心。麦克拿起巧克力羊角包，考虑着吃两块会不会觉得反胃。

"你想吃点东西吗？"他问安妮，"也许能帮助你平静下来。"

"我没事。"

麦克按下盒盖，"看来有人把顺序搞乱了，分量也加了一倍。"

"不是我干的。"安妮说。她又努力挤出一个微笑。

麦克咬了一口羊角包，黄油、糖和巧克力在舌尖融化。他想象着羊角包融进血液，让紧绷的神经和身体平静下来的画面。他靠在墙上，闭上双眼，又咬了一口。

远处响起前门的开门声，接着走廊里传来脚步声。麦克睁开眼睛，看见安妮挺直了身子。

婕米出现在门口。头发还是湿的，T恤上也有水渍。这件T恤穿反了，能看见肩膀处的缝线。

她抱着一团毛巾，里面裹着什么东西，在她手里扭动了一阵，然后平静下来。麦克瞟到了褐色的毛和一只粗粗的狗爪子。婕米向前走了两步，把它放在安妮面前的桌子上。安妮往后一缩，麦克只好伸出一只手搭在她肩上,免得她向后摔倒。

"它在蔓延。"婕米从桌子边往后退了一步,听凭毛巾团扭来扭去。

麦克已经将零零散散的信息拼凑起来了,但他仍旧打算再确定一下,"你是说,不稳定的区域在扩大?"

"是的。"

"到多远了?"

毛巾团摇晃着发出吠叫声。桌子在震动,毛巾挪动,露出更多毛皮。

"真他妈远。"婕米说,"到拖车了。也就是说,院子的大部分地方都沦陷了。'小岔子'不见了。"

"它跑出去了?"

"它不见了。"婕米又说了一遍,眼睛到处张望,就是不看桌上那只动物。

那条野狗小小的,顶多十五磅,耳朵耷拉着。它好奇地盯着麦克和安妮,吠了两声,然后注意力转移到桌上的咖啡杯那里,尾巴也摇了起来。

麦克走过安妮身旁,来到那只狗面前。狗抬头看了一眼麦克,接着把湿鼻子凑到桌面,呼哧呼哧地嗅着散落的食物。

"当时我正在屋里穿衣服,"婕米说,"'小岔子'在床上,我一回头……"她摇了摇头,下巴朝那只狗点了点。

麦克伸出手,抓住狗脖子上的尼龙项圈,找到上面骨头形状的标签。他已经知道上面写着什么了。

婕米倚着墙,双手抱头。

"你好,'流浪汉'。"麦克低声说。

恶魔侍者

46

麦克打开门，看见婕米斜倚着墙。她刚才穿反的 T 恤已经翻过来了，头发也在脑后扎好了。"嘿。"她说。

"嘿。你还好吗？"

"你是说镇定下来仔细琢磨过这整件事之后吗？比之前更害怕了。"

"没错，我也是。"

带液压臂的门轻轻合上，麦克回头望向会议室。奥拉夫和莎莎正在检查"流浪汉"。这只狗的死而复生让这两人毛骨悚然，这会儿仍旧惊魂未定。亚瑟站在会议桌首，拄着手杖，眯着眼注视着那只狗。

虽然已经过去了几个小时，安妮仍旧没从被怪物袭击的恐慌中恢复过来，亚瑟只好叫了辆出租车送她回家。和她道别时，亚瑟碰到了她的手臂，吓得她直往后缩。她直直地盯着亚瑟，过了好一会儿，这才一言不发地爬进出租车。

婕米看着麦克手上的书。这是一本半英寸厚的深色布面精装本，书页都被翻烂了。"寇奇诺维克？"

"嗯。从亚瑟那儿拿来的，他们回来时带着它。"

婕米看着他的腹部，"你换了新绷带？"

"没错。"

"你状态还不错嘛。我洗澡时吐了，两次。还有，洗澡时我好像把自己搓掉了一层皮。"

"好受些了吗？"

"好了一点点。"

麦克把头朝洗手间的门一偏，"我在那儿清洗伤口的时候，只差一点就像你那样了。"

"你饿吗？"

"刚吃了几口羊角包，你就带着那只狗出现了。"

"它叫'流浪汉'。"婕米说，"我懂你的感受。但我觉得，为这事纠结只是浪费时间。"

"我同意。"

"还有，我都快饿死了。"

麦克点点头，"精神崩溃之后觉得特别饿，我刚才也一样，毕竟经历了……那么多。其实，你受的惊吓比我还多些。"

婕米耸耸肩，勉强笑了笑，"你差点被怪兽开膛破肚，我只是发现了一只狗。这两者相比……我不知道。"

麦克望向会议室的门。他想说，这条小狗给科学家带来的困扰远远超过了时空折叠或三只手臂的怪兽。他不知道这种情况是好笑还是令人惊恐，也许都有点吧。

婕米朝门的方向点点头，"情况怎样？"

麦克斟酌着词句，说："'流浪汉'竟然回来了，这事让人瘆得慌，同时却又有意思极了。不过你说得对，继续纠结这件事只会让我们分散注意力。"麦克举起书，"你读过，是吧？"

"嗯。"

"我想我弄明白了一些问题。"

婕米的胃咕咕响。

"才说别分散注意力来着……"

"抱歉。"婕米说，"先让我吃块甜甜圈或者别的什么吧。五分钟内再不吃东西，我非晕过去不可。"

他们来到厨房，婕米翻着酥饼盒。"多了一份甜甜圈。"她拎出那两块油炸食品，包在纸巾里，"谢天谢地，安妮弄错了。"她说。

"不是弄错了。"

"啊？"

"安妮没有多准备一份。应该是空间渗透，和我们拆卸圆环外壳的螺钉时遇到的情况一样。"麦克指着她手里的纸包，"你可以把它们叫作量子甜甜圈。"

婕米盯着手里的甜甜圈，仔细打量了一会儿，耸耸肩，咬了一大口。"我饿死了。"她说，"就算吃完长出第三只手臂，我也只好认了。"

"只是来自平行宇宙而已，不是魔法。"麦克拉开冰箱门，"瞧这儿，看见没？"

顶层是安妮平时带的苹果和午餐盒，只是架子上足足有五个苹果。有四个是红色的，其中一个上的产地标签居然是德文。最里面那个苹果是绿色，上面的标签是日文。

"太棒了。"婕米说，"这么说，如果我们弄不明白怎么关闭传送门，我们就会被甜甜圈和苹果活活淹死。"

"或许还会被无穷无尽的狗淹死。"麦克说。

婕米的笑声中，麦克关上冰箱门。

蚂蚁们自动拖出一系列复杂的排列图,给甜甜圈、冰箱、"小岔子"的消失和"流浪汉"的复归贴上标签,分门别类。一个想法在麦克脑中掠过,蚂蚁们随即在图表中加上这一项:距离。麦克在脑图中勾勒出一个红色的圆圈,以现存的圆环设备为圆心。

又一只蚂蚁飞快地爬出来,在圈外放下一个标签。麦克凝神研究这个标签,从中引申出一道时间轨迹,串联起圆环设备、标签,最后伸进一辆拖车屋。更多的蚂蚁搬运出回忆片断,让这条路径进一步具象化。

"啊哈。"

婕米刚刚吞下第二口甜甜圈,"怎么了?"

"我刚才用你的拖车屋和甜甜圈作标记,标出了受影响的区域。我的意思是,受圆环影响的区域,最远离圆环多远。"

婕米扬起一边眉毛,"我的活动房屋?"

"因为'小岔子'和'流浪汉'在那儿。那个像虫子一样的怪物,刚靠近这个区域的边缘,它的尸体就开始萎缩。一走过你的活动房屋,也就是出了这个区域,它马上就散架了。"

"是吗?"

麦克仔细研究脑海中的图表和一系列画面,"没错。我还不确定那意味着什么。也许那个虫人和圆环连在一起,没法离它太远。"

"但我们可以。我们都离开过圆区。"

"而你现在还活着,也没变成虫人。"

"谢谢提醒。"

麦克耸耸肩。

婕米盛满超大号咖啡杯,和麦克一起向会议室走去。他们一推开门,"流浪汉"就摇着尾巴冲他们叫。婕米竭力掩饰自己的恐惧,但不是十分成功。

莎莎和奥拉夫站在桌子两边。他们都在离门最远的那端, 离圆环最远。桌上铺满了设计图和数学图表。

亚瑟两只手静静地放在手杖顶端。他透过眼镜, 全神贯注地注视着流浪汉。

莎莎轻轻敲了敲一张设计图。她的一只手臂缝了六针, 绷带看上去比麦克腹部的处理专业得多。"或许地球磁场不知怎的影响到了门?"

"那也太科幻了。"奥拉夫半边脸上贴着好几张创可贴, 说话的时候, 这半边脸的肌肉都没怎么动弹, 被创可贴固定住了。

"可能是核磁共振什么的。"莎莎说。

"这种观点, 说好听点是科学假想, 不好听的话, 完全是科幻小说的屁话。"

"我们别再花时间研究传送门的运行原理了。"麦克说,"当务之急是关闭它。"他把书放在桌上,"可能还有个严重的问题。非常严重!"

"流浪汉"吠叫着跳起来, 转了个圈, 然后扑通落回地上, 尾巴甩到了桌腿。

"传送门启动时,"麦克说,"它会通向'附近的'宇宙。这么说吧, 由于这些宇宙距离我们最近, 它们跟这个宇宙的差异不明显。所以你们大家虽然来自另一个宇宙, 但在这里也能适应。因为这些宇宙之间的差异很小。"

"除了另外那个鲍勃的世界,"奥拉夫说,"以及那个彻底死寂的世界。"

麦克举起食指,"但就算是那两个世界, 跟这个世界的差异也并没有多大。我们知道, 在那两个世界中, 这座建筑都同样存在。我们还知道, 建造阿尔伯克基之门的团队也在那儿。这意味着, 近在一两年前, 它们还都与其他平行世界十分相似。"

"后来，其中一个世界发生了战争，另一个世界则被彻底毁灭了。"亚瑟用手杖抵住桌子，保持平衡，然后摘下眼镜，"这样看来，差别就大了。"

麦克摇摇头，"如果导致这些变化的因素来自它们所处的宇宙之外，那差别就不大了。"

所有人都盯着他。奥拉夫摇摇头，"你他妈在说什么？"

麦克伸出手，敲敲那本书。"寇奇诺维克，"他说，"附录三。"

莎莎点点头，"从那里开始，他一直滔滔不绝地讲维度障碍和世界末日。那种历史频道的玩意儿，是吧？"

"正是那些东西让他被赶出大学。"亚瑟说。

"没错。"麦克说，"但我不敢说他的理论有什么疯狂之处。其实，如果我们把他所有的理论纳入考量，会发现许多事情都能说通了。"

他抽出一张纸，拾起笔。"假设这是多重宇宙，"麦克在纸的底部画了个圆点，从圆点快速发散出几条线，形成一个紧密的扇形，"愿意的话，可以把这视作我们这些相邻宇宙所形成的群落。这一组平行世界只是最近才分裂出去的，彼此之间存在大量重合的历史。重合度高到即便有人穿越到另一个宇宙，也不会察觉到明显的异样。大家就把这几条线想象成树上的分枝好了。"

他环顾房间。大家似乎都同意他的思路，至少没有提出反驳。

"现在，有东西闯入了，还带着一套剪枝工具，或者那种嗡嗡响的圆锯之类玩意儿。"

"树篱修剪器。"莎莎说。

麦克点点头。"树篱修剪器。这个闯入者开始剪掉分枝。"他在扇形的半边横着划了一杠，"传送门所做的和之前没什么两样，仍旧是通往附近的某个分支宇宙。但我们看到的是被修剪器修理过的宇宙，所以它们看上去和我们的宇宙大不一样。"

奥拉夫的手指在桌上轻轻敲击。他的嘴巴蠕动着,有创可贴的那边脸也随着蠕动,"那么,在你这个形象的比喻中,这个修剪器到底指的是什么东西?"

"就是寇奇诺维克所说的东西。"麦克又轻轻敲了敲那本书,"某种吃掉一切的超级猛兽。某种会打破维度障碍的东西,它们会捕获我们,灭绝人类。某种跨维度的蝗群。寇奇诺维克说它们来自我们这个宇宙之外,但是,如果我们能接受多个平行宇宙的存在,那么,我们这个宇宙有什么特别吸引它们之处呢?吸引这些猛兽的条件会不会同样存在于所有这些平行现实中呢?"

莎莎双臂交叉,"你是说,它们……吃掉了那个'月球世界'?"

"或许吧。"麦克说,"我不知道这是不是真相,但所有证据都指向这个结论。"

"等等……"婕米向下看了眼大厅,又朝拖车的方向望了望。

"你的意思是,那种像虫子似的怪物,不止它一个?"莎莎说。

"或许还有很多。"麦克说,"我认为,圆环在寇奇诺维克所说的维度障碍上钻出了一个洞。如果他没说错的话,洞的附近人越多,那个洞就越大。"

"就会引得更多虫人钻过来。"婕米说。

亚瑟摘下眼镜,伸向领带,却发现没戴。"我们这个园区在一座大城市里,"他说,"只不过附近比较荒凉。如果不稳定性继续扩大……"

"没错。"麦克说,"圣地亚哥有上百万人口,对吗?"

"是的。"亚瑟说,"附近还有橘子郡、下加州、阿纳海姆、洛杉矶……这可是一两千万人口。"

"那会释放出多少个虫人?"莎莎问。

"不知道。"麦克说,"寇奇诺维克十分确信超级猛兽会毁灭人类。现在看来,他对了一大半。"

亚瑟的手杖轻轻敲着地面。"那个怪物既迅速又强壮。"他说,"但它们哪怕来好几百个,几个排的陆战队员也能把它们消灭光。"

"你必须阻止他们。"

莎莎的目光来来回回看着这两人,"什么?"

"鲍勃的最后一句话。"奥拉夫望了眼莎莎,又看向麦克,"另一个鲍勃。怪兽把他吓坏了,所以他叫我们必须阻止这一切。"

麦克咬着嘴唇,点点头,"另一个鲍勃来自一个已经遭到怪兽大举侵略的世界。那个世界中的人类用掌握的一切武器全力反击,但仍然不够。也许那就是后来的月球世界,只是已经被怪兽吃完了。"

"它们不可能吃掉一切。"奥拉夫说,"因为……那不可能。"

亚瑟前后晃动着手杖,"一小群蝗虫可以在几小时内扫光一片田野。"他说,"一大群蝗虫可以在一天内吃掉上百万吨粮食。我看也不是不可能……"

"我可不想试验一把,看这种事可能还是不可能。"婕米说。

"我们还是按原计划办。"麦克说,"只要毁掉圆环,就能瓦解时空折叠。B站就是这样。"

"但我们拆不掉它。"莎莎说。

"那我们就用最原始的方法。既然拆不掉,那就砸碎。"

亚瑟的脸抽搐了一下。奥拉夫怀疑地扬起眉毛。

"不知道我们行不行。"莎莎说,"即便没有其他维度加持,圆环也十分坚固。它的外壳由半英寸聚苯乙烯制成,再往里几乎全是坚硬的金属。钢框架、铜圈、铅板。"她耸耸肩做,"就算拿大锤敲几个小时,也砸不出一个洞。"

"那就换个更大的家伙。"婕米说,"开卡车撞它。"

"再重复一遍,钢框架。"莎莎说,"再说我们也没法把卡车开进大厅。"

"这样行不行，"麦克说，"先用液氮把它冻成冰？"

亚瑟和莎莎都摇头。"圆环每次运行时都几乎泡在液氮里。"亚瑟说，"想破坏它的结构，得冷凝很久。"

"充其量能让外壳裂开，"莎莎说，"接下来还是要面对坚硬的金属。"

"土炸弹之类的呢？"婕米问，"叫什么来着？简易爆炸装置？"

莎莎还是摇头，"没有制作材料。"

"储物箱里没有化学物品？"麦克问。

莎莎耸耸肩，目光从麦克转向亚瑟，"我不是化学家。我不知道哪些物质能合成炸弹。"

"咖啡奶精。"婕米说，"我好像在电视上看到过用咖啡奶精制作炸弹。"

"我觉得这还是不够。"莎莎说，"再说我们好像也没有粉状的奶精。"

"还有，我们不应该手无寸铁地回到那儿。"奥拉夫伸手摸了摸脸颊，"一只那种东西就把我们弄成这样，我无法想象十几只会怎样。"

"我办公室里还有一个弹夹。"亚瑟说，"家里还有半盒子弹。"

"总而言之，我们需要枪和炸药。"麦克说，"我去打个电话。"

47

"那么，总结起来就是这样，"雷吉在平板电脑上说，"昨天有一半的建筑毁坏了，但一切还尽在掌控中。而到了今天，尼尔·华里死了。"

"我们很肯定他昨天就死了。"麦克说，"情况有点复杂，很难解释清楚。"

麦克站在拖车停车场的一头。他手举屏幕，让雷吉可以看到B站的残骸。亚瑟坐在几码外奥拉夫的活动房屋外面的台阶上。奥拉夫站在他身旁，双臂交叉。

麦克回到屏幕面前，雷吉对他皱起眉头，"坦白了这一切之后，你告诉我你想炸掉另一座建筑。可以这么概括吗？"

"不是整座建筑。"麦克说，"只是那里面的最后一组圆环。"

"啊，是的。我花了二点五亿美元的那组圆环。"

"这已经不是预算的问题了。"麦克说。

雷吉摇摇头，"给我一分钟消化整件事。"

"你最好毫不犹豫地相信我。"

"现在提这样的要求，有点过分啊。"

麦克移动平板，把背景画面从毁坏的建筑切换到一辆拖车，"你不总是告诉我要相信你的直觉吗？"

"没错。"

"好，这里发生的这些事已经远远超出了你的直觉。现在，你必须相信我，你在现场最得力的人。"

他们透过屏幕注视着彼此。雷吉把手放在面前的桌上，"我们能挽回什么吗？"

"挽回？"

"你拿到了多少东西？文档、设计图、设计说明？"

麦克盯着他。

"你说的可是炸掉整个地方，"雷吉说，"所以我们必须谈谈重建的事儿。"

"我们不能重建。"麦克说。

"下一次会安全许多。不能像这次这样，几个牛仔自行其是。去弗吉尼亚，或者别的某个地方，重新做一次。"

"不行，真的不能重建。"

"能。就算你只拿到部分信息，我也可以安排足够的人手，填补信息空缺。"

"我的话你究竟听到了没有？听到了这些人身上发生的事吗？你必须关闭这个东西，粉碎所有文档。我们得炸掉它、埋了它，让它永远不再出现。"

雷吉摇摇头，"亚瑟还好吗？"

麦克下巴朝左边一摆，"他在那边，十五英尺外，和奥拉夫在一起。想让我叫他吗？"

"不用。你告诉我的一切，他都同意了吗？"

"是的。换作是他告诉你，可能说得更吓人。"

"别开玩笑。"雷吉说，"这时候别抖小机灵。照你这么说，只要出一点差错，我的饭碗就砸了。"

"我说过，这个问题比你的饭碗还要严重一点点。"

"该死。那就把它给我关掉。"

"我要是能做到，就不会麻烦你了。"

雷吉的手指放在桌上，做着某种细小的动作。麦克意识到，这是为了抑制住握成拳头的冲动。"好吧，"他说，"好吧，我认识一位上校，跟我关系很铁，他应该可以同意先行动后询问细节。一小时后就会有一支爆破组抵达现场，也许一个半小时吧。"

"我们有可能还需要自卫。应该让他们派士兵过来，越多越好。"雷吉抬起手，揉了揉眼睛，"这件事是什么性质？我该怎么告诉他们？"

蚂蚁展示出几十种回答。"告诉他们这是战争。"麦克说，"告诉他们，有可能面对一场战争。"

"敌人是谁？"

麦克数到三。"老实说，"他说，"说出来你不会信。"

雷吉又皱起眉头。

"抱歉。"麦克说，"稍后我可以详细解释。我、婕米、亚瑟和其他所有人。你可以盘问我们，随便怎样都行。但现在，毁掉圆环是第一要务。"

"仅靠这么点信息，我无法调动一个排的海军陆战队。"

"抱歉。"

"你知道你这些话听起来像什么吗？这么说吧，要不是我和你相识多年，我可能已经打电话给国土安全局了。"

"我明白。如果我的办法不管用，你可能还是要打给他们。"

雷吉的双手又按在桌子上，"你说过本那天发生的事，还有他意识混乱的原因。每个穿越过门的人都会如此，对吗？"

麦克看了眼亚瑟和奥拉夫。"是的。"他对着平板电脑说，"没错。每个穿越阿尔伯克基之门的人，都和另一个自己互换了。"

"那我也是这样？"

"没错。包括你的助手凯莉。"

雷吉咳嗽一声，"所以我来自平行宇宙。"

"是的。她也是。我想你们可能来自同一个平行宇宙，因为你俩经历的是同一次试验。"

一段漫长的沉默。

"我稍后会讲给你听。"麦克说，"我只是觉得，这事最好私下说。或者边喝酒边说。"

雷吉微微点了下头。他的手指弯曲，撑在桌面上，"这么说，我其实不认识你。"

麦克在心里默数到三。"不认识。"他说，"不算真的认识。"

雷吉低头盯着他的桌面，然后环顾他的办公室，最后目光移回屏幕。"不管认不认识。"他说，"你仍然是个混蛋。"

麦克微微一笑。

"我先打电话，提醒别人别忘了我以前替他们办过事。"雷吉说，"九十分钟内会有部队抵达。我会吩咐他们一切听从你的命令，一句话也不过问。"

"太好了。"

"但我不能做出任何承诺。"

"尽你所能就行。一定要让他们明白，他们是来炸掉非常坚固的东西的。以防万一，就说是坦克好了。可能还需要遥控定时器或者遥控引爆装置。"

雷吉点点头，"你不会有事吧？"

"说实话？"蚂蚁搬运出虫人的图像、寇奇诺维克书里的片段，以及他瞥见的阿尔伯克基之门另一面的景象，"不知道。事态可能变得非常严重。对我们所有人而言。"

"而我还在担心几天后能否保住工作。"

"对，呃……如果他们解雇你，下次吃饭我请。"

"如果我真被坑了，会拉你一起的。下次见面我保证揍得你不省人事。"

"行。"麦克说，"但愿我到时候还健在，能被你揍得不省人事。"

雷吉想说什么，又忍住了，"保重啊，混蛋。"

麦克耸耸肩，"我们在拯救世界。做这种事，危险肯定少不了。"

48

婕米斜倚在警卫室墙上，"你没事吧？"

麦克回头看向她，"怎么这么问？"

"亚瑟说你不得不告诉雷吉他来自平行宇宙。"

"他自己已经发现了。而且应对得很好。"

婕米点点头，"真有本事的人，都能应付下来。"

麦克回头继续看着马路。

婕米点点头，掷出硬币，"他会把这一切都怪在你头上吗？"

"肯定的。他必须找人担这件事。亚瑟名气太大，而且他们需要他。他可以先拿我当靶子，然后再保护我，避免最坏的情况。"

"他会吗？"

"会。我觉得这个版本的雷吉已经习惯了这种事。习惯保护我。"

婕米扬起一条眉毛。

麦克耸耸肩，"我根据他说的话推测出的。他一直问我还好吗，能否处理好这件事。我想,这是因为他从前那个世界的麦克比我脆弱一点。"

"也许他不需要找人来担事呢。"

麦克看着她,"你见过委员会的人吗?"

"见过。鲍勃感染了流感,你还记得吧。来自平行空间的流感。"

"只是确认一下,看目前版本的你是不是有过这个经历。如果雷吉告诉他们,我们的实验室被关闭了,而且为了阻止异空间的虫人入侵,我们炸毁了传送门,没有抢救出任何东西。你觉得他们会有什么反应?"

婕米勉强挤出个微笑,"那你就真的失业了。既当不了高中老师,也进不了 DARPA。"

麦克咯咯地笑了,"没错,正是如此。"

"亚瑟可能会聘请你。"

"那当然好啊。可我们正准备炸掉他一生的心血,你觉得在这之后,他还会聘我吗?"

婕米微笑着再次掷出硬币。

"看那边。"麦克说,"用时八十八分钟。"

四辆悍马沿街呼啸而来。每辆车身上都喷绘着沙漠迷彩图案。麦克从小就不懂为什么要伪装。虽然年纪还小,但他识别伪装图案的技能已经很强,最细微的差异也迷惑不了他。

重型车辆转进入口,伴随刺耳的刹车声停下。两辆重型车并排而列,把麦克和婕米夹在中间。另外两辆在他们身前停下,挡住了北向的车道。

麦克看明白了。这个阵型可攻可守,接下来是攻还是守,取决于他们将要面对的对手。

每辆悍马里走出四名海军陆战队员。每个都身着防弹衣,戴着头盔,手持武器。胸部正中的标牌注明了各自的名字和军阶。这些人大多只比他的学生年长一点。看到这个,麦克感到腹部有种异样的绞动。士兵们看着他、婕米和两人身后平淡无奇的建筑,脸上露出坚定和疑惑交织的表情。

"我原本以为不止这些人。"婕米小声说。

"我也以为。"

一个海军陆战队员迈步向前。麦克大脑中的模式识别功能立刻启动。这个男子和麦克差不多年纪,标牌表明他是个上尉,名叫布莱克。他看了眼婕米,然后转向麦克,"你是埃里克森先生吗?"

"我是。"

一个靠近悍马的小伙子动了一下,"埃里克森老师?"

蚂蚁搬运出姓名、日期和画面:某次艾米莉·迪金森①诗文考试成绩是 C+,在走廊里交谈过两次,还有一次是在毕业典礼上。麦克微微一笑,"你好,吉姆。或者,我应该称呼你为邓肯军士?"

上尉转头问道:"军士,你认识这个人?"

"长官,"这位海军陆战队员说,"这是我的高中老师,长官。我认识的最聪明的人之一。"

婕米笑了。

上尉皱起眉头,"高中老师?"

"现在不是了。"麦克告诉他。

"那你现在是?"

"这事挺急的,回头再解释吧。"

"理解。"布莱克上尉微微颔首。他打了个手势,身后站出两名海军陆战队员,肩上都挂着橄榄绿色的大挎包。其中一名是女兵,标牌上写着:韦弗,一等兵。"你要的东西我们带来了。"布莱克说,"你的

①美国 19 世纪著名女诗人。

证件？"

"抱歉，你说什么？"

"证件，先生。我接到的命令是和你接头，只和你一个人。"

麦克从口袋里掏出破旧的钱包，翻开，抽出他的缅因州驾驶证，递给上尉。

上尉拿起证件，和麦克的脸作对比，目光快速来回移动，"发型看起来不太一样。"

"这是驾驶证照片。六年前的了。"

"抱歉。"上尉又打了个手势，示意挎着包的那名海军陆战队员过来，"你那位上司不太清楚你打算做什么，所以我们带来了一些C4炸药。应该能在你指定的任何物体上炸出个大坑。你只需要告诉我们炸药放哪儿。"

麦克手指大楼，"在里面。最好快点。"

布莱克看着这栋混凝土建筑，又看看他的手下，"这栋大楼被敌方占据了吗？"

"暂时没有。"

"我们收到通知，这里可能有敌人。"

"的确如此。"

海军陆战队员们环顾四周，"敌人在附近吗？"

"说来复杂。"

布莱克深深吸了一口气，"还是请你简单说一下，先生。"

麦克默数到三，"里面有一台机器。高度机密、异常危险的机器。它出了差错，必须被摧毁。可能会有叛乱者做出抵抗。"

"我们可以设置一道防线，然后……"

"不用。"麦克说，"我们盯着机器，你的人去安置炸药。"

布莱克的嘴唇抿得紧紧的，"先生，我被告知听从你的建议。但从战术上讲，设置一道防线会更好，可以向我们发出袭击预警。"

"我明白你的意思，上尉。所以才需要你们进去安置炸药，我们来监视机器。"

"进去之后，一切就明白了。"婕米补充道。

布莱克僵硬地点点头，转向海军陆战队员。他快速打了三个手势，部队分为两组。一组进入大楼，另一组留在原地。"请领路，先生、女士。"他说。

他们向大楼走去，第二组海军陆战队员跟在他们身后。"叛乱者？"婕米低声对麦克说。

"不然我该说什么？"

亚瑟在门厅等候，奥拉夫和莎莎也在。亚瑟带上了他的公文包，前台上还放着一个帆布购物袋，里面至少装着十几本旧书。

"我觉得最好收拾一些珍贵资料带走。"亚瑟说。

海军陆战队员分散进入各扇房门和走廊，一个接一个回复"安全"。

"进入实验室之前，应该不会有什么问题。"麦克对布莱克说。

上尉看了他一眼，没有要召回陆战队员的意思。

"'流浪汉'在哪儿？"婕米问。

"我把它带去你的屋子了。"奥拉夫说，"免得这边出了什么事伤到它。"

"别担心，先生。"布莱克说，"我们会搞定的。"

奥拉夫担心地看了眼麦克，"他们知道吗？"

"还不知道。"

布莱克的嘴唇又抿紧了，"知道什么？"

"你们要炸掉的那个设备，"麦克说，"有点不同寻常。你的有些手下可能会感到心神不安。"

"要扰乱我们的心智可不容易，先生。"布莱克说，"我们是海军陆战队员。"

奥拉夫毫不掩饰地翻了个白眼。

布莱克没理他。"无关人等请在门厅这儿或者大楼外的空地等候。"他说，"我们要使用炸药，有一定的危险。"

"我想这是在说我。"亚瑟用手杖轻轻敲了下脚边，"我只会拖累你们。"

"我们其他人都对这个设备很熟悉，你放心吧。"麦克说。

"我们要炸掉这个设备？"布莱克说。

"是的。"

"你的意思是，炸掉这个设备时，我们需要你们的指导？为什么？"

"这个设备非同寻常，上尉。"

布莱克眼睛里闪过一丝恼怒的神情。"好吧。"他说，"但如果我发现任何我觉得危险的东西，你们就全部撤离。包括你，先生。"

最后一句话指向麦克。他点点头。

"我还要接管那支格洛克手枪。"布莱克伸出一只手，"既然我们是这儿唯一的武装部队，我觉得这样比较好。"

"我们是同一队的。"莎莎说。

"没错，女士。作为一个优秀的团队，就该分清楚谁在一垒位置，谁在左外野。"

"我讨厌棒球。"莎莎低声抱怨。

布莱克发出一声轻笑，但依然盯着麦克的眼睛，手也没有缩回去。

麦克拿出亚瑟的手枪，递给上尉。布莱克看都没看，径直递给了吉姆·邓肯。邓肯检查武器后，塞入大腿口袋。他礼貌地向自己过去的老师点了点头。

麦克伸手示意他们向大厅里面走。

邓肯和一名叫查韦斯的陆战队员开路，另外两名士兵跟在后面，再后面是布莱克、麦克和传送门小组的成员。韦弗和另一名携带炸药的陆战队员——名叫迪伦——紧随其后。

他们走近大门。邓肯试了试门把手，又看了眼读卡机，然后转头对麦克说："锁着的。"

麦克从几个壮汉间挤过去，靠近一臂外的读卡机。"里面的情况可能有点奇怪。"他告诉陆战队员们，"尽量不要被吓着。"

有人偷笑。

"如果里面有敌对士兵，请记住他们十分强壮，动作迅速。他们可能戴着面罩，脸被遮住。他们还喜欢埋伏和偷袭，所以注意周围的一切环境。"

走廊里起了变化。笑容消失了，十几个陆战队员从一伙年轻男女变成了久经沙场、沉着冷静的专业人士。武器上扬了几英寸。呼吸平稳。

麦克刷卡。大门砰然打开，陆战队员一拥而进。军靴踩在水泥地上，发出的声音出奇地柔和。

麦克想跟进，但一只手搭在他的肩上。"给他们一分钟，先生。"布莱克说。

麦克数着时间。陆战队进入大厅第十一秒时，他听到一声金属发出的巨响，就像发生了一场小车祸。里面在快速移动，他分辨出了四个不同的声音，其中一个在用西班牙语咒骂。

"安全。"邓肯喊道，但声音有些异样。

"军士，怎么回事？"布莱克叫道。他也听出来了。

"我们没事，长官。"邓肯说，"只是，他们说得没错。"

布莱克看着麦克。

他们走进实验室大厅。

离门几码的地方矗立着三个一模一样的工具柜。侧面鼓胀，向外突起。其中一个柜子上贴的标签写着一串"1"和"0"，而不是字母。另一个柜子的抽屉弹开了，蓝色和绿色的保险丝像瀑布一样从里面涌出来。

邓肯朝他们走来，他指着写着"1"和"0"的那个工具柜，"我这话听上去可能像疯话，"他对他们说，"但我敢肯定，我们进来的时候，那儿没有柜子。"

第四个柜子的配色和其他三个相反——银色金属配黑边。他们经过时，这个柜子上下抖动，随着一身巨响，柜身上出现一个凸痕。声音回荡在巨大的房间里。奥拉夫和婕米大叫一声，向后闪躲。

"刚刚就是这样。"一个陆战队员说。他叫科斯特洛，个子矮胖、肌肉强健，手上的枪比其他人的都大，上面的弹匣也不是标准弹匣。

"该死。"莎莎盯着工具柜咕哝道。

"就像爆米花。"麦克说。

"是的，好吧，它爆的时候，咱们别站在它旁边。"

婕米打量着柜子的侧面，"他们还在做那种东西吗？"

"什么东西？爆米花？"

"嗯。"

"我以前在缅因州时经常看见。"邓肯军士说。

莎莎哼了一声。

他们绕着这堆工具柜走了一圈。银色柜子的表面突然又一次向外凸起，所有人都吓得往后一缩。这次的凸形状又长又宽，是个月牙形扳手轮廓。

传送门高高地立在屋子中央。圣艾尔摩之火绕着一个圆环盘旋，跃向另一个圆环，又快速转回。周围的空气闪烁着微光，有些波动，就像炎热夏天柏油马路上的气浪。蒸腾的气浪中，只有那两个圆环始终极其清晰。

空气波动不仅出现在圆环附近，从四壁直到屋顶，整个大厅都是如此。B站的景象本来只有透过传送门才能看到，这时却溢出到了圆环以外，如海市蜃楼一般，再清晰不过地悬在空中。在安保录像里，那个死去的世界正是以同样的方式呈现的。直到圆环往外七八英尺处，B站的场景才渐渐模糊，最后消融不见。

"好吧，"奥拉夫说，"这倒是个新景象。"

"这是……某种幻觉吗？"布莱克问。

"不稳定性在扩散。"麦克说，"时空折叠范围变大了。"

圆环另一边，警示灯的灯光闪烁，一轮又一轮，灯光轮番冲刷着B站。麦克观察了四轮。第三轮时，灯光变成了琥珀色，第四次却又变回红色。

地板上，几百只亮绿色的蟑螂飞快穿梭。它们绕着工作台和椅子，顺着铺在地板上的电缆和软管奔跑。它们还会窜上士兵的靴子，转眼后又落回地面。

一只蟑螂朝他们冲过来，在离麦克脚趾七英寸处停下。它的触角在空中来回摆动，接着爬过麦克，消失在一个黑色的工具柜下方。

"我看它喜欢你。"婕米说。

他们朝圆环走去。蟑螂纷纷让道，躲开落下的一只只脚。麦克砸怪物时打碎的那个屏幕还散在地上，工作台上也有碎片。一把椅子侧倒在地，另一只却端端正正立在旁边。这个实验基地简直一团混乱。

五名陆战队员包围了圆环，站好队形，相互之间保持着适当的距离，眼睛不断扫视着闪闪烁烁的空气。

"真像我跟你们讲过的一种隐身衣。"科斯特罗对一个陆战队员说。

"那叫光学伪装。"麦克说。

"不过，不是。"奥拉夫补充道，"这不是。"

"某种全息设备？"韦弗说，"类似大型投影屏幕？"

"这是个通道。"邓肯说，"就像虫洞。"

麦克顿时为自己的学生感到一阵骄傲。"不要进入折叠范围。"他大声说，"待在这边。"

刚刚踏上斜坡道的韦弗和迪伦放慢脚步。"如果进去了，会怎样？"液氮槽旁边的一名陆战队员问。她的标牌上写着"桑恩"。

"可能会死掉。"麦克告诉她，"或者失踪。"

"步行几码怎么会失踪？"科斯特罗咕哝道。

"这不是几码的事。"麦克把目光转向布莱克，"能炸掉它吗？"

布莱克看看韦弗和迪伦。两个士兵嘴角动了一下，忍住了自信的微笑。他们从肩上取下挎包。"要快，还是要安静？"迪伦问。

麦克看着挎包，"还有安静这个选项？"

韦弗耸耸肩，"只是相对而言，先生。"

"要快。"他说，"越快越好。"

韦弗点了一下头，环顾整个大厅，"这儿有别的重要东西吗？"

麦克回头看了下其他人。婕米抬头望向那间装着她的自制超级电脑的屋子。奥拉夫盯着圆环。他的肩膀向下垂，动作很小。

他的目光和麦克相遇，摇了摇头。

"没有。"麦克告诉韦弗，"如果有必要，把这里整个拿下。"

"那倒不必，先生。"韦弗回头对莎莎说，"你是工程师吧？这下面是什么？"她用指关节敲打着塑料外壳，"能把这个取下来吗？"

49

陆战队花了三分钟时间,才接受了外壳部分的螺钉无法被移除这一现实。十几个铜螺帽在步道上堆成一小堆,像一座小小的纪念碑,见证他们做出的努力。那之后,迪伦干脆从包里拿出一柄小斧头,上去就砍。但每砍下一片,下面都还有另一层外壳,他试了整整四次,终于罢休。

炸药每六小包扎成一捆,用一圈圈胶带扎好。每个小包都是长方形,它们不知怎的让麦克想起了叠叠乐积木。蚂蚁把他瞥见的画面碎片组合归档,归到同一个标签下面,供他阅读。每个小包一点五磅重,每捆九磅。每捆上面都有一个黑色塑料块,这是起爆器。

莎莎和奥拉夫让他们把所有炸药安置到第一个圆环,给士兵们指点出组件的接合处。十三号、十四号和十五号接合处各放了两捆炸药。陆战队员们动作迅速,像贴黏土一样沿着外壳贴上炸药,然后用胶带固定,最后扯断长胶带,绕在圆环上。第一组炸药几分钟就安置好了。

韦弗拿出一袋多余的 C4 炸药包，用小刀划开，从里面扯出一团团白色黏土一样的炸药，塞进炸药包之间的缝隙。迪伦则伸手折下三分之一根炸药，单手揉成球状。两人的手都远远地避开了起爆器。

其他士兵把守着整间屋子。两个站在大门边，两个守着后门，四个站在工作站旁，保护安放炸药的同伴。布莱克站在他们中间，面色沉静，但麦克注意到他在仔细观察圆环。

其余人一遍又一遍地来回巡视，检查每一个角落。他们的神情各异，或厌倦，或迷惑，或紧张。有几个陆战队员把目光投向圆环。所有士兵都让武器处于随时可以击发的状态。

蟑螂在人们脚间窜动。科斯特罗想踩死一些，但它们大都绕着圈子躲开了。少数几只被他碰到的也逃得飞快。

婕米站在工作台旁边做最后检查。她噘起嘴，摇摇头。一切读数始终静止。

“你们怎么引爆？”麦克问。

“遥控定时器。”迪伦说，“为了满足你老板提的要求，我们只好拼凑了一个。”

“拼凑。”韦弗笑着重复了一遍。

迪伦从背心里抽出一样东西，看起来像手枪，但没有枪管，“拿着它，按一下，跟它说拜拜。”

“定时多久？”

“五分半。”

“五分半？”婕米从屏幕前抬起头，重复道，“有点随意吧。”

“我们通常手动引爆，女士。”迪伦回答道，“我刚才说了，我们只能用现有的东西临时拼凑一个遥控定时器。”

韦弗慢慢移到通道的另一边。她撕下一截胶带，在三号接合处贴上一捆炸药，然后又撕下一条胶带加以固定。

灯光突然变了。房间亮了起来。她的眼睛向左望去,看向传送门。一半的陆战队员都朝那个方向望去。

"啊,该死。"站在通道上的莎莎说,"你们看见了吗?"

另一个版本的 B 站不见了。圆环对面变成了广阔无垠的灰色沙地。它向远处延伸了两英里多,遇到一个峡谷,然后继续向前延伸。沙尘的干燥气味穿过圆环飘过来。

"我看见了。"麦克说,他眼角余光看见奥拉夫和韦弗也在点头。

"该死的。"布莱克说。沙地景象不断扩展,在陆战队员们面前展示出了另一个世界。大厅里,士兵们开始交头接耳。

门的另一边,麦克目力所及之处,整整几英里的范围里,只有灌木和小片草地,所有植物都枯萎了。

堆积的沙子下面掩盖着东西,麦克努力分辨轮廓。蚂蚁搬运出从门这边最后看到的景象。图案辨认功能启动。B 站的结构呈现在他的脑袋里,叠加在沙漠上方。他还辨认出了极远处的一些建筑,全都坍塌成了混凝土渣和沙土。

就在麦克的注视之下,一株灌木动了。不是实际运动,而是视角变了。可他明明没有移动,连眼睛都没眨过一下。刚才灌木还离传送门几百码,下一刻却近在眼前,据他估计,离门只有二十八英尺。然后他眨了一下眼,灌木又退了。

他在脑子里回放亚瑟对折纸片的画面。

在传送门那边,距离似乎是个具有相对性的概念。

迪伦把下一块炸药猛拍在圆环上。这次胶带缠绕和扯断的声音更快、更猛。

莎莎走下斜坡道,每走一步就向后看一眼。"原来它还在。"她说着扯断胶带末端,把它向下按在炸药上。

婕米看着她,"你说什么?"

"沙漠。荒原。随便你们怎么叫它。它还在那儿，没有消失。"

麦克端详着她，"你之前见过？"

"今天早上。"她朝圆环扬了扬下巴，"就是我们拼命想拆掉传送门的时候。"

"你一句也没提起。"

"我就是在那儿第一次看见的虫人。当时我觉得好像看见了什么。就那么一瞬间，然后它就扑了过来。"

韦弗和迪伦在两个圆环之间缠上另一捆炸药，胶带哧啦哧啦直响。

布莱克上尉看看莎莎，又看看麦克，"虫人？"

"我告诉过你。"麦克说，"他们戴着面罩。"

"我不太明白。"上尉用下巴朝荒漠指了指，"这里他妈的到底发生了什么？"

"正如邓肯上士所言，这是时空折叠区，一条通道。"

"通向哪儿？"布莱克凝视着圆环那边，然后目光回到麦克和其他人身上，"阿富汗吗？我们距离阿富汗只有几步吗？"

胶带卷发出哧哧声，露出下面的纸筒。迪伦皱了皱眉，把用完的胶带卷扔到一边。韦弗把手伸进包里想再拿一卷。

她停止了动作。

"那该死的是什么？"

所有人都顺着她的目光看向门里。

几英里外的峡谷对面有东西出现。好几个东西。一阵沙尘在它们身后扬起。它们个头很矮，身子一边高一边低。隔着这么远望去，这些东西让麦克联想到骑着螃蟹的人。肢腿在地上抬起又落下，推动着这些东西不断向前。

前进速度飞快。

50

　　麦克迅速向坡道上跨了三步。布莱克站在他身边，婕米、奥拉夫和莎莎在他身后不远处。旁边是两名爆破手迪伦和韦弗，正弯腰准备放置下一捆炸药，却被不可思议的景象吸引了注意力。

　　"和那个虫人是一种东西吗？"婕米歪着头，努力想看清对面的来者。

　　蚂蚁搬运出他们曾与之搏斗过的那个虫人的图片。麦克凝视它四肢着地的图像，端详它脊柱弯曲的方式，看着它像昆虫一样四肢着地向前移动。远处一个个小小的形状有着同样的轮廓，四肢也以同样的方式移动。麦克数了一下，其中七个高举着长矛，但沙尘后面可能还藏着更多。

　　"它们数量很多。"麦克说，"我数了数，至少十四个。沙尘里可能还藏着更多。"

　　"邓肯，"布莱克说，"派一组人去外面，设置一道防线。"

“是，长官。”

“它们不在外面。”奥拉夫说，“它们就在那儿。”

“我能看见。”布莱克不耐烦地说。

“你看见了，但你没看懂。”麦克说，“你看到的不是这栋大楼的背后，上尉。你看到的是时空折叠处。它们正在穿越空间往这边来。”麦克指着房间内弥漫的气浪。

“这他妈是什么意思？”

“情况危急。”麦克说，“我们得赶快毁掉圆环，免得让更多那种东西进来。”

布莱克转瞬间做出了决定。“守住这个房间。”他下了命令，“迪伦、韦弗，炸药快点弄。”

“是，长官。”

“子弹上膛，士兵们。”邓肯发号施令，学生时代的青涩一扫而空，“有客人来了，大概十五分钟后抵达。准备好欢迎会吧。”

传送门附近的四名陆战队员单膝跪倒，平端步枪。其他人把工具柜拖过来做掩体。一名陆战队员指着那几个大水箱，“那是什么？”

“液氮。”奥拉夫说，“别朝那里开枪。”

“流出来会降温？”

“会爆炸。”

这个陆战队员嘀咕着，小心翼翼地向后退了几英尺。士兵们弯腰躲在工作台或工具柜后面。一列步枪指向传送门。科斯特洛举起他的超大号步枪，靠在工具柜上，打开枪管末端的双脚架。

“真希望他们多派些人来。”婕米悄声对麦克说。

“也许你应该离开这儿。”麦克说，“反正你也帮不上忙。”

“这是我们的项目。”奥拉夫说。

“我想你们都该撤离。”布莱克说，“现在是战斗状态。你们后退，至少退到大门边。"他看着麦克,又转头注视着两名陆战队员将一捆炸药固定在圆环上。

圆环里面的景象模糊下来。转瞬间,里面又变成了 B 站。紧接着变化为已成废墟的 B 站后面的空地。然后重新恢复成了广阔的荒漠,还有那一群奔腾而来的生物。

"上帝啊,"迪伦说,"那是什么?"

"折叠区域不稳定。"麦克说,"通道的另一端在不同的平行世界之间切换。"

韦弗抬头望向他,"你说什么?"

布莱克瞪了他们一眼,爆破手们马上低头,继续装炸药。

"该死。"莎莎说,"它们在峡谷的这一面了。眼前一闪,它们就跨过了差不多半英里宽的距离。"

"搞定。"迪伦说。韦弗把一小块黏土炸药塞进最后一捆炸药间的缝隙,然后起身。

"我们撤。"布莱克看了一眼正在向他们逼近的生物。现在已经能看见二十多头,沙尘里还有更多影子在晃动。"先生,请你们立刻全部撤出大楼。"

莎莎从步道上一跃而下。麦克张嘴正要回答,眼角余光却看到有东西变了。圆环的另一边,中间那捆炸药消失了。胶带也不见了。圆环外壳上连一点残余痕迹都没有。

婕米正要从步道上跳下来,看见了他的脸色,"怎么了?"

"出问题了。"

婕米回头,顺着麦克的目光看去。布莱克同样望向那个方向。

"妈的,"韦弗说,"炸药去哪儿了?"

"操!"莎莎说。

布莱克瞪着麦克,又依次瞪着其他人。

麦克则看着迪伦和韦弗，"圆环上还剩下的炸药，够炸毁它吗？"

两个爆破手交换了个眼神。韦弗耸耸肩。"应该够。"她说，"只要位置对了，十磅就能炸掉整堵墙，那上面可是三十六磅。"

麦克看着布莱克，"启爆吧。"

"你们先撤离。我们会坚守到——"

"撤离有的是时间。"奥拉夫不耐烦地打断他，"炸掉这该死的东西，咱们一起走。"

传送门外，脚步声隆隆作响，大队人马正朝这里杀来。不到一英里了。

"五分钟后才能炸响，长官。"

健康的人五分钟能跑一英里。麦克不知道四条腿的动物跨越同样的距离需要多久，但肯定用不了五分钟。

"我这儿还有一捆炸药。"韦弗说，"备用的。"

布莱克望着不断靠近的兽群，"多久能炸响？"

韦弗没有回答，只管从包里掏出最后一捆炸药。

布莱克抓着麦克的肩膀，把他推下坡道。"你们，"他一边说一边伸手去推莎莎，"全部离开。马上。"

麦克跌跌撞撞地下了斜坡，目光落在地板上。混凝土上的运动轨迹吸引了他。他观察了三秒钟，确定自己没看错。

"蟑螂。"他说。

布莱克微微侧过头来，"蟑螂怎么了？"

"它们全在逃离圆环。"

迪伦回头。布莱克转身。婕米和奥拉夫往斜坡下走了几步，看着大厅地板。

那些绿色蟑螂还在工具柜和室内装置间来回穿梭，但向后退远了。最近的那些离斜坡底座也有十英尺。在麦克观察的这几秒钟内，它们又向后缩了一些。

"该死。"莎莎说。

一只蟑螂停在两个工作台之间,触角弯向圆环。触角尖端发亮,像微型光纤。它向前一指,又往后一摆,然后转身逃走了。

"这是什么意思?"布莱克问。

"意思是我们也该立刻这样。"麦克说。

上尉吸了口气,点点头,"听见他的话了吗,中士?"

"是,长官。"迪伦说。韦弗在他身后把工具和剩下的东西扫进包里。就在这时,突然响起一阵既像口哨又像嘘声的声音,那是物体快速掠过时发出的啸声。

迪伦飞了起来,划过圆环边缘,摔在其他陆战队员前面的地板上。他侧躺在地,插在胸前的长矛咔嗒一声撞在混凝土地面。他的防弹衣后背上隆起了一块,没有被长矛的尖端刺个对穿。

又一道白色影子从圆环内射出,噼啪一声撞在远处的墙壁上,跌落在地。下一根长矛撕裂了奥拉夫的袖口,继续向前飞去,没入工具柜一英尺深。

麦克把婕米按倒在地。莎莎也趴了下来。奥拉夫向后一跃,跳下平台,蹲在地板上。韦弗急速卧倒,然后连连翻滚,滚下平台,摔在莎莎身上。

布莱克转过身来。一根长矛穿过他的手臂,直刺进肋骨里。长矛透过身体,矛尖在军装外露出九英寸长。矛上带着倒刺,满是鲜血。布莱克跪在地上,手臂上悬着五英尺的长矛,艰难地保持身体平衡。他呛了一口血,吐出一句"炸掉它。"

又一支长矛刺入他的臀部。骨头碎裂声中,他发出痛苦的嘶吼。长矛的支撑让他无法倒地,他的尸体倾向后面,四肢下垂,看上去像某种瑜伽动作。

脚步声撼动着巨大的房间。十几支长矛穿过圆环和周围的气浪，雨点一般从空中落下。

麦克和婕米在斜坡道和步道之间的角落里抱成一团。麦克看了看斜坡底下，发现莎莎、奥拉夫和韦弗在对面的角落里。奥拉夫盯着角落外地板上的某样东西。长矛从他们头顶呼啸而过。

又有三个陆战队员被长矛刺穿了。工具柜背后，第四个被击中的陆战队员倒在地下，捂着鲜血淋漓的受伤肩膀，发出刺耳的呻吟。还有两个陆战队员在用步枪射击，其中一个是端着大型自动步枪的科斯特洛。

枪声在大厅里回荡。邓肯喊了一句什么，声音淹没在雷鸣般的回响中。在麦克的脑海中，模式识别只分辨出了一个字："尖"。

虫人从穿越门内冲出，沿步道而下，隆隆的脚步声变成了金属撞击的铿锵声。布莱克的尸体被入侵者踢开，落到麦克和婕米身前的地板上。上尉临死前呛出的血把他的下颚和胸前染成了暗红色。

虫人的斗篷像羽翼一样张开，向剩余的陆战队员发起猛烈的冲锋。它们有的握紧长矛，有的伸出像爪子一样的手。麦克确认了一下，它们全都有三只手。

一些虫人在空中被一连串子弹命中，摔落倒地，但即使如此，它们依旧挣扎着想把长矛刺进敌人的身体。整个大厅里，枪声和猛兽的嚎叫此起彼落。

科斯特洛在子弹耗尽之前放倒了五个。第六个虫人的长矛刺透了他的喉咙，穿过肩胛骨，从身体的另一面刺出。他整个人挂在长矛上，血泡从嘴里向外喷涌。

暗红色的血洒满地面。少数几个幸存者向后撤退。麦克数了下有四个。吉姆·邓肯是其中之一。

韦弗一个翻滚站起身，拾起步枪。她向前冲去，射中三个虫人的后背,在第四个虫人转过身时,对着它的脸连开三枪。

在她身后,奥拉夫一跃而起。莎莎伸手去抓,却被他挣脱。奥拉夫跟在韦弗身后,向迪伦的尸体跑去。

邓肯和其他陆战队员继续与敌人交火。又倒下两个虫人。某个陆战队员的武器发出空膛的响声,一头怪物趁机向他扑去。尖叫声中,他们一起倒在地上。另一个士兵想换弹匣,右眼却被长矛贯穿,矛头从头骨后面穿出,头盔也被击碎了。

一个虫人从尸体上拔出长矛,掷向韦弗。长矛穿过她的胃部,又刺中了奥拉夫的肩膀。韦弗开了两枪,成功射杀那头怪物,然后扔下步枪,紧捂肚子。

奥拉夫强咽下一声惨叫。长矛悬在他肩上,仿佛操纵傀儡的小棒。他强忍痛苦,伸手在迪伦身上摸索着。突然间,又一根长矛呼啸着划破空气,刺进他的胸膛。他向下跌倒,却被身上插着的两支长矛撑住,与脊背一起形成了三脚架的结构。

婕米捂嘴尖叫。

韦弗捂着腹部,跌跌撞撞地往边上迈了几步。血从背上的洞涌出,浸湿军装,洒在地上。

这一切全被麦克看在眼里。蚂蚁搬运出画面,迅速回放、暂停、重组画面供他浏览。蚂蚁计算了两边的伤亡人数。死了二十二头怪兽,九名陆战队员。这一切会永远铭记于心。

还有四个虫人活着。其中两个受了伤。它们正在围剿最后三名陆战队员。

距离第一支长矛刺穿迪伦的身体还不到一分钟。

布莱克有配枪,就在他臀部的枪套里。他却没有机会拔出来。配枪距离麦克的左手二十三英寸。

为什么奥拉夫把手伸向迪伦的尸体。他想找什么?迪伦的步枪还在步道上，刚才就扔在那里了，紧挨着……

蚂蚁从三个不同视角向他展示了之前的画面。当第一支长矛袭来时，他抓着婕米的前臂正冲向掩蔽物。

迪伦的步枪旁边，是炸药遥控器。麦克抬起头，目光越过钢制斜坡道，看见了莎莎身后几英尺处那两个物体的轮廓。

三连射的声音响起，然后又一下枪声。一个虫人发出哀号。另一个虫人倒下，脑袋被击碎了。

工具柜旁的吉姆·邓肯惨叫一声，长矛刺穿了他的胸膛。怪物扭动武器，撕扯着他的内脏。麦克曾经的学生拼命举起了步枪。空气微微震动了九下，虫人的斗篷皱起涟漪。两个身躯倒在一起。

还剩两个虫人，一名陆战队员。据麦克统计，最后这名幸存者是班纳，名字首字母是 J。根据标牌，她是中士，O 型阳性血。

麦克向婕米指了指遥控器，嘴巴做出"轰"的口形。婕米懂了。他又伸出一只手朝莎莎挥舞。这个动作引起了莎莎的注意，他向莎莎重复了刚才的手语。莎莎也点点头。

大厅的某处，陆战队员 J.班纳用步枪射出两颗子弹，尖叫着死了。

还剩两个虫人，或者一个。

麦克用手指比了个奔跑的动作，指指自己，然后指向大厅的另一面。他要跑向水箱的方向，远离门口，引开怪兽。婕米和莎莎就可以趁机抓起遥控器，逃出大厅。

他伸出手，轻轻从枪套里抽出布莱克的手枪。比他想象的重。他半蹲着吻了吻婕米的额头，然后起身狂奔。

还剩两头怪物。一个戴着头罩。另一个用三只大小不一的眼睛瞪着他。

两头怪物都没有向他追来。

他听见沙地里有脚步声。沙尘被什么东西掀起，沙土味朝他飘来。

伴随着另一种气味。

所有的蟑螂都不见了，一只也没留下。它们听从根植在简单大脑中的最原始的求生指令，全部逃走了。

麦克转过身。

有什么别的东西从传送门里出来了。

51

蚂蚁发疯了，以最高速度开始运算。它们计算、归档、确定数量，向麦克展示了许多他不想知道的细节。

那东西的手伸出了第一个圆环，上面长着六根像缆绳一样的手指，每根手指有七个关节。手指像触手一样缠在圆环上。手掌后面的那只长臂上布满缝合线。麦克数出有两个肘关节。

第二只手伸出来，啪地拍在门上。第三只手也伸出圆环，抓在第一只手旁边。

婕米飞奔着逃离斜坡，差点撞在麦克怀里。莎莎迅速逃开，一直跑到被刺穿的奥拉夫身旁才停下。她想转过头去不看，目光却被通道上那个东西紧紧吸住了，"那该死的是什么？"

那个瘦高的身影拖着脚步穿过传送门。它个头很高，腿和臂上有许多关节。麦克看到它的每截肢体上仿佛都缠着几个破破烂烂的黑色臂带。盯了好一阵，他才认那些其实是针脚粗大的缝合线。看着这些粗陋的缝线，麦克脑海中的蚂蚁搬出了虫人的斗篷画面——两者的缝合方式十分相似。

穿过门后，怪物在步道上挺直了身体。

它的每条腿都由几截腿首尾相接地缝在一起，组成一条更长的腿。每条腿有三个膝盖。每只手臂也以同样的方式组成，有两个手肘，最上面和一只肿胀的肩膀缝合在一起。这东西还有第三只手臂，缝在右腋窝下方。他的躯干看起来像两具身躯上下相连凑成的，其中一具的臀部和另一具的肩膀连接着，用一根很粗的线缝合起来。这东西共有五个乳头，两个肚脐。它的脖子下面似乎多了一根脊椎，但麦克不敢确定。在这样夸张的身体上，它的头看起来很小。

蚂蚁放大各种解剖学图片，却无法形成思路，因为相互矛盾的事实告诉麦克不可能存在这样的生物。这样的生物无法移动，这样的生物无法存活。

它在通道上摇摆着环顾整个房间，慢慢喘了几口气，发出虫人那样的咔嗒声，然后转过头，望向他们。

它看起来似乎曾经是人类。它的上嘴唇被切成几块薄瓣，就像一簇肉质触须。头发也被拔光了，光秃秃的头顶上有巨大的疤痕。

它没有右眼。两颗闪亮的眼球从乱糟糟的左眼眶里向外瞪视。他的嘴唇向后拉扯，形成微笑的表情，露出属于人类的牙齿。一头怪兽脸上露出整齐的、正常的人类牙齿。

几个小时前下肚的羊角包残余物在麦克的胃里翻滚。蚂蚁在他的脑里旋转、扑腾，努力寻找参照物。大脑里唯一保持正常的那块思维区域，唯一没有在这个不合逻辑的怪兽身上寻找逻辑的那束思绪，正专注于遥控器上。但麦克没有看向遥控器。他不希望遥控器被怪物注意到。

怪物扭头向后，发出一声喊叫，声音介于狂笑与吠叫之间。随着这声叫喊，一个穿着斗篷、身体一边高一边矮的生物拿着长矛跨出传送门。接着又一个，又一个。

那头怪兽倾过身，目不转睛地盯着麦克。它两只右手从圆环上松开，用左臂保持平衡，跳下步道，落在布莱克的尸体上，发出嘎吱一声响。

它一走开，就有两个虫人穿过传送门，填补了空出的位置。

这头缝合怪高高地耸立在他们面前。从它脸上，麦克看见了冲进自助餐厅的小孩脸上的表情，或者准备开饭的宠物的表情。它一把拽走麦克手中的枪，把武器放在长长的手指间把玩，最后扔在工作台上。

它接下来做的事出人意料，让它的畸形容貌看上去更加恶心。

"好啊，好啊。"它说。声音从嘴唇的切片之间漏出来，吧嗒着口水，含混不清。麦克不确定这究竟是因为它的嘴唇，还是因为它说话时特别……郑重，想尽量把音发准。它的声音忽高忽低，似乎多年没说过英语一样——或者说，多年没说过话一样。"这一天将会非常美妙。"

它手臂环抱于胸前，头向后仰，目光越过脸上那只烂鼻子瞪着他们，再一次发出虫人那种咔嗒声，像是要切换到某种它更常用的语言。

随着它发出的怪音，三个虫人在平台上转向圆环。撕扯胶带的声音响彻整个大厅。四捆炸药被扯了下来，其中一捆还被掰成两半。虫人嗅了嗅暴露在外的炸药，带爪的指甲一把戳进白色黏土炸药里。

缝合怪又发出叫声。穿斗篷的家伙们带着炸药退回传送门内，消失不见。

爆炸遥控器还在步道上。它被撞到一旁，离圆环底部更近了。迪伦的步枪也碰到了那边，枪托离遥控器很近，乍看过去，还会让人以为这两者是同一个物体。

然而，圆环上已经没有炸药了。一捆消失了，剩下的几捆被拿走了。韦弗还没来得及放上那捆备用炸药。麦克不确定它在哪儿，也不确定备用炸药里是否有起爆器。他看过一次关于C4炸药的小视频，知道非有起爆器不可。用火和枪弹都引爆不了。也许缝合怪同样知道这一点。

麦克在大脑里迅速捋了一遍可能的情景和应对措施。蚂蚁列出了他面对的障碍和可以利用的资源。房间里还有四个虫人，麦克心想，以及那个高个子怪物。己方却只有他、婕米和莎莎，以及一堆不知道怎么使用的军队设备。

麦克想出了三个备选方案。但他不具备实施其中任何一个方案的条件。

莎莎拖着脚步挪过来。一个虫人刚才绕到了她的侧面，想从那一侧发起攻击。它较高那边肩膀在流血。它朝他们迈了一步，伸出手，拔出奥拉夫肩上的长矛。半睁着眼睛的尸体摔倒在地，

缝合怪低头看着他们，那只人类的眼睛眨了一下。它绕着他们走动，肢体蜷曲复又伸展，有几分像章鱼。

麦克扭头看它。婕米和莎莎也扭头看向它。他们笨手笨脚地移动，尽量和缝合怪保持距离。突然，什么东西撞到了麦克的脚后跟。他们已经退到了布莱克的尸体旁边。

距离遥控器不到十英尺。

"真走运。"缝合怪口齿不清地说，"你们将成为我主的第一批贡品。"它向斜坡道移动，而麦克等人再次后退，退到水箱处。缝合怪咧嘴怪笑，并没来阻止他们。与此同时，麦克的余光瞥到遥控器不见了。

他眨了一下眼睛。再次睁眼时，有什么东西不一样了。

模式识别启动。麦克从小就很擅长玩"找不同"的游戏，比如从两张相似的图片中找出一堆不同之处。他总是几秒钟就完成了，比写

下或说出答案需要的时间还少。

只花了四秒钟，他就找出了大厅内的所有变化。工作台上，一个椅子的坐垫从深绿色变成了深蓝色。现在，视野中有三个黑色工具柜。房间远处那端的墙上出现了第二盏警报灯。还有……

他默数了几秒钟。终于，其他人一个接一个地注意到了这些变化。缝合怪盯着他们身后。麦克回头看见一个虫人正端详着刚出现的第四个液氮槽。莎莎看着那些椅子。之前围捕她的那个虫人也扭过头，想弄清是什么吸引了她的目光。

婕米望着警报灯，然后把目光移向……

"看着我。"麦克悄悄说。

婕米转过头，看着麦克的面颊，又望向他的左眼。她深呼吸了三次，鼻子吸气，嘴巴呼出，以此保持镇静。

"看看工具柜。有几个？"

"你有没有看见……"

"别管。有几个工具柜？"

婕米咽了口唾沫。"四个。三个黑色的，一个银色的。"她眨了下眼睛，"不对，等一下。现在是金色的。黑色边缘的金色柜子，我看到的是这样。"

"很好。别看它。告诉莎莎，她不能看那个柜子。"

婕米点点头，转动双脚，面朝莎莎。

麦克故意盯着缝合怪。缝合怪隔了一会儿才注意到，于是回瞪着麦克。它的两只小眼睛只是两个黑点，但那只人类眼睛向下盯着他，眼睑缓慢地眨动着。

他用余光能看见圆环。不在眼角的位置，而是在接近十点钟方向。好在这些怪兽没有留意圆环。在它们的潜意识里，圆环不会给它们带来麻烦。

在圆环上方的十四号位置，一圈胶带重新出现。一条三英寸宽的银色带子，缠在灰白色的塑料外壳上。很容易被忽略。

麦克刚巧能看见那捆 C4 炸药，从两个圆环之间探了出来。

52

麦克召唤蚂蚁。他一生都把它们锁起来，只偶尔放出一小群。而现在，他需要它们全部出动。

他不能再继续当麦克洛夫特，他要变成夏洛克·福尔摩斯。

蚂蚁成群结队地运出图像、声音和事实。实验室大厅的缩尺模型不断完善、旋转、放大，向他展示各种细节。

其他蚂蚁则搬出美国警方的各种出警场面。麦克注视着无数电影和现实中的场景，直到确信自己已经有了所需的东西。

"计划照旧。"他悄声对婕米说。

"什么？"

"你不是超级猛兽。"麦克对缝合怪说。

高高的怪物转身背对阿尔伯克基之门，眨了两下眼睛。"实在抱歉，"它说。听到这样的话，麦克心头一凛。这个缝合怪，无论它曾经是谁，一定受过非常好的教育，"能请你再说一遍吗？"

麦克挺直身体，让自己尽量显得高大一些。他指着工作台附近的虫人。"你不是它们那样的超级猛兽，"麦克重复道，"那么，你是什么？"

缝合怪的人类眼睛躲闪了一下，光秃秃的眉头微微皱起，碎片状的嘴唇动了动，无声地吐出无法辨读的话语。这个画面让麦克联想起了鱼类。

这个生物发出一些黏糊糊的声音。有那么一刻，麦克还以为它呛到了。看婕米的眼神，她也抱有同样的幻想。

然而咯咯声变成了放声大笑。

"撒拉弗不是什么猛兽。"它口齿不清地说。被缝合在一起的胸部挺了起来，"他们是等待狮子回归的豺狼，是无尽沙暴出现之前的尘埃，是巨浪到来前的潮汐。"

这段语句它背得磕磕巴巴，口音也十分别扭。这个家伙渴望别人的恭维，同时相当自命不凡，麦克心里做出了评价。那种抑扬顿挫的调子，让他联想起了某些人朗读《圣经》时的模样。当然，刚才那段话并非《圣经》，他也从来没听说过。

"那你呢，你又是什么？"

缝合怪伸出一根长长的手指，触摸嘴唇。"我曾经是人类。"它沉默一阵后说，"一个以为自己理解了教义的凡人。而现在，我就像伊诺克，荣升为我主的代言者。祂依照圣灵的形象，以查尔斯、卢卡斯、霍华德和提摩太的血肉之躯，重新铸造了我。"它的手指摸向另一只手臂，触摸着被缝线编织起来的每一块血肉。

蚂蚁搜寻着这些名字的来历，按不同顺序排列，却什么都没发现。麦克点点头，默数到六。他的目光始终盯着这个生物，"还有一个问题。"

"说吧。在我主临近之前，请抓紧时间。"

麦克盯着它属于人类的眼睛，"你知道本体感受吗？"

缝合怪盯着他，眨了眨眼。婕米和莎莎也是同样的反应。

"我知道的神经学专业名词为数不多，这是其中之一。"麦克沉默一阵后坦白道，"它不太被人提及。但它解释了你为何会知道自己看不见的身体部位在哪里，就像你不用看也能伸手摸到后兜。"

高高耸立的怪物逼近麦克，麦克紧张地向后连退三步，但目光始终没有移开。他的余光看见婕米整个人都绷紧了。

"对我而言，本体感受就更有用了，因为我能记住其他所有东西在什么位置。所以我经常不开灯。还有，我不需要看就能拿起附近的东西。不需要看也能瞄准。"

他的手向后伸出，从工作台上抓起布莱克的手枪，朝身后的目标开了一枪。

麦克尽力将一切细节收入脑海的时候，一切都似乎慢了下来。

后坐力让他的手腕晃了一下，但蚂蚁向他展示了各种图形和角度，他再次瞄准。

第一声枪响后，缝合怪的目光不再盯着麦克的眼睛。它咆哮起来，唾沫洒了麦克一脸。就在这时，麦克开了第二枪。他听见一个虫人——撒拉弗——在他身后嘶叫起来。

是液氮槽附近那个。

婕米被枪声吓得畏缩了一下，随即反应过来，向前跃起。莎莎跟在她身后几步远处。

麦克开第三枪时，缝合怪把他挤开，从他身边冲过。

独自待在步道上的那个虫人向后举起一只手臂。握着长矛的那只手臂。它的目光在麦克和婕米之间来回转动。麦克听见身后响起一阵更大的啸声。冷风袭背。他朝远离液氮的方向迈了一步，抬起手枪，瞄准步道上那只撒拉弗。

远处工作台附近,那只手臂受伤的撒拉弗朝他怒吼。它把手伸向刺穿科斯特洛的那支长矛,但它还不够快。

婕米的脚踩上了斜坡道。

麦克又迈了一步,扣了两下扳机。第一枪打穿斗篷,击中那个撒拉弗的大腿。第二枪径直穿过粗糙的皮革,消失在传送门里。与此同时,撒拉弗掷出了长矛。

液氮槽爆炸了。

没有热度,只有一阵猛烈的冷空气。这波气体把他推向远处的工作台,救了他一命。瞄准他胸部的长矛掷偏了,只命中了他的身侧,就在手臂下面的地方。这一击打断了骨头,麦克的肋部感到一阵灼痛。长矛撕裂了衣服、皮肤和肌肉。

一块金属重重地打在他的后背上,第二块金属砍中他的小腿。

又一块金属飞过来。他感觉肋骨变成了一堆碎玻璃,在皮肤下不住碾动。他能想象出尖尖的骨头相互摩擦、折断的画面。血浸湿了他的衣服。拿枪的那只手在发抖。他完全不知道自己怎么还能拿得住枪。

一股寒意流过全身,就像沉入了冷水池。也许是因为冷空气,也许是因为失血过多。他不确定到底是什么原因。

婕米沿着斜坡道上向上爬行。麦克注意到她身上没有血。他等了一秒钟,终于看到她在呼吸。他没看见莎莎,估计被爆炸的气浪掀到斜坡道的另一侧了。

步道上的那只撒拉弗趴在地上,身体侧面有一道很深的伤口,暗红色的血流在步道上。那只大的眼睛眼眶湿润。另外两只小眼睛盯着麦克,然后目光下移看向婕米。它张着嘴,露出森森利齿。

麦克举起枪,射出两颗子弹。爆炸引起的耳鸣还没消失,因此枪声听起来含混模糊。两颗子弹都打中了那只撒拉弗,但没有直击要害。它发出低沉的嚎叫,四肢着地。这画面让麦克想起了伏地准备前冲的狗。

然而，它的一只手臂耷拉下去，随后整个身体瘫在步道上。裹着它身体的斗篷不动了。

至少死了两个撒拉弗。或者三个。

麦克靠在工作台上调整了一下重心，尽量保持平衡。他的身体还需要一些时间才能弄清楚自己受到了哪种程度的伤害。他的膝盖使不上力，臀部也使不上劲。身体侧面全被血浸湿了，虽然伤势没有看起来那么厉害，但麦克知道，他马上就要休克了。

他的视线变得模糊起来。有那么一瞬间，他还以为自己即将失去意识。不过他很快发现，那是一个人影。

缝合怪从上方向他逼近，嘴里咆哮着什么。麦克听不清，也不可能读出碎片状嘴唇的唇语。它的肩膀上扎着一块弯曲的、Kindle 大小的金属块，上面还有半截绿色的警告标记。肩膀上裂开了六根缝线。额外的那只手不见了三根手指，整条手臂都萦绕着霜雾。

缝合怪抓住麦克的手臂，长长的手指在他的二头肌上绕了两圈，隔着袖子也能感觉到缝合线上的结头。缝合怪用力一拽，麦克身体侧面的灼痛瞬间扩散。疼痛翻滚着袭遍全身。他的手指一阵抽搐，枪落在地上。

他瞥见婕米跃过死在通道上的那只撒拉弗，抓起遥控定时器，拨弄了一阵。麦克的腹部痛如刀绞。婕米又按了下遥控器，有东西发出咔嗒一声。半隐半现的炸药包那里迸发出一阵亮光。

缝合怪又咆哮了一声，丢下麦克。麦克的身体侧面痛得快要爆炸了，腿上伤口的疼痛也在蔓延。他倒向工作台，拼尽全力站稳脚跟。

缝合怪大步走向圆环。

一只幸存的撒拉弗从工作台的另一面爬进麦克的视野。它的斗篷头罩被割碎了，头骨侧面支出一块金属片，脸上沾满暗红色的血。

缝合怪朝它吼了一声，它跟了上去。

婕米眼看着它们走来，把遥控器夹在胳膊下，一把抄起迪伦的步枪。

撒拉弗举起爪子，怒吼一声。它的脚踏在斜坡上铿锵作响。缝合怪也朝她跨了一大步。

婕米看着它们，又看看麦克。

然后她转过身，跑进传送门里。

位于万物终点的荒漠

53

婕米踩在沙砾上，身子晃了一下。她穿过门四十次，但之前每次体验都一样——沿着钢制斜坡从一间屋子走到另一间屋子。没有参照系，没有特别的感觉。

现在，她在室外。

B站残骸的外面。

借着狂飙的肾上腺素，她朝外奔跑了整整一分钟。她不知道那个拼接而成的怪物有没有追上来。她在沙地上拖着脚步跑着，直到肾上腺素的浪潮减退、心率变缓，这才停下脚步。

看不到尽头的荒漠在她面前展开，偶尔有几处点缀着石头和枯萎的草地。几英尺外是某种灌木，看上去有十年没见过水了。

头顶，余烬般的太阳悬在天空。"悬"字用得很恰当。太阳疲惫不堪，几乎精疲力竭，挥洒着最后一丝气力。现在的它血红阴暗，不再是过去那种刺眼的黄色。

婕米回头望着时空折叠处,那个边缘模糊、悬在半空中的洞。

透过折叠处,她能看见圆环设备的轮廓,就放在沙地和混凝土碎块上。婕米意识到那条钢制步道也许也在那儿,埋在这片奇怪的沙漠之下一两英尺处。

她想让目光聚焦,却很难做到。折叠处的景象就像某种幻觉。眼睛盯着的部分还算清晰稳定,但周围的一切都模模糊糊,不停地扭动。

但她依然能透过折叠处,看到很大一片实验室大厅的景象。死去的虫人四肢摊开躺在通道上。再远一点是工作台、混凝土地面、死去的陆战队员、被刺穿的奥拉夫和一组工具柜。

还有爬上斜坡道的撒拉弗。

朝她怒吼的缝合怪。

婕米跑了几步,远离折叠处。脚下的沙砾嘎吱作响。不对劲。这沙砾太粗,颜色太苍白。

她能看见远处的峡谷,大概在两英里外。这是 B 站背后的那个峡谷。她和鲍勃曾去徒步过一次,从那里向下看是各种办公园区、仓库和一栋建筑。鲍勃坚持认为那栋建筑属于某个监视着他们的不知名政府组织。

峡谷附近有四个小黑点,是拿走 C4 炸药包的虫人。虽然距离过远很难看清,但她觉得它们全都背对着她。

空气摩挲着她的脸和手。她突然发现,刚才空气还不是这样。刚才一直是静止的,像这片沙漠一样死气沉沉。无风,无波,连细微的温差也没有。

她听见身后一声咕哝,于是转过身去。

莎莎正手脚并用地从折叠处逃开。她从地上爬起来,蹒跚了几步,吐出一嘴沙子。她手里还抓着一把陆战队的步枪。

她抬头看见婕米，"噢，谢天谢地。"她摇摇晃晃地穿过荒漠，和婕米拥抱了一会儿。

婕米从莎莎怀里抬起头，扶住莎莎的肩膀，看着她，"你没事吧？"

莎莎点点头，摸摸下巴，"没想到他打算炸掉液氮槽。"

"我也没想到。"

"我被一个喷嘴撞了一下。还好下巴没碎。"

"你为什么跟着我？"

莎莎回头看了一眼折叠处。"因为我没得选。你离开时，那个高个子怪物在追我。"她看了看周围贫瘠的荒漠，"操。"

"这会儿别想这个。"婕米说。

"在这儿？才没这个兴趣呢。"莎莎抬头看着暗淡的太阳，"简直是氪星末日①。该死，我们到底在哪儿？"

婕米远眺周围。目力所及之处是一片荒芜。地平线上有山丘，但看上去也毫无生气。唯一的亮色来自时空折叠处和莎莎的 T 恤。

"我想……"婕米说，"我想这就是那个没有我们的世界。"

"人类消失后的世界？"

"一切消失后的世界。我想麦克说的没错，一切都被吞噬了。"婕米指着太阳，"所有的一切。"

莎莎摇摇头，"你用遥控器让炸药定时起爆了吗？"

"对，我想是吧。我们不能待在这儿，很快就要爆炸了。"

"是的，但我们……该死。"她望着婕米身后的峡谷，"那是虫人吗？"

"应该是。"

"我们得离开这里，免得……"

空气再次波动。她们转身。

---

① 电影《超人》中，氪星是超人的故乡星球，毁于战争。

一只受伤的虫人四肢着地爬向他们。它做了个深呼吸，手用力撑地，直立起来。它的头前后摇晃，目光在婕米和莎莎之间来回移动。

它咆哮起来，露出森森利齿。

婕米趔趄着后退，脚陷在沙砾里。手里的重量提醒了她，她低头看了一眼依旧握着的步枪。

她再次举起步枪。她不知道之前那枪没打响的原因：没有子弹了？还是保险没打开？步枪有保险吗？

不知这个生物会不会被步枪吓住。

它活动着爪子朝她们走来，看起来并不在意枪支。它说着另一种语言，仿佛带着节奏，听起来像祷告或圣诗。

婕米晃动步枪。"别动。"她大叫，"退后！"

虫人没有停……它脚下扬起沙尘，斗篷在身上晃动。婕米甚至能看见斗篷上的缝线。

婕米扣下扳机。没反应。扳机好像被什么东西卡住了。她后退了一步，瞥见莎莎也在后退。

她低头检查步枪，翻来覆去地看。昏暗的日光下，她看见侧面有一块椭圆形的金属片，上面有条横线指着一个词：保险。她用拇指轻轻拨动保险，横线九十度转向，指着另一个词：半自动。

她扣动扳机，枪声响起。手里的步枪颤动了一下，子弹打在虫人身前的沙地上。它往后一跳，怒视婕米。

唱诗般的祈祷停止了。它开始冲锋。

婕米紧握步枪，再次扣动扳机。子弹打在离这个生物大约一英尺远的地面上。

虫人没有理会。

她知道有种办法能让步枪打出连发，但她不敢把目光移到步枪上，再研究一下。

又一声大吼划破凝滞的空气。莎莎举起步枪，又打了一个三发短点射，接着是又一次短点射①。子弹击穿皮革斗篷，虫人抽搐起来，它挥舞着手臂，想要抓住敌人，尽管双方还隔着十五英尺的距离。

莎莎一次又一次扣动扳机，直到步枪发出咔嗒一声，子弹耗尽。

这个生物摇晃了一阵，向后倒下，几乎没有发出声音。手指最后抽搐一下之后，它不再动弹了。

莎莎依旧瞄着尸体，慢慢做了五次深呼吸。

婕米看着尸体，抑制住尖叫的欲望。

但其他人发出了尖叫。那声音遥远、陌生，在沙漠中扩散成低沉的呐喊。这声音更像是贴着地面滑过来，而不是从空气中飘荡过来的。

是那些远去的虫人。它们转过身，四肢着地，往这边奔来。每一个都将多出来的那第三只手举在空中，手里攥着长矛，随时准备投掷。

它们看起来像身子一边高一边低的半人马，移动方式却像昆虫，或者巨型蟑螂。

婕米问莎莎："还有子弹吗？"

"应该没了。"

"疼吗？"

莎莎咯咯地笑了，"肯定啊。不仅是疼，我想我干掉它了。"

"我是说你。"婕米说，"你不是受过伤吗？你的手臂。"

"你在说什么呀？"两人都低头看向莎莎赤裸的手臂。

一阵凉意向婕米的后背袭来，"你手上的伤口缝合线怎么没了？"

"我手上的什么？"

婕米回头望向时空折叠处，"你这支枪是哪里来的？"

---

①此处的射手与前文不一致，连究竟谁手里有枪都语焉不详。这不是失误，而是作者有意为之。

"什么？"

"你从哪里得到的枪？"

莎莎耸耸肩，"这是那个爆破手的，叫什么来着？枪就在步道上，我穿过圆环之前顺手捡起来的。"

婕米摇摇头。"不对，"她说，"通道上那支枪被我拾起来了。"

她们对视了一阵，瞅瞅两人手里一模一样的枪。

"该死。"莎莎说，"又是这种事。"

远处的虫人咆哮起来，让婕米想起了饥饿的兽群。这种声音意味着，它们绝对不会留着她们当俘虏。

如果她没估计错，虫人用了大概五分钟到达峡谷。现在它们以更快的速度向这边奔来。

"我们真的需要离开这儿了。"婕米说。

"去哪里？"

"回去。"婕米用枪指了指死尸和正在朝她们靠近的生物，"那边安全些。再过两三分钟，那些家伙就要冲到这儿来了。"

她向闪光的洞口走了几步。

莎莎没动。

"怎么了？"

"我已经在那边了。"

"你在说什么……"婕米看向折叠处，"没错，她在那边，你在这边。但我们还是要一起回那边去。"

"会不会……"莎莎举起枪，朝那个洞口一指，"我们会不会互相抵消？"

婕米停下脚步，"你们不会互相抵消的。"

"你怎么知道？"

"因为那些苹果。"婕米说，"就像多出来的那些苹果、工具柜和甜甜圈。只是多了一个你而已。"

"操。"

虫人再次咆哮起来，这次声调变了，升高了。听上去几乎像在表达……幸福。

那些生物冲到一半，突然在沙漠中间停了下来。它们低头，屈膝，手臂伸向婕米和莎莎——

——背后的东西。

婕米望向身后，想看看是不是缝合怪从门那边过来了。但圆环前粗糙的沙地上空无一人，圆环那边的钢制通道上也没人。

莎莎回头看了一眼趴在地上的虫人。她向右边移了几步，然后再迈出几步，迈过一排煤渣砖的碎块——这就是曾经的 B 站外墙。她可以清楚地看到，那条时空通道后面，同样只有无边的荒原，点缀着枯死的灌木和……

"天哪！"她低喊道。

婕米吃力地迈了几步，想看看折叠处的后面隐藏着什么。

空中有东西。她的第一反应是飞机，马上又意识到这不可能。就算在这片距离感发生畸变的荒原上，那东西也显得太远、太大。

而且，它是活的。

54

第一眼看到它时，婕米想起了座头鲸滑近摄像镜头的画面。那些动物大得惊人，神情却总是很平和，甚至像在微笑。

不管这个从空中朝她们而来的东西是什么，它和座头鲸一样，给人一种庞然大物之感，但它绝不友善。它充满敌意。怒气从它身上向外散发，仿佛蒸腾的热气。它的脸上也没有鲸鱼似的微笑，取而代之的是厚厚的绒毛，或者是某种远看模糊的鬃毛。

这个庞然大物的翅膀拍击着空气。翅膀是从身体骨架中延伸出来的巨大覆膜，这种整体结构类似于蝙蝠，只不过这头蝙蝠大到了荒诞的地步。她在《冰与火之歌》中的巨龙身上见过这种翅膀，但和眼前的巨翅相比，电视剧里的翅膀实在太渺小了。

巨大的翅膀向下拍打着，激起了遮天蔽日的沙尘。一棵枯树被狂风卷起，抛向远方，它在空中打着转儿，最后落到怪物身后。

以那棵树为参照，婕米判断空中怪物离她们四五英里。不管它是什么，反正比大型喷气式客机更大。

"超级猛兽。"莎莎悄声说，脸色惨白。

巨兽朝她们逼近，朝时空通道逼近。

远处，虫人大声嚎叫起来。

"快，"婕米说，"快离开这里。"

莎莎没动。

"莎莎？"

莎莎嘴唇微张，神情呆滞。她摇摇晃晃地向前走去，步枪也掉在了地上。她直愣愣地盯着天空中的怪物，一只眼睛处有根细小的静脉鼓胀起来，然后绽裂，将眼白染成了红色。

巨翅再次向下拍击。这一次，婕米感到天摇地动。沙子和混凝土沙砾猛烈地冲刷着她的脸和手臂。天空中的巨兽又朝她们接近了三分之一的距离。

"莎莎！"婕米使劲拽着她软绵绵的手臂，两人绊倒在沙漠中，沿着小沙丘向下滚了十几英尺。

莎莎甩开婕米的手，"你听见了吗？听见了吗？"

"听见什么？"

莎莎回头看了眼空中那家伙，马上移开目光。她的一只眼睛布满血丝。"它饿了。"莎莎说，"噢，该死，它说话了，它饿极了。"

"它说话了？"

莎莎抬手按住那只布满血丝的眼睛。"它饿极了。"她重复道。

她们能听见巨大的翅膀像鼓槌敲鼓一样擂击着空气。婕米不得不眯着眼睛，抵挡沙尘的袭击。

"我们该走了。"婕米把步枪挂在肩上，"在炸药爆炸前离开。"

莎莎任由婕米把她拉起身。"对。"她眯着眼睛抵挡碎沙砾，"对，我们走。"

　　她们在荒漠上跋涉，朝 B 站废墟走去。死去的虫人被沙子淹没了一半，更多的沙子正被风吹着，继续掩埋它的尸体。过了那里就是圆环附近的时空折叠裂隙，离她们顶多十二码。

　　空中的巨兽再次猛拍空气，一阵强烈的风沙迫使她们停下脚步，捂住双眼。

　　等她们再次睁眼时，超级猛兽的身躯遮蔽了她们眼前的天空，离她们只有不足一英里了。巨大的翅膀展开，宽达一千多英尺。翅膀缓缓抬起，像在伸懒腰。

　　这头生物的正面，婕米刚才以为是脸的地方，长着一团触手。伸出又卷起的触须不停地舞动，平均长度有五十英尺，但婕米看见有几根比这还长三四倍。它向前滑行时，两根长长的触须拖曳到了沙地里。

　　每支翅膀下方都长着细细的腿，或者手臂。腿向身体处弯曲，就像飞翔的猛禽。在庞大身躯的映衬下，那些腿显得非常细小，让婕米联想起了霸王龙的前肢。

　　翅膀伸展到最高点，再次向下拍击。

　　狂风猛烈地冲击着婕米和莎莎四周的沙漠。她们牢牢抓住彼此，紧闭双眼。沙尘撕扯着她们的衣服、头发和皮肤。婕米和莎莎被风推着后退了一步，又一步，又一步。

　　婕米感到双脚离开了地面，抓着莎莎肩膀的那只手也松了。她们原本抓着彼此的胳膊，却逐渐滑到了手掌和手指，最后被风吹散。婕米冒险睁开双眼，看见莎莎在不远处飘飘荡荡。风把两人都吹上了天。

　　就在这一瞬，太阳被遮住了。

　　超级猛兽掠过她们身边。震耳欲聋的轰鸣让婕米想起她大学毕业租房那会儿寓所附近午夜经过的运货列车。沙尘暴的袭击中，她睁开了一下眼睛，瞥见了拖拽在沙地上的一条触须，那东西就像一根粗大的树干，一路犁开沙地。

接着，沙尘暴把婕米甩向地面。她半没入沙丘，只顾得上大口喘气，沙砾和尘土满嘴都是。粘在舌头上的尘土变成泥浆，她一边喘气一边努力吐掉。

婕米感到沙土在她四周堆积。她所在的沙丘较高那侧正向下滑动，掩埋了她的臀部和双脚，灌满了牛仔裤和运动鞋。婕米拼命踢动双腿，但沙土还是在腿上越堆越多。她闭上双眼，努力起身，却被狂风推倒。

她的心脏加速跳动。她再次使劲，这次终于挣脱了沙砾。与此同时，风速减慢了，沙尘不再猛烈轰击她的衣服和皮肤，变成了轻轻敲打。

她拭掉睫毛上的沙尘，小心翼翼地睁开双眼。

飞行的生物已经过去了。它的长尾在空中来回舞动，双翼再次向下拍击，又激起一阵沙尘，但距离已远，只有一些微粒拍打着她，就像海滩上的风。

婕米环顾四周寻找莎莎。同伴无影无踪。她深吸一口气，正准备大喊，却突然止住了。如果附近还有虫人呢？如果把那头超级猛兽吸引过来怎么办？

婕米脑海中闪过触须拖曳的画面。她仿佛看见了那头猛兽发现莎莎半埋在沙中、用触须卷起她来的画面……

"莎莎！"

没有回答。婕米环顾四周，再次大声呼喊。

大约三十英尺外，沙土中露出一抹亮红色。莎莎支起身子，咳出一口濡湿的沙砾。她蜷起身，坐在沙丘上。

婕米跟跄着走过去。"噢，天哪。"她说，"我还以为它把你吃了。"

"我还以为它吃了你呢。"莎莎说，"那根大触须应该刚好从我们中间拖过去。"

婕米站起身，"想离开这儿吗？"

"太他妈想了。"

婕米望向身后，所见只有荒漠，起起伏伏绵延到几英里外。超级猛兽正在远去，一团团尘土形成的尾迹遮蔽了峡谷。她沿着那头生物的路径望去，却看不见 B 站的残骸。看不见虫人的尸体，也看不见空气的闪烁。

就算时空通道已经脱离了圆环，但它似乎仍旧只能从一个方向看见。只有从那个方向，才能看见空中闪烁的气浪。

莎莎擦去眼睛里的沙子。"噢，操。"她说，"传送门呢？"

55

哪怕从他的角度，麦克也能看见婕米在门那边的沙漠中跌跌撞撞，越来越远。但他只朝右边迈了一步，婕米就消失了。

据麦克估计，炸药还有五分二十二秒爆炸。他在大脑中设了个倒计时，让蚂蚁帮他看着。

缝合怪的目光穿过圆环，盯了婕米好一阵子，然后弯下腰，拨弄了一下地上那只撒拉弗。他用不同的手指交替触摸，查看是否还有生命迹象。最后，缝合怪叹了一口气，畸形的肩膀往下沉去。

麦克打算伸手去够地上的手枪，随即打消了这个念头。负伤以后，他好不容易才站稳，弯腰弓背可不是明智之举。身体侧面的伤口比手掌还长，但他觉得内脏没受致命伤。他还能动。

头上插着一块金属的撒拉弗快步走上斜坡通道，毫不犹豫地走进传送门，在沙漠上追着婕米的脚印前行。麦克听见远处传来婕米的叫喊声。

麦克看见莎莎为了躲避这头生物,在通道远处缩成一团。莎莎的一只耳朵下方有一道小伤口,脖子一侧也有一道伤口。手臂上的伤口缝合处还有点渗血,但出血不多。麦克默数至五,这才看见莎莎胸口起伏,呼吸平稳下来。

麦克深吸几口气。空气的味道有些异样。

他离开了工作台。身侧疼得像有数十个鱼钩在一道撕扯。因为液氮的缘故,屋内温度已经降了十度。换言之,现在室内氮含量很高。

麦克吃力地移动。他想跑,但动起来步履蹒跚。右脚每移动一次,他的肋骨就像被鱼钩抓扯一般。麦克敢打赌亚瑟现在都比他跑得快。他回头望了一眼,脖子和肩膀的扭动让肋骨一阵剧痛。

缝合怪正朝他大步追来。它的两排腿像老动画里的角色那样交替向前滚动,同时活动着半僵的那只手臂。

另一只撒拉弗去哪儿了?它还在吗?这里只有这个缝合怪了吗?

麦克一瘸一拐地走向大厅门口,又在工具柜之间转了个弯,掉头回来。在他经过时,那只黑色工具柜又发出砰的一声。一颗铆钉弹出来,侧板松动,向外凸出了一点。

工具柜另一面是邓肯军士。他临死前杀死的那只撒拉弗半压着他的尸体。怪物的尸体倒下时,把这个陆战队员的步枪撞到了他旁边。

麦克跪在地上,从扳机上掰开邓肯冰凉的食指,想把枪拽到自己手上。步枪的背带系在邓肯身上,系得很牢。放在平时当然是件好事,但这会儿系得这么牢实在太糟了。

背后传来光脚踩在水泥地上的啪嗒声。工具柜被推开,轮子发出刺耳的嘎吱声。

麦克再次扯着步枪。背带动着、扭曲着,但就是没松开。蚂蚁们画出背带的图形,研究尸体的位置,描绘应力线。他伸出食指,对准一个搭扣用力一扳，终于将步枪拿到手里。

麦克尽量模仿陆战队员倒地射击的姿势，一次又一次地扣动扳机。步枪震动着他的手臂，一半的子弹打偏了。三颗子弹从这生物的表皮擦过。两颗子弹击中了这家伙身上的缝线。其余子弹打得这头生物后退了几步。

第六次点射之后，步枪咔的一声响。子弹打光了。

缝合怪浑身有六个伤口在流血，但它似乎并不在意。它举起一只手指左右摇摆，嘴里发出咯咯声，像个对学生失望的老师。

一阵风从圆环里袭来。在缝合怪身后，沙子从穿送门里吹出来，噼里啪啦击打在步道、地板和尸体上。

缝合怪站住不动。它表情变得柔和起来，眼睛大睁，碎片状的嘴唇颤动着收缩。

"终于，"它低声说，"我主降临了。"

风声之下，麦克还听见了别的声音，像巨型风筝或大旗被吹动时发出的哗啦声。声音越来越大，风也越来越强。

缝合怪转身面对圆环。这时，不知何时起身的莎莎赶到了它跟前，挥动枪托砸向它的下巴。重击让它的头向后一摆，刚刚回过头来，又再次遭到重击。几颗牙齿飞了出去，撞在工具柜上。

麦克艰难地站起身来。

莎莎正要挥击第三次，却被缝合怪抓住了手臂，在手臂上缝合的伤口和绷带处用力一攥。莎莎惨叫起来，步枪哐当一声落在地上。缝合怪锁住她的咽喉，参差不齐的指甲扎进她的皮肉。

麦克抓着打光子弹的步枪的枪管，像抡棒球棍般猛地一挥，砸在缝合怪的后脑骨上。震动让他的体侧疼痛万分，但他毫不理会，挥起步枪，再次砸了下去。

缝合怪摇摇欲坠。莎莎摔在地板上，捂着喉咙，鲜血染红了她的手指。

缝合怪转身低头看着麦克。它的人类眼睛瞳孔放大。“请主原谅我，”它自言自语，“没有准备好配得上您的食物，等待您的降临。而你，你不配与主同行。”

麦克挥起枪托砸向它的脸。缝合怪踉跄着后退，撞在工具柜上，摔倒在地。沉重的柜子压在它身上，保险丝洒了它一身。

它不动了，但还有呼吸。

莎莎哼了一声。麦克扔掉步枪，跪在她身边，“伤到大动脉了吗？伤到气管了吗？”

“我没法呼吸。”她声音嘶哑。

“那是因为空气中的氮，镇定点。”麦克摸着她的手指，“让我看看。”

莎莎摇摇头，向后一缩。

“你的手能感觉到脉搏跳动吗？如果它伤了你的颈动脉，你会感到像在堵水管。”

莎莎又摇了摇头，动作比刚才慢了些。

“相信我。”麦克说，“让我看看。”

莎莎闭上双眼，手指从喉咙处拿开。更多血往下流淌，弄脏了衬衫的领子。

但并不是喷涌。

“你会没事的。”麦克说，“没看起来那么糟。别怕。”他拉着莎莎站起身。

莎莎一只手按着喉咙，另一只手指向缝合怪，“这个弗兰肯斯坦怎么办？”

“你为什么不直接朝它开枪？”

“因为我不像某些天才，”她说，“我不能朝我朋友的方向一阵扫射。"

"不好意思。"

"别放在心上。"

"这么说，咱们是朋友了？"

"滚你的。我们拿它怎么办？"

"暂时什么都不做。还有四分零九秒，炸药就要爆炸了。"麦克一瘸一拐地向传送门走去。新一波肾上腺素和胺多酚袭来，麻痹了身体的疼痛。

莎莎看了看缝合怪，抄起地上的步枪，跟上麦克，"炸药不够。炸不掉门。"

"我知道。但是我们得先找到婕米。"

"怎么找？"

麦克弯下腰，抓起一根氮气管。刚才那阵狂风把大部分氮气管吹到了大厅的另一端，好在将氮气管与圆环相连的那个沉重的扣合件还在斜坡道附近。麦克站起身，从扣合件这头开始，使劲拽过更多的管子。管子被爆炸炸断了，但还是有四十多英尺长。"我去追她。"

莎莎看着荒漠上呼啸的沙尘。传送门那边的风看样子没有飓风那么强，但也没弱到哪儿去。她在书里读到过，沙尘暴能把人撕成碎片。她想知道这当中的真实性到底有几分。

突然，沙漠中的光线变了。透过圆环四周闪闪烁烁的薄雾，莎莎看见一个黑色的影子横亘于空中。如果不是因为它看起来太坚硬，移动速度太快，莎莎说不定会以为那是云。她听到风声中还有别的声音，像敲击声，那是……

"拿着。"麦克把靠近扣合件的管子一端塞到莎莎手中。

莎莎眨了眨眼，看着手里的管子，"什么？你要干什么？"

"我要把管子拉到传送门里面去。"麦克指着飞舞的沙尘。风似乎在减弱，不过谁也说不准。"但愿它能充当一根安全绳，让我不至于迷失方向。或许它还能使传送门保持目前的状态，不切换到另一个平行世界。"

"如果切换了呢？"

"那我和婕米恐怕就会流落到另一个世界去。"

斜坡道附近有五个陆战队员的尸体，他们都没带手枪，而麦克感到自己负伤之后不方便用步枪。布莱克倒是有把手枪，蚂蚁给他带来足够多的图片和资料，麦克用这把枪毫无问题。麻烦的是手枪在右边两码之外，而且他没有时间去搜寻弹夹。

他深吸一口气。圆环附近的空气闻起来干燥、凝滞，但含氧量更高。再次深呼吸后，麦克的头脑清醒过来。他这时才意识到，刚才自己有些晕乎乎的。

"还剩三分四十秒。"他说，"如果两分钟后我还没回来，你就往停车场跑。不要停，一直跑。"

"我会留在这里。"莎莎把软管缠在一只手上，另一只手拿着步枪，"去吧。"

麦克把管子松散地绕成几圈夹在腋下，往斜坡道上跨了三步，又深吸一口气。沙砾从圆环里喷出，洒落在钢制步道上。麦克的舌尖尝到了尘土和水泥的味道。

他跨进传送门。

56

麦克被沙子绊了一下。门这边的地面高出两英尺。狂风正在掩埋圆环。

麦克大步前进。他没跑，因为他既没精力也没时间摔倒又爬起。他决定只在迫不得已时再加快行动速度。

管子在他身后延伸，距离莎莎站立的圆环口八英尺四英寸。荒漠这边的管子长度差点不到三十四英尺，还要取决于管子有多大的延展性。

距离圆环十四英尺处，识别模式启动。麦克眼前闪过沙地上的一连串隆起和褶皱。蚂蚁们依据风向和沙堆在他脑海中拼出模型，做出推断。那里埋着一具尸体，就在几英尺外。

那具尸体的上半身有三截突出物。麦克想着这会不会是拿着枪的婕米，但三段突起都是弯曲的，肯定都是手。再说尸体也太长。

麦克继续向前。风变小了，但能见度依然很糟。荒漠抹去了一切色彩和生命。

三十四英尺的管子很快就到了尽头。麦克回头看了看圆环，又向前望了眼沙漠。沙尘暴正在向地平线远去，密集的沙尘遮蔽了峡谷。

有东西在沙尘暴中移动，在空中一闪而过。他努力在脑海中重构那个画面，却被蚂蚁们撕得粉碎。没有什么东西能有如此巨大的翼。

"婕米！"麦克大声叫喊。荒漠吞噬了他的叫声，没有一丝回响。

一对黑蚂蚁举起脑内的计时器。三分十三秒。

麦克松开管子的末端，继续前行。他最后一次见到婕米时，那姑娘正向左走，于是他也朝那个方向前行。蚂蚁记录下步数、角度和方向。这里没有任何能被标记和绘制的地标。

太阳的位置不对。快到傍晚了，不该在天空中这么高的位置。而且太偏向南边。麦克不敢靠太阳的位置来确定方向。

婕米穿着白色衬衫和磨白的牛仔裤。这身搭配在沙漠里并不显眼，但麦克十分确信他能发现婕米。

远处，沙尘暴盘旋而上，形成了一连串龙卷风。蚂蚁们在飞旋的风沙中发现了几条特殊的线条和影子。麦克心里一震，以为那是婕米。真是婕米的话，距离太远，肯定来不及赶回圆环。但过了一会儿他就意识到，那边的身影未免太多了些。

远处有十一个撒拉弗，全都穿着斗篷，有的站立，有的好像跪着，对着沙尘暴高举手臂。所有撒拉弗都背对着他。风又减弱了一些，麦克这才发现，他看见的其实只是第一排撒拉弗，后面还有十几个。

蚂蚁回放了撒拉弗奔过沙漠、冲向传送门时的画面。

"婕米！"麦克再次大喊。他又向后看去，什么都没发现。

他继续前进。

整整一分钟过去了。他距离管子末端已有一百一十七英尺远，距离圆环口一百五十一英尺。他把脑海里简要的荒漠地图与记忆中传送门项目组所在的园区周围的区域作对比。他正在往北偏东方向前行。在他的世界，他站立的地方是一条东西走向的通道，比小径宽不了多少。

麦克将前进方向朝北方偏转了一点。但婕米迟迟没有回到他的视线，她一定是走得更远了。麦克翻过一个小沙丘，又喊了两次她的名字。还剩一分四十八秒。

留给他们返回阿尔伯克基之门的时间不多了。

"婕米！"他再一次大喊。

"麦克？"

麦克转身。婕米在松动的沙子中吃力地越过沙丘，身旁还有另一个女人。这人身材颀长，穿着亮红色衬衫，深色的头发上有一条白道。

蚂蚁们花了几秒钟计算出可能的线路。莎莎也许沿着这些线路中的某一条进入了沙漠，找到了婕米，而麦克完全没有看到她，也没听到她的声音。但这个女人抬起头来，麦克看见她的手臂上没有缝线，脖子上也没有伤疤。她的右眼布满血点。

两个一模一样的巧克力羊角包，量子甜甜圈。

麦克挥走脑海中的蚂蚁，与她们汇合。她们从距离传送门背面很远的地方过来，似乎绕了一大圈。

"你在这儿做什么？"婕米问。

"找你。"

"炸药没爆炸？"

"还有一分半。"

"你重置了它？"

"什么？"

"我们找不到传送门了。"另一个莎莎说。

蚂蚁拖出地图，将它转为三维立体图。他回过头张望。圆环位于六十三码外，在被沙子掩埋的 B 站残骸处。灰白色的圆环外壳隐入荒漠中，从这个角度看不见空气中的闪烁气浪。要不是他知道该朝哪儿看，他是不会看到它的。"跟我来。"他说。

他们转过身。突然间，麦克大脑中的蚂蚁兴奋得像发了疯一样。刚才在空中瞥见身影的那个大家伙转了回来，从沙尘暴身后的沙尘尾迹中飞了出来。看着那个庞然大物倾斜身体掉转方向，就像观察巨型喷气机转向一样，必须拐出去好几英里才能转过弯来。它的翅膀再次向下拍动，弥漫在峡谷那一侧的沙尘顿时被一扫而空。

麦克将它的体型、触须、翅膀一一收进脑海。蚂蚁们来回奔跑，却找不到可以与之对比的事物。这东西完全不合情理。

越来越多的蚂蚁出现了，麦克赶走了它们。重要的是看好计时器。一分十三秒。空中巨兽转身时他一直盯着它，浪费了整整七秒钟。

巨兽掀起的狂风把地面的撒拉弗卷向空中或吹倒在地，但它们似乎在朝它欢呼。

"他们是无尽沙暴出现之前的尘埃，"缝合怪说过，"是巨浪到来前的潮汐。"

麦克在脑海中描绘出了超级猛兽的前进路线。正对着传送门而去。

"我们该走了。"莎莎说。

麦克再次指出方向。三人朝传送门奔去。全速奔跑的时候到了。他们你拖我拉，彼此搀扶着在沙砾中奔跑。

随着麦克迈出一步，闪闪烁烁的空中气浪蓦地出现，仿佛转过街角迎头碰上一般。在室外，没了墙和屋顶的遮挡，麦克看清了时空通道扩展到了多大。气浪向高处空中延伸了接近五十英尺，横向延伸了大约一百英尺。

这么大的通道，连空中那头巨兽都穿得过去。

他们找到了已经埋进沙子里的软管。沙子底下还有砖块，绊倒了麦克，让体侧的伤口刺痛不已。两个女人把他拖起来，继续向圆环前进。

二十八秒。

他们越过虫人的尸体，朝折叠处艰难地前进了几码。对面弥漫过来的空气冰凉刺骨。"快点。"麦克说，"虽然只剩下一个炸药包，但如果离得太近，我们照样会被炸死。全力冲刺吧。"

他们跨过了传送门。

钢制通道在他们脚下发出铿锵声，一阵冷空气向他们袭来。他们绕过虫人的尸体，跌跌撞撞地下了斜坡道。

莎莎，那个脖子上有血、手臂上缠着绷带、站在坡道尽头的莎莎端起手中的步枪。眼里有血斑的莎莎举起双手，"小心点！"

"天哪！"莎莎放下步枪。

"没时间了。"麦克大喊，"快离开！"

"什么？你才走了一分钟。"

麦克猛地止步，差点摔倒。婕米抓住他的手臂，"你说什么？"

"顶多一分钟。"拿着步枪、缠着绷带的莎莎说。

蚂蚁一涌而出，开始计算：距离的相对性、撒拉弗在荒漠中的来回移动。麦克抬头看看炸药，又看看婕米，"你们在那边待了多久？"

婕米耸耸肩，"十分钟吧，大概。"

眼睛充血的莎莎点点头，"差不多。"

"那好吧。"麦克说，"只剩下两分多钟拯救世界了。"

"哦，操。"缠着绷带的莎莎叫道，"炸药不见了。"

四个人全都抬起头。圆环的塑料外壳光洁如初，C4炸药包消失了。

"我觉得炸药应该在塑料壳里面。"眼睛充血的莎莎说。

麦克闭上双眼。鲜血浸透的衬衫侧面湿漉漉的,空气中弥漫着氮气的臭味。蚁群疯狂涌动。红蚂蚁和黑蚂蚁,搬运着各种事实、片段和猜想。是什么引发了渗透?是这些部件本身?还是特定的行为,或者温度,或者……

打破空间壁垒的,真的是寇奇诺维克所说的东西吗?

"是我们。"麦克对婕米说,"越多人在这儿,离传送门越近,可能的结果就越多,可能性就越丰富。可能性越丰富,平行世界之间的相互渗透就越多。我们在制造通往不同现实的通道。"

"什么?"

"我们就是这样让额外的螺帽出现的。这也解释了为什么我们靠近时,一个炸药包重新出现。这也说明了为什么士兵们来的时候,出现了更多的工具柜,而当他们死去后,一切又平静下来。"麦克踏上斜坡道,"来,靠近点。"

绷带莎莎扬起眉头,"靠近点?"

婕米看着麦克身后。超级猛兽已经完成了大转弯,正朝他们飞来。它此刻在峡谷上方,大概两英里外。

但时间在那边流逝得快些。

婕米踏上斜坡道。两个莎莎也照做了。

麦克等待着空气波动,或者某种变化。他眨了下眼,然后又眨了下眼。第二次睁眼时,迪伦的步枪和炸药遥控器重新出现在步道上。

"我们在做什么?"血眼莎莎说。她看向荒漠。空中的超级猛兽正变得越来越大。

"我们在找量子甜甜圈。"麦克说。圆环闪烁了一下。还剩一分二十一秒。

第一个炸药包重新出现时,圆环附近有三个人。现在圆环附近有四个人了,变化速度本该更快。或许两个莎莎被视作同一个心灵。

或者……

炸药重新出现时，圆环附近有四个人。

麦克看了看四周，然后转向绷带莎莎，"那个弗兰肯斯坦呢？你把它杀死了没？"

莎莎摇摇头，"我一直站在……"

"把它拖过来，我们需要更多心灵，更多可能性。"

两个莎莎跑到大厅另一边，拖动地上的缝合怪。长长的身体在地上留下暗红色的血迹。麦克看见它头上有三大块步枪枪托留下的肿块和瘀青。

"它曾经是人类。"麦克解释道，"我敢说它现在的大脑依然是人类大脑，可以作为一项变量，嵌入寇奇诺维克的方程式。心灵越多，空间裂缝越强大，平行宇宙的彼此渗透就越多。"

两个莎莎把扭曲的躯体拖上斜坡道。拖拽过程中，缝合怪的一些缝线绽开了。它的一根手指抽搐了一下，那只人眼的眼睑微微颤动。

"它好像醒了。"血眼莎莎说。

五十三秒。

麦克转过头，肋骨上疼痛难忍。荒漠上方的天空已经被超级猛兽完全遮蔽。相距不到一英里了。

超级猛兽的触须四散开来，像朵巨大的绿花。麦克瞥见了它琥珀色的巨眼，每只有二十英尺宽。

就在这时，圆环上起了涟漪。"退后！"他大叫，"快退后！"

他们跃过缝合怪，跳下斜坡道。麦克的身侧和腹部疼得火烧火燎，落地的震动让这两个部位的伤势更加恶化。婕米一把拉住他，向后逃去。

第一个圆环变成了银色，表面也变得起伏不平。

"那是……"

是胶带。陆战队员固定炸药用的胶带。整个圆环都被胶带包裹着。胶带一圈一圈覆在整个圆环上，前后缠绕，几乎盖住了圆环表面的每一英寸。

胶带下面是一捆捆 C4，足有几十个炸药包。在圆环的每一个连接处，炸药的数量都大幅增加了：翻倍、三倍、四倍。每个炸药包上都配备着起爆器，至少五分之四的炸药包起爆器闪烁着微弱的红光。

"只要位置对了，十磅就能炸掉整堵墙。"

麦克做了个很保守的估计，外层圆环上足足贴着八百四十磅 C4 炸药。

57

"这怎么可能！"麦克身旁的莎莎说。

四十二秒。

"离开这儿。"麦克说，"立刻。"他扯了扯绷带莎莎。那个莎莎扔掉步枪，抓住麦克的手臂，拖着就跑。麦克体侧的伤口里仿佛有鱼钩在猛戳猛扎。

婕米跑在前头，麦克听见大门上的磁力锁砰然打开。

血眼莎莎点点头，抓起麦克的另一只手臂架到肩上。骨骼拉伸让麦克痛得惨叫一声，鱼钩刺得更深了。

他们朝大厅另一头奔跑。麦克回头看了看缝合怪。它已经醒来，正举起爪子似的手，怒视大厅对面的麦克。

他们沿走廊奔向前门入口。"我们去哪儿？"婕米大喊。

"外面。"麦克说。走廊里的空气温暖湿润，充盈着他的肺部。"楼梯底下。"

婕米继续向前跑,推开一扇玻璃门,半抬着麦克的莎莎们经过前台,跑下水泥台阶,开始穿越停车场。

"不行!"麦克指着通往拖车屋的那条路,"去那边。"

"我们得尽量逃远些。"绷带莎莎说,"炸药太多……"

麦克耸动肩膀甩开她的手,不顾体侧刀割般的疼痛,沿着那条小路蹒跚了一段路。他在楼梯平台前停下脚步,跪在地上,"这里。"

婕米跑过来。莎莎们也过来了。"你确定?"婕米弯下腰问他。

麦克伸出手,使劲捶打旁边那堵墙,"这里有接近七十英尺的混凝土隔着我们和……"

地面剧震。

玻璃门和窗户顺着一波火焰和飓风飞出。有什么东西撞在他们头顶的栏杆上,前台被卷进室外繁茂的植物中。空气灼烧着他们的眼睛、嘴唇和肺部,又瞬间消失,让他们难以呼吸。黑云在四周打转,带走了一切。他们大声尖叫,火焰在他们头顶和楼梯两侧爆炸。

连续三块煤渣砖撞在婕米身旁的道路上,摔得粉碎。一根钢筋在麦克身边直刺入地。一个看起来像工字梁的东西飞到外面,越过繁茂的植物,撞在地上,震动大得如同地震。灰尘和沙砾如雨点般落下。一颗超大的银色螺帽打在一个莎莎身边的地上。

随后,仿佛充斥宇宙的白噪音变为雷鸣、尖啸和汽车警报声。他们身旁的墙裂出一道缝隙。高处的栏杆整个向下倾倒,沿墙滑到地面,横在他们面前。

终于,噪音和尘云散去。麦克使劲摇头,想恢复清醒,结果脑袋撞在了栏杆的立柱上。

"是呀。"眼睛充血的莎莎咕哝道,"你真的是个天才。"她的头发里满是灰尘和沙砾。体恤的袖子被撕掉了,肩膀上还有一道宽宽的血痕。

"大家都没事吧?"麦克揉着太阳穴。

"应该没事。"婕米说。煤灰在她脸上印出一条条细纹,发尖也被烧焦了。

"我的腿被栏杆压住了。"莎莎——绷带莎莎——说,"可能扭伤了,一阵阵抽痛。"

麦克从栏杆下慢慢移出身体,感觉自己在被钩刺,被针刺,被刀割。他的全身都被血浸湿了。婕米和血眼莎莎清理掉他身上的碎石,扶他起身。

他们搬起栏杆,让绷带莎莎把腿从下面移出来。她的脚踝受到了重压,已经肿大。血眼莎莎凑近扶她起身,两人目光相遇,彼此都有些尴尬。血眼莎莎转而搀扶麦克,婕米则过来让绷带莎莎靠在她肩上。几个人一瘸一拐地离开楼梯,这才转身细看。

原本是混凝土墙的地方矗立着熏黑的钢筋框架。大楼最上面一层整个不见了,不知道是坍塌落入一楼,还是整个炸飞了。飘浮的尘埃扩散到了停车场和警卫室后面。麦克发现警卫室所有的窗玻璃都不见了。

整个建筑所有能燃烧的部分几乎都着了火。一根黑色烟柱冲天而起。很快,几英里内的消防队都会知道这里需要他们。

"唉,"麦克说,"这幅景象真吓人。"

婕米扶着的莎莎对他扬起眉头,"哪个部分吓人?"

麦克耸耸肩,"大部分都吓人。"

"大部分?"婕米说。

"操。"两个莎莎同时说。她们对视一眼,傻笑起来。

婕米扶着的莎莎忽地直起身子,"亚瑟!"

老人四肢张开趴在一辆玻璃粉碎的汽车旁。他身上沾满沙砾和灰尘,看起来像个幽灵。他们又叫了一声他的名字,他还是没动。

莎莎——血眼莎莎——扔下扶着的麦克,跑了过去。婕米看了眼自己扶着的莎莎,点点头,也跑着穿过了停车场,留下两个伤员互相搀扶。

"有呼吸。"血眼莎莎回头说道,"他处在爆炸边缘。"

"别动他。"麦克说,"如果呼吸和脉搏正常,就暂时先别动他。"

"我们得叫救护车。"婕米说。

麦克看了眼燃烧的建筑和烟柱。烟柱至少有两百英尺高。"他们应该已经在路上了。"他说。

一小团火吸引了麦克的注意。他和瘸腿的绷带莎莎靠过去。麦克弯腰护着伤处,瘸腿莎莎单腿跳着保持平衡。麦克每移动一下,都觉得有一堆碎石头碾磨着肋骨间的神经。他不知道自己还能不能重新直起腰来。

那只帆布购物袋让火头没有燃大。爆炸将三本古书震出了袋子,烧了起来,火苗一路伸向帆布袋。麦克把离帆布袋最近的那本扔开,把帆布袋拉近身前。

"这是什么?"婕米问。

"亚瑟的书。"麦克从袋里抽出最上面的一本,同时提防着余烬,免得重新烧起来。帆布袋冒着烟,不过里面的书看起来都还算完好。

下面的第三本书是皮面装订的,开本奇特,比现代书籍略长且略窄。书脊上用黑色油墨印着"A.K."两个字母,字迹有些褪色。

亚瑟咳了一声。血眼莎莎跪在地上朝他低语。老人咕哝了几句,咳了一阵后总算安静下来。"他能讲话。"莎莎说,"这是好事,对吧。"

"应该是。"麦克说,"他说什么?"

"叫我小心碎片。"

"现在提醒晚了点。"绷带莎莎说,"我们应该给他盖张毯子什么的吧?"

"我刚想这么说。"血眼莎莎说。

麦克看着停车场上的拖车残骸，"谁的车里有东西吗？毯子或者毛巾？备用外套也行。"

"我有张沙滩毯，"婕米说，"好几年没用了，应该还行。"

"这个婕米的车里恐怕不会有沙滩毯。"麦克说。

"啊。"婕米说，"有道理。"

"我好像有件运动衫。"两个莎莎同时说。

"你们俩的这种合唱，我已经听腻了。"婕米说。

"操。"两个莎莎同声回应。她们对视一眼，又傻笑起来。亚瑟旁边的莎莎走进停车场，找到一辆三个车窗都碎掉的拖车。

麦克想提起帆布袋，但肋下疼得实在厉害。"要帮忙吗？"婕米问。

麦克摇摇头，"你只管照看好亚瑟。"他用帆布袋包起寇奇诺维克的著作，手撑着那堆书勉强站起。莎莎单腿跳过来，跟他相互搀扶。"我听到了警笛声。"麦克说。

莎莎仰起头，"对，我也听见了。"

微风拂过停车场，吹走了一些烟尘，带来清新好闻的新鲜空气。麦克看着建筑周围的尘云打着旋儿散开。建筑已经变成了一堆堆碎石，但很容易就能看出哪里是之前的实验室大厅……

"该死。"麦克说。

绷带莎莎蹦跶着，"噢，操他妈的。"

"怎么了？"婕米蹲在亚瑟身边，伸长脖子望去。微风带走了最后一丝烟尘，婕米睁大了双眼。

在碎石间，被火焰和烟尘所环绕的，是矗立着的阿尔伯克基之门。

夏洛克・福尔摩斯

58

绷带莎莎嘴里蹦出无数个"操"字。

"怎么会这样?"婕米说,"怎么会完好无损?"

血眼莎莎从拖车里拿回一件深蓝色的连帽衫,展开盖在亚瑟的身上。发现他们在看什么以后,她也爆出一连串一模一样的咒骂。

麦克注视着圆环。微风带走了大部分尘土烟尘,但圆环在碎砖乱石深处,那儿还有不少尘埃。他花了足足一分钟才看清楚情况。

"它完蛋了。"麦克说,"关闭了。结束了。"

"是吗?"绷带莎莎蹦来蹦去,"你确定?"

"是的。"麦克伸出手臂——左臂——描出圆环的轮廓,"那里只是两个普普通通的圆环罢了。圆环另一边什么也没有,这就跟 B 站的情况一样。我们已经破坏了它。"

"可它们不可能还立着。"血眼莎莎说,"爆炸应该把它们炸成碎片了。"

麦克噘起嘴。“或许……”他说，“……或许因为传送门开着，所以一部分冲击力转移到了沙漠里。剩下的已经不足以毁灭这边的一切了。”

“也没能毁灭我们。”婕米回头望向离他们越来越近的警笛方向，“消防队来了。警察也来了。”

“还有救护车。”麦克举起没受伤的那只手臂，指着躺在地上的亚瑟。

急救员给麦克的伤口重新扎上绷带，碰到了麦克肋骨间的“沙砾”和“鱼钩”，疼得他的脸不住抽搐。

急救员望着他，“疼吗？”

“疼。”

“被钢筋弄伤的？”

“没错，钢筋。”

“那腹部的伤口呢？”

“那儿没什么。”麦克说，“今早被狗咬的。”

“你报告过吗？”

“不过是个小伤，我能处理。”绷带又在肋骨边卷动，麦克倒抽一口气。

急救员摇了摇头，“你今天真倒霉。”

“我的伤势怎么样？”

“你应该好好治疗。你需要缝线，照X光，确保没有连枷胸。”

“什么胸？”

“连枷胸，就是一根肋骨断成三截，其中一截飘在胸腔里，随时可能刺穿你的肺或别的器官。”

“真棒。可以暂时先用绷带固定吗？”

"最好别那样。"急救员说,"否则很容易因为呼吸受阻引发肺炎。"

"真的?"

"真的。"

"好吧。确认这里一切安全以后,我保证今天就去医院。"

几码外,亚瑟上了救护车。车门关上,警笛再次响起。他得了脑震荡,一只手臂骨折,身上还有十几处擦伤和割伤,不过护理他的那个急救员确定他死不了。麦克看着救护车驶出大门,绕过警察设的路障,沿公路奔驰而去。

急救员拍拍麦克的手。"能做的我都做了。"他说,"放松。尽量别服用阿司匹林——你失血过多。多喝饮料,除了酒。别忘记照 X 光。"

麦克点点头,拿起衬衫,拖着脚步走向婕米和血眼莎莎。她们正望着消防员向大楼浇水。婕米腋下夹着那捆用帆布袋包着的书。

"大家都好吗?"

"很好。"婕米说,她看着麦克身上的绷带,"你呢?"

"死不了。"麦克朝大楼点点头,"发现什么了吗?"

婕米摇摇头,"没有。连根毛都没。"

"他们……他们发现了什么吗?"

"你是说那个弗兰肯斯坦吗?"血眼莎莎露出坏笑。她撕烂的那只袖子被裁掉了,脸上贴着一块纱布,"它可是紧挨着几百磅 C4 呢。"

"也紧挨着圆环。"麦克说,"然而圆环仍旧立在那儿。"

"连一道划痕都没有。"她说。

"奥拉夫和陆战队员的尸体也没找到。"婕米说,"但有个消防员告诉我,里面太热,没法彻底搜索。他们不得不等火熄灭了再继续搜寻……残骸。这可能得花些时间。"

绷带莎莎跛足而来,脚踝缠着一圈白色纱布。"轻微扭伤,"她说,"急救员说我这点伤也要叫苦真是软蛋。"

婕米的目光来回望着两个莎莎，确定周围没人，这才问道："有没有人问你……"

"我告诉他们我们是双胞胎。"血眼莎莎说。

"我也是这样说的。"另一个莎莎说。

"连名字都一样的双胞胎？"麦克问。

两个莎莎对视一眼。"我以为你会用假名。"血眼莎莎说。

"我为什么要用假名字？我以为你会用。"

麦克举起一只手，"这个问题非解决不可。就现在。否则会带来麻烦的。"

婕米指着眼睛里有血斑的莎莎说。"从现在开始，你是莫莎。"她说，"'莫'代表你和我一起去过沙漠。"

"莫莎？"莎莎重复道。

"只是暂时的。"麦克说。

"听起来像个艳星。"

"而且是双胞胎艳星。"莎莎说。

"我为什么要改名字？"莫莎问。

"得了吧！"麦克看了她们一眼，"暂时应付一下嘛。你就假装这是《星际迷航》中的情节好了。"

两个莎莎的脸上闪过淡淡的微笑。"操，"莫莎说，"我是托马斯·瑞克①。"

"你是。"莎莎说，"绝对的。"

"还没加入马基反抗军组织的托马斯·瑞克。"

"这个……或许吧。"

"不行，没有或许。"

"才觉得这一对儿的事挺敏感的，"婕米插话道，"哪知道马上来了

———————————————

①《星际迷航》中，该角色在 2361 年由于一次传输事故，变成了一模一样的两个人。

个更敏感的。瞧那儿,应该是你的老板吧。"

他们转向大门。一辆闪亮的黑色跑车停在那里,车门前站着身着深色正装的一男一女。他们相互攀谈,全然不理会周围的警察和消防员。

那个男的肩膀宽阔,身材高大,长发向后梳得整整齐齐。戴着的那副墨镜跟那身西装不大配,它更适合海滩。只见这人耸了耸肩,伸手扯了扯衣领。麦克敢打赌这人甚至没意识到自己刚才做了这个动作。他看起来是更习惯穿牛仔裤和 T 恤的那类人。

那个女人是阿拉伯人,或者印度人。头发又短又黑,长着和麦克一样的鹰钩鼻。她戴着光洁的银边眼镜,可能和亚瑟那副是同型。就算没有身旁的男人做对比,她看起来也身材娇小。她的领带打了个松松的半温莎结。

男人从口袋里摸出一部亮绿色的手机,朝大楼走了几步,开始报告情况。

"联邦调查局什么时候开上特斯拉了?"莎莎问。

"纳税人的功劳。"莫莎露出坏笑。

"我觉得他们不是 DARPA 的人。"麦克说。

"那他们是谁?"

麦克端详着这两个新来者,"我也不清楚。"

一个警察拿着笔记本走向婕米。婕米朝麦克点点头,迎了过去。那个穿正装的女人挺直身子朝麦克走来。警戒线内的两名警官看着她,其中一个咕哝了一句什么,麦克读出唇语是"联邦调查局的贱人"。

她在麦克面前停下脚步。"你好。"麦克说。

女人指着麦克身后的大楼,"爆炸前你在里面?"

麦克点点头。

"发生什么事了？"

"我无权告诉你，"麦克答道，"除非获得了授权。你是国防部的人吗？"

女人摇摇头。她身后，那男人绕过路障靠近大楼，仍在对着手机讲话。

"国土安全局？"

"不。我们的单位驻扎在洛杉矶。过去几个月，我们的设备一直受到微弱的干扰。"她的头朝大楼残骸一偏，"干扰越来越严重，我们一路追踪至此。"

"不可能。"麦克说，"我们没有发射任何能在洛杉矶捕获到的信号。"

"我们的设备很特殊。"她说。

"相隔一百三十英里左右。"麦克说，"这么远的距离，哪怕圣地亚哥鼎鼎大名的光污染都很难影响到帕洛马山。"

女人微微一笑。

麦克又看了看她。分析那身西装的线条、纽扣和做工。蚂蚁们搬运出一连串画面。这一男一女的西服都是成衣，不是订制的。那男的穿的那件外套他之前还见过。两周前，他和鲍勃去塔吉特零售店取迷你冰箱的路上，经过了一家男装店。这套行头当时就挂在橱窗里。

"你说你是哪个部门的？"

女人双臂交叉，露出并不友善的微笑，"我没说过我们是政府部门。"

"你们不是？"

"干得漂亮。"男人一边说一边走到麦克身后。他举起亮绿色的手机向女人示意，"刚听说。一切归零。"

"什么意思？"麦克问，"什么叫一切归零？"

大块头一拳打在他肩膀上。麦克的肋骨一阵刺痛。"意思是你们刚刚拯救了世界，伙计。"他说，"这种感觉太酷了，是吧？"他对女人点点头，又朝大楼走去，边走边用手机拍照。

麦克和女人对视了一阵。

"你们经受了这一切，"她说，"对此我很抱歉。"

"许多人死了。"麦克说。蚂蚁们展示着这些人的面容：十六名海军陆战队员，包括布莱克、韦弗和麦克以前的学生邓肯，还有奥拉夫、尼尔、鲍勃。

"我很抱歉。"她重复道。

"你到底是谁？"麦克问。

"恐怕你没有听说过我们。"她说，"我们是政府的附属机构。某种程度上算是吧。你看见什么了吗？"

"你说什么？"

"你们在做某种空间实验，是吧？依据维多利亚时代某位疯狂科学家的著作？"

麦克皱起眉头，"你怎么知道？"

"我之前见过几次这种情况。基本上都是这样的结局。"

"你在开玩笑吧？"

"要是玩笑的话就好了。炸掉这个地方之前，你们看见了什么吗？"

麦克试着解读她的表情，"你可能不会相信我说的。"

"那可不一定。"她抬头看着大楼，"那换我来提问吧：你们碰到蟑螂了吗？"

麦克眉毛向上一扬，"对。"

"绿色的蟑螂？"她补充道，"样子有点奇怪，多了一条腿？"

"你见过？"

女人点点头，"我见过，我还见过随之而来的那些家伙。"她看着麦克身后的大块头，"再说一遍……我真的很抱歉。"

片刻之后。

"你是谁？"

"我来的路上花了点时间阅读你的个人档案。"她没有理会麦克的问题，而是朝莎莎和莫莎扬了扬下巴，"我知道关于你的一切。利兰·埃里克森，我知道你外号叫麦克，但我不知道有双胞胎在这里工作。"

"是的，"麦克说，"是有对双胞胎。"

女人紧抿嘴唇，点点头。"真有意思。"她沉默了一分钟，"你确定她们没有什么古怪邪恶之处？"

"我确定。"

"我应该能帮忙澄清她们，"她说，"证明她们只是正常的双胞胎，而且一直在这里工作。"

"谢谢。"

"没关系。我很高兴能帮上点忙。"

消防水龙里喷出的水冲垮了两块煤渣砖，它们向下坠落，在水泥地上摔得粉碎。根据麦克的记忆，砖块撞到的正是那堆工具柜曾经的位置。

"那么，"麦克说，"这一切到底是怎么回事？"

女人朝那个大个子男人的方向点了点头，"正如罗杰所言，拯救世界。"

"这就是你的工作？阻止平行世界的其他生物毁灭地球？"

"偶尔吧。我的大部分工作是做历史研究，以及入侵电脑系统。"

"听起来很有趣。"

"你不知道有趣到什么程度。"

一个消防员走过来,跟婕米和两个双胞胎说了几句话。莎莎和莫莎放松了不少。婕米也露出了微笑。她朝麦克看了一眼,打量着印度女人,然后指了指通往活动房屋的那条小径。见麦克点头表示明白,她便和那两个一模一样的女人一起离开了。

"对了,"印度女人说,"你再也不是英语老师了。你的学校几天前就放出广告,寻找替代人选。你要去 DARPA 为你的朋友效劳吗?"

"不一定。"

"你没工作,似乎也没地方住。"

"你想说什么?"

印度女人歪着头看了他一会儿,从口袋里摸出一部亮绿色的手机,在屏幕上飞快地操作,"我们有空缺。两个,如果你想带上女朋友的话。我们需要有计算机技能的人,因为我厌倦了什么都做。"

"空缺?"

"是的。"

"什么空缺……"

"我不能告诉你,暂时不能。但有些东西我可以告诉你,你知道是什么吗?"她转身朝特斯拉走去。

麦克快步跟上,"什么?"

"这样的经历会让你夜不能寐。"她说,"它会一直啮咬着你。我就是这样,罗杰也是,还有其他一些人也是。我们发现了线索,我们见过一些东西,所以我们想知道更多,我们必须知道更多。就像你一样,渴望获得新知。"

"谁说的?"

"我说的。既然已经见过另一个世界,你就只剩下了两个选择:要不就自欺欺人,装作什么都没发生过;要不就找出答案。我知道这不好受,但事实就是这样。"

麦克发现自己的嘴角抽动了一下，"我没法忘记自己见过的东西。"

"对极了。"她把手机递给他，"里面有个号码。考虑一下，然后打给我们。你有一个星期的时间。"

麦克从她手里接过手机，"然后呢？"

"然后这个号码会失效，这个手机会变成镇纸。而你永远得不到更多答案，你会经常失眠。"

那个男人——罗杰——从大楼回到特斯拉旁。他把手机塞进外套口袋，拉开驾驶座的车门。

印度女人打开副驾车门。"一个星期。"她说，"别忘了。"

特斯拉在应急车辆围成的圈子里转了个急弯，从两个路障之间穿过，沿着街道驶远了。

59

通往活动房屋的小径没被毁掉，但道上全是废墟的烟尘，麦克不得不绕了很远一段路。他的肋骨很难受，但他知道自己死不了。

他一边走，一边试着把绿色手机塞进后兜，可是把手臂伸到后面会让肋下再次火烧火燎，所以他最后把手机放进了前兜。这样走路有点不方便，好在可以很快拿到。

麦克洛夫特·福尔摩斯不会拨通手机上的那个号码，但夏洛克·福尔摩斯会。如果麦克决定变成夏洛克，他会拨打罗杰和上司通话完毕后举起手机时露出的那个号码。蚂蚁搬运出屏幕画面，上面显示着号码。打头的是"323"，所属人是奈特。麦克觉得那肯定是一次有趣的谈话。

第一座拖车屋是奥拉夫的，被烧光了，只剩下个空壳。鲍勃的屋子也没好到哪儿去。

麦克自己的屋子没了屋顶和一面墙，里面的东西也被烧光了。床垫没了,雷吉给的平板电脑没了,衣服和行李包没了。所有关于传送门的报告也没了。

或者说,所有纸质文件都没了。

拖车屋之间铺着的人工草坪被烧融了一部分。从消防水龙里喷出的水积在这些坑坑洼洼里。不过一天时间,草坪就变成了沼地。

婕米那间屋子的窗玻璃被震碎了,墙上的颜料被高温融掉,只留下几处暗斑。莎莎的屋子虽然墙被熏黑,玻璃被震碎,总的来说还算可以。装着撒拉弗尸骨的那座拖车屋离大厅最远,看起来完好无损。

婕米从她的屋子里走出,有什么东西从她的脚边冲了过来。是"流浪汉"。它跑过沙砾地,绕着麦克转圈。"它没事吧?"

"没事。"婕米说,"它逃出来了。不过在我的屋子底下被水冲得浑身湿透。我刚把它弄干。"

"啊。"麦克走过去,"流浪汉"在他身旁蹦蹦跳跳。

"你知道吗,它从前经常待在那里。我是说,它出事之前。"

麦克点点头,"我刚得到一份工作邀请。"

"那个印度女人邀请了你?"

"是的。你也被邀请了。"

"好事。什么工作?"

"晚点再聊,但我觉得你会感兴趣。"

"噢,是吗?"

"是的。我会接受邀请。"

"就这样?"

"就这样。"麦克朝她的拖车屋点点头,"你那儿还好吗?"

"非常好。"婕米说,"知道为什么吗?"

"为什么?"

婕米挥手示意麦克进屋。

麦克微微一笑,"我喜欢接下来的情节。"

"得了吧。我倒是想拿你满足我肮脏的欲望,但不想听你哭爹叫娘说肋骨疼。"

麦克刚开始大笑就震到了肋骨,一阵剧痛。婕米扶着他上了台阶,进入活动屋。

屋里有许多碎玻璃,只有几个地方可以落脚。有的地方被水打湿了,但计算机似乎一滴水也没沾。"要我看什么?"

婕米满脸笑容地指着他身后。

麦克一开始没看见。因为屋内和之前差别太大,他的识别模式尚在标记诸般不同之处。四秒钟后,他才看到书架顶上的毛球。"小岔子"伸了个懒腰,露出满嘴白牙,它伸了伸爪子,换了个姿势坐好。

麦克咧嘴笑了。"操。"他说。

婕米大笑起来,"刚刚不当老师,就开始爆粗口了啊。"

"我就是这样的人。接受现实吧。"

"传送门关闭了,而它们都在这里,"婕米说,"也就是说……永远这样了?"

"应该是的。"

"那莎莎呢? 那两个莎莎呢?"

麦克做了个鬼脸,"她们可能一时会有些不习惯,或者说,她。"

"那我们呢?"

"我们?"

婕米双手揽住麦克的腰,小心地避开他的肋骨,"我们会怎么样?"

"你的意思是?"

"小岔子"蹲在书架上,注视着下方入侵的小狗。"流浪汉"在地板上前蹦后跳,热烈盼望着他的新室友从书架上下来。猫咪对它发出嘘声。

"你不是我爱上的那个麦克,"婕米说,"我也不是你迷恋的那个女人。我们之间还会继续吗?"

"希望会。"

"我怎么知道你有没有我喜欢的那些怪癖?那样的笑声?那样烦人的滔滔不绝?"

"我在每个平行现实中都同样烦人。真的。"

婕米大笑起来。

"对你刚才那个问题,我给你一个提示:巧克力羊角面包。仔细想想。"

婕米抬头看着他,"好吧,你把我弄糊涂了。"

"你穿越后的第二天,他们开始给我送来羊角面包。但你订面包这件事,它发生在穿越的前一天。"

"嗯,意思是?"

"意思是那个她也给我订了羊角包。另一个你。"

婕米的脸上漾起微笑,手臂更加用力地揽着麦克的腰。麦克面部抽搐了一下。"埃里克森先生,你是在暗示我,我在每个平行现实中都迷恋你吗?"

"我只能告诉你,有许多平行现实。"

"流浪汉"又吠了两声,"小岔子"从书架上撞下一本平装书,砸在小狗身上。面对这样的回应,"流浪汉"边叫边跳。

"那我们现在怎么办?"婕米问。

麦克吻了吻她的额头,"尽我们所能就行。我们可以去看望看望亚瑟,接下来……"

"接下来?"

"我们继续了解彼此。"